Vampiro

Vampiro

José de la Rosa

josedelarosa.v@gmail.com
www.josedelarosa.net

Torrelaguna, 60. 28043 Madrid (España)
Teléfono 91 744 90 60
Telefax 91 744 92 24
www.sumadeletras.com

Edición no venal

Depósito legal: B-21.755-2009
Impreso en España — Printed in Spain

Impreso de Novoprint
Energía 53
Sant Andreu de la Barca (Barcelona)

R 342551

El comienzo

El 11 de junio de 1997 una breve noticia apareció en los medios de comunicación de medio mundo.

En las redacciones de los periódicos habían tenido dudas a la hora de ubicarla. En algunos ocupó una reseña en la sección de sucesos, en otros un breve comentario en la de cultura y hasta hubo diarios donde se pensó en destacarla en las páginas de sociedad. También la radio* y la televisión se hicieron eco del asunto y se comentó con la misma brevedad y una mezcla de diversión y escepticismo no exenta de curiosidad.

El suceso se había producido en la recién constituida República Checa**, en una ciudad del norte llamada Celákovice, una población de unos pocos miles de habitantes asentada en la ribera izquierda del río Elba, no lejos de Praga.

Fue allí donde los arqueólogos encontraron el cementerio.

La necrópolis, datada en torno al año 1000 de nuestra era, se parecía a otros muchos enterramientos medievales, con

* De hecho, fue Radio Praga la primera que dio la noticia en la mañana del 11 de junio del 97.

** Hacía apenas 4 años que Checoslovaquia se había dividido en dos (República Checa, por un lado, y Eslovaquia, por otro) por decisión parlamentaria.

restos de modestos ajuares de barro cocido, de ofrendas de alimentos y, en las tumbas más ricas, alguna pieza de metal desgastado. Pero lo extraordinario de la excavación, lo que hizo que su descubrimiento saltara a los informativos de todo el mundo, eran los catorce cuerpos que ocupaban los nichos.

Por motivos desconocidos, los habitantes de la época habían desenterrado a sus difuntos para practicar con ellos un extraño ritual; miembros cortados, huesos rotos y estacas afiladas se encontraron junto a los esqueletos. También sus bocas habían sido desencajadas y rellenas con tierra. Después los decapitaron. La tierra aún estaba depositada bajo las descarnadas costillas. Algunas de las cabezas no se pudieron localizar; habrían sido enterradas en otro lugar o quizá quemadas.

Los arqueólogos buscaron una explicación a este comportamiento y tuvieron mucho cuidado antes de anunciar públicamente que lo que habían encontrado en Celákovice era un cementerio de vampiros.

Sí, no había más explicación para aquella conducta que las ejecuciones *post mortem* que los aldeanos aún perpetraban sobre los difuntos por miedo a que volvieran de sus tumbas.

Pronto corrió el rumor de que alguna de las calaveras encontradas tenía afilados colmillos. Los arqueólogos lo desmintieron sin dilación.

Este suceso, que apareció como una nota curiosa en los diarios y noticieros de medio mundo, fue la segunda noticia que impactó a Sibila Mondragón aquella mañana demasiado fría para ser finales de primavera.

Capítulo

1

El que come mi carne y bebe mi sangre, tiene vida eterna [...]

Evangelio según San Juan. 6, 54.

En la actualidad

Sólo cuando el avión tomó tierra se dio cuenta de que al fin había llegado.

Estuvo atenta mientras atravesaban la espesa capa de nubes, a la espera de ver los perfiles de la ciudad esparcida a sus pies, pero el día era demasiado gris y lluvioso como para ver nada. Todos los mitos sobre Londres que aún recordaba de su época de estudiante estaban ahí; el frío, la lluvia y la densa bruma que parecía haberlos transportado desde muy lejos hasta depositarlos suavemente sobre la pista de aterrizaje.

Recogió su escaso equipaje de mano y aguardó pacientemente a que el pasillo central del avión se despejara.

—Bien. Adelante —se dijo en voz baja cuando al fin pudo detenerse un momento en lo alto de la escalerilla de descenso del avión; hacía frío y una ráfaga de viento y lluvia helados le azotaron el rostro.

Descendió con paso seguro, como si con cada zancada quisiera reafirmarse en las razones que le hacían estar al fin allí, tan lejos de casa. Tuvo especial cuidado en proteger de la lluvia, contra su pecho, la abultada carpeta repleta de papeles, y subió al autobús. Allí se acurrucó en una esquina apartada de la puerta, a la espera de que bajaran los demás pasajeros del avión y el vehículo les llevara a la terminal. Cuando empezó a entrar en calor, se acercó más a la ventanilla helada y observó la espesa niebla que se avistaba más allá de los cristales. No se veía nada. Era como si se encontraran aún dentro de una nube, como si el ligero aguacero no cayera del cielo, sino que estuviera allí, muy quieto, sujeto de una punta invisible, y fueran ellos quienes toparan con las sólidas gotas de agua para poder empaparse.

Qué diferencia con la soleada mañana otoñal que había dejado en Barcelona.

Buscó una vez más en el bolsillo de su gabardina el resto de tarjeta de embarque que le habían entregado al subir al avión y donde la azafata había pegado el resguardo de sus maletas. Si se perdían podría considerar que desaparecería casi todo lo que le quedaba en el mundo, por eso aquel pequeño pedazo de papel naranja con un número garabateado por la azafata tenía el valor simbólico del azar. Simbólico y casual, porque allí acurrucada, en un rincón de un atestado autobús de aeropuerto, se daba cuenta de que no le importaba demasiado.

Suspiró cuando el vehículo se puso en marcha.

Ya estaba hecho. Hacía quince días que se había despedido de su trabajo, los mismos que había cancelado su cuenta bancaria y retirado los escasos ahorros. Después de liquidar comisiones, recibos atrasados, impuestos que ni sabía que tenía que pagar y unos intereses que le parecieron altísimos para tan poco dinero, le había quedado bastante menos de lo que esperaba. Lo único que le había ocasionado cierto dolor había sido abandonar su casa; bueno, su pequeño apartamento al que había llamado *dondevivo* los últimos siete años. Sintió una sensación casi amarga cuando sus pocos muebles fueron cargados en una furgoneta camino a alguna parte y el casero se quedó con las llaves.

El autobús se detuvo con un frenazo que hizo que todos se inclinaran hacia delante y Sibila tuvo que sujetarse con fuerza para no caer. Hubo un murmullo de voces de protesta que se apagó cuando las puertas se abrieron y apareció al otro lado el ambiente aséptico y caldeado de la terminal, animada por la voz seductora de una locutora que aún desde allí podía oírse cómo anunciaba la salida y llegada de otros vuelos.

Fue eterna la espera ante la cinta de equipajes y tuvo que subir por sí misma dos pesadas maletas a un carrito que parecía demasiado enclenque para soportarlas.

Buscó un cartel que le indicara dónde estaba la salida y avanzó entre empujones hasta llegar a la cola del taxi.

Aparte de un viaje de fin de curso, donde todo fue tan intenso que apenas recordaba nada, sólo había venido una vez más a Londres, y en esta ocasión era ella la que no quería recordar nada de aquella experiencia.

La parada de taxis estaba abrigada por una amplia marquesina, aunque notó en el rostro el frío de la mañana al abandonar el cálido interior del aeropuerto. Se ubicó como pudo al final de la larga cola de pasajeros, muchos de ellos ansiosos y molestos por el mal tiempo, otros taciturnos tras los periódicos, que parecían grandes *paravientos* blancos que pudieran protegerlos del mal tiempo, y aún otros que cuchicheaban con sus acompañantes, mientras esperaban a que apareciera algún vehículo que les llevara a la ciudad.

Volvió a suspirar y tomó sitio al final de la cola. Justo delante de ella una mujer comentaba que las vías de acceso al aeropuerto estaban cortadas.

—Mineros en huelga —apostilló la señora con un tono tan decidido como si la extracción de cualquier mineral británico no guardara secretos para ella.

El hombre a quien se dirigía no le prestó atención, la miró apenas un momento, desdobló un lustroso ejemplar de *The Times,* y se dispuso a esperar tranquilamente a que fueran llegando los taxis tachonados de amarillo.

Sibila consultó su reloj. No iba mal de tiempo. Ya fueran mineros o un atasco descomunal, el caso es que aún tardaría un buen rato en llegar a su destino, y la lluvia parecía arreciar cada vez más. Se armó de paciencia, se pegó lo suficiente a la pared como para que el agua helada de lluvia no le salpicara, y decidió aprovechar las circunstancias repasando una vez más la documentación que guardaba en la carpeta.

Aquella abultada carpeta, llena de recortes y papel garabateado, le había acompañado durante los últimos años como el más fiel de sus amigos. Las cubiertas, marrones y desgastadas, estaban manchadas con los restos de esos años de vida, anotadas con las diferentes direcciones que ésta había ido tomando a tenor de sus averiguaciones, con pequeñas frases, números de teléfono o notas apresuradas cuando no había a mano un pedazo de papel limpio sobre el que discurrir. Sólo esas cubiertas ya eran un riguroso diario de sus actividades de los últimos tiempos. El interior...

Retiró la gruesa goma elástica con la que conseguía malamente mantener el contenido en su sitio y rebuscó entre los cientos de documentos una pieza de papel doblado y amarillo por el tiempo. Era una página del diario *El País* que había leído y releído muchas veces. Lo que le interesaba de allí era una columna con fecha de un par de meses atrás, en cuyo titular rezaba un sucinto y certero: *Desmantelada otra banda de narcotraficantes en el levante español.*

La mano de Sibila buscó un paquete de cigarrillos en su bolso antes de recordar que había dejado el mal hábito hacía meses. Un ligero aroma a tabaco provenía de uno de los habitantes de la cola y había activado en ella un deseo dormido a duras penas. Intentó olvidarse de las volutas de humo que ascendía mágicamente a pocos metros de ella y se difuminaban en la niebla, y volvió a centrar su atención en el artículo. Lo interesante no estaba al principio, donde se contaba con pelos y señales lo que escuetamente anunciaba el título, sino más abajo, justo antes de terminar. Volvió a leerlo, aunque estaba segura de recordarlo de memoria.

[...] *el libro en hebreo, de elevado valor, también ha sido encontrado por la policía mientras procedía al registro de una de las dos naves donde la banda almacenaba mercancía robada. En el asalto han sido detenidos cuatro hombres y dos mujeres que pasaron a disposición judicial, mientras que el manuscrito fue reclamado por un conocido bibliófilo, William Nockford, que dijo poder aportar pruebas de cómo este ejemplar pertenecía a su biblioteca familiar a mediados del siglo* XIX*, de la que pudo ser robado.*

Así lo declaró ayer noche ante el juez el profesor Revel Colina, representante del coleccionista y responsable directo del hallazgo. El profesor Colina, experto en buscar y localizar libros antiguos y raros, siempre según fuentes policiales, acudió hace tres meses a la policía española ante quienes presentó pruebas concluyentes que han permitido encontrar no sólo el valioso manuscrito, sino que han conducido a las detenciones de ayer tarde [...]

El artículo concluía explicando la desarticulación de la banda, sus posibles conexiones con alguna mafia rusa y alababa a las fuerzas de orden público.

Sibila volvió a guardarlo con cuidado y tomó otro de los documentos.

En este caso se trataba de la impresión a color de una página web. Sin quererlo arrugó un poco la nariz; el estilo era ampuloso y bastante anticuado, sobre un almibarado fondo imitando a pergamino y letras góticas en un inadecuado color azul bahía. En la cabecera, en grandes letras que proyectaban sombras, se leía con dificultad *Asociación de Bibliotecarios de Riverside*.

El texto era extenso, escrito en inglés, con letra menuda y apretada, y con multitud de enlaces y subtítulos que vinculaban a otros artículos de la misma web, lo que al imprimirlo daba al papel un degradado de azules que dificultaban aún más la lectura. La página que Sibila tenía en las manos era un boletín desde donde los visitantes al *web site* podían estar al tanto de noticias relacionadas con la bibliofilia en general.

Sibila había rodeado una de estas reseñas azuladas con un amplio círculo rojo.

[...] el infolio está bien conservado, aun a falta del frontispicio y los preliminares. Asimismo carece de colofón. Hay reservas sobre su procedencia, aunque pudiera provenir de antiguos fondos de la abadía alemana de Lorsch. El doctor Revel Colina, su descubridor, asegura que puede tratarse de una obra menor y sin firmar de Athanasius Kircher, que [...].

Parecía que la lluvia había vuelto a arreciar. Sibila miró a lo lejos, intentando distinguir algo a través de la bruma. Le pareció que había empezado a centellear en amarillo. Aguzó la vista hasta distinguir las luces ambarinas de los taxis que, al fin, poco a poco, como una caravana de beduinos, empezaban a llegar a la terminal.

Hasta que le tocara subir a alguno aún tenía tiempo de leer un poco más. Guardó el documento y sacó un tercero. Era otro recorte de prensa, en este caso del británico *Daily Mirror*, encabezado por un título espectacular; *El regreso de las brujas de Salem*. Sibila reconoció que era uno de sus recortes preferidos por el tono un tanto aventurero de la noticia. Después del titular, el reportero continuaba en un estilo más formal, hasta desarrollar una interesante columna sobre el hallazgo de ciertos documentos.

El Smithsonian, con motivo de la clausura de Superstición y brujería; histeria colectiva en los siglos XVI-XIX, *ha presentado esta mañana el hallazgo de nuevos documentos que permiten ampliar la visión sobre el conocido proceso de las brujas de Salem. Se trata de un hato de cartas escritas supuestamente por el reverendo Cotton, cuyo fuerte apoyo al linchamiento de aquel grupo de mujeres acusadas de brujería fue decisivo, y dirigidas a un por aquel entonces desconocido adolescente llamado Benjamin Franklin [...] las cartas han sido halladas por el profesor Revel Colina tras un largo proceso de investigación que ha durado varios años, y que comenzó en distintos archivos de Nueva Inglaterra. Tras una intensa búsqueda, que le ha llevado a recorrer los primeros asentamientos puritanos del país, el doctor Colina ha localizado las epístolas en un pequeño museo local de Massachusetts cuyo nombre no ha sido aún desvelado [...].*

—Revel Colina —murmuró en voz alta cuando hubo terminado de leer el artículo.

Y la verdad era que aquel nombre la había obsesionado en los últimos meses hasta el punto de incitarla a mirar minuciosamente cientos de páginas de Internet y a hacerse visitante asidua de las hemerotecas.

La primera vez que lo había visto escrito fue en aquella columna que trataba sobre traficantes en el levante español, pero excluyendo unos pocos artículos y alguna noticia de Internet, no había encontrado más información sobre él. Después de un mes de intensa búsqueda ni siquiera sabía si se trataba de un profesor universitario o de un doctor en Medicina. Tampoco sabía si sería norteamericano, francés o acaso español. Ni una dirección ni una reseña sobre su vida personal, currículum. Nada. Parecía como si el tal Colina no tuviera la menor intención en ser localizado.

Las últimas dos semanas habían sido una auténtica vorágine intentando encontrar a aquel hombre. Tenía prisa y no había mucho por dónde empezar así que decidió hacerlo por lo más obvio.

No le resultó difícil localizar al tal William Nockford, para quien, según el diario *El País,* el profesor Colina había trabajado hacía un par de meses en la localización de un manuscrito hebreo. Diferente fue, en cambio, poder hablar con él. Como si se tratara de una sólida muralla de granito, el lord estaba robustamente protegido por un hábil secretario que se negaba a pasarle ninguna llamada que no fuera, a su entender, justificada.

Al cuarto telefonazo comprendió que sería imposible esquivar aquel «está reunido» sin un buen argumento y vio bien cambiar de estrategia.

Dio resultado; unas horas después era el mismo aséptico secretario el que comunicaba con Sibila para pasarle con su jefe, que estaría encantado de oír lo que tuviera que contarle sobre su preciado manuscrito hebreo.

Había decidido no llevar la mentira más allá una vez conseguido su objetivo, por lo que explicó modestamente al señor Nockford su pequeña farsa y recibió de él un bufido muy pequeño, que igual podía ser de aprobación como de la más abyecta de las reprobaciones. Aun así, el aristócrata fue gentil en todo momento, pero se negó a facilitarle ningún dato de Revel Colina, aduciendo razones de confidencialidad.

A partir de aquí, la amabilidad de su interlocutor se convirtió en una muralla aún más sólida que la de su secretario, entrenado durante años en esquivar embestidas sin que éstas dejaran la más mínima fisura en sus muros. No tuvo más remedio que despedirse amablemente y desistir.

Después lo intentó con aquella *Asociación de Bibliotecarios de Riverside*. En esta ocasión decidió prescindir del teléfono y eligió escribir un e-mail a la dirección que aparecía en la web; si no tenía respuesta siempre podía llamar, y si no conseguía que la atendieran, podría plantearse un rápido viaje a California para hablar con ellos.

Le dio un tono formal al mensaje, aunque quizá todo lo que contaba no fuera estrictamente cierto. En pocas líneas explicaba su necesidad de encontrar a Colina por asuntos profesionales de «su institución», una institución inexistente, por supuesto.

La respuesta no se hizo esperar y cuando a los pocos minutos oyó el tono musical que acompañaba a la llegada de mensajes a su bandeja de entrada, se sorprendió de la rapidez de respuesta, ¿qué hora sería en California?, ¿las seis de la madrugada?

La réplica, después de las formalidades y agradecimientos por haber contactado con ellos, ocupaba una sucinta línea: «Estimada señora, no podemos facilitarle los datos que nos solicita». Después le adjuntaban una encuesta sobre el estado de satisfacción al navegar por la web de la asociación. Estuvo tentada de rellenarla con letra roja, pero decidió responder con otro formal y amable e-mail dando las gracias.

No. No iba a desesperarse. Revel Colina estaba en algún lugar del planeta y ella tenía que encontrarlo. Así que decidió buscar a alguien que conociera a alguien que conociera a alguien que conociera a alguien. Esto le costó más de dos jornadas de devanarse los sesos trazando cadenas humanas en el aire que iban enlazándose, anudándose, estirándose, hasta que algún eslabón o quedaba en el sitio justo o arrastraba toda la estructura hacia el desastre.

El primer *alguien* fue la mujer que un par de años atrás hacía la limpieza en su antigua oficina. Aún se llamaban de vez en cuando, sobre todo en fiestas y por su cumpleaños, por lo que no le extrañó aquel telefonazo. «¿Sigues trabajando para *la oros?»*, le preguntó. Y seguía, aunque cambiaría de trabajo con los ojos cerrados si le salía otra cosa.

La oros, el segundo *alguien,* estuvo encantada de ayudar a su asistenta. ¿Para qué estaba ella sino para ayudar a los demás? Además, las deudas de gratitud son las que mejor se pagan, así que no le importó hablar con su hijo, aunque le costara el precio de una larga conferencia.

El chico estaba en Nueva York, terminando por sexto año consecutivo, una carrera de algo de letras y, por supuesto, era el tercer *alguien*. No tenía afición por el oro como su madre, que no se dejaba ver sin pulseras, anillos y collares, pero sí por los conservadores de museos, así que fue para él un placer complacerla.

El conservador del Smithsonian ya conocía a aquel muchachote hispano que le había invitado a cenar. De hecho durante los tres últimos años había entre ellos un toma y dale que nunca terminaba en nada ni servía para empezar nada, así que, si ayudarle en aquello servía para empezar algo (¡pues toma!), a hacerlo. Y ése era el cuarto *alguien*.

Sibila había tenido que hacer trabajar a fondo su memoria para recordar que el hijo de *la oros* tenía un novio en el Smithsonian (donde la exposición de las Brujas de Salem), y lo pagó con un regalo de chocolate y nata, lo que más le gustaba a su antigua amiga del trabajo.

Pasaron otras dos semanas, y estaba empezando a hilvanar un nuevo plan cuando le llegó un e-mail muy sucinto, escrito en inglés por el hijo de *la oros,* con un nombre, una calle y una ciudad. Nada más, ni número de teléfono, ni correo electrónico, ni fax. Nada.

Esto le llevó de nuevo a las páginas amarilla internacionales, sólo para descubrir que esa dirección tenía restringido el acceso a la información.

Sibila buscó otra vez en la carpeta hasta encontrar ese e-mail. Recordaba que lo había impreso y había sentido una extraña sensación cuando lo tuvo entre sus manos, era como...

—¿Va usted a permanecer ahí parada? —oyó a su izquierda.

La cola delante de ella había desaparecido y un taxista empapado la esperaba con la puerta del maletero abierta y las cejas muy fruncidas.

Se disculpó sin saber muy bien por qué. Le tendió como pudo sus dos maletas (que el hombre tiró al maletero y después apretujó con fuerza hasta que consiguió cerrarlo), sujetó el bolso, aseguró la carpeta debajo del brazo y se sentó con cuidado de no mojar nada en el enorme coche negro.

—¿Adónde? —dijo el taxista dando un portazo.

Sibila miró el tozo de papel que tenía entre las manos con la dirección impresa.

—Al número 33 de la calle Charlwood, en Pimlico.

Y el taxi partió, salpicando de agua sucia a los pasajeros que aún aguardaban cola.

Capítulo
2

[...] las resurrecciones de los vampiros siempre son in ordine ad malum; *esto es, para maltratar a sus conciudadanos, a sus mismos parientes, tal vez, los padres a los hijos los hieren, los chupan la sangre, no pocas veces los matan. Un vampiro sólo basta para poner en consternación una ciudad entera con el territorio vecino.*

Cartas eruditas y curiosas (1742-1760),
Benito Jerónimo Feijoo.

—Creo que está todo.

Heviu cerró despacio el cajón de su escritorio y permaneció allí de pie, inmóvil, observando la caja de cartón que descansaba sobre la mesa.

—Toma. Olvidabas esto.

La voz de Mario parecía un faro sonoro en la espesa niebla donde, de pronto, a golpe de cierre de cajón, se había introducido. Le costó un enorme esfuerzo apartar toda aquella neblina de su mente, tejida de recuerdos de diez años de trabajo minucioso, hasta que pudo entender lo que Mario le decía.

—Es tu gorro de pensar, ¿no? Lo dejabas en el perchero —en las manos de su compañero pendía una ajada capucha negra con una enorme borla en el centro y dos largos lazos de seda cayendo a ambos lados.

Heviu miró primero su fantástico «casco de los pensamientos», como en verdad lo llamaba, y después desvió la mirada hacia aquel chico curioso con quien había compartido su despacho desde hacía dos años. Tuvo que apartar rápidamente los ojos para que no se percatara del brillo que había acudido a ellos. Tomó el gorro con más brusquedad de la que quisiera y lo arrojó a la caja, entre fotos viejas, separadores de lectura y las mil y una cosas más que se suelen ir guardando, como pequeños tesoros domésticos, en los cajones más cercanos.

Aún recordaba la reacción de Mario la primera vez que la vio con aquel gorro puesto. Una imagen ridícula, por cierto. Pero era verdad que cuando necesitaba concentrarse en la resolución de algún problema, el hecho de ponerse aquella caperuza de lana, con su enorme pompón sobre la coronilla y fuertemente apretada en torno al mentón, le permitía concentrarse. Era eficaz. Quizá debido a que la aislaba acústicamente al quedar aprisionadas las orejas. Quizá porque el calor activaba algún mecanismo circulatorio desconocido. Ni idea. El caso es que funcionaba.

—Ahora sí está todo —dijo Heviu mientras introducía las manos en los bolsillos y permanecía allí parada, como si esperara una orden para coger aquella caja y salir por la puerta.

—¿Te despedirás del jefe? —le preguntó Mario.

Tenía la voz lastimosa y los ojos espantados, como dos mareas negras. Parecía increíble que un chico como aquél, siempre parlanchín y divertido, se hubiera recluido durante estas últimas semanas en un mutismo lejano, casi sonoro. De vez en cuando Heviu había apartado la mirada de la pantalla de su ordenador y allí estaba él, observándola con esos mismos ojos vacíos, ausentes y a la vez atentos.

—No —susurró—. Ahora el jefe está ocupado y detesta que le molesten. Ya le llamaré otro día.

Heviu miró alrededor. El sofá rojo, la máquina de café, la mesa de reuniones, su laboratorio... Su hogar durante los últimos diez años, y soltó un profundo suspiro.

—Será mejor que me marche —dijo al fin, tomando la caja entre las manos. Las tenía sudorosas, a pesar de que la calefacción estaba apagada a aquellas horas y su despacho permanecía ligeramente frío.

—Te llamaré un taxi.

—No es necesario. Prefiero pasear un rato. Necesito estirar las piernas

Mario se acercó a ella y le quitó la caja sin que opusiera resistencia. No era más grande que una buena novela de Dostoievski.

—Fuera está lloviendo a mares. No dejaré que deambules por las calles bajo el aguacero del siglo. Te detendrán por enajenación mental y entonces descubrirán que todos nosotros estamos locos.

Heviu sonrió levemente.

—De acuerdo —respondió, contenta de que Mario hubiera gastado de nuevo una de sus bromas «bajas en contenido gracioso» después de tantos días de mutismo.

En ese momento sonó el profundo gong oriental que hacía vibrar toda la casa cada vez que alguien accionaba el timbre de la puerta.

Mario tenía que abrir, pero miró la caja de cartón que tenía entre sus manos, sin saber si ponerla de nuevo sobre la mesa o tendérsela otra vez a Heviu.

Ella vio el desconcierto en sus ojos y acentuó su sonrisa.

—No te preocupes. Abriré yo. Por unos minutos aún formo parte de este equipo.

Con paso resuelto salió del despacho hasta el recibidor. Era bastante escrupulosa en cuanto a la agenda del profesor, que hasta esa misma mañana había estado bajo su responsabilidad, y no recordaba que esperaran a nadie. Su único visitante habitual, el cartero, había pasado a primera hora y los clientes jamás venían sin cita.

Cuando al fin abrió tenía ya los ojos entornados, a la espera de salir de dudas sobre quién llamaba.

Al otro lado se encontró con una mujer de ojos muy abiertos, custodiada por dos grandes maletas de las que aún colgaba el distintivo de alguna compañía aérea.

—¿El señor Colina, por favor? —dijo aquella mujer mientras una arruga muy leve se formaba en su frente.

Heviu la evaluó rápidamente; hispana, no más de treinta años, inteligente, decidida aunque con una pizca de humana inseguridad (quizá algo relacionado con el divorcio de sus padres o cualquier otro trauma cotidiano de la infancia). Aquellas grandes maletas sólo podían significar dos cosas; o que le esperaba una vida social muy ajetreada en Londres, o que iba a permanecer mucho tiempo allí. La gabardina verde billar era correcta, ni cara ni de mercadillo, al igual que los empapados zapatos. El bolso y el pañuelo con que se abrigaba el cuello cumplían el mismo requisito, así como los pantalones negros con los bajos mojados que se vislumbraban a partir de las rodillas. El paraguas negro con que se protegía de la lluvia era decididamente una prenda masculina; demasiado grande y poco estiloso como para que lo hubiera elegido aquella mujer.

—¿Tiene usted una cita? —le preguntó con la frente fruncida, intentando captar más datos que le permitieran ubicarla.

Al contrario de lo que esperaba, los ojos de la chica se iluminaron y apareció una brillante sonrisa entre sus labios.

—Entonces es verdad. Vive aquí.

Heviu giró un poco la cabeza, intentando entender correctamente lo que acababa de decir aquella mujer en perfecto inglés. ¿Preguntaba por Revel, en casa de Revel, para después sorprenderse de que allí viviera Revel Colina? Más datos; aquella mujer tenía todo el aspecto de una turista curiosa siguiendo alguna yincana sobre libros extraños.

A pesar de la curiosidad, Heviu sabía cuál era su deber.

—Insisto. ¿Tiene usted una cita con el profesor Colina?

La mujer se subió el cuello de la gabardina y asió con fuerza el paraguas para evitar que una ráfaga de viento húmedo arremolinara su pelo delante de la cara.

—No. No estoy citada con el profesor, pero...

—Entonces será imposible que la reciba —cortó Heviu y se dispuso a cerrar la puerta.

Aún tendría que llegar a casa y... ufff, ¿qué haría cuando llegara a casa?

—Espere. Por favor.

Heviu detuvo el vuelo de la puerta y se volvió hacia aquella mujer que hacía malabares con el paraguas bajo el azote del viento y la lluvia. Sus ojos volvían a estar sorprendentemente atentos y lúcidos, como dos espejos pulcramente bruñidos.

—Llevo dos meses buscándole —fue lo único que dijo.

Heviu frunció los labios. Revel estaba trabajando, encerrado a cal y canto en su despacho, y odiaba que le molestaran. Sin embargo, había algo en aquella mujer...

Chasqueó la lengua y abrió la puerta, poniéndose a un lado.

—No le prometo nada —dijo al fin—, pero puedo preguntarle si tiene un hueco para recibirla.

La mujer suspiró aliviada y le tendió la mano.

—Mi nombre es Sibila Mondragón. Le agradezco enormemente que haga esto. Es muy importante para mí.

Heviu la observó mientras entraba en la casa una a una las maletas, cerraba cuidadosamente el paraguas y miraba alrededor, buscando dónde ponerlo para no manchar la alfombra.

—¿De qué asunto desea tratar con el profesor? —dijo mientras le señalaba el paragüero que había junto a la consola del recibidor.

Sibila parpadeó varias veces, como un cervatillo desamparado, y apretó aún más la carpeta que llevaba bajo el brazo. Hasta ese momento Heviu no había reparado en aquel montón de papeles apiñados. Era, quizá, lo único que no cuadraba en la reconstrucción mental que había hecho de aquella mujer; un trozo de cartón parduzco y garabateado, repleto de documentos que asomaban por los bordes y que se sostenía cerrada a duras penas con una goma negra.

La mujer se enderezó, mirándola directamente a las pupilas, resuelta a defender el camino de galeras incendiadas en ese viaje iniciático de difícil regreso que ya había comenzado.

—Quisiera hablarlo en privado con el señor Colina —dijo con voz suave pero decidida—. Es un asunto confidencial.

Heviu asintió. ¿Qué había detrás de aquellos ojos transparentes? Sin más palabras la hizo pasar a la sala de espera, indicándole un confortable sofá bajo la ventana.

Al contrario de lo que Sibila pudiera pensar, su actitud no le había extrañado. Todos los clientes que cruzaban esa puerta tenían secretos difíciles de contar.

Capítulo
3

Se han propuesto varias explicaciones para el regreso y aparición de los vampiros. Algunos los rechazan como quimeras y como un efecto de la ignorancia de las gentes de los países en los que se dice que los muertos regresan.

Tratado de las apariciones de los ángeles,
de los demonios y de las almas de los difuntos,
Dom Augustin Calmet (1746).

Vampiros —dijo Revel Colina sin inmutarse.

Sibila asintió, buscando en las facciones de aquel hombre alguna señal que le indicara qué pasaba por su cabeza en esos momentos. Sin embargo, el rostro del profesor era inescrutable y su forma de decir *vampiros* igual podía significar que siempre había creído en la existencia de los no muertos tanto como que estaba firmemente convencido de que aquella visitante estaba completamente loca.

Sibila apenas había tenido que esperar unos minutos antes de que Heviu apareciera de nuevo y le indicara que el profesor Colina la recibiría.

«El profesor es un hombre ocupado.» Le había dicho mientras la llevaba a través de la casa. «Le aconsejo que sea breve y concisa. Exponga los hechos y formule las cuestiones que crea necesarias con la mayor concreción.»

Sibila había empezado a ponerse nerviosa. Sentía húmedas las palmas de las manos y notaba cómo su corazón empezaba a latir con más rapidez. *¿Le estaría empezando a dar una crisis de ansiedad?* —pensó— *¿Llevaba su* lexatin *en el bolso?* Ahora no era el momento de ponerse a buscarlo, esperaba que no se le hubiera ocurrido meterlo en alguna de las maletas.

Habían atravesado un salón sólo decorado con una gran mesa de reuniones en el centro y anaqueles repletos de libros en las paredes. Ninguno de aquellos volúmenes tenía menos de cien años, a juzgar por los lomos, algunos incluso garabateados a mano.

«Cuando cite algún título delante del profesor, sea también concreta: Autor, impresor, número de edición. Cuantos más datos mejor.» Volvió a decir Heviu mientras atravesaban su despacho, otro nuevo salón más desde donde salían las escaleras a la planta superior.

Allí había un chico de veintipocos que levantó un instante los ojos del ordenador para dedicarle una sonrisa. Al lado se situaba otra mesa pulcramente ordenada sobre la quc descansaba una caja de cartón.

Ascendieron hasta la planta superior y atravesaron un largo pasillo hasta llegar ante una puerta de madera oscura, donde Heviu volvió a detenerse.

«Y sobre todo...», había dicho con la mano apoyada en el picaporte, mirándola a los ojos, muy seria, «... sobre todo asegúrese de que sea cierto todo lo que cuenta. No soporta los fraudes ni las mentiras, y las huele a leguas».

En ese momento Sibila estuvo segura de que las olas de calor que le subían por el pecho eran el principio de una crisis de ansiedad.

Cuando la puerta se abrió sólo vio la penumbra. Al contrario que el resto de la casa, blanca y luminosa, tachonada de ventanas que dejaban entrar la luz transparente de esa mañana de lluvia, aquel despacho estaba en sombras. Sólo lo alumbraba una lámpara de mesa, que proyectaba un haz de luz amarilla sobre un libro abierto en el escritorio, ante el que estaba inclinada la silueta de un hombre.

Sibila permaneció un instante en la puerta sin saber qué hacer.

—No se quede ahí. Pase —había dicho entonces una voz ligeramente salpimentada de irritación.

Ella había dado un paso al frente y entonces la lámpara de mesa se apagó, todo permaneció a oscuras un momento que le pareció eterno, y, con un leve parpadeo, los focos del techo se inflamaron y la habitación se llenó de una luz limpia y clara.

Había esperado encontrar un abarrotado despacho victoriano, tapizado en madera de abedul y repleto de archivadores de cuero protegidos tras los cristales biselados de sólidas vitrinas. Sin embargo, aquello se parecía más a un estudio de Silicon Valley que al recluido despacho de un bibliófilo.

El centro de la habitación lo ocupaba una mullida alfombra de largo pelo blanco, el mismo color de las paredes. En estos momentos las persianas estaban bajadas, pero había cuatro ventanales muy amplios que, de estar descubiertos, debían inundar la estancia con la iluminación clara de la mañana. Bajo uno de ellos se veía un sofá de piel rabiosamente roja idéntico al del recibidor y dos sillones del mismo color rodeando una mesa baja. El resto estaba ocupado por unas pocas estanterías blancas repletas de libros y revistas, todos actuales, por la mesa del despacho, también blanca, cuya superficie era de cristal, y por otra mesa auxiliar para impresoras, faxes y demás aparatos eléctricos que desconocía. Lo único quizá disonante en aquel despacho tan funcional, era una guitarra eléctrica y un par de grandes altavoces conectados a un amplificador que ocupaban uno de sus ángulos.

—Heviu, hoy es tu último día con nosotros, ¿verdad? —había dicho el profesor Colina, que al parecer no había reparado aún en Sibila.

—Sí. Estaba a punto de marcharme. No quería molestarte...

—Quédate unos minutos más. Luego quiero hablar contigo.

Heviu asintió sin decir nada y salió cerrando la puerta.

Fue entonces cuando el profesor se levantó para tenderle la mano, le pidió que se sentara y le contara aquello que la traía por allí.

Todo eso había pasado hacía apenas diez minutos, el tiempo que había tardado en contarle a trompicones las razones de su visita.

—Señora Mondragón... —insistió Revel Colina al ver que ella no contestaba.

—Llámeme Sibila, por favor, y soy soltera.

Revel no era muy partidario de esas familiaridades, sin embargo, no quiso parecer descortés.

—De acuerdo, Sibila, le ruego que me lo cuente todo de nuevo, con calma, y en esta ocasión no omita detalles.

Intentó serenarse. Notaba cómo las mejillas se le debían haber puesto rojas de vergüenza cuando el profesor había pronunciado aquella palabra, *vampiros*.

Volvió a suspirar de forma involuntaria, juntó las rodillas y sujetó la carpeta muy fuerte contra su pantalón. Tenía una segunda oportunidad, y posiblemente sería la única para convencerlo.

—Bien, empecemos de nuevo —se apartó el cabello de la cara—. Le decía, profesor, que la creencia en la existencia de los vampiros ha estado presente en la historia del hombre desde tiempo inmemorial. Le ponía un ejemplo dentro de nuestra tradición judeocristiana; el caso de Lilith, un personaje mítico asociado al vampirismo dentro de la cultura semita.

—Eso quizá sea un poco aventurado afirmarlo, ¿no cree? —comentó Revel quitándose las gafas.

Sibila conocía al dedillo todos los argumentos en contra; los había estudiado tan a fondo como las opiniones a favor.

—Es usted un experto en libros antiguos, profesor. Estará usted de acuerdo conmigo en que hay dos fuentes principales sobre las que se construye el libro del Génesis bíblico. Dos fuentes que se entremezclan a lo largo del relato.

Revel asintió con una levedad de gesto que lo hacía casi imperceptible.

—Podríamos llamar a una de las fuentes el *Génesis Uno,* que sería una creación del sacerdocio hebreo, inspirada por la escuela Deuteronómica allá por el año 700 a.C., y a la otra el *Génesis Dos,* bastante anterior y que derivaría de la tradición Sumeria.

Buscó en el rostro del profesor alguna señal, pero éste permanecía inmutable, así que intentó localizar un documento en su carpeta y cuando lo encontró sonrió triunfante.

—Permítame que le lea esto —sin esperar una respuesta empezó con su lectura—: «Dios creó, pues, al hombre, a su imagen, conforme a la imagen de Dios lo creó, y los creó macho y hembra. Dios los bendijo diciéndoles: Tened fruto y multiplicaos, llenad la tierra y sometedla; dominad en los peces del mar y sobre las aves del cielo y sobre todos los animales que reptan en ella» —levantó la vista del documento para mirar de nuevo al profesor— Esto está recogido al principio del Génesis, concretamente en Génesis 1,27-28, de lo que se deduce que los creó iguales, iguales a Dios, puesto que Dios no era considerado ni masculino ni femenino sino ambos a la vez, padre y madre, ya que era perfecto.

Revel asintió de nuevo y Sibila continuó.

—Más adelante, sigue diciendo, «...y completó Dios la obra que había hecho; y el día séptimo reposó o cesó de todas las obras que había acabado». Sin embargo...

Sibila se detuvo un momento antes de continuar, intentando ordenar aquellas ideas en su cabeza. Buscó el párrafo que necesitaba en la fotocopia que tenía entre sus manos.

—Sin embargo, un poco más delante, podemos leer... «Y dijo el Señor Dios: No está bien que el hombre esté solo; voy a hacerle una ayuda semejante a él.» Esto lo encontramos en el Génesis 2,18.

—¿Y cómo lo interpreta usted? —preguntó el profesor.

—Pues que si en un principio Dios creó al Hombre, macho y hembra a su imagen y semejanza, ¿por qué luego creó a otra mujer de la costilla de Adán? ¿No indica esto que ya hubo una mujer antes que Eva?

—Y a esa hipotética primera mujer Adán es a quién usted identifica con Lilith.

El rostro del profesor seguía siendo tan hermético como al principio. ¿Se estaba burlando de ella? Decidió continuar con su exposición.

—Yo no. Es en la Biblia donde aparece la primera alusión a Lilith. Reconozco que es fugaz, en Isaías 34,14. Allí se explica con todo detalle cómo Dios, tan amante de los exterminios masivos, aniquila con su espada a los habitantes de Edom, lugar entonces poblado por enemigos acérrimos de aquellos semitas, y cómo allí quedan como dueños y señores los animales. Buitres, serpientes... y Lilith. Concretamente dice —volvió a consultar sus papeles—: «También allí Lilith descansará y hallará para sí lugar de reposo». Algunos han querido traducir el nombre de Lilith por *lechuza* o por *oscuridad*. Esa versión encajaría mejor en la historia oficial, pero definitivamente es el Talmud judío, algo muy serio, el que identifica a esta primera mujer de Adán con Lilith, no yo.

Permaneció en silencio a la espera de una reacción por parte del profesor pero este sólo la animó a continuar con un leve gesto de su mano.

—Intento exponerle, profesor, cómo esa evidente contradicción en el Génesis supuso muchos dolores de cabeza para los cabalistas, que intentaron explicarla sugiriendo, por ejemplo, que Adán fue creado inicialmente como un ser andrógino que poseía un cuerpo femenino y uno masculino unidos por la espalda, cuerpo que luego Dios dividió. Hay otras interpretaciones, como la que aparece en el *Alfabeto* de Ben Sirá, del siglo x, donde se defiende la idea de que la primera mujer de Adán no fue Eva sino Lilith —leyó de nuevo una breve frase—: «Dios creó a Lilith, la primera mujer, como había creado a Adán».

Revel mantuvo su mirada antes de preguntar.

—Según la línea argumental que está usted trazando, ¿qué se supone que sucedió con Lilith?

Sibila se sintió intimidada. Era como si aquellos ojos casi hospitalarios pudieran leer cada significado que escondían sus palabras.

—La figura de Lilith es un personaje bíblico y, además, pertenece al *corpus* de la tradición hebraica. Al igual que la mujer ha sido relegada a un segundo plano a lo largo de la historia, con Lilith no podía suceder menos. Pero es un personaje tan real que podemos verla retratada incluso en la Capilla Sixtina*, mientras enseña a Eva el camino de la sabiduría y la liberación...

—No está usted contestando a mi pregunta —le cortó Revel.

Y era cierto. Para contestarla debía abandonar el camino de las argumentaciones para introducirse en el oscuro sendero de las suposiciones, por donde Heviu le había aconsejado que no deambulara.

—A partir de este punto sí debo hablar de mitología, de tradiciones milenarias que podrán parecerle fantasías.

Tampoco esta falta de rigor consiguió imprimir la más mínima reacción en el rostro del profesor.

—Dice la leyenda —continuó—, que la primera mujer, Lilith, se negó a ser sumisa al hombre y ella misma, por propia voluntad, se exilió del Paraíso, al parecer pronunciando el nombre sagrado de Jehová, lo que le infirió la cualidad de volar. Evidentemente esto era insostenible en una comunidad patriarcal por lo que decidieron incluir una nueva compañera para Adán, al grito de «No es bueno que el hombre esté solo». Así que Jehová pasó a crear a Eva a partir de una de sus costillas, y por lo tanto se podría argumentar que inferior o sumisa al hombre. Ya le he comentado que esa misma tradición dice que Lilith fue creada de barro, como Adán; o lo que es igual, con sus mismos derechos y deberes.

—¿Y cuál es la vinculación que encuentra usted entre ese personaje mítico, Lilith, y, según dice, el mito de los vampiros? —volvió a preguntar Revel.

---

* Miguel Ángel pintó a Lilith con cuerpo de serpiente y torso de mujer en el Paraíso, entregando la manzana prohibida a Eva.

—A partir de esta narración —prosiguió Sibila, sin dejar de mover las manos, incómoda, sobre la carpeta—, a Lilith se la ha considerado la reina de los súcubos, demonios femeninos, por alinearse en el bando enemigo de Dios al marcharse voluntariamente del Paraíso. Y de ahí se ha pasado a suponerla una perversa ninfómana, que seduce a los hombres con maestría para estrangularlos después. Esa condición diabólica de Lilith le ha llevado a ser también la Reina de los Vampiros. No sólo mantiene relaciones sexuales con hombres a los que después asesina, sino que también se alimenta de su sangre. No se nos olvide que al no haber sido expulsada del Paraíso no habría perdido el don de la inmortalidad. Como verá, ése es el precio que el mito ha debido pagar por reivindicar su derecho a la igualdad. Pero todo esto es mitología.

—Un perfil mitológico que casa con otras muchas deidades ancestrales.

—Así es; las lamias, las harpías o las estriges de la tradición griega. En todas estas figuras, que podrían identificarse con mujeres libres, mujeres independientes que deciden su propio destino, se repiten las alusiones a la muerte de hombres y niños. Hay más referencias mitológicas que podrían ser afines a Lilith como la Brunilda de los Nibelungos, o Lilu, la diablesa babilonia. Incluso podríamos incluir a la mística Reina de Saba, que estoy convencida de que es una imitación de la historia de Lilith. Etimológicamente se acepta que su nombre podría venir del hebreo *layil,* que significa...

—Noche.

Miró sorprendida a aquel hombre callado que la observaba sin transparentar ninguna emoción.

—Así es.

El profesor Colina cruzó las manos y volvió a animarla a hablar. Ella titubeó antes de continuar.

—Pero he empezado por Lilith como podía haberlo hecho por cualquiera de los cientos de mitos ancestrales sobre vampirismo que existen a lo largo y ancho de nuestro planeta. En la India aún persiste la tradición milenaria de los *vetala;* en China encontramos a los *Ch'tang Shih,* que ya aparecen en las crónicas de Chi-Wu-Li trescientos años antes de Cristo; en Japón se encuentra el *kyuuketsuki,* del que se dice que no posee corazón; en Filipinas los famosos *aswang,* que incluso hoy en día tienen una especie de festival multitudinario* en su honor. Incluso los mapuches, en América del Norte, tienen a su *chon chon,* una cabeza voladora que chupa la sangre de sus víctimas. El mismo dios Huitzilopochtli** de los aztecas podría identificarse con un vampiro; y el *asasabonsam* del centro de África. Encontramos vampiros vayamos donde vayamos, en cualquier cultura, y nos alejemos en la historia tanto como queramos. Es un hecho. Está ahí. Sólo hay que querer verlo.

Revel asintió.

—Señorita Mondragón, permítame que haga pasar a mi equipo. Creo que el resto de su historia les interesará.

* Se lleva a cabo en la ciudad de Roxas.

** Principal deidad de los mexicas. En el centro de la ciudad de Tenochtitlan estaba su gran templo, que tenía un lugar para los sacrificios en la parte superior. En él se arrancaba el corazón de algunos cautivos como ofrenda al dios. Estos regalos se le ofrecían a diario, para evitar el fin del mundo.

Capítulo
4

Sólo tendrá que abstenerte de comer la sangre, porque la sangre es la vida, y tú no debes comer la vida junto con la carne.

Deuteronomio, 12-23.

Vampiros? —exclamó Mario cuando el profesor Colina resumió brevemente lo que acababa de contar la visitante.

Junto a Mario también había sido llamada Heviu, que entró tímidamente y tomó asiento un poco alejada de los otros tres.

—Vampiros —dijo Revel con la misma naturalidad con la que había escuchado toda la historia—. Por favor, prosiga, señorita Mondragón.

El profesor ya había olvidado que le había pedido que la llamara por su nombre de pila. Sibila se encontraba realmente incómoda. El profesor Colina había hecho pasar a sus dos ayudantes. A la mujer ya la conocía, parecía distante y tan incómoda como ella. El otro era el chico joven que la saludara cuando llegó y que ahora la miraba con esos ojos de incredulidad que tanto la asustaban.

Mientras sus ayudantes subían al despacho, el profesor Colina había abierto las persianas de los cuatro ventanales y una luz blanquísima inundaba ahora la sala. Sibila vio que seguía lloviendo, aunque la neblina se había disipado vagamente y casi podía distinguir las formas de la casa de enfrente, elegante como ésta, con un inconfundible estilo victoriano.

A los pocos minutos habían llegado Mario y Heviu y se acomodaron en la zona del despacho donde estaba el sofá y los dos cómodos sillones. El joven había servido una bandeja con té y pastas.

Sibila notó que por momentos el aire no le entraba en los pulmones. Su vieja ansiedad aparecía de vez en cuando como una ráfaga de aire cargado de miasmas que la dejaba agotada. Durante los últimos diez años su vida había girado en torno a aquel asunto de los no muertos, pero nunca lo había hablado públicamente delante de no iniciados, y menos aún de personas tan escépticas como debían de ser aquéllos; investigadores de libros perdidos o desaparecidos que nada tenían que ver con el mundo de la noche.

—Señorita Mondragón —repitió el profesor Colina calentando sus manos con la taza de té— le ruego que continúe con su relato.

Aún tardó unos instantes en ser capaz de articular palabras que salieran de sus labios.

—Aunque sería posible hacer un recorrido por todos los mitos vampíricos a través de los cinco continentes —empezó—, muchos de ellos muy bien documentados, el que me trae aquí es bien distinto.

—¿Mitos vampíricos? —volvió a exclamar Mario sin poderse contener—, ¿está usted hablándonos de Drácula o algo así?

Revel fue a pedirle que atendiera y cerrara la boca, pero se detuvo ante la señal que le hizo Sibila.

—Drácula es sólo uno de los cientos de mitos sobre no muertos que podemos encontrar casi en cualquier cultura milenaria del planeta. El caso de Drácula es conocido a través de la literatura y el cine. No sé si sabe que la novela de Bram Stoker ocupó el número dos en el ranking de libros más leídos durante 2005, sólo superado por la Biblia. Ésa es una de las razones de su éxito; es imperecedero y aún hoy en día nos fascina. ¿Se ha preguntado el porqué?

—Conozco el mito de Drácula, y también la historia de Vlad Tepes, el personaje de carne y hueso en el que se inspira. Lo único que hay en él que le relacione con un vampiro es su devoción por derramar sangre. Estará de acuerdo conmigo en que es sólo una leyenda.

Sibila sonrió brevemente.

—Como usted sabrá, detrás de cada mito, de cada leyenda, subyace una historia verdadera.

—Sí. Pero en este caso lo único que había detrás era un gobernante sádico, demasiado aficionado a empalar a sus víctimas.

—No sólo eso —no le molestaba el tono, pero sí la sólida barrera al entendimiento—. Está la Orden del Dragón, y el emperador Segismundo, muy aficionado al oscurantismo —Sibila miró intensamente a aquel muchacho—. Detrás de las leyendas siempre hay una historia real, aunque a veces no miremos en la dirección adecuada.

Revel consultó su reloj de pulsera.

—Señorita Mondragón, le ruego que continúe por donde íbamos.

Tanto Revel como sus dos ayudantes la miraban fijamente; el primero con aquel aire impávido que realmente había conseguido sorprenderla. Los otros dos con una mezcla de incredulidad y curiosidad difíciles de definir.

—Hay toda una tradición esotérica que ubica la cuna del vampirismo hace miles de años, en Mesopotamia o en el antiguo Egipto. Fue Mac Gregor Mathers* quien supuestamente encontró las claves perdidas localizando el grimorio de Abramelin el Mago.

Se detuvo para ver qué efecto causaban sus palabras.

—¿Usted..., usted desea que encontremos ese libro? —preguntó titubeando Mario.

—No —al parecer aún no había llegado al punto de que la tomaran por loca, por loca de remate—, no, desde luego. Como les he dicho, Mac Gregor ya lo encontró en la Biblioteca Arsenal de París en 1888 y su traducción al inglés puede adquirirse por unas pocas libras en cualquier librería**.

—¿Qué grado de fiabilidad tiene el libro del que nos habla? —preguntó Heviu con voz apagada y distante.

—¿Se refiere a si podemos estar seguros de su autoría, de que no es una falsificación? —preguntó Sibila.

Heviu asintió sin palabras.

—No muchas, pero al parecer, a diferencia del resto de grimorios medievales, ese pequeño libro fue escrito por un personaje real, histórico, Abraham el judío, un alemán que tuvo una vida larga, vivió casi cien años, entre el siglo XIV y el XV.

—¿Hay datos que acrediten su existencia? —quien preguntaba ahora era Mario.

---

* Famoso mago y una de las figuras más influyentes en el Ocultismo moderno. Es conocido principalmente como uno de los fundadores de la Orden Hermética del Amanecer Dorado, una orden mágica ceremonial cuyas ramificaciones existen todavía hoy.

** Su título es *La magia sagrada de Abramelin el Mago,* y hay ediciones para todos los gustos, siendo la más interesante la que, al parecer, tradujo el propio Mac Gregor.

Sibila empezó a rebuscar entre su hato de papeles.

—Hay constancia de que llegó a entrevistarse con Enrique VI de Inglaterra, y los Papas, Juan XXIII*, Benedicto XIII y Gregorio XII. Era un famoso mago y alquimista, señalado como uno de los hombres más ricos de su época —volvió a consultar sus documentos sin encontrar el que necesitaba.

—Prosiga, por favor. No es necesario que argumente cada frase con uno de sus recortes —le indicó Revel al ver que no lograba localizar el artículo.

Ella sintió que se ruborizaba de nuevo, pero continuó con su exposición.

—Durante uno de sus viajes en busca de la sabiduría, Abraham el judío tuvo conocimiento de que en Egipto vivía un ermitaño famoso como mago. Su nombre era Abramelin. Abraham lo encontró y vivió con él algún tiempo en calidad de alumno. Una vez que el egipcio, que era ya anciano, se hubo convencido de que su pupilo era un hombre justo en busca de la Verdad, le mostró unos manuscritos que contenían la magia sagrada que él practicaba —Sibila suspiró sin quererlo; se acercaba a la parte más delicada de su historia—. Abraham el judío aseguraba que sus conocimientos y poderes eran el resultado de esta enseñanza, así como la razón de la prosperidad y la fama que lo acompañó en su vida. Sin embargo, pronto empezó a circular el rumor de que quizá Abraham no sólo trajera de vuelta a casa aquel grimorio, sino algo más. Algo mucho más interesante y que no tenía la forma de un libro, sino un conocimiento oculto que empezó a circular de discípulo en discípulo, de boca en boca.

—¿Boca a boca? Ése no es un argumento muy científico que digamos —insistió Mario.

---

* Por supuesto se refiere al Antipapa Juan XXIII (Procida, 1370 - † Florencia, 1419), no al Papa del mismo nombre.

—Todo lo que para nosotros es hoy importante e incuestionable nos ha llegado por este medio, no se equivoque —la voz de Sibila había bajado de tono, como cuando se susurran secretos—. Desde el conocimiento del movimiento de los astros o de las mareas, hasta la filosofía, la religión o la literatura. También la alquimia, como usted sabrá, que ha sido el fundamento y el principio de la química moderna.

Mario, a su pesar, asintió, y Heviu, que había permanecido distante durante toda su historia, se acercó un poco más a ella, queriendo no perder una sola palabra.

—Lo que Abraham pudo traer de Egipto fue la verdadera historia de los no muertos.

Un silencio pesado e incómodo taponó la habitación, como si una de las algodonosas ráfagas de niebla del exterior se hubiera apoderado de la sala en forma de silencio.

—¿Y usted tiene acceso a ese... conocimiento? —preguntó Revel dejando la taza de té vacía sobre la mesa.

Sibila fue cuidadosa con su respuesta.

—Hasta ahora he intentado ser rigurosa en todo cuanto les he contado. Lo que viene a continuación no tiene base documental. Son los rumores que se oyen en los clubes vampíricos de cualquier gran ciudad. Pertenece a la tradición oral de esa gente.

—¿Clubes... vampíricos? —preguntó Mario un tanto perplejo.

—Sí. Aquí mismo, en Londres, hay uno de los importantes.

—No nos desviemos de lo que estaba usted contándonos —intervino Revel muy serio antes de que Mario siguiera preguntando—. Continúe, por favor.

Sibila sabía que estaba entrando en terreno resbaladizo. Que de un momento a otro podía acabarse esa entrevista y que tendría que salir de allí acusada de mentirosa, o de algo peor.

—Por supuesto son sólo leyendas —miró a Mario antes de continuar—, pero la tradición vampírica habla de la existencia de no muertos ya en la antigua Mesopotamia, en la cuna de la civilización. Los hijos de Lilith los llaman; los Liliam. Una estirpe que empezó a expandirse por el mundo y que ha llegado hasta nuestros días. Sobre sus costumbres, sobre su aspecto físico, no les puedo contar nada que no sepan; se han inventado todas las combinaciones posibles en las cientos de historias y películas que tratan sobre ellos.

Heviu intervino de nuevo, aunque su tono era gris y distante.

—¿Está usted diciéndonos que cree en la existencia de vampiros, de vampiros como los del cine?

Antes de que pudiera contestar, Revel intervino.

—No ha terminado usted de explicar a mi equipo cuál es la razón por la que está aquí.

Sibila tragó saliva y miró a los otros dos directamente a los ojos. Heviu permanecía muy atenta, escrutándola con curiosidad, como queriendo ver algo que sus palabras no querían decir. Mario, en cambio, la miraba con la boca abierta y gesto de perplejidad.

—Quiero convertirme en vampiro —dijo al fin—. Y necesito que ustedes me ayuden.

Capítulo 5

Algunas veces los vampiros hacen la buena obra de avisar a algunos de su próxima muerte. Esto lo ejecuta entrando donde hay convite; siéntase a la mesa, como si fuera uno de los convidados, aunque ni come ni bebe. ¿Pues a qué viene allí? A clavar la vista en éste, o aquel de los que está a la mesa, hacerles alguna señal o gesto, lo que se tiene por pronóstico infalible.

Cartas eruditas y curiosas (1742-1760),
Benito Jerónimo Feijoo.

El silencio, como una capa de nieve invisible que trepara por las paredes y se dejara descolgar desde el techo, se hizo presente en la habitación.

Mario abrió un poco más la boca y Heviu permaneció callada, observando a aquella mujer que casaría bien tanto en el baile de la embajada como tras un kiosco del mercado. Una mujer normal y corriente que se acababa de ruborizar ante lo que ella misma había contado.

Revel Colina también estudió el rostro de su visitante durante unos instantes. Podría haberse cruzado una, mil veces, con una mujer como aquélla sin reparar en su complejidad. Sin intuir siquiera que en aquellos ojos brillantes y grandes pudiera haber algo más que la preocupación diaria por el pago del alquiler, el trabajo o por encontrar a un nefasto príncipe azul. Ni siquiera su aspecto físico, cuidado y elegante como suele suceder con las españolas, concordaba con sus deseos.

Al fin rompió el espeso silencio sirviéndose un poco más de té.

—Señorita Mondragón, ¿entiendo por sus palabras que cree usted en la existencia de los vampiros, como preguntaba mi compañera Heviu?

Sibila se retiró con un gesto involuntario el cabello de la frente, dejando al descubierto una mirada franca y transparente.

—No soy una desquiciada, profesor. Llevo diez años estudiando a fondo este asunto. No me he basado sólo en leyendas, sino en pruebas. Los mitos me han ayudado a comprender la relación de estos seres con el mundo real. Es cierto que al verbalizarlo puede resultar desconcertante, pero la base de mi investigación está cimentada sobre pruebas sólidas que me han permitido tener un juicio propio.

—Supongamos que aceptamos que esos *chupasangres* existen —dijo Mario acercándose un poco más a la mujer lívida que estaba junto a él—, ¿para qué querría usted convertirse en uno de ellos? ¿Para tener poderes sobrenaturales? ¿Para poder beber sangre a sus anchas? ¿Volar?

Era evidente que aquel chico no la creería por muchos argumentos que esgrimiera, sin embargo, intentó no dejarse llevar por el sentido de frustración que aparecía en algún lugar entre su corazón y su alma cada vez que intentaba tratar este tema.

—Me temo que eso es asunto mío —terminó por decir en voz baja.

Revel levantó la mano al ver que su ayudante iba a insistir de nuevo.

—Señorita Mondragón, permítame que le haga una pregunta —dijo con su voz suave, con un acento extraño, un acento imperceptible, de casi ningún lado—: ¿Qué pruebas son las que le han hecho llegar a la conclusión de que el fenómeno vampírico es real?

Sibila, por un momento, estuvo a punto de tirar la toalla. Veía la incredulidad que tanto temía en los ojos de aquella gente. No era la primera vez, aunque ansiaba que fuera la última. Ansiaba no tener que dar más justificaciones. Poder vencer el dolor.

Sin embargo, no le quedó más remedio que buscar dentro de su carpeta hasta sacar varios recortes de periódicos.

—1995, Rusia. Al llegar la primavera un religioso es encontrado muerto en un paraje desolado. Llevaba todo el invierno bajo una gruesa capa de nieve y según la autopsia el frío fue la causa de su muerte. No se pudo explicar por qué no había una sola gota de sangre en sus venas.

Arrojó el recorte de prensa sobre la mesa. Era un diario francés.

—1996, España. Una mujer fallece atacada por su propio perro. Al parecer el animal, un pastor alemán, se bebió toda su sangre antes de desaparecer y no ser encontrado.

Otro trozo de periódico voló hasta la mesa.

—1997, Polonia. El cadáver de un minero aparece en el arcén de una carretera. Había decidido ir andando a casa pero una panda de maleantes le asaltó por el camino, le robaron todo su dinero y tras darle una paliza lo dejaron muerto en la cuneta. El cuerpo estaba desangrado. 2001, Portugal. Una mujer y su hija fueron encontradas muertas en el interior de su casa. La niña había sido intervenida y le faltaban varios órganos. La policía lo achacó a las mafias que trafican con cuerpos. Ni la madre ni la hija tenían una sola gota de sangre en sus venas. 2002, Francia. Encuentran a un anciano muerto en su cama de la residencia donde le cuidaban. No había señales de violencia, ni puertas ni ventanas fueron forzadas. Se investigó al personal del centro. En este caso por tráfico de sangre ya que el cuerpo estaba seco como un fiambre. 2003, Alemania. Tres vecinos del mismo inmueble mueren durante tres noches consecutivas. Lo único que compartían era su afición por las apuestas. Por supuesto se achacó a un ajuste de cuentas. Sobre la extracción de la sangre de sus cuerpos se daba por sentado que fue el método elegido para hacerles pagar sus deudas. 2005, Hungría. El guarda de un cementerio aparece muerto sobre la tumba de su esposa. Todo apunta a un ritual satánico en el que había sido la víctima propiciatoria. No le dejaron una gota de sangre. 2007, Croacia. Un niño desaparece para ser encontrado cadáver diez días más tarde. Se habla de un pederasta aunque no hay señales de violación. La falta de sangre se identifica con una perversión del agresor.

Arrojó uno a uno los recortes de periódicos internacionales sobre la mesa, hasta que ésta quedó cubierta por las páginas amarillentas de los sucesos.

—Y así puedo seguir hasta que estén aburridos de oírme —dijo Sibila cerrando su carpeta—. Muertes por desangramiento rodeadas de algún móvil tan lógico que es capaz de explicar las muertes, pero de ninguna manera la ausencia de sangre en los cuerpos. Todos casos difíciles de resolver. Y esto es sólo en los últimos diez años y sólo en noticias recogidas por la prensa. Si hacemos un recuento hacia atrás el resultado es aún más sorprendente.

Mario volvió a inclinarse hacia delante, aunque ahora habló con más calma.

—Pero esto no justifica la existencia de vampiros. Puede ser obra de perturbados, de sectas satánicas, de asesinos inconexos que utilizan el conocido móvil del vampiro para desviar la atención y no dejar pistas.

—No estoy aquí para que me crean —Sibila había empezado a desesperarse—. Estoy aquí para que me ayuden.

Heviu, con suma delicadeza, puso una mano sobre la de la mujer.

—¿Y cómo quiere usted que le ayudemos? Nosotros lo único que sabemos hacer es encontrar libros perdidos, no seres salidos de las pantallas de los cines y la literatura decimonónica.

Sibila volvió su rostro hacia ella, estaba arrebolado, como si tuviera fiebre.

—Es eso lo que quiero que encuentren. Un libro.

—Explíquese, por favor —intervino Revel, mostrando curiosidad por primera vez.

La mujer suspiró. Sabía que iba a ser difícil, pero no imaginaba que le iba a costar tanto esfuerzo abrir su corazón ante aquellos escépticos desconocidos. Se sentía agotada, como si con cada palabra hubiera fluido un poco de su esencia vital hasta dejarla exhausta.

—Permítanme que continúe más tarde, otro día. Ahora he de ir a mi hotel y descansar. No me encuentro bien.

Le tendió a Revel una tarjeta escrita a mano.

—A estas alturas ya sabrá usted si ha decidido ayudarme o no —le dijo—. Si soy una loca que deberían ingresar o una mujer desesperada en busca de sus servicios. Si decide que mi petición merece la pena de ser oída, aquí tiene mi teléfono. Le aseguro que ese libro existe. Déjeme que le cuente su historia.

Revel tomó la tarjeta entre sus manos y permaneció callado, mirando la letra pequeña y hermosa con que estaba escrita. Allí aparecía la dirección de un hotel que no conocía; debía de ser uno de los cientos de hoteles modestos para turistas que había en la periferia de la ciudad. También había un número de móvil con prefijo internacional.

—Investigue los últimos casos de asesinato por desangramiento aquí, en Londres. Se sorprenderá.

Se puso de pie y se recompuso la gabardina que en ningún momento había querido quitarse.

—Espero su llamada.

Fue lo último que dijo Sibila antes de abandonar la habitación seguida de Heviu y dejando la casa sumida en el silencio.

* * *

Revel esperó a que Heviu regresara de acompañar a la señorita Mondragón.

—¿Le has pedido un taxi? —preguntó cuando ésta volvió y se sentó frente a él en uno de los sillones.

—Sí. Y le he indicado al taxista la dirección del hotel. Parecía agotada. Le he dado diez libras de propina para que se asegure de que la señorita Mondragón encuentra su habitación sin dificultad.

Mario jugueteaba con la tarjeta de visita que había dejado la mujer.

—Este hotel debe quedar por la zona noreste. No es una zona muy recomendable. Supongo que esa mujer ni siquiera conoce nuestros honorarios, pero alguien que se aloje allí no creo que tenga posibilidades de pagarlos.

Revel permanecía en silencio, con la mirada fija en ninguna parte y los dedos tamborileando sobre el brazo del sofá.

—¿No estarás sopesando siquiera en la posibilidad de ayudarla, verdad? —preguntó Mario dirigiéndose a su jefe.

Revel continuó en silencio, como si no le hubiera oído, concentrado en algo que iba dibujándose poco a poco dentro de su cabeza pero que aún no había tomado una forma reconocible.

—¿Qué impresión os ha causado nuestra visitante? —preguntó sin referirse a ninguno de los dos en concreto.

Mario lo tenía muy claro.

—Es una perturbada, no me cabe duda.

No hubo respuesta. Tanto Heviu como el jefe seguían callados; una atenta al interior vacío de su taza de té, y el otro al tejido complejo de sus pensamientos.

—¿Os habéis fijado en que tenía que detenerse a cada momento para respirar? —insistió el chico, como necesitando encontrar un argumento que sostuviera su impresión inicial—. Eso delata una crisis ansiosa que quizá sea una manifestación más de sus delirios. Tenemos suerte de que no se crea ya un vampiro; porque estaría por ahí clavándole el diente a quien se le cruzara en el camino.

Revel salió de su arrobamiento y se giró hacia Heviu.

—¿Qué te ha parecido a ti?

Ella lo meditó un poco más delante de su taza de té antes de contestar.

—No creo que esté perturbada.

—¿Cómo que no? —casi gritó Mario—. Nos ha estado hablando durante veinte minutos de la existencia de vampiros. Ha deambulado por una casi mítica dinastía sanguinaria surgida de una inexistente primera mujer de Adán, nos ha contado la historia de un rumor que ha ido circulando de generación en generación...

—Pero ha documentado casos —le cortó Heviu sin mucho entusiasmo.

—¿Casos? ¿Llamas casos a estos recortes de periódico? —dijo señalando las supuestas pruebas que Sibila había arrojado encima de la mesa.

—Sí. Pueden ser pruebas porque todos tienen un denominador común, y es cierto que podría vislumbrarse una pauta de comportamiento —insistió con calma.

—Heviu, es imposible que tú, precisamente tú, la científica del equipo, veas visos de cordura en esa mujer. Lo que nos ha contado es una auténtica locura.

El silencio se hizo de nuevo en la sala, sólo roto por los resoplidos de Mario, que no dejaba de escrutar el rostro de su jefe.

—Es mi último día aquí. No quiero causar problemas —dijo Heviu al cabo de un rato, con los ojos puestos en la línea de humo que salía de la tetera.

Mario se levantó para sentarse junto a ella.

—Disculpa si he sido demasiado vehemente. De sobra sabes que tú nunca causas problemas —ahora estaba apesadumbrado. ¿Dónde estaba la Heviu que conocía? La que los agotaba a todos con su energía *Duracell,* la que tenía brillo de tormenta en los ojos.

Otra vez más se materializó el silencio en forma de densa papilla invisible y fue Revel en esta ocasión quien lo traspasó.

—Veo que tenéis opiniones dispares. Eso es interesante. ¿Qué os parece si investigáis esos casos? —señaló los recortes que reposaban sobre la mesa—. Quizá encontremos algo. Una pauta, como tú dices.

Heviu inclinó la cabeza antes de clavarle la mirada.

—Sabes de sobra que hoy abandono mi puesto de trabajo —dijo con voz glacial.

—Sí, pero éste no es un asunto que te vaya a llevar mucho tiempo y siempre podrás amortizar las horas atrasadas que me debes.

Sin decir nada más, Revel se levantó y fue hasta su mesa. Tenía muchas cosas que hacer.

Capítulo
6

Se llama vampirismo a ciertos cadáveres que, según se dice, tienen la facultad de chupar a los vivos y de hacerlos morir poco a poco de forma muy dolorosa, de manera que a medida que éstos se desangran y se agotan, los cuerpos muertos engordan en las tumbas y se llenan de sangre, la piel se renueva, las uñas, los cabellos y las barbas crecen.

Courtes reflexions physiques sur le vampirisme,
Le Glaneur Historique, politique, moral, litteraire, galant et calotin. La Haye: J. B. Varenne. Suplement. Vol. III, nº XVIII (23 de abril de 1733).

El profesor Revel Colina tomó el metro hasta Liverpool Station y fue callejeando por las estrechas calles del East End hasta la concurrida Brick Lane. Este barrio, otrora un suburbio marginal, era ahora uno de los nuevos centros culturales de la ciudad y con la llegada de los artistas también había llegado la subida de los alquileres, las visitas de los turistas y la especulación del suelo. Brick Lane, una larga y sinuosa calle, era su arteria principal y se había convertido en zona de ocio, sobre todo por sus buenos restaurantes hindúes y por las magníficas cafeterías y cervecerías que se habían establecido por allí.

Revel anduvo un buen rato hasta divisar en el cielo la imponente chimenea de la Truman Brewery, la antigua fábrica de cerveza hoy convertida en centro de arte y corazón del barrio. Por la calle, a aquellas horas de la tarde, muchos ciudadanos y turistas paseaban, aprovechando los tímidos rayos de sol tras una semana de niebla y lluvias, y buscaban asiento abrigado en las terrazas de los bares más próximos al centro.

Debe estar cerca —pensó el profesor Colina.

Recorrió unos metros más, dio la vuelta y entró por otra calle, giró a derecha e izquierda y al fin encontró el pub.

Jamás había pasado por allí. De hecho, a no ser por alguna cena de la que no pudo excusarse, pocas veces se había acercado por esta zona. Desde fuera el pub tenía un aspecto al menos agradable, con una gran cristalera desde la que se divisaba el interior. Fuera había varias mesas largas, como antiguos pupitres de escuela, de madera dorada y embellecida por el paso del tiempo, en las que se sentaban grupos de clientes tomando bebidas y charlando. Cada uno de estos bancales estaba caldeado por una estufa de exterior y adornado por un cubo de zinc lleno de invernales flores amarillas.

Revel apresuró el paso hasta la puerta, llegaba diez minutos tarde.

El interior le gustó aún más. Había varias bancadas como las de fuera, ocupadas por clientes ociosos, y dos viejos sofás Chester tapizados en piel marrón. Hacía calor. El resto del espacio estaba distribuido con veladores y sillas, todas diferentes, algunas tapizadas en colores ácidos, otras de madera tallada, y otras más que adquirían formas sinuosas en plástico transparente. La barra del bar también era de madera, y tanto ésta como la alacena que había detrás daban la impresión de un viejo despacho de pan, con anaqueles bordeados de columnitas talladas y grandes cestas de mimbre ahora repletas de botes de té. Justo al lado había una vitrina repleta de tartas y otros dulces artesanales que aromatizaban todo el local con olor a vainilla. En ese momento sonaba un tema de Sugarcult.

Revel buscó con la mirada hasta que encontró a Sibila.

Estaba sentada en uno de los veladores que había junto al gran ventanal, con una copa de vino tinto sin tocar delante de ella.

—Siento llegar tarde —dijo antes incluso de llegar a su lado.

—Antes de ayer pensaba que ni siquiera me llamaría, así que no se preocupe por unos minutos.

Revel se quitó el abrigo y se acomodó en el sillón Luis XVI que quedaba libre.

—Conoce usted Londres mejor que yo. Nunca había venido por aquí.

Sibila sonrió.

—Le aseguro que no. Este sitio..., bueno, me lo habían recomendado. ¿Le gusta?

Revel volvió a mirar alrededor. Estaba rodeado de gente de las más diversas edades. Unos charlaban animadamente, otros leían la prensa o algún libro, y la mayoría tenía el aspecto de estar pasando una buena tarde de invierno.

—Sí, me gusta.

—Es un club de vampiros. De hecho, es el más importante de Inglaterra —dijo Sibila mirándolo fijamente a los ojos.

—Está usted bromeando, claro.

Pero ella no contestó.

¿Todos éstos se creían...? Pensó Revel.

Entornó los ojos y volvió a observar a su alrededor. A su derecha había tres chicas delante de un ordenador portátil. Por su concentración podría parecer que estaban haciendo algún trabajo para clase, o tomando notas. Tendrían unos veinte años o quizá menos. Eran rubias, bonitas y tan sonrosadas como sus jerséis y camisetas; desde luego no era la imagen que el cine había dado de unas terribles vampiras. Justo detrás de ellas había un hombre solitario. Estaba leyendo una novela de Nick Hornby y de vez en cuando soltaba una carcajada. Tenía aspecto de profesor universitario, con una gastada chaqueta de pana marrón, jersey verde de pico y corbata a cuadros; tampoco parecía un exiliado del más allá. Al otro lado del cristal se veía un grupo bastante numeroso entre chicos y chicas, llevaban ropa de deporte bajo los abrigos y sobre la mesa descansaba un balón de baloncesto. Tomaban zumos, menos uno que se había decidido por un refresco de cola. Nada de sangre con una rodajita de limón.

—¿Está buscando los colmillos? —preguntó Sibila, y Revel se sintió de verdad ridículo porque por un instante podía haber llegado a pensar...

—Lo siento —se disculpó Sibila —. Ha sido una broma de pésimo gusto.

Revel apenas sonrió.

—Estamos en paz. Mi ayudante, Mario, no fue demasiado correcto con usted el otro día.

—No se disculpe. Creo que yo hubiera reaccionado de la misma forma hace unos años si alguien me viniera con una historia como la que yo les conté.

Una camarera se acercó a ellos y Revel pidió un vodka con *ginger-ale*.

—Señorita Mondragón —preguntó sin rodeos—, ¿es usted consciente de cuál es mi trabajo y el de mi equipo?

Ella dio un breve sorbo de su copa de vino antes de contestar.

—Tengo entendido que es usted capaz de encontrar cualquier libro, por extraño que éste sea.

—No exactamente —replicó él. Su voz era helada, como el aire que se filtraba a través de la puerta del local—. Nos dedicamos a encontrar certezas. En nuestro caso tienen forma de libros, pero tienen que ser certezas, no mitos ni fábulas.

Ella mantuvo la mirada con sus grandes ojos marrones.

—Dudo que haya venido hasta aquí si no hubiera visto un atisbo de verdad en lo que le conté.

—Se equivoca de nuevo —replicó Revel—. Hasta ahora sólo he visto a alguien que necesita ayuda.

—Su ayuda —apostilló ella.

—Aún no sé si es mi ayuda la que necesita.

Ella permaneció un instante en silencio.

—Señor Colina, no es la primera vez que me tratan como a una perturbada. Le acepto que dude de la existencia de los no muertos o de los *chupasangre,* me da igual. Pero el vampirismo es un fenómeno real, que existe, y tiene más adeptos de los que imagina, ¿ve usted a aquellas dos chicas de allí?

Revel desvió la mirada hacia el rincón que le indicaba Sibila.

Allí sentadas, en uno de los magníficos sofás, había un par de chicas que charlaban en voz baja, muy cerca una de la otra. Las dos iban vestidas rigurosamente de negro. Una llevaba el cabello corto y de un rojo intenso, con un largo flequillo que le cubría la cara. La otra lucía una larguísima melena teñida de negro profundo, con una franja ancha de pelo cobrizo enmarcando el rostro. La del cabello corto se había colocado una correa alrededor del cuello y una larga cadena a modo de pulsera que daba varias vueltas en torno a su brazo. La otra había tachonado el escote de su vestido con pequeñas calaveras de metal y sus piernas se cubrían con medias de red. Ambas llevaban pintados de color negro las uñas y los labios.

—Viendo su vestimenta —continuó Sibila— se habrá dado cuenta de que existen miles de chicas como ésas no sólo en Londres, sino en cualquier ciudad europea. Una tribu urbana. ¿Cómo les llaman aquí? ¿Góticas? Da igual. Eso que para muchos no es más que una forma de vestir, forma parte de una subcultura occidental, de una forma de ver el mundo, de una corriente de pensamiento.

Había leído y estudiado tanto sobre aquellos temas. Se había preparado tan a fondo para poder defenderse cuando llegara la ocasión, que ahora le faltaban las palabras.

—Esta..., esta subcultura también surgió como contraposición a la excesiva fe por el racionalismo más tiránico que impera en nuestra sociedad. Una sociedad a veces tan terrible que presume de que aquello que no es medible no existe, que cree con la misma ceguera que los antiguos inquisidores que todo lo que ocurre en el universo puede ser explicado científicamente; llueve porque se condensa el agua de los mares, el sol se esconde porque la Tierra rota sobre su eje —Sibila volvió a detenerse un solo instante antes de continuar—. Esa pérdida del misterio es para algunos una tragedia difícil de superar.

Revel se había reclinado en el sillón y cruzado las piernas. Su rostro seguía siendo la máscara inexpresiva de un ídolo pagano, aunque estaba atento a cada palabra que salía de la boca de aquella mujer.

—Por eso una parte importante de esa cultura gótica está fuertemente impregnada de vampirismo, porque el vampiro es un ser irracional, representa todo aquello que la lógica detesta —buscó una señal de burla en los ojos del profesor, pero eso no sucedió—. Desde la literatura hasta el cine, todo el artificio vampírico que se ha creado a partir del siglo xix ha sido asumido por esa subcultura gótica, añadido a su larga lista de referentes.

Sibila volvió a señalar a las dos chicas que seguían hablando en uno de los ángulos de pub.

—Ellas están impregnadas de historias de vampiros aunque jamás hayan leído *Carmilla** y nunca hayan visto *La hija de Drácula***. En ellas vemos la marca de Nosferatu extendiendo sus largas manos terminadas en garras, al vampiro de Coppola, al no muerto de Polidori, a *La novia de Corinto* de Goethe..., pero hay algunos que quieren ir más allá. Dar un paso más allá en las tinieblas.

—¿Qué paso es ése? —preguntó Revel.

—Hay otros que se creen vampiros reales —dijo Sibila—. Piensan que hay algo en su sangre que les hace diferentes al resto del mundo. Los más extremistas ni siquiera se consideran humanos; se ven a ellos mismos como una raza distinta. Están convencidos de que poseen ciertas cualidades extraordinarias, como una visión nocturna especialmente aguda, longevidad, sensibilidad y percepción extrasensorial, y por supuesto mayor potencia sexual.

Era como si el ruido de aquel tumultuoso pub se hubiera disipado, apagado como una vela bajo una campana de cristal.

—Estos individuos no tienen por qué seguir esa estética gótica.

Señaló de nuevo a las dos chicas

—De hecho —prosiguió—, algunos las podrían considerar como simples aficionadas que se disfrazan. Ellos afirman que el vampiro es un ser solitario que no se organiza socialmente.

—¿Intenta decirme que hay gente que se cree realmente un vampiro?

---

* Obra del irlandés Sheridan (1814-1873), pasa por ser una de las mejores historias de vampiros jamás escritas y consolidará el estereotipo de *femme fatale.*

** Película de Lambert Hillyer donde por primera vez el *vampiro* es una mujer.

—Bueno, sí. Pero no del tipo de vampiro que usted tiene en la cabeza. A los que yo me refiero prefieren reunirse en clanes donde se guían por normas en las que el hermetismo es total y tratan siempre de pasar desapercibidos. Es difícil saber incluso que existen.

—¿Y se alimentan de sangre? ¿De sangre humana?

—Éstos no. Los *vampiros reales,* como a sí mismos se designan, no son violentos.

—Porque los hay violentos —afirmó Revel más que preguntó.

—Los *vampiros sanguinarios,* los hematófagos —dijo ella—. Tienen una especial adicción a la sangre; la llaman *La Sed.* Afirman que cuando no la sienten poseen un amplio dominio de sí mismos, pero cuando la sed aparece se ven empujados por una fuerza interior de naturaleza brutal. A los que experimentan este estado se dice que se han convertido en la *bestia.*

Revel, sin proponérselo, había arrugado ligeramente la nariz, cosa que no pasó desapercibida a la mujer.

—No, no piense que asesinan a nadie para aplacar su sed; habitualmente tienen donantes voluntarios, o acuden a bancos de sangre. Pero no todos los clubes se componen de *vampiros hematófagos.* También están los *vampiros psíquicos.*

Revel levantó una ceja y la miró con incredulidad.

—Sí —prosiguió Sibila—. Ellos dicen que se pueden alimentar directamente de cualquiera sin tener que beber su sangre. De hecho, para ellos, los vampiros sanguinarios no son más que novatos incapaces de nutrirse sin recurrir a un soporte material como la sangre. Una especie de vampiro involucionado.

—¿Y cómo se supone que se alimentan estos *vampiros psicológicos?*

—Vampiros psíquicos —aclaró ella.

—Como quiera que se denominen.

Ella apenas sonrió, aunque la confusión lo merecía ya que siempre había considerado que su antiguo psicólogo era un miserable vampiro. Se había percatado de que el profesor en ningún momento había intentado parecer gracioso.

—Dicen tener la capacidad de succionar la energía vital de otro ser humano. Algunos la absorben cuando están en presencia de la víctima, de quien han decidido alimentarse. Otros dicen haber desarrollado técnicas de desdoblamiento astral que les permiten viajar fuera del cuerpo. Aún hay otros que quieren romper con la imagen del vampiro depredador y se agrupan en comunidades que utilizan su extraño don para sanar*.

—¿Y cree usted que estos individuos son... sobrenaturales? —preguntó Revel sin poder evitar un cierto tono de sarcasmo en la voz.

—En absoluto. Son tan humanos como usted y como yo. Los menos quizá sean desequilibrados, la mayoría están convencidos de que son realmente distintos. De hecho nos encontramos en el local de referencia de los vampiros psíquicos de Londres.

Revel, esta vez, no la creyó.

—Le aseguro que es cierto. Llevo muchos años estudiando este fenómeno. Conozco a mucha gente.

—Por eso hemos quedado aquí.

—Quería que comprobara cómo de natural puede ser la creencia en los vampiros —dijo mirándolo fijamente.

—¿Y es usted una de ellos?

---

* *Psychic vampire code*, de Mechelle Belanger, es todo un referente de cómo utilizar este supuesto poder para sanar a terceros.

A Revel le pareció ver un atisbo de sonrisa en los labios de Sibila.

—Bueno, lo intenté, pero no es lo mío. Aun así conservo buenos amigos.

El profesor miró alrededor. Aquello no difería en nada de cualquier pintoresco pub inglés.

—¿Toda esta gente...? —no terminó la pregunta

—En absoluto —Sibila negó con la cabeza—. No hay forma de identificarlos. No hay señales, ni signos ocultos, ni contraseñas, ni siquiera un gesto que haga posible el reconocimiento. Ellos dicen que son capaces de reconocerse, de presentirse, por lo que no hace falta nada para identificarse. Este pub es un coto de caza. Como en otros clubes, las presas siempre ignoran dónde han estado en verdad. Vienen aquí porque el lugar es agradable y la cerveza es buena y variada. Mañana, cuando se levanten cansados y con ojeras, lo achacarán a una mala resaca, sin saber que es el resultado de que alguien ha estado esta noche alimentándose de su energía.

Él la miró con incredulidad.

—¿De verdad cree lo que dice?

Sibila no contestó.

—¿Es esto lo que busca? —preguntó de nuevo Revel.

—No, no es esto. Yo busco al no muerto. Al *Vampiro* con mayúscula. Al vampiro que aparece en la tradición, en la literatura, en el cine.

—El que no existe.

—El que no hay pruebas de que exista, que es diferente.

Revel la miró un momento antes de apurar su copa de un trago.

—Señorita Mondragón. No consigo comprenderla. No pretendo entender su fascinación por este mundo de parásitos sanguinarios, pero tampoco es mi intención juzgarla. Si quiere que le ayudemos necesitamos información sólida. Con esta historia de chupadores de energía que me acaba de contar poco podemos hacer.

—¿Han investigado los casos que les dejé?

Él asintió.

—Sí. Todos son ciertos. Los cuerpos fueron encontrados sin una gota de sangre, y aunque el móvil de las muertes puede estar justificado, no hemos localizado ninguna causa consistente para la ausencia de sangre en los cuerpos.

—¿Y en Londres? ¿Han investigado en Londres?

Revel volvió a asentir.

—Tenemos una lista de más de veinte casos en los últimos cinco años que cumplen el mismo perfil que usted me indicó.

—Está sediento —dijo Sibila pensativa.

Se inclinó para sacar de su gran bolso de piel marrón la manoseada carpeta que ya conocía Revel. La depositó sobre la mesa y buscó sin prisas un recorte, que extrajo con cuidado, y se lo tendió.

—Este suceso es improbable que lo hayan identificado. Es el que me ha traído hasta usted, este caso en concreto.

Revel tomó el trozo de papel amarillento y lo leyó con atención.

Recordó al momento el suceso que contaba; habían pasado, ¿cuánto? ¿Seis, diez meses? La historia había provocado tanto revuelo que incluso los noticiarios nacionales habían hecho algún comentario al respecto.

El columnista resumía los hechos con bastante fidelidad y lo llamaba —Revel pensó que de forma un tanto temeraria— *El Caso Hammer*. Si hubieran conocido a su protagonista estaba seguro de que el tono impersonal del artículo habría cambiado.

Por suerte o por desgracia, él sí conocía personalmente a William Hammer. En el reducido mundo de los tratantes de libros raros todos estaban al tanto y Hammer no tenía muy buena fama. Su trato no iba más allá de unas pocas palabras cruzadas pero habían sido suficientes para catalogar a aquel individuo como *dudoso*. En dos ocasiones, que recordara, le había levantado un libro justo antes de localizarlo —Revel estaba seguro de que usando malas prácticas—, y el resto de colegas no habían tenido mejor opinión de él.

William Hammer, tal y como lo contaba el periódico, había sido encontrado muerto hacía unos meses en casa de uno de sus clientes, cuyo nombre no trascendió.

Al parecer todo apuntaba a un asesinato ritual.

Según decía la rumorología londinense, la fuente más fidedigna de información para muchos, la familia de aquel cliente había conseguido que la prensa y la policía acallaran los detalles, por lo que la historia perdió el interés, con ello la portada de los diarios, y unos días más tarde, tras ser relegada a la página de sucesos, había desaparecido de la actualidad informativa. De hecho Revel lo recordaba como un hecho lejano, que causó cierto nerviosismo en la profesión, y que un día cualquiera desapareció de sus mentes como si Hammer nunca hubiera estado en esta tierra.

—La noticia —dijo Sibila cuando Revel terminó de leer el artículo— apareció en toda la prensa inglesa hace unos meses. No se filtraron más detalles de la muerte que los que puede usted leer ahí... menos esto.

Sacó otro recorte, en esta ocasión muy pequeño, de un magazín sensacionalista londinense de tirada semanal. Era de la misma fecha y cubría la misma noticia, aunque aportaba otro dato. Se lo tendió a Revel para que lo leyera.

—Éste fue, realmente, el primer artículo sobre el caso Hammer que cayó en mis manos. Lo primero que hice fue recabar toda la información que encontré sobre el suceso y me di cuenta de que en todos los diarios aparecía la misma noticia con apenas cambios.

—Este tipo de noticias —dijo el profesor mientras repasaba su contenido— suele ser cubierta por alguna agencia de comunicación que después la vende al resto de medios. La mayoría de las veces incluso se publica la misma nota de prensa en diferentes periódicos.

—Exacto. Sólo el reportero de esa pequeña revista londinense se tomó la molestia de indagar por su cuenta y descubrió que el cadáver había sido desangrado.

—Por lo que tenemos, según usted, un nuevo caso de asesinato por desangramiento que no aparece recogido, ya que los medios no informaron de este detalle.

—Y que podía haber sido simplemente otro suceso más que añadir a mi larga lista de posibles casos de vampirismo si yo no le hubiera prestado un poco más de atención.

Un brillo fugaz apareció en los ojos del profesor. Aunque su impecable apariencia no estaba acostumbrada a expresar sentimientos, aquella historia había empezado a interesarle, ¿o ya le interesaba antes de haber venido a esta entrevista?

—Tuve que investigar durante bastante tiempo hasta recomponer la historia de lo que sucedió esa noche, pero al final tengo la secuencia casi completa. ¿Conoce usted a la familia Langley?

Revel asintió. ¿Qué bibliófilo no los conocía?

—Entonces sabrá que al día de hoy, al heredero, Lord Langley, sólo le queda una pequeña propiedad en Londres, en Highgate, hipotecada varias veces y donde ha ido amontonando las piezas de sus colecciones cuando ha tenido que vender otras casas y palacios.

Revel volvió a asentir. Un conocido le dijo una vez que el metro cuadrado con más obras de arte de Inglaterra era aquella casita del norte de Londres, donde la familia de aristócratas había ido guardando los restos de sus inversiones centenarias en arte, a la espera de que un nuevo vástago necesitara dinero y empezara a subastarlas. Cuando el último de los Langley decidió vender su biblioteca los coleccionistas de medio mundo se lanzaron como buitres a ver qué podían sacar a precio de saldo.

—Hace un año —prosiguió Sibila como si leyera sus pensamientos— Lord Langley anunció en los canales adecuados que había decidido sacar a subasta su biblioteca.

Revel notó aquella sensación de desasosiego que siempre le asaltaba cuando entraban en juego los empolvados volúmenes a los que había dedicado su vida. Recordaba perfectamente el día en que uno de sus contactos le dio la noticia de la venta. ¿Qué no contendrían aquellos anaqueles, tras años, siglos de atesorar manuscritos, incunables y ediciones príncipe con lo mejor que se publicaba en Europa?

—Para hacerlo —prosiguió Sibila— tendría primero que tasar la colección. Conocer cuál era su valor real. Como usted sabrá, Langley no sólo contaba con los libros que desde hacía trescientos años se habían ido apilando en las estanterías de su vieja casa señorial, sino que con el paso de los años, y desde tiempos de su abuelo, cada vez que se deshacían de una propiedad, sus libros y demás objetos valiosos eran empaquetados y enviados a esta casa de Highgate, para descansar en cajas de madera en los sótanos de la propiedad. Sólo hacer el inventario era una tarea titánica, cuanto más catalogarlos. Fue a realizar este meticuloso trabajo a lo que se ofreció el señor Hammer.

Revel lo recordaba perfectamente. Fue un pequeño escándalo en el mundo del libro antiguo. Contra toda ética profesional, William Hammer se había prestado a hacer un inventario de la colección de forma, en apariencia, desinteresada, a la espera de recoger las migajas que pudieran caer de la subasta, o quizá con pensamientos más oscuros.

—Esta idea no gustó demasiado —corroboró Sibila sus pensamientos—. Algunos aseguraban que la intención de Hammer no era otra que la de apropiarse de todo lo que pudiera mientras elaboraba aquella lista de existencias.

—¿Conoce los pormenores de la investigación?

Sibila soltó un soplido antes de contestar.

—Tras la muerte del señor Hammer la policía interrogó al dueño de la casa, Lord Langley. Al parecer fue una jornada intensa de la que salió con una copia del inventario que estaba realizando Hammer y al que hasta ese momento no había tenido acceso. Era la primera vez que lo veía, no había sido muy cuidadoso con su colección en el pasado y tampoco en estos últimos tiempos. Le dieron el plazo necesario para llevarse aquella copia de la lista a casa y repasarla con tranquilidad. Los polis mantenía la teoría de que el asesinato podía estar vinculado con el robo de libros valiosos para su venta en el mercado negro.

—¿Había algo interesante en ese listado?

Sibila sonrió.

—Langley, que no tenía ni idea de qué tesoros guardaba su propiedad, dice que sí, y supongo que para ustedes debían ser libros extraordinarios. Al parecer, si es cierto que Hammer tenía fama de bandido, también lo es que era escrupuloso en su trabajo. Había registrado los libros de forma impecable, con una pequeña descripción de su contenido, estado, número de páginas, título, autor y signatura con la ubicación dentro de la biblioteca o de la caja numerada donde descansaba. La mayoría de aquellos libros eran desconocidos para Langley, sin embargo, uno de ellos llamó su atención, ya que trataba sobre un tema al que era muy aficionado.

—¿A qué título se refiere?

Sibila rebuscó entre sus papeles hasta encontrar lo que buscaba.

—Aquí está —miró con detenimiento el papel que acababa de sacar—. Disculpe la pérdida de tiempo, pero soy incapaz de memorizar un título en latín. Su nombre es *Cruoris Liber*.

Revel repitió aquel nombre en voz alta.

—*Cruoris Liber;* puede traducirse como *El Libro de la Sangre*.

—Así es —confirmó Sibila—. El nombre llamó la atención de Langley. En verdad lo que le fascinó fue la descripción que le acompañaba.

—Con ese título supongo que tendría alguna vinculación con los supuestos vampiros.

Sibila sonrió.

—Exacto. Hammer había escrito al lado del nombre... —volvió a rebuscar en la carpeta—. Aquí está; Hammer decía que se trataba de un *grimorio sobre Magia Póstuma proveniente de la ciudad checa de Celákovice, siglo XII*. Imagíneselo; un grimorio. El señor Langley decidió en ese momento que tenía que ver con sus propios ojos aquel libro. No era un asunto directamente relacionado con la muerte de Hammer, así que no dijo nada a la policía. Esa misma noche se encaminó a su casa de Highgate para ver y leer el manuscrito.

—¿Lo encontró? —preguntó Revel, que había sacado una pequeña libreta del bolsillo de su abrigo y la anotaba con un lápiz diminuto y letra apretada.

—El libro había sido robado.

—Es un poco precipitado decir que había sido robado. ¿No le parece? En una tasación puede haberse traspapelado en otro lugar...

—No —dijo Sibila con convicción—. El libro fue robado. Ya le he dicho lo meticuloso que era el señor Hammner a la hora de manipular los libros. Esto lo confirmó Langley, que pudo comprobar cómo cada uno de los volúmenes de la lista estaba donde exactamente decía el listado que debía estar. Menos éste, que no apareció por ningún lado.

—¿Seguro que buscó donde debía? —preguntó Revel.

—Casi podría jurarlo —sonrió Sibila—. Langley, por lo que sé, no es menos escrupuloso que Hammer, se lo aseguro.

—¿Conoce usted a Lord Langley?

Ella pareció dudar antes de contestar.

—Langley y yo compartimos la misma afición. Cuando me puse en contacto con él por primera vez accedió a hablar conmigo.

—¿Le contó todo esto que usted acaba de narrarme, a una desconocida?

—Señor Colina, ya le he dicho que a nuestro grupo nos unen lazos que serían difíciles de entender por usted.

—Bien —dijo con tono aséptico—. Le ruego que continúe.

Ella guardó un instante de silencio, ordenando los pensamientos que se amontonaban formando murallas infranqueables en su cabeza.

—Cuando Langley descubrió que el libro había desaparecido pensó que en efecto, tal y como sospechaba la policía, la muerte de Hammer podría estar relacionada con el robo de libros valiosos; era un manuscrito del siglo XII según las anotaciones y, posiblemente, único, por lo que su valor sería elevadísimo en los mercados adecuados. Pero con el paso del tiempo esta teoría se fue viniendo abajo.

Revel seguía atentamente cada palabra que decía aquella mujer.

—¿Qué le hizo cambiar de idea?

—Langley cayó en la cuenta de que había pasado por alto algo obvio.

Volvió a su vaso de vino. Apenas si lo había probado. Dio un pequeño sorbo y continuó.

—En el mismo anaquel donde debía descansar el libro robado, también estaban... —miró de nuevo sus notas—, un manuscrito titulado *Sermons,* de Hugo de Prato, en una edición de 1322 idéntica a la de la Biblioteca Ambrosiana, y una obra titulada *Sonetti tre,* del siglo XIII atribuida a un tal *Abbate di Tivoli,* y eso sólo en ese anaquel, dentro de una biblioteca enorme.

—Comprendo. Cada uno de esos libros —dijo Revel pensativo—, pueden alcanzar en el mercado varios cientos de miles de euros. El señor Langley se dio cuenta de que el robo no era un móvil sólido. ¿Qué ladrón de libros dejaría aquella fortuna abandonada?

—Eso es —sonrió Sibila—. Los motivos de aquel extraño robo podían ser muchos otros; un encargo, una obsesión, una necesidad... pero fuera cual fuera el motivo...

—Detrás de él siempre estaría el libro, ese único libro —concluyó Revel.

Sibila lo miró sorprendida. Lo poco que había leído del señor Colina empezaba a confirmarse.

—A esa misma conclusión llegó Langley, y un poco más tarde yo misma —continuó—. La policía no ha logrado resolver el asesinato; es como si el asesino se hubiera volatilizado, desaparecido. Al poco, Lord Langley perdió el interés.

—Ése es el libro que quiere que encontremos para usted, ¿verdad? —preguntó Revel

—Ése es. Quiero que localicen *El Libro de la Sangre,* el *Cruoris Liber.*

Capítulo 7

No es fácil creer que los cuerpos de los muertos puedan salir (no sé por qué medios) de sus sepulcros, y puedan sembrar alrededor el terror o la destrucción de la vida, y volver de nuevo a la tumba, abierta espontáneamente para recibirlos. Hay muchos ejemplos ocurriendo en nuestra propia época, es suficiente establecer este hecho, de cuya verdad hay testimonios abundantes.

Historia Rerum Anglicarum,
William de Newburgh (1136-1198).

Sabes que estás perjudicándola. No quiero esta vida para mi hija.

Revel, sin inmutarse por los comentarios, seguía recorriendo una a una las baldas de la biblioteca, pasando el dedo por el dorso de cada libro. Cada vez que creía encontrar el que necesitaba se detenía e inclinaba la cabeza para leer el título impreso en el lomo. Si no era el que buscaba continuaba con la siguiente hilera.

—Cecyl, ¿por qué piensas que yo tengo algo que ver con eso? —murmuró deteniéndose de nuevo; le había parecido que aquel ejemplar en vitela teñida de azul... pero no, tampoco era el que precisaba.

—¿Cómo que por qué? —Cecyl estaba cómodamente sentado en el gran sillón orejero y curioseaba el último ejemplar de la revista *AE Top 500* mientras tomaba una copa de brandi—. De sobra sabes que hace una semana que debía haberse incorporado a su puesto y, sin embargo, le has encargado un nuevo caso.

—No se lo he encargado. Sólo tiene que buscar un poco de información. Además, podía haberse negado.

—La conoces desde que era casi una niña. Sabes que nunca haría algo así. Esta hija mía jamás te lleva la contraria.

—De nuevo te informo de que no conoces a tu hija. De todas formas puede alternar su nuevo puesto de trabajo con éste. Sólo la necesitaré unas semanas más.

Cecyl cerró la revista y la dejó sobre la mesa.

—¿Sabes cuánto me ha costado encontrarle ese nuevo puesto? He tenido que pedir favores a hombres con los que no me hablo desde hace más de quince años. Incluso he tenido que hacer favores a fanfarrones incapaces que tienen el valor de llamarse a sí mismos científicos.

Revel fue hasta la otra pared para empezar a buscar en aquella estantería.

—Cecyl, el puesto que le has buscado a tu hija la hará infeliz.

—Sandeces. Yo he sido profesor universitario durante cuarenta años y me considero un hombre feliz.

Revel detuvo su búsqueda un momento y lo miró con sorna.

—De todas formas —repuso Cecyl—, la felicidad es una enorme estupidez burguesa.

—Ella quiere seguir aquí. Una parte de esta empresa es suya, no lo olvides.

Cecyl Ancel se sirvió un poco más de brandi y cruzó las piernas hasta hundirse en el sillón.

—Eso es imposible, ¿cuántos años lleva Heviu trabajando contigo? ¿Ocho, diez? ¿Y qué ha conseguido desde entonces? La hipoteca de un apartamento bastante mediocre...

—Que es el que a ella le gusta —intervino Revel.

—Muchas noches de trabajo sin apenas descansar...

—Que es la parte de nuestra profesión que más le fascina.

—Y un hijo adolescente desatendido.

Revel se volvió con un libro en las manos y miró directamente a Cecyl a los ojos.

—Cecyl, te pasaste los primeros catorce años de vida de ese crío sin querer verlo. ¿Él es ahora quien te preocupa?

El aludido se removió incómodo en el asiento.

—Ese muchacho está ahora en el peor momento de la vida de un hombre y necesita a su madre. Una madre con horarios normales, con un trabajo normal, que no se juegue la vida corriendo detrás de libros inexistentes.

—El peor momento de su vida, Cecyl —dijo Revel volviendo a su búsqueda—, lo pasó cuando teníamos que hacer turnos los amigos para recogerlo en la guardería, o cuando se le cayó el primer diente y no pudo contarlo a su madre hasta dos días después, o cuando tenía que quedarse a comer en el colegio porque su madre estaba trabajando para poder pagar las facturas. Todo eso ya ha pasado y no ha influido en su relación con Heviu que, por cierto, es magnífica.

La puerta de la biblioteca se abrió y apareció Heviu con un montón de papeles impresos.

—¡Papá! —dijo al verlo—. No sabía que estabas aquí.

Cecyl se levantó para besar a su hija.

—Cuando he llegado tú no estabas. Pensaba que habías ido a la universidad.

Heviu se turbó por un momento, pero pronto recuperó de nuevo la sonrisa.

—Hoy no he podido ir. Tenemos mucho trabajo.

—Ni ayer, ni antes de ayer ni el otro —Cecyl chasqueó la lengua y volvió a sentarse—. Querida, todos los días no se encuentra un puesto de profesora en la universidad. El decano me ha llamado extrañado. No han tenido noticias tuyas. Le he asegurado que estabas enferma. Debes ir cuanto antes o prescindirán de ti.

—¿Enferma? —dijo ella escandalizada—. ¿Por qué has mentido en mi nombre? Pensaba ir mañana o pasado.

—Tu padre insiste en que soy yo quien está estropeando tu vida manteniéndote aquí —dijo Revel, que seguía muy atento en su búsqueda, como si nada de aquello tuviera que ver con él.

—Tú y mi padre opináis de mis asuntos más de lo que debierais.

—No te enfades, querida. Es por tu bien y por el de Johnny —dijo Cecyl.

Heviu sintió el dolor de la estocada que acababa de lanzarle su padre. Sí, tenía que pensar en su hijo. Aquel crío se había pasado toda la vida sin un modelo masculino estable al que tomar como referente y con media madre. Ya iba siendo hora de centrarse un poco en él.

—Ya te lo dije. Conmigo no tienes ninguna obligación. Eres libre de hacer lo que quieras —dijo Revel sin mirarla—. Puedes irte a la universidad ahora mismo, Mario terminará tu trabajo.

Heviu permaneció callada en medio de los dos, mientras Cecyl tomaba de nuevo la revista y Revel se agachaba para buscar en la parte baja del mueble.

—Mañana —dijo al fin bajando los brazos con un gesto de desgana—. Mañana iré a la universidad y le pediré disculpas a tu amigo el decano.

—No es mi amigo —aclaró Cecyl—. De hecho es uno de mis peores enemigos.

—*Voilà!* —dijo Revel con el libro que buscaba, al fin, entre las mano—, te he encontrado.

Heviu recordó de pronto para qué estaba allí, y tendió el montón de folios impresos a su jefe.

—Ahora no —dijo él—. Dentro de cinco minutos. Tenemos reunión para ver qué vamos a hacer con el asunto de los vampiros.

—¿Vampiros? —Cecyl aguzó el oído.

—Una forma de hablar. Nada de importancia —le aclaró Revel yendo hacia la puerta. Los misterios del *más allá* solían gustarle a su viejo amigo, y no lo quería por compañero.

—Tú no irás a esa reunión, ¿verdad? —Cecyl miró a su hija a través de las gafas que le pendían de la punta de la nariz—. Mañana tienes que estar en...

Ella bufó exasperada.

—Papá, ya lo sé. No soy una niña. Dejadme los dos que por una vez haga lo que me dé la gana.

Y salió detrás de Revel dando un portazo.

* * *

—¿Entras o sales? —dijo Revel sin mirarla, atento a la pantalla de su ordenador.

Heviu recompuso su cara de disgusto y abandonó el marco de la puerta donde había estado apoyada, como si el hecho de asistir a la reunión desde aquella distancia le permitiera mantenerse en ese estado semioficial de permanencia en la oficina en que se encontraba estos últimos días. Al final decidió sentarse en la silla libre delante de la mesa.

Mario, por supuesto, ya estaba allí, con la libreta de apuntes en una mano y su bolígrafo *bic* en la otra. Era evidente que aquel chico tenía aptitudes para su trabajo, quizá más que ella. Sí. La decisión de abandonar a Revel Colina sería buena para todos. Sin duda.

—Después de pensarlo detenidamente —anunció Revel mirando alternativamente a una y otro ayudante— he decidido que ayudaremos a la señorita Mondragón a encontrar el libro que busca. ¿Alguna pregunta?

Mario levantó la mano como en la escuela, pero la bajó de inmediato antes de hablar.

—He realizado un barrido por todas nuestras bases de datos. Entre unas y otras, prácticamente recogen el total de manuscritos anteriores a 1450 de los que se tiene constancia.

—Resultados —ordenó más que preguntó el profesor Colina, volviendo la atención a la pantalla de su ordenador.

—No existe ninguna entrada que apunte al término *Cruoris Liber*, ni por similitud ni por proximidad. He buscado también diferentes desviaciones de ambas palabras, por si al introducir el nombre se hubiera cometido alguna errata, y sin resultados.

—¿Lo has intentado utilizando sinónimos?

—Por supuesto. He buscado la expresión *Sanguinis Liber*, *Cruoris Codex* y hasta *Sanguinis Codex* por si hubiera sido recogido con esa fórmula, y otras tantas versiones como *Libro de la Sangre*, *Libro sangriento* o *Libro Rojo*. De esto último sí he obtenido resultados, pero no tienen nada que ver con vampiros.

El rubor acudió a sus mejillas y bajó la cabeza.

—En la anotación de Hammer se hablaba de una ciudad checa...

—Celákovice —respondió Mario—. He buscado todos los manuscritos datados con algún tipo de relación, no sólo con esa ciudad, sino también con Praga, que sólo dista unos doce kilómetros.

—Un trabajo concienzudo —reconoció Revel.

—Y sin resultados. No hay coincidencias. Ese libro, para nuestras bases de datos, no existe. Quizá deberías reconsiderar si ayudamos o no a esa mujer, jefe.

Revel apenas sonrió.

—Heviu —dijo por respuesta.

Ella consultó sus notas antes de contestar.

—Como me dijiste, he seguido el mismo criterio de investigación que la señorita Mondragón, así que he repasado de nuevo los casos de muertes sin resolver en la ciudad de Londres durante los últimos diez años, teniendo como único indicador que el difunto hubiera sido encontrado desangrado. Me he permitido hacer una segregación más, así que he descartado los casos en los que sí ha aparecido la sangre del cadáver

—¿Qué tiene eso que ver? —preguntó Mario.

Heviu lo miró un momento para seguir con sus notas; su compañero era perfecto en todo para sustituirla pero le faltaba visión. Era de miras estrechas, quizá por el hecho de tener un pasado como religioso, o por su impertinente juventud.

—Se supone —dijo al fin— que el vampiro se alimenta de sangre, así que aquellos casos en los que la sangre ha aparecido en el escenario del crimen he creído conveniente desestimarlos.

Mario se giró en la silla para mirarla de frente.

—¿Tú también te has creído esa locura de los no muertos? Pensaba que éramos un equipo científico. Gente seria y empírica que desecha el folclore como parte de la investigación.

—Yo no he dicho que crea o deje de creer en vampiros.

—¿Entonces?

¿Por qué tenía que apasionarse, como antes, como unos días antes, como cuando trabajaba formando parte de ese equipo y no era una profesora universitaria y madre de familia?, pensó Heviu antes de contestar.

—Simplemente aplico la lógica de nuestra clienta.

—La lógica de una clienta que está fuera de toda lógica y cordura.

—Siempre hemos trabajado así.

Estaba cansada precisamente de eso, de las discusiones sin fin y de los caminos angostos de difícil tránsito.

—Has hecho lo correcto —intervino Revel—. Prosigue.

Apartó aquellos pensamientos que volaban como sombras negras sobre su cabeza y se centró en hacer comprender a su compañero.

—Para que os hagáis una idea —intentó ilustrar Heviu, mirando directamente a Mario—. Hace dos años encontraron a un tipo completamente desangrado. Era aprendiz de carnicero y se había hecho un corte importante en la muñeca mientras preparaba un pedido. El pobre hombre, al parecer, no soportaba la sangre, sufrió un mareo y perdió la conciencia. Al día siguiente lo encontraron debajo del mostrador, rodeado por cinco litros de sangre, gota más o gota menos. Hay varios casos de este estilo. Éstos son los casos que he dejado fuera de la investigación.

—Has hecho bien en desestimarlos —volvió a intervenir Revel—. ¿Y los otros?

—Tengo que reconocer, y disculpa Mario si te ofende, que la señorita Mondragón tiene razón. Hay muchas muertes en las que la víctima aparece desangrada pero este hecho pudiera ser explicable mediante el argumento de un ajuste de cuentas, maltrato doméstico, trasplante ilegal de órganos, accidentes en la bañera y cosas por el estilo. Pero en ninguno de los escenarios se ha encontrado toda la sangre que debería haber. ¿No te parece extraño? Es como si el asesino se hubiera llevado una parte, como si hubiera controlado las pautas de conducta de sus víctimas para ejecutarlas del modo que más se ajustara a su perfil vital.

—*Perfil vital* —subrayó Mario con cierto cinismo—. Curiosa teoría.

Revel prefirió no prestar demasiada atención a los comentarios de su ayudante.

—¿Has podido encontrar alguna pauta en los casos estudiados?

—Estoy en ello —Heviu le tendió el trabajo impreso a su jefe—. En estos momentos estamos terminando de introducir los datos en el procesador para que localice similitudes. Creo que puede estar listo en unas horas. Son muchos los campos necesarios para encontrar un patrón de comportamiento.

Ninguno de sus dos compañeros dijo nada.

Heviu debía haber abandonado su puesto días antes de la llegada de la cliente sobre la que ahora hablaban, Sibila Mondragón, pero desde entonces seguía allí, con ellos, dando la impresión de que ninguno estaba capacitado para llevar a cabo aquel trabajo sin su ayuda.

—Mario puede terminarlo —dijo Revel con cautela.

Ella negó con la cabeza con tanta vehemencia que no admitía réplica.

—Durante unos días puedo alternar el trabajo en la universidad con éste. No me ocupará demasiado tiempo.

—Bien —Revel pulsó el *enter* en el teclado, apartó la vista del ordenador y encaró a ambos—. Quiero que ampliéis el ámbito temporal de búsqueda, cincuenta, cien años atrás. Buscad muertes en las que esté presente el desangramiento...

—Y que no aparezca la sangre en el escenario del crimen —apuntó Mario.

—En principio es mejor que incluyáis todos los casos, no creo que sean demasiados. Después discriminad aplicando ese criterio.

—¿Qué buscamos? —preguntó Heviu.

Revel estaba revisando la documentación que ella acababa de entregarle.

—No lo sé. Cualquier cosa que nos pueda dar alguna pista para localizar a quien haya podido interesarse por ese extraño libro

Mario carraspeó.

—¿Sí? —le preguntó el profesor.

—Has dicho que busquemos casos de muertes por desangramiento hasta cien años atrás.

—Correcto.

Lo miró con los ojos entornados antes de proseguir.

—Vale. Tú también crees en vampiros. En tipos que se levantan de la tumba y viven cientos de años introduciendo una cañita, como si se tratara de un daiquiri, en la aorta de algún desgraciado.

Revel no sonrió ante el comentario

—Muchacho, una vez constatada la posible existencia del libro, como en este caso, no debemos desechar ninguna posibilidad. Por absurdo que nos parezca puede existir un argumento lógico y explicable detrás de todas esas historias. Ésa es la diferencia entre encontrar o no encontrar un libro valioso. ¿Entendido?

Mario asintió, notando cómo el rubor volvía a ocupar sus mejillas. Bajó la cabeza y empezó a jugar con su bolígrafo *bic*.

—También quiero saberlo todo sobre Lord Langley —dijo el profesor—, dadle prioridad a ese asunto. Nos comunicaremos de la forma habitual, al menos una vez al día, a última hora, y por supuesto siempre que sea necesario.

—¿Adónde vas tú? —preguntó Heviu con curiosidad.

—Al único lugar por donde se me ocurre empezar. A la fuente de toda esta historia.

—¿Lo que significa?

La impresora escupió un trozo de papel.

—Ésos deben de ser nuestros billetes a Budapest.

Capítulo
8

A los 20 o 30 días después de su muerte algunos se quejaron de que el mencionado Arnold Paole les estaba atacando; y que de hecho había matado ya a cuatro personas.

Visum et Repertum,
Johannes Fluckinger (26 de enero de 1732).

Hasta que el profesor Colina no aceptó definitivamente el trabajo, Sibila no se había atrevido a poner su única condición innegociable; ser su sombra durante el proceso de búsqueda del libro.

Podía entenderse como desconfianza, pero estaba lejos de ser eso. Le quedaba tan poco tiempo que quería estar presente en el momento en que el libro saliera de nuevo a la luz.

Por supuesto había recibido un *no* por respuesta que poco a poco se fue transformando en un medio *sí* con reservas, hasta que después de muchas negociaciones el profesor Colina aceptó que le acompañara con tres condiciones; que a partir de ese momento él era quien mandaba, que no se interpusiera en la investigación, y que aceptara retirarse si las cosas se ponían difíciles.

¿Difíciles? Siempre había pensado que la vida de un bibliófilo era de las más sosegadas del mundo: interminables veladas encerrado en una biblioteca entre viejos legajos polvorientos, donde lo más peligroso podía ser una alergia al polvo. Incluso aunque en este caso se tratara de un cazador de libros raros y de un libro que versaba sobre la sangre.

Habían llegado a Budapest hacía apenas un par de horas. Revel insistió en que llevaran el mínimo equipaje pues posiblemente tendrían que desplazarse con frecuencia. Ella había comprado en Londres una maleta pequeña, con ruedas, para no tener que facturar en el aeropuerto, pero aun así le pareció ver la mirada de desaprobación del profesor, que sólo portaba una mochila donde cabría poco más que una muda de ropa y el ordenador portátil.

Un taxi les llevó hasta el hotel, en la parte alta del barrio de Buda, desde donde se divisaba una espléndida vista de la ciudad. El hotel estaba ubicado en una de las calles estrechas y peatonales que bordean la Iglesia Matías. Les tenían reservadas dos habitaciones, una frente a la otra. El profesor prefirió que Sibila se quedara con la que daba a la parte trasera del edificio, desde donde podría ver el Danubio atravesado de puentes, y las hermosas torres de las iglesias de Pest. La de él, en cambio, daba a la fachada del edificio, a una calle estrecha y poco transitada.

Se trataban de habitaciones confortables y estaban limpias, aunque la decoración era un resumen de la historia de Centroeuropa teñida de bermellón. La cama se cubría con un baldaquín de madera oscura tapizado en terciopelo granate, que tenía todo el aspecto del túmulo funerario de un jefe de estado.

Las cortinas, gruesas y pesadas, también eran de terciopelo rojo y estaban desgastadas en el dobladillo. Había dos mesitas de noche, una estantería troquelada con aspecto de que en cualquier momento se podría venir abajo, sobre la que reposaban varios libros en húngaro, y una banqueta para descalzarse. El baño era grande, con una bañera que parecía un mapa de constelaciones en negativo a causa del óxido, y azulejos blancos con pequeñas flores de lis. A pesar de todo estaba limpio y la moqueta del suelo tenía el aspecto de ser de antes de ayer.

Nada más entrar, Sibila se había sentido atravesada por una ráfaga de frío, como si hubiera sido alcanzada por la flecha helada de un esquimal; debía de haber alguna corriente de aire. Sin embargo, el amplio ventanal estaba cerrado y los radiadores conectados. Había dejado la maleta junto a la puerta. Lo mejor sería subir el termostato a la espera de que la habitación se caldeara durante el tiempo que estaría fuera. Al llegar hasta uno de los radiadores se sorprendió no sólo de que estuviera al máximo de potencia, sino de que, al tocarlo, se quemara la yema de los dedos. Parecía como si aquel frío formara parte de la estancia, como las cortinas escarlatas y las destartaladas mesitas de noche.

Sin cambiarse, se dirigió a la recepción. Estuvo en el recibidor apenas cinco minutos después de haber llegado, y Revel ya la esperaba con su pequeña mochila colgada del hombro.

Caminaron por la ciudad hasta el concurrido barrio de Pest que se levantaba donde terminaban los puentes, como un destino bullicioso en contraste con la calma del barrio alto. Sibila creyó ver por un momento una sombra de la fascinante ciudad de las novelas de Sándor Márai, pero la recorrieron a paso tan ligero, como si llegaran tarde a una cita, que no pudo disfrutarla.

El profesor Colina era quien marcaba el paso. Ella apenas podía seguirle. Atravesaba calles y bulevares sin detenerse, sin reparar en los imponentes edificios de finales del siglo XIX que se alzaban a un lado y a otro, ni en las no menos espectaculares construcciones de la etapa comunista que de vez en cuanto tachonaban el plano de arterias y avenidas que componían la ciudad.

Durante todo este camino, al igual que durante el viaje en avión, apenas habían cruzado alguna palabra. Revel había permanecido durante el vuelo enfrascado en la lectura de un dossier pulcramente encuadernado. Sibila había tenido la mirada perdida más allá de la ventanilla del avión y ahora parecía sorprendida por la rapidez del tren con que habían atravesado aquella ciudad de música y baños de agua caliente.

Ese deambular les había llevado a uno de los anchos bulevares repleto de cafés y restaurantes. Sin detenerse a elegir, el profesor Colina entró decidido en uno de ellos y habló con uno de los camareros. Al cabo de un momento les acompañaban a la planta alta del restaurante, donde había preparada una mesa para tres junto a un ventanal que daba al paseo. El comedor, quizá por estar pintado en un acogedor color siena y decorado con envases de todo tipo de embutidos y confituras, podía encontrarse en cualquier gran ciudad de Europa. A esas horas el restaurante estaba repleto de clientes y el ambiente era un susurro de voces quedas terminadas en húngaro.

Llevaban más de media hora allí sentados, sin apenas intercambiar palabras, haciendo frente a dos copas casi intactas de vino de la casa.

—Esperamos a otro comensal —se había limitado a decir el profesor cuando el camarero insistió en servirles la cena.

Sibila no había querido preguntar, a pesar de haber reparado en la configuración de la mesa. Prefería disimular la ansiedad que le causaba aquel misterioso tercer comensal del que el profesor no había dicho nada. Se entretuvo atenta al bulevar que transcurría a sus pies, como quien observa desde un acantilado la espuma de mar repleta de peces. Revel estuvo leyendo un periódico en inglés.

El camarero, que ya los había visitado en varias ocasiones para saber si servía o no, se acercó de nuevo a ellos, seguido de un hombre corpulento y rubicundo que sonrió al localizarlos.

—Usted debe ser la señorita Mondragón —dijo el desconocido nada más llegar, tendiéndole la mano.

Ella lo miró un poco desconcertada, pero Revel dejó su periódico en el suelo, se puso en pie y le saludó con un afecto desconocido por ella hasta ahora, como viejos amigos que no se ven desde hace tiempo. El nuevo comensal ocupó la única silla que permanecía desierta, dedicando sonrisas a una y otro, y palabras en magiar a los vecinos de mesa.

—Ahora sí —indicó Revel al camarero, que se marchó satisfecho a ordenar la comanda.

El profesor Colina se dirigió entonces a Sibila, la observadora desconocida que había viajado con él desde Londres, y recorrido media ciudad de Budapest sin apenas soltar palabra.

—Señorita Mondragón, le presento a Ányos Goldin, un viejo amigo.

Ella le tendió la mano.

—Sibila, por favor —dijo con una escueta sonrisa de cortesía.

Hubo un intercambio de más sonrisas corteses y preguntas sobre el vuelo, el hotel donde se hospedaban, el tiempo y la vida en general, hasta que el camarero trajo los entrantes, un plato de pimientos fritos con cebolla y patatas, que ubicó en el centro de la mesa.

—Antes que nada... —dijo Revel sacando de su pequeña mochila un bulto envuelto en un trozo de tela de fieltro que quedó sobre la mesa frente al recién llegado.

El hombre miró el objeto, después a Revel y de nuevo se fijó en el envoltorio. Sus movimientos eran tan cautelosos que parecía como si la forma recogida en aquel trozo de tela se fuera a desvanecer si la tocaba.

Al fin adelantó una mano y la posó sobre la tela.

—¿Es...? —dijo mirando a Revel con ojos chispeantes.

Éste asintió.

Despacio lo tomó entre sus manos, con delicadeza, y empezó a desenvolverlo con mucho cuidado, apartando poco a poco cada vuelta de fieltro, hasta que la cubierta marrón de un libro apareció entre la tela amarilla.

Sin atreverse a tocarlo con las manos, lo colocó en la mesa, aún sobre la suave tela, y entonces Sibila pudo ver de qué se trataba.

Las cubiertas del libro estaban descoloridas y un poco roídas en los bordes. La piel de que estaban hechas aparecía seca y cuarteada, levantada en las esquinas como una mala herida. Tanto en el lomo como en la portada había letras hebreas que no pudo reconocer, estampadas con tinta dorada muy oscurecida.

—¿Cuándo lo encontraste? ¿Dónde?

Revel sonrió; un gesto no muy habitual en él.

—Es una vieja historia que te contaré en otra ocasión. Estaba seguro de que te gustaría.

Ányos se inclinó hasta que su nariz apenas rozó la cubierta del libro y aspiró el aroma que emanaba. Olía a sabiduría y a años. Un aroma familiar para ambos hombres, más embriagador que cualquier fragancia, el aroma de la sabiduría, de lo desconocido y de la diversidad de la verdad.

—¿Cómo no iba a gustarme? —dijo emocionado—. *La historia de los judíos de Vidin,* escrita en tiempos de las grandes conquistas otomanas. Es una joya sobre mi pueblo y mis antepasados.

Revel volvió a sonreír. Aquél era el libro que había estado buscando cuando Cecyl, el padre de Heviu, fue a visitarlo; estaba seguro de que era un regalo que Ányos sabría apreciar.

—Para empezar me dejareis que os invite a esta cena —dijo el hombre inclinando la cabeza, como cuando se está convencido de haber acertado y gusta de manifestarse—. ¿Os agrada el restaurante? Lo he reservado pensando especialmente en la señorita.

Sibila se sintió un poco incómoda; el sitio era agradable, supuso que se refería al ambiente íntimo del lugar —si ese hombre la conociera se daría cuenta de que ella no era precisamente un alma hogareña—, o peor aún, al supuesto toque femenino que emanaba de la decoración.

—Gracias —dijo con voz quebrada—. Es un sitio muy acogedor.

—Sí. Eso también —Ányos miró a ambos lados como si se percatara por primera vez de esa cualidad—. Pero me refería a que este restaurante está ubicado donde antiguamente se levantaba la casa de Arminius Vambery. Supuse que le gustaría cenar aquí.

Sibila abrió la boca, aunque ninguna palabra salió de ella. Después miró al profesor entre sorprendida y molesta.

—¿Le ha contado usted lo de...?

—¿Lo de los vampiros? —terminó Revel su frase—. Por supuesto. Ányos es de mi entera confianza. Va a ser nuestro guía. A quien él no conoce en Centroeuropa es que no es necesario conocerle.

El hombre soltó un sonido de viejo grajo que debía ser una carcajada.

—Eso no es verdad. Es sólo cuestión de tener muchos años y una lengua demasiado larga que me lleva a cometer muchas imprudencias.

—Por cierto —preguntó Revel—, ¿quién es ese Arminius Vambery?

A Sibila no le había agradado que el profesor le hubiera hablado a aquel desconocido sobre ella y menos aún no saber en qué términos lo había hecho. Aun así debía reconocer que si iba a ser su guía debía tener, al menos, una idea básica sobre el trasfondo de la búsqueda que pretendían llevar a cabo.

—Fue un personaje muy conocido por los estudiosos de las leyendas de vampiros —contestó ella, intentando que su voz no trasluciera el ligero malestar que sentía.

—Y muy famoso en Hungría —dijo Ányos.

—Por supuesto —se apresuró a corregir—. Fue profesor de la universidad de Budapest.

—Y judío —volvió a aclarar Ányos .

Sibila se quedó más tranquila al ver que aquel hombre se preocupaba más por ubicar *patrióticoreligiosamente* a un personaje que por que la mujer que tenía a su lado creyera o no en vampiros.

—Se dice —dijo al fin, alejando de su cabeza todos aquellos pensamientos cruzados y más animada por estar en la verdadera casa de Arminius Vambery— que el origen de la novela de Bram Stoker, *Drácula,* se debió a que Vambery le contó al autor muchas leyendas de vampiros, que tanto abundan en los Balcanes. Al parecer también le contó la historia del príncipe Vlad Tepes. Muchos opinan que estos relatos avivaron la imaginación del escritor hasta hacer que se interesara cada vez más por las supersticiones transilvanas y terminara escribiendo su novela.

—Son muchas las leyendas sobre vampiros que tenemos en todo el territorio húngaro —aclaró Ányos tras despachar de un trago la copa de vino que acababa de traerle el camarero—. Hoy sólo somos una sombra de lo que fuimos. Antes, a Hungría se la conocía como *La Corona de Matías*. Un antiguo reino que ocupaba tierras que hoy son Rumanía, Eslovaquia, Serbia...

—Las tierras del vampirismo en Europa —intervino Revel.

Vaya. Allí estaban los viejos y bien conservados prejuicios. Pensó Sibila.

—Ya le dije, profesor —se vio obligada a aclarar— que no sólo hay historias sobre vampiros en esta parte del planeta. Encontramos leyendas asociadas a cadáveres bebedores de sangre en cualquier lugar del mundo y en cualquier época.

—Leyendas menores —intervino Ányos un tanto incrédulo—, nunca comparables con la gran tradición vampírica centroeuropea, señorita...

—Sibila Mondragón —el localismo, aplicado incluso a mitos universales, era algo que la ponía enferma—. Permítame que le ponga un ejemplo. En la cultura vikinga, sin ir más lejos, hay una leyenda muy interesante que recoge Saxo Grammaticus*. La historia de dos compañeros de armas inseparables, Assmeith y Asmund.

Ányos la observaba con la frente ligeramente fruncida, no muy dispuesto a escucharla. Ella se maldijo por habérsele ocurrido hablar, pero ahora no tendrían más remedio que oírla.

—De acuerdo —se aclaró la voz—. Estos dos compañeros eran leales y fieles el uno al otro durante la batalla, tanto que se

* Se refiere a la *Gesta Danorum* (también llamada *Historia Dánica o Danesa)*, un texto danés del siglo XII atribuido a este historiador.

hicieron un juramento inquebrantable; cuando uno cayera, el otro debería seguirlo hasta el reino de la muerte. Con el paso del tiempo Assmeith falleció en el combate y su amigo Asmund cumplió su promesa; lo acompañó a la tumba, pidiendo que lo enterraran vivo, juntos en el mismo túmulo funerario. Pasaron cien años cuando un ejército invasor asoló aquellas tierras y oyó contar la historia. Uno de sus generales quiso ver los cadáveres de los dos héroes para rendirle sus respetos, y pidió a sus hombres que abrieran la tumba. Nada más hacerlo llegó hasta ellos el fragor de una lucha de espadas y ordenó a un soldado que descendiera a lo más profundo de la tumba para ver qué era aquello. No fue fácil hacerse obedecer, pero al fin el elegido bajó al pozo atado a una cuerda y al poco salió a la luz portando sobre sus hombros a Asmund, que aún permanecía vivo.

—¿Después de cien años? —dijo Ányos con el mismo gesto de incredulidad.

—Es una leyenda —contestó Sibila un poco molesta por la interrupción—. Como *Blancanieves* o *Caperucita Roja*. Hay sucesos igual de inverosímiles en leyendas húngaras.

—No creo.

—Se lo aseguro.

—Será mejor que prosiga —intervino Revel.

Ella le dio las gracias con una sonrisa forzada y continuó.

—Asmund contó al general que nada más sellar la tumba, cuando la oscuridad cayó sobre ellos, el cadáver de su amigo Assmeith había tomado vida. Pero no como el ser amable y cordial que era antes, sino que se dirigió a los caballos que habían sido sepultados como ofrendas, los descuartizó y se los comió. Cuando hubo terminado, se volvió a su antiguo amigo y lo miró con apetito. A partir de ese momento se habían enfrascado en una batalla que duraba ya cien años... cosa posible al ser una leyenda —recalcó mirando a Ányos—. Justo antes de que el soldado descendiera a la tumba por orden de su general, Asmund había podido acabar con el vampiro clavándole una estaca de madera en el corazón.

—No me parece una típica historia de vampiros —dijo Ányos chasqueando la lengua.

—No —aclaró Sibila—, porque la que usted conoce, la tradición vampírica que prosperó en Europa sobre todo a partir del siglo XVIII, fue la centroeuropea. Pero hay muchas otras tradiciones muy ricas y diversas, con casos y leyendas de vampiros aún más extraños o, mejor dicho, alejados del canon transilvano.

—¿Sin edificios góticos ni bosques oscuros ni cementerios cerca de una iglesia? —volvió a decir Ányos en tono de humor, para quien la tradición vampírica empezaba y terminaba en el antiguo reino austrohúngaro.

Sibila sonrió de forma tan forzada que igual que ascendía las comisuras de sus labios, descendía la línea de sus ojos, más para darle a entender a su interlocutor que se equivocaba que porque tuviera necesidad de aplaudir la sandez que acababa de decir el amigo del profesor.

—Existen leyendas sin ninguno de esos ingredientes que dice usted —comentó Sibila—. Por ejemplo en España. Hay toda una tradición de brujas bebedoras de sangre. Se conocen con nombres como *xuxonas*, *guaxas* o *guajonas* según la zona. Incluso hay un caso documentado, el de Teresa Prieta*.

El camarero acababa de traer el primer plato y Ányos les pidió que no dejaran que la carne se quedara fría.

—Esa bruja española —dijo con la boca llena— sería quemada, supongo.

* Fue acusada en Valladolid en 1480 de entrar en las casas para chupar la sangre a los niños.

—Vaya. La leyenda negra —el amigo del profesor Colina estaba tocando uno a uno todos los temas que solían sacarla de quicio.

—¿Disculpe? —dijo el aludido, que no sabía a qué se refería.

—En España —intentó refrenarse— apenas hubo quema de brujas. Entre 1400 y 1750 se estima que se llevaron a cabo unos cien mil procesos por brujería en todo el mundo cristiano. Un mínimo de treinta mil y un máximo de cincuenta mil de estos procesos acabaron con el acusado ajusticiado en la hoguera, de los cuales el setenta y cinco por ciento fueron mujeres, por supuesto. Pero de todas esas muertes, el noventa y cinco por ciento pereció a manos de las confesiones reformadas, luterana y calvinista, que no cohabitaban en España. ¿Sabe lo que eso significa?

No hubo respuesta.

—Pues por ponerle un ejemplo —prosiguió—, en la ciudad alemana de Ellwangen se quemaron a trescientas noventa y tres brujas en sólo siete años. Sí, siete años, desde 1611 hasta 1618, más brujas que todas las quemadas por la Inquisición española en sus tres siglos y medio de historia, que apenas llegaron a dos centenas, la mayoría en el célebre proceso de Zugarramurdi.

—Yo sólo... —intentó decir Ányos, pero Sibila no le dejó.

—El conjunto de brujas quemadas por la Inquisición española no superó en mucho las doscientas. Concretamente en este caso del que hablamos, el de la bruja bebedora de sangre, la acusada se defendió a sí misma, sobrevivió a la tortura, fue declarada inocente y puesta en libertad. No le quepa duda de que reniego de esa barbarie que fue la Inquisición, pero me molesta tremendamente que estos datos se analicen de forma parcial.

Se hizo el silencio en la mesa. Incluso los dos hombres habían dejado de masticar ante la avalancha de datos que acababa de lanzar Sibila.

—Siento haberla ofendido —dijo al fin Ányos, realmente preocupado por haber molestado a una invitada y clienta de Revel.

Sibila comprendió que se había extralimitado y el rubor, como una manada de cangrejos hervidos, acudió a sus mejillas.

—Discúlpeme usted a mí —acertó a decir—. Quizá me he exaltado. Me gusta aclarar estas historias tan difundidas y poco ciertas y reconozco que soy un poco vehemente.

Revel supo que le había tocado el papel de intermediario ante un ambiente tan crispado que muchos de los comensales que ocupaban las mesas vecinas les dedicaban miradas curiosas.

—Señorita Mondragón —el profesor le dedicó una sonrisa cortés—, decía que conocía usted más casos de vampirismo no vinculados a esta región.

Ella comprendió enseguida su táctica disuasoria. Era mejor participar.

—Existen muchos. Cientos —pudo decir, aún un poco confusa—. Hay uno que me gusta especialmente, el del teniente Gimo*.

—¿Un oficial vampiro? —dijo Revel con curiosidad, intentando parecer respetuoso para que Sibila no se sintiera molesta.

—Sí. En Filipinas. Incluso hubo una radionovela de la que era el personaje principal.

—¿Como Drácula?

—Sí, es tan popular allí como aquí lo es Drácula. Ya ve que hay otros vampiros famosos —dijo dirigiéndose a Ányos

---

* Quizá el caso más popular de vampirismo *(aswang)* en Filipinas.

—¿Y cuál es el caso de este vampiro?

—Allí dicen que se trataba del teniente de policía de la ciudad de Dueñas, y que no sólo era un vampiro, sino que tenía el don de transformarse en animales, también como vuestro Drácula —señaló de nuevo a Ányos—. Hay muchas historias sobre él pero una de ellas cuenta que un día su hija trajo a una amiga a casa, y el padre la vio como un buen bocado. Esperó hasta la caída de la noche para atacarla, pero la hija del teniente, que tenía una pulsera muy llamativa, se la había prestado a su amiga antes de ir las dos a dormir, ya que le gustaba mucho y se la había pedido, así que el vampiro, que no tenía el don de la visión nocturna y se guiaba por el tacto, se llevó a la niña que no tenía la pulsera y esa noche se zampó a su propia hija.

—Una historia bastante desagradable —convino Revel clavando la vista en el plato de carne sazonada con una espesa salsa roja que tenía delante.

—Sí, algunas de estas leyendas no suelen ser tan románticas como las de los vampiros centroeuropeos.

—Aquí no sólo tenemos leyendas, señorita Mondragón; sino también historias documentadas. Hay una que estoy seguro de que usted no conoce. Sucedió hace muchos años, a un individuo llamado Huebner*.

—El caso Huebner —exclamó Sibila—. Creo haber leído algo sobre él hace tiempo.

Al parecer esa mujer lo sabe todo sobre vampiros, pensó Ányos.

---

* Este caso está recogido en *The vampire in Europe,* escrito por el sacerdote y erudito inglés Alphonsus Joseph-Mary Augustus Montague Summers, donde afirma que los sucesos habían tenido lugar en Trautenau entre 1730 y 1732. Gran parte de la fama del autor viene por su interés en el estudio y denuncia de lo oculto, la demonología y la brujería, a la que dedicó 30 años de su vida

—Sucedió en el primer cuarto del siglo XVIII —prosiguió el húngaro—. En alguna región de Hungría, donde empezaron a aparecer animales muertos y más tarde también personas. Rápidamente los vecinos achacaron estas repentinas defunciones al ataque de un vampiro y empezaron a investigar. Muchos de los animales habían sido estrangulados para inmovilizarlos antes de beber su sangre, y créame si le digo que se necesitaba una gran fuerza para hacerlo. Daba además la casualidad, de que muchas de las víctimas habían aparecido en las inmediaciones de la tumba de ese tal Huebner, un hombre muy corpulento en vida, así que decidieron abrir la sepultura para ver si su antiguo vecino se había trasformado en un *chupasangre*. Nada más hacerlo se dieron cuenta de que así había sido, ya que presentaba todos los signos; el cuerpo estaba incorrupto, los labios rojos y manchados de sangre, la barriga abultada. Allí mismo decidieron ejecutarlo de la forma tradicional, con una estaca en el corazón. Entonces surgió una duda. ¿Se habrían convertido en no muertos todos los atacados por este vampiro? Ante la duda decidieron desenterrarlos a todos, quemarlos, y problema resuelto.

—Es una buena forma de salir de dudas —dijo Revel mientras agradecía que el segundo plato fuera un simple pescado al horno sin ninguna salsa—. Si eliminamos el problema desaparecen las dudas.

Sibila hizo como que no lo había oído.

—Me viene a la cabeza otro caso que se desarrolla en su antiguo reino de Hungría, en la actual Bosnia —dijo ella—. Es el caso del vampiro de Kizilova*, uno de los mejor documentados de la historia.

* El filósofo alemán Michael Ranft lo recoge en su obra de 1728 *De masticatione mortuorum in tumulis liber.*

—No había oído hablar de él —dijo Ányos con vivo interés.

—Ahora no recuerdo el nombre del protagonista, pero la historia cuenta cómo tras haber pasado varios meses de la muerte de un vecino de Kizilova, empezaron a enfermar muchos de los habitantes de la aldea aquejados de una extraña dolencia que acababa con ellos en menos de veinticuatro horas. Aparte de la naturaleza de la enfermedad, todos tenían una cosa en común; y era que decían haber visto en sueños a este vecino difunto, un sueño en el que intentaba estrangularlos. Era al poco de tener esta pesadilla cuando morían. Había otro dato curioso, y era una confesión que había hecho tiempo atrás la mujer del difunto, en la que decía que su esposo había regresado de la tumba para recoger sus zapatos.

—¿Son necesarios en el más allá? —bromeó Ányos, pero Sibila volvió a preferir no darse por enterada.

—Los vecinos del pueblo decidieron desenterrar al muerto para ver si se trataba de un vampiro, tal y como sospechaban, aunque para no tener problemas con la justicia pidieron que un representante de la autoridad estuviera presente. Tras varias vicisitudes abrieron la tumba y encontraron al no muerto.

—¿También estaba incorrupto? —preguntó Revel.

—No sólo eso. El pelo y las uñas se le habían caído y vuelto a crecer, igual que la piel, y tenía un magnífico aspecto y color. Pero lo que les convenció de que era un vampiro fue el rastro de sangre que manchaba sus labios. Sin más le atravesaron el corazón con una estaca de donde salió gran cantidad de sangre. Después quemaron el cadáver y esparcieron sus cenizas. Lo más interesante de este caso es que todo lo recogió un oficial imperial en un informe que ha llegado hasta nuestros días.

El silencio volvió a desmadejarse sobre la mesa, como una trama de hilos invisibles. El camarero sirvió los postres; una tarta de frutas deliciosa, y con el café Ányos se atrevió a volver a hablar.

—Parece usted convencida de la existencia de los vampiros.

Sibila no lo dudó al contestar.

—Lo creo firmemente.

—No sé qué pensar de usted —dijo el hombre—. Aquí suelen ser los campesinos quienes mantienen esas supersticiones. Parece usted una mujer razonable.

Ella lo miró intentando ver más allá de aquel aspecto de hombre demoledor antes de contestar.

—Quizá un campesino y yo creamos en su existencia por la misma razón, por desesperación.

—La gente inteligente no suele agarrarse a ideas ridículas cuando está desesperada.

Al contrario de ofenderse, Sibila empezaba a ver detrás de aquel rudo amigo del profesor a un hombre sensato que podía llegar a agradarle.

—Usted nunca ha estado realmente desesperado, ¿verdad?

Ányos no contestó.

—Si lo hubiera estado sabría que ante la desesperación y ante la muerte todos somos iguales.

El profesor Colina decidió que ya era suficiente para una noche que se divisaba densa y oscura a través de la cristalera, y cambió de tema.

La velada continuó un rato más, entre las ocurrencias de Ányos, que Sibila ahora empezaba a discernir entre lo que eran meras bromas y lo que se trataba de serios comentarios, y las breves intervenciones del profesor Colina.

Quedaban pocas mesas aún ocupadas en el restaurante cuando se marcharon.

En la puerta siguieron charlando sobre la historia de aquel país, que interesaba vivamente a la mujer, y cómo vivieron los húngaros tantos cambios como habían tachonado su historia, hasta que el taxi que habían pedido al camarero paró junto a ellos.

—Bien —se despidió Ányos—. Os recogeré a las siete en punto de la mañana. No olvidéis la documentación.

—¿La documentación? —preguntó Sibila— ¿Adónde vamos?

—A la República Checa —contestó Revel cerrando la puerta del vehículo tras de sí—. A entrevistarnos con una vieja amiga de Ányos que dice ser descendiente directa del conde Drácula.

Capítulo
9

Y a los niños que son pequeños los chupan por el sieso y por su natura; y con alfileres y agujas les pican las sienes y en lo alto de la cabeza, y por el espinazo y otras partes y miembros de sus cuerpos; y por allá les van chupando la sangre, diciéndoles el demonio: chupa y traga eso, que es bueno para vosotras

Auto de fe, Proceso de Zugarramurdi,
Noviembre de 1610, Logroño.

Sibila se despertó empapada en sudor y con la sensación de que su boca tenía la consistencia de la piedra volcánica, seca y áspera.

Miró su reloj de pulsera, que había colocado sobre la mesita de noche. Lo hacía siempre, era su forma de contar el paso del tiempo cada vez que el insomnio llegaba como una visita inoportuna dejándola despierta durante horas para reaparecer de nuevo cuando lograba quedarse dormida. Eran las tres y media de la madrugada. Apenas le quedaban tres horas para levantarse. Intentó volver a dormir, pero el calor era tan asfixiante que las sábanas estaban empapadas en sudor y se le pegaban al cuerpo tomando la consistencia de blancas algas marinas.

Se levantó sin encender la luz. Tampoco era necesario ya que las cortinas estaban descorridas y la luz de la luna se filtraba como cristal azulado, puliendo de un brillo blancuzco la oscura superficie de los muebles. No había sido una buena idea poner al máximo los radiadores antes de salir a cenar; ahora estaba pagando las consecuencias con una habitación tan caldeada como un mediodía de verano en el Sahara.

Fue hasta el que tenía más cerca, en la misma pared donde reposaba el cabecero de la cama. Intentó girar la válvula para cerrar el paso del agua caliente, con cuidado de no tocar el radiador, pero el dichoso mecanismo se resistía. Lo intentó una vez más hasta que comprendió que sólo había una razón para que aquella rueda no girara; debía de estar cerrada y no abierta como pensaba. Con cuidado tocó el radiador. Estaba frío. Ella juraría que antes de salir de la habitación había... Fue hacia el otro, que se encontraba debajo de la ventana. También estaba apagado. Intentó girar la rueda en el sentido contrario; quizá era una avería general. Pero ésta respondió a la mínima presión y un pequeño piloto rojo empezó a parpadear anunciando que entraba en funcionamiento.

Observó perpleja la titilante luz rojiza, ¿cómo podía estar la habitación tan caldeada con los radiadores apagados?

Al otro lado de la ventana la noche era casi luminosa. Desde aquella altura podía ver la ciudad de Budapest a sus pies y el parpadeo de sus luces a lo lejos, a kilómetros de distancia, transportadas por la brisa diáfana de aquella madrugada de febrero. Lentamente puso la mano sobre el cristal, pero tuvo que retirarla al instante. Estaba helado, tan frío que quemaba. Fuera debía hacer una temperatura cercana a cero grados.

Sabía que la noche juega malas pasadas, así que buscó una explicación racional para aquel fenómeno calórico. Debía ser que la calefacción de ese viejo edificio era tan potente que aun estando apagado el sistema dentro de su habitación lograba caldear a través de los muros. Sí, eso era.

Lo que ahora necesitaba era un poco de agua fresca y volver a dormir las pocas horas que quedaban hasta el amanecer. Pero antes de terminar de pensarlo se dio cuenta de que su habitación no tenía minibar ni había comprado agua mineral. Sí, siempre podía beber del lavabo, pero de ninguna manera iba a arriesgar su permanencia junto al profesor Colina en la búsqueda del libro a causa de una infección intestinal. Su estómago era delicado.

Se metió de nuevo en la cama, pero sólo para dar vueltas. Tenía tanto calor y tanta sed que le era imposible descansar.

Entonces recordó que en el vestíbulo del hotel había una máquina expendedora de bebidas donde podía conseguir agua mineral, o al menos un refresco helado.

A esa hora no debía haber nadie por los pasillos, así que decidió dejarse puesto el pantalón del pijama, de un discreto algodón azul marino, que en un momento dado podría defender como una especie de chándal; se calzó las botas, ya que en su equipaje no había sitio para unas zapatillas; y se puso el abrigo por encima a modo de bata.

Antes de salir se detuvo detrás de la puerta, pegó el oído, y cuando estuvo segura de que no se oía nada se atrevió a abrir.

Nada más hacerlo una ráfaga de aire frío le golpeó la cara. Salió y extendió la mano, como si esperara que allí, en el pasillo oscuro de un viejo hotel de Budapest, pudiera empezar a llover. Intentó ver a través de la oscuridad su mano, inerte en el aire, hasta que comprendió que aquella temperatura era cálida y agradable, pero muchos grados por debajo de la que había dentro de su habitación. Sería algún fallo en los calefactores; no tenía más remedio que decírselo al recepcionista, aunque tuvieran que cambiarla de cuarto a mitad de la noche.

Un leve resplandor a su derecha le indicó dónde estaba el interruptor de la luz, que al pulsarlo hizo que el techo parpadeara, como si se desperezara poco a poco, hasta que el largo pasillo se inundó de una leve luz verdosa.

Despacio, para no hacer crujir el suelo de madera, se inclinó sobre la puerta del profesor Colina, que quedaba justo enfrente de la suya. No se oía nada. En todo el edifico no se oía siquiera el parloteo nocturno de las cañerías.

Miró de nuevo a ambos lados, a la fila paralela de puertas separadas por una estrecha y mullida alfombra de un inadecuado color salmón. El hotel parecía tan dormido como sus huéspedes, hasta el difuso resplandor de las luces del techo daba la impresión de estar bostezando entre cabezadas. Sin más cerró despacio la puerta de su habitación y avanzó por el pasillo. Al final se encontraba el único ascensor de la planta, que abrió sus puertas cuando ella aún no había pulsado el interruptor. Notó un ligero escalofrío hasta comprender que aquel trasto debía de estar equipado con algún sensor de movimiento que había detectado su presencia. Ya dentro marcó la planta baja en el tablero luminoso y esperó a que descendiera lentamente, un poco alarmada por el ruido de cadenas y engranajes en el que no había reparado antes y que ahora tronaban con toda claridad en el silencio de la noche.

Nada más abrirse la puerta se dirigió a la recepción. Si había un problema con el sistema de calefacción tenía derecho a pedir que la cambiaran de habitación aunque fuera tan tarde. Ella misma se haría la cama si fuese necesario. Sin embargo, no había nadie tras el mostrador.

—¿Oiga? —dijo sin atreverse a levantar la voz.

Pero tampoco nadie contestó, ni nadie apareció por la puerta que había justo detrás de aquel gran mostrador pulcramente ordenado.

Pensó en usar la campanilla para avisar al recepcionista de su presencia, pero si el ascensor había producido aquel ruido, ¿qué no haría la campana, que había sonado nítidamente aun en el bullicio de la tarde?

—¿Oiga? ¿Hay alguien ahí? —volvió a repetir con idéntico resultado.

No lo pensó mucho antes de pasar por detrás del mostrador y abrir la puerta de acceso a las dependencias del personal. Sin embargo, la salita también estaba vacía. Era una pequeña oficina muy ordenada y con un sofá arreglado como una cama, con sábanas, mantas y almohada, que permanecían intactas.

Al parecer aquella noche no le quedaba más remedio que quedarse sin dormir.

Compró una botella de agua helada con los florines que llevaba en el abrigo y volvió a tomar el ascensor hasta la tercera planta. Esta vez ni siquiera reparó en el ruido; estaba sedienta y despachó media botella mientras subía.

Cuando la doble puerta se abrió, una voz en su interior le dijo que algo había cambiado en aquel pasillo. No sabría decir qué; quizá la luz viscosa del techo, que parecía más apagada, como si un temor desconocido la hubiera hecho replegarse sobre sí misma.

Se descubrió mirando a ambos lados antes de avanzar, atisbando en la penumbra del ascensor aquel estrecho camino asalmonado y bordeado de madera, desvirtuado por la luz mortecina de los fluorescentes.

Al fin avanzó, casi con cautela, como si el suelo fuera de un material inestable que pudiera precipitarla a una profundidad remota. Llevaba medio pasillo recorrido cuando se dio cuenta de que de su boca salía una columna de vaho cada vez que respiraba; fue entonces cuando se percató del frío. La temperatura de aquel lugar había bajado muchos grados desde hacía... ¿Cuánto?, ¿cinco minutos?

Y de pronto sintió miedo. Era una sensación extraña y suave, desconocida para ella, como un hambre ligera, pero que la atenazaba de forma irracional.

Aceleró el paso por la alfombra mullida que parecía querer atraparla, impedir que avanzara, teniendo cuidado de no pisar el suelo entarimado, hasta llegar a la puerta de su habitación. La mano le temblaba cuando introdujo la llave en la cerradura.

A su derecha, proveniente del fondo del pasillo, le pareció escuchar un crujido de madera, muy quedo, cuidadoso, un ruido al límite de aquel mar salmón que lo absorbía todo.

Antes de que pudiera mirar en aquella dirección la luz del techo se apagó y el pasillo quedó a oscuras.

El crujido de la madera se hizo más perceptible. Sin duda eran pasos y procedían del mismo lugar por el que ella había venido.

Sibila giró la llave, pero la cerradura se resistía, no respondía.

Le llegó un sonido quedo y suave, como el de un fuelle, como el de una respiración entrecortada. Más cerca, mucho más cerca, quizá a poco más de un par de metros de donde se encontraba.

Giró con fuerza la llave y la puerta se abrió, precipitándola al interior.

De un portazo cerró, sin importarle si el ruido molestaba o no a los demás huéspedes. Durante unos instantes permaneció en la penumbra, muy quieta, apoyada contra la puerta, intentando controlar su respiración que se había acelerado.

No tuvo que prestar demasiada atención. El sonido llegó a ella nítidamente, como los latidos del corazón que son percibidos cuando el silencio es total a nuestro alrededor. Fuera crujió el suelo entarimado, con un sonido acompasado, el mismo que produciría alguien que anduviera despacio, sopesando cada paso. Un sonido que se acercaba lentamente.

Justo delante de su puerta el ruido se detuvo.

Sibila dejó de respirar, pendiente de algo que podía suceder de un momento a otro.

Pasó un minuto, dos quizá.

Entonces oyó de nuevo aquel crujido de pasos que se alejaban, muy despacio, hasta que desaparecieron difuminados en la oscuridad del pasillo.

Iba a respirar tranquila cuando se dio cuenta de que tiritaba.

Estaba helada y es que la ventana de su cuarto se encontraba abierta de par en par, dejando entrar unos finos jirones de la espesa niebla que ahora lo ocupaba todo.

* * *

—Así que éste es tu despacho —Mario estaba apoyado en el quicio de la puerta, con un cierto aire de galán trasnochado de película antigua.

Heviu levantó la vista de la pila de documentos administrativos que no sabía cómo rellenar, un montón de preguntas estúpidas que la tenían entretenida desde hacía cerca de una hora.

—Has llegado pronto. Aún tengo que impartir una clase de cuarenta y cinco minutos.

—No importa —entró observándolo todo, repasando con su dedo índice el filo de un mueble archivador de metal gris—. Te esperaré. No está mal este sitio.

Heviu guardó los papeles en el bolso y buscó las llaves; ya los rellenaría más tarde, o mañana, o nunca, ¿dónde las había puesto?

—Despacho para ti sola, pocas horas de clase. Eres toda una mujer respetable.

Prefirió no entrarle al trapo; había una serie de conceptos que le ponían la piel de gallina y uno de ellos era el de *respetabilidad*. Ser *respetable* era dejar de ser una misma para convertirse en *gente*, esa palabra constituía el cimiento de la tan enraizada hipocresía inglesa, donde uno puede hacer lo que quiera siempre que *parezca* respetable. Pero había otras palabras que le causaban el mismo repelús, como *tradición, decencia* o cierta forma de usar *familia*.

—Será mejor que me acompañes al aula —dijo sin prestarle mucha atención—. La cafetería queda cerca. Me podrás esperar allí.

Al fin encontró las llaves entre los envoltorios plateados de unas chocolatinas y salió del despacho seguida por Mario.

—¿Qué tal los nuevos compañeros?, ¿has hecho ya amistades?

Heviu llevaba su acostumbrado paso rápido, como si tuviera que ganar una competición en ese mismo instante, y a Mario le costaba trabajo seguirla.

—No conozco a ninguno. Ayer oí en el servicio que se referían a mí llamándome la «enchufada». Quizá por eso no se me acercan.

Al otro lado del pasillo se abría una plaza bordeada de imponentes edificios góticos que rodeaban una considerable explanada de césped pulcramente cortado. Heviu empezó a atravesarla con más pasos apresurados.

—Mario, no te entretengas o llegaré tarde —dijo mientras lo tomaba del brazo para que caminara a su ritmo—. ¿Has terminado de introducir todos los casos en la base de datos?

—Los ciento doce casos, y tienes razón, algunos son sorprendentes.

Y lo eran. No había podido hacer una investigación en profundidad, aunque estaba segura de que si lo hubiera hecho ese número se habría multiplicado. ¿Cómo podía haber tantos casos en los que la víctima había muerto por desangramiento sólo en la ciudad de Londres y en los últimos cien años? ¿Cómo era posible que no hubiera trascendido? Lo cierto es que algunos eran difíciles de detectar. Entre éstos se encontraban los suicidios, los asesinatos rituales o las muertes en accidentes. Heviu había desechado aquéllos en los que la sangre había sido encontrada en la escena del crimen. Aun así seguían siendo demasiados los que, de forma misteriosa pero perfectamente explicable por la lógica, no permitían que el fluido vital hubiera sido encontrado. Y para esto también había varias razones aceptables; que se hubiera filtrado por un desagüe, que se hubiera evaporado en un incendio o incluso que la sangre fuera robada por el asesino.

—¿Has encontrado alguna pauta común entre todas esas muertes? —volvió a preguntar.

—Sí —dijo Mario con una sonrisa—. Y te va a gustar.

Habían llegado a uno de los edificios de al otro lado de la explanada de césped. Heviu se detuvo ante el arco de entrada que daba acceso a otra larga galería que recorría el perímetro de aquella construcción gótica, y miró a su compañero con curiosidad.

—Suéltalo.

Mario aún tardó un poco en responder.

—Todos estaban enfermos.

Heviu entornó los ojos.

—¿A qué te refieres exactamente?

—Primero busqué los indicadores habituales; concentración geográfica, circunstancias de los fallecimientos, móvil, sospechosos. Y nada. Cada caso era completamente diferente. En unos incluso había alguien acusado y condenado después de un juicio, en otros se sospechaba del entorno familiar o laboral, incluso la policía se había inclinado en unos pocos a pensar que se trataba de unos ajustes de cuentas. El plano de ubicación de los cadáveres tampoco configuraba un patrón reconocible. Pero...

—¿Pero?

—De los ciento doce casos pude introducir los historiales médicos de cuarenta y dos, y todos estaban en tratamiento médico. Esta mañana he podido encontrar cinco historiales más. Se repite el patrón también en éstos. Sospecho que si ampliamos la investigación sucederá lo mismo con todos.

Heviu permaneció callada. Con la mirada perdida en ningún lugar.

—¿Todos estaban aquejados de la misma dolencia?

—Sí y no.

—Explícate.

Mario sacó una libreta de la mochila que llevaba colgada y le enseñó los gráficos garabateados en la última página.

—Como ves hay un poco de todo; depresión, avitaminosis, histerismo en los casos femeninos más antiguos, epilepsia, leucemia, hasta simples gripes tratadas con paracetamol. A primera vista parece como si no tuvieran nada en común, pero si te fijas bien, todas estas enfermedades comparten periodos en los que el enfermo se encuentra debilitado, agotado, incluso deprimido.

Un reloj en alguna parte empezó a dar las campanadas.

—Mierda. Llego tarde y si lo hago una vez más tendré que soportar otra escenita de mi padre que seguirá torturándome por mi falta de responsabilidad vital —exclamó Heviu con cara de disgusto.

Mario no pudo evitar que se le escapara una risita, pero ella creyó que, de ser él, habría soltado una carcajada. Así que señaló un edificio vecino, tan lúgubre como el resto de edificaciones.

—Allí tienes la cafetería. Espérame. Intentaré salir un poco antes. ¿Has traído el portátil?

Mario asintió.

—Busca los perfiles de esos enfermos, caso por caso. Quizá alguno de los diagnósticos no fuera correcto y encontremos más similitudes que ahora se nos escapan. Mierda —volvió a decir—. Mierda.

—¿Seguro que has hecho una buena elección dejándonos a Revel y a mí para dedicarte a dar clase?

Ella entró en el edificio, pero antes de desaparecer por el pasillo se volvió hacia Mario.

—Llama a Revel y cuéntaselo todo. Lord Langley nos espera dentro de dos horas.

Y avanzó con paso apresurado hasta que se la tragó el gris empolvado de la vieja universidad.

Capítulo 10

Las exploraciones arqueológicas llevadas a cabo en el presbiterio de la capilla de la Santísima Trinidad, en la ciudad morava de Prostejov, propiciaron un espectacular hallazgo: la sepultura de un supuesto vampiro.

Noticia emitida en Radio Praga.
10 de septiembre de 1998.

Cuando Sibila bajó aún no eran las siete de la mañana, pero el profesor Colina y Ányos ya la esperaban en el recibidor del hotel.

—Buenos días —dijo Revel—. ¿Nos marchamos?

Sibila estuvo tentada en contarles en ese momento el extraño suceso de aquella noche pero prefirió callarlo; no quería que el profesor cuestionara de nuevo su cordura y tampoco conocía a Ányos lo suficiente, ni la razón por la que se había sumado a aquella investigación, aparte de sus dotes, al parecer, de relaciones públicas.

Lo cierto era que ahora que el aire frío de la mañana había disipado los miasmas de la oscuridad, podía asegurar que esa noche se había cruzado con alguien en el pasillo, alguien que durante unos instantes la acechó desde el otro lado de la puerta de su habitación. No sólo porque oyó el crujido de sus pasos, tan cerca de ella, a sólo unos centímetros, sino porque había intuido su presencia con tanta nitidez como se percibe el calor de otra persona a través de la ropa.

Debía reconocer que había sentido cierta aprensión. No exactamente miedo, eso era algo que Sibila estaba lejos de sentir, y más si se trataba de asuntos, digamos, *oscuros;* pero sí una inquietud que se había acentuado al descubrir la ventana de su cuarto abierta de par en par, inundando la habitación de girones de niebla. No recordaba que pasó después; quizá se había desmayado, quizá sufrió una crisis sin apenas darse cuenta.

Su mente racional le decía que la misma persona que deambulaba por el pasillo había estado hurgando en su habitación. Algo dentro de ella, como una voz profunda y ahogada, estaba convencida de que aquello no estaba relacionado con las leyes de la física, que era tan inexplicable como el calor, o la repentina bruma que lo envolvió todo en unos minutos.

Lo siguiente que recordaba era que durante el resto de la noche, casi hasta la llegada del alba, había revisado a fondo su habitación, buscando un indicio, algo que le indicara que aquel cuarto había sido allanado. Pero no lo encontró, sólo halló insomnio hasta que apareció el chirriante canto de los pájaros acompañando a una línea púrpura en el horizonte, y entonces tuvo que darse una ducha caliente para intentar reparar lo que el sueño no había podido.

Ányos, el profesor Colina y ella anduvieron por las estrechas calles de Buda hasta un aparcamiento público donde estaba estacionado el coche.

—¿Adónde vamos exactamente? —preguntó Sibila acomodándose en la parte trasera del vehículo, un enorme sedán de marca alemana.

—Cerca de Brno, la antigua capital de Moravia. Está a unas tres horas de aquí, aunque pararemos a desayunar.

—¿Es allí donde vive su amiga?

Ányos sonrió.

—Sí. Tiene una pequeña finca a las afueras. Le gustará.

Atravesaron la ciudad para tomar la carretera que iba al este, camino de Bratislava. A derecha e izquierda el paisaje urbano dio paso a campos intensamente verdes, que contrastaban con el gris plomizo del cielo, y parecían brillar con la fina llovizna que caía a ratos.

Sibila quería concentrarse en el paisaje, difuminarse entre el verde esmeralda de las hojas y el malva apagado de las flores que salpicaban el campo, pero estaba tan cansada que se le cerraban los ojos.

Pararon a desayunar antes de atravesar la antigua frontera húngara, y después Sibila se quedó profundamente dormida. Cuando abrió los ojos la fina llovizna se había convertido en un aguacero y el coche tenía que circular con las luces encendidas por una carretera que era casi inexistente.

—Ya estamos cerca —le dijo Revel echándole una mirada por el retrovisor.

Sibila hubiera querido desperezarse, pero simplemente se enderezó.

—Veo que esta noche no ha descansado bien —volvió a decir el profesor sin apartar la vista de ella.

—Leí hasta tarde —contestó con evasivas y prefirió hablar de otra cosa—. ¿Quién es la mujer a la que vamos a visitar?

Ányos dio un volantazo para tomar una carretera comarcal que había estado a punto de pasar por alto. Recibió un largo pitido del conductor que circulaba detrás, pero él, pese al agua que caía del cielo, se limitó a abrir la ventanilla, sacar la mano y levantar el dedo corazón, para seguir conduciendo por aquel oscuro camino desierto y agrisado por la lluvia.

—Nos conocemos desde hace años —dijo Ányos como si no acabara de poner sus vidas en peligro—. Klára es una gran viajera y ha vivido por largos periodos de tiempo en Budapest. Ella era una clienta habitual y nuestra relación comercial se transformó en una buena amistad.

—Por cierto, ¿a qué se dedica usted?

Ányos la miró por el retrovisor, como si no la entendiera, y después miró a Revel con la misma expresión de asombro.

—Podría decirse que Ányos es una especie de librero —contestó Revel—. Su librería es de las más especializadas de Hungría y posiblemente de Centroeuropa. Hemos trabajado juntos en muchas ocasiones.

—Más que libros, vendo empanadas rellenas de historia oculta.

—Este hombre tiene en su cabeza un catálogo con toda la producción bibliográfica del imperio austrohúngaro.

—No es para tanto —Ányos no podía disimular que estaba complacido—. Algún título se me escapa, aunque no muchos.

Sibila sonrió a través del espejo. Al menos ya sabía un poco más de él y, si era cierto que sabía tanto de libros, el profesor había hecho bien contando con su ayuda.

—¿Y quién es su amiga... Klára?

—Klára Florescu es antropóloga. Lleva toda la vida documentando antiguas tradiciones locales, primero en Rumanía, después en Hungría y ahora en Moravia. Es muy conocida en su ámbito profesional, y en cuanto Revel me contó lo que buscaban pensé inmediatamente en ella.

—¿Ha dicho Florescu? —preguntó Sibila intrigada— ¿Tiene algo que ver con...?

—Con Radu Florescu. Sí. Al parecer son parientes, aunque muy lejanos. Por eso le dije ayer a Revel que hoy conoceríais a una descendiente del mismísimo conde Drácula.

Fue ahora Revel quien los miró extrañado.

—¿Alguien me puede explicar esa relación de la que habláis?

—Es una historia curiosa que data de los años sesenta —dijo Sibila.

—1969. El mismo año que pisamos la luna —aclaró Ányos.

—Radu Florescu y Raymond McNally —dijo ella—, profesores de la Universidad de Boston, visitaron Transilvania en busca de información sólida y contrastable sobre Vlad el Empalador, el personaje histórico sobre el que se sustenta la leyenda de Drácula y que todavía inspira pavor entre los campesinos de Rumanía. Mientras investigaban el profesor Florescu descubrió algo sorprendente; al parecer sus ascendientes, que eran naturales de aquella zona del país, estaban emparentados con el mismísimo Vlad*.

—Fueron los Florescu —intervino Ányos— quienes dieron con el emplazamiento exacto de la verdadera tumba de Drácula, y quienes pudieron abrirla y descubrir, durante pocos segundos, sus restos sepultados a las puertas de un templo ortodoxo situado en una pequeña isla, tal y como decía la leyenda.

—¿Me estás diciendo que llegaron a ver el cuerpo de Drácula? —exclamó Revel con incredulidad.

* Fruto de la investigación de estos profesores fue el libro *Drácula, una biografía de Vlad el Empalador.*

—Bueno —aclaró Sibila—, más o menos. Dicen que lograron localizar la tumba y que al abrirla pudieron ver el cuerpo de Vlad Tepes enfundado en un traje morado y cubierto de joyas y, sobre su cabeza, un pañuelo cubriéndole la faz. En ese momento despuntó el sol y al penetrar el aire en la tumba profanada, los restos de Drácula se desintegraron reduciéndose a polvo.

Revel tuvo cuidado antes de hacer una nueva pregunta a Sibila.

—¿Y qué credibilidad da usted a esa historia?

—Poca o ninguna. Ya debería saber que me suelo basar en conclusiones más solidas que viejas leyendas.

—Pos supuesto —dijo con su voz hermética que apenas variaba.

El coche volvió a girar para tomar un camino de tierra que desfilaba entre grandes árboles sombríos.

—Con un paisaje así puedo llegar a entender las supersticiones que emanan de estas tierras —dijo Revel mirando por la ventanilla.

A esa hora de la mañana el día era oscuro y opaco, inmóvil entre una fina capa de lluvia que desfiguraba cualquier contorno en la distancia.

—El lado oscuro de la vida tiene mucho que ver con la tierra —dijo Sibila observando las gotas de agua que chocaban contra el cristal—. Quizá ése sea el único punto que comparto con los patriotismos. Estamos estrechamente vinculados a la tierra que nos vio nacer, lo queramos o no.

En ese momento Ányos detuvo el coche.

—La carretera está cortada. Deberíamos ir andando. Ya no estamos lejos.

Sibila volvió a mirar por la ventanilla. Ahora caía un fuerte aguacero y ella llevaba unas simples botas de piel con medio tacón, lo justo para quedar varada en el fango.

Sin esperar respuesta Ányos bajó del coche y sacó dos paraguas del maletero. Revel tomó uno y ayudó a Sibila a descender. Ésta se agarró de su brazo y emprendieron el camino detrás del librero.

—¿Queda muy lejos? No veo ninguna edificación por aquí.

Revel no contestó. Si Ányos decía que era una buena idea ir andando es que, al menos, era posible.

Anduvieron por un sendero de fango, hasta atravesar sobre piedras un pequeño arroyo que se había formado donde debería estar el camino. Andar por allí era como si se chapoteara en una inmensa tarta de trufas que en cualquier momento se podía convertir en chocolate líquido. Sibila se quedó atascada en un par de ocasiones; el tacón de su zapato se hundía en la tierra empapada y ella tenía que detenerse y manipularlo hasta lograr que quedara libre.

Para colmo de males, se había levantado viento, por lo que los paraguas servían de poco. Veinte minutos más tarde estaban empapados y Sibila había empezado a tiritar. Revel pasó una mano por sus hombros, intentando darle calor. Un poco después estuvieron a punto de chocar con el librero, que estaba parado en medio del inexistente camino.

—Ya estamos aquí —dijo Ányos al oírlos llegar.

Revel levantó el paraguas, que mantenía inclinado delante de la cara para combatir la lluvia ventosa que se cernía sobre ellos, y vio la casa. O el castillo.

Sibila lo observó con la boca abierta, inmune de pronto a las gotas de agua que resbalaban por su rostro.

Frente a ellos, encaramado sobre una peña que se recortaba en el cielo emplomado y atravesado de rayos, se alzaba un auténtico castillo medieval, con altas torres terminadas en techumbres puntiagudas cubiertas de tejas grises.

Revel también observaba aquella gran mole de piedra.

—El carácter de la familia —dijo—. Parece que Klára Florescu lo ha conservado.

* * *

—¿Has podido hablar con Revel? —preguntó Heviu cuando Mario entró procedente del jardín.

—Sigue con el teléfono apagado. Quizá esté en una zona con poca cobertura.

Se sentó a su lado en el sofá tapizado de seda amarilla, a la esperaba de que Lord Langley les recibiera.

Estaban en la casa de Highgate, la misma de donde fue robado el libro que buscaban. No era la mansión espectacular que habían esperado. Parecía más bien una casa de campo que había quedado atrapada entre la vorágine constructora de Londres. Aun así tenía la dignidad de los edificios antiguos y una buena porción de terreno en forma de jardín que la protegía, no sólo de las miradas indiscretas, sino también del paso del tiempo. El interior estaba amueblado al estilo victoriano, con muebles oscuros, tejidos de colores brillantes y elementos orientales aquí y allá que parecían recrear el ambiente de una película de Sherlock Holmes.

Les había recibido una vieja criada que tenía la apariencia de formar parte de la decoración. Tras asegurarse de que les esperaban, los acomodó en aquella pequeña habitación, separada del jardín por una hermosa cristalera, y les trajo una humeante tetera y unas pastas. Mario había tenido que salir a llamar para intentar localizar cobertura, aunque sin suerte.

Unos minutos después apareció Langley.

Tampoco tenía el aspecto que se esperaba de un aristócrata inglés. Era un hombre maduro, pasados los cincuenta, con la cabeza sin pelo y reluciente, unas gruesas gafas de color carey sujetas a la nuca por una banda elástica y un chándal gris manchado de sudor en las axilas.

—Había olvidado que venían. Disculpen este retraso.

Apenas llegaba cinco minutos tarde. El hombre terminó de secarse la cara y se restregó la coronilla con una toalla. Entonces les tendió la mano y los animó a que volvieran a tomar asiento. Él acercó una silla y se sirvió una taza de té que aderezó con cuatro cucharadas de azúcar.

—Si no me atiborro de glucosa después de correr me duele terriblemente la cabeza —dijo a modo de justificación—. No entendí muy bien para qué querían verme, era algo relacionado con la biblioteca, ¿verdad?

—Lord Langley —inquirió educadamente Heviu, sacando su cuaderno de notas—, ante todo, gracias por habernos recibido.

—Ahora recuerdo —dijo el aristócrata levantando una de sus pobladas cejas—. Usted es la señorita que me ha asegurado que va a encontrar mi libro.

Mario lanzó una rápida mirada a Heviu, que ella no le correspondió.

—Como le dije por teléfono, necesitaría que nos respondiera a algunas preguntas. Efectivamente estamos investigando la desaparición del *Cruoris Liber,* pero es importante que no escatime en detalles, por insignificantes que le parezcan. Pueden ser importantes.

El hombre asintió.

—Tenemos entendido que la policía le entregó un listado con los libros que había catalogado para usted el difunto señor Hammer.

Langley afirmó con otro ligero movimiento de cabeza.

—¿Está seguro de que sólo faltaba ese título?

—Absolutamente. El señor Hammer había seguido la metodología propia de la catalogación de una biblioteca, por lo que pude localizar con mucha rapidez todos los libros de esa larga lista. Sólo faltaba el que usted ha mencionado.

—El *Cruoris Liber* —intervino Mario—¿Está usted absolutamente seguro de que ése era el nombre del libro?

El aristócrata se levantó de la silla para dirigirse a un pequeño escritorio cerrado con llave. De allí sacó unos pocos papeles sujetos con un clip, que entregó a Mario.

—Compruébelo usted mismo. Está en la página veinticuatro. Señalado en rojo.

Mario se dio cuenta de que le había entregado el mismo listado del que estaban hablando. En efecto, subrayado con rotulador rojo, el título y la descripción estaban allí, en la página veinticuatro, con la misma sucinta reseña que ya les adelantara la señorita Mondragón; *grimorio anónimo sobre Magia Póstuma proveniente de la ciudad bohemia de Celákovice, siglo XII.*

—¿Sabe usted lo que es un grimorio? —preguntó Heviu mirándolo fijamente.

—Por supuesto. Es un libro de magia medieval.

—Más concretamente es un libro de invocaciones —aclaró Heviu—. Un libro prohibido. ¿Sabe cómo pudo llegar a su familia?

Langley lo pensó un momento antes de contestar, permaneció con la mirada perdida entre un par de cejas fruncidas y su boca se recogió hasta formar una especie de O. Era la imagen perfecta de una estatua de buda lanzando un beso a la distancia.

—He estado meditando sobre eso, y no, no tengo una respuesta. Los Langley hemos sido siempre católicos, incluso en la época de las persecuciones. No se me ocurre que ningún antepasado mío pudiera haber adquirido, o conservado conscientemente un ejemplar como ése.

—De hecho —dijo Mario, que estaba enfrascado en la lectura del listado—, el resto de los libros, a primera vista, no son de carácter mágico o esotérico.

—Ninguno de ellos —apuntilló el aristócrata—. Casi me la sé de memoria. Después del robo he repasado esos libros uno a uno varias veces.

Heviu anotó varias líneas en su libreta antes de continuar.

—Milord, tengo entendido que muchos de los tesoros que guarda esta casa proceden de antiguas propiedades de su familia.

—Así es.

—¿Sabría indicarme si ese libro procedía de alguna en concreto?

—También he meditado sobre ese asunto —parecía que Langley solía dedicar parte del día a meditar sobre aquello que le inquietaba—. Aunque es cierto que las circunstancias de muchas de las ventas de propiedades por parte de mi familia han sido, digamos, apresuradas, también lo es que los objetos valiosos, como libros, cuadros o estatuas, se guardaron siguiendo un estricto orden.

Heviu asintió, prestando toda su atención a aquella argumentación.

—Los objetos más valiosos se guardaron en cajas y se almacenaron en el sótano. De esta forma es posible hoy día hacer un recorrido por todas las propiedades que pertenecieron a mi familia si visitáramos el sótano; las últimas de las que nos deshicimos son las que están en la zona más cercana al acceso al sótano, las primeras, en las más alejadas. Mi padre y yo tuvimos cuidado de hacer inscribir en cada caja el nombre de la propiedad en cuestión a la que había pertenecido. No así mi abuelo. ¿Más té?

Los dos negaron con la cabeza.

—Las obras menos importantes —continuó, señalando las paredes repletas de cuadros— se ubicaron por la casa, por lo que es casi imposible saber de dónde proceden.

—Y eso es lo que sucede con el libro, ¿verdad? —intervino Mario.

—En absoluto. El caso de los libros es distinto.

—Explíquese, por favor —le rogó Heviu.

—Todos los libros de nuestras propiedades están embalados y guardados en el sótano, menos los que son propios de esta casa. La razón es sencilla; mientras que siempre fue fácil encontrar un hueco en una pared o una esquina para ubicar un cuadro o una estatua, no así hubo un hueco en la biblioteca, que no sólo estaba completa desde tiempos de mi abuelo, sino que me consta que ya tenía libros almacenados en cajas porque no tenían cabida en las estanterías. El libro robado, ese *Cruoris Liber*, ha tenido que estar siempre aquí, aunque ignoro cómo ha pasado desapercibido durante generaciones.

—*Ha tenido que estar siempre aquí*... —repitió Heviu en voz baja, meditando sobre el significado de aquellas palabras.

—No se me ocurre otra explicación.

—¿Qué uso le ha dado su familia a esta casa? —volvió a preguntar Heviu.

El hombre se estiró en la silla. Sus gestos eran ampulosos, lo que contrastaba con su atuendo de deportista de la tercera edad.

—Ha estado con nosotros desde que la adquirió el segundo Conde de Langley en 1632 como coto de caza. La casa sufrió pocas reformas hasta el siglo XIX, cuando se sanearon las canalizaciones y se amplió hacia el jardín, precisamente esta parte donde nos encontramos. Como comprenderá, la casa era poco utilizada ya que mi familia tenía propiedades en el centro de

Londres y en el campo. Quizá alguna visita de unos días cada uno o dos años. Quizá menos.

Heviu sabía que la mayoría de los objetos valiosos que encerraba aquella casa serían vendidos para pagar deudas. Quizá también la casa, que pasaría a ser el centro social de una urbanización de casas pareadas. Cuatrocientos años de historia que se dispersarían como el humo de un cigarrillo.

—¿Por qué decidieron almacenar tantas obras valiosas en una propiedad menor? —preguntó Mario.

Lord Langley sonrió, aunque había cierta amargura en su sonrisa.

—Cosas de mi abuelo, que era un hombre chapado a la antigua. Decía que si ponías un diamante en la cámara de seguridad del Banco de Inglaterra, rodeado de dos docenas de guardias armados, había más posibilidades de que te lo robaran que si lo ubicabas como un adorno de la fuente de un jardín público.

—Guardaron aquí su patrimonio porque era donde menos llamaba la atención —dijo Heviu.

—Así es. Y funcionó hasta que sucedió la terrible muerte del señor Hammer y toda Inglaterra se enteró de la existencia de esta casa. Desde entonces he tenido que gastar una fortuna en seguridad. Un auténtico horror.

Heviu anotó unas líneas más en su libreta.

—¿Cómo era su relación con el señor Hammer?

Langley suspiró.

—Buena. Yo era consciente de que me robaría y él de que yo lo sabría; una relación basada en la confianza.

—¿Se veían a menudo?

El hombre volvió a llenar su taza de té.

—Todos los días. Trabajaba desde la mañana hasta el anochecer. Solíamos tomar juntos el té de la tarde. Así aprovechábamos y me contaba qué tal iba todo.

—¿Nunca tuvieron problemas? —preguntó Heviu con cautela.

—Nunca. El señor Hammer era un hombre cordial, a pesar de su fama.

Mario tomó la palabra.

—¿Cómo se descubrió el cuerpo?

El aristócrata chasqueó la lengua y meneó la cabeza.

—Fue la pobre Marie, la criada que les ha acompañado hasta aquí. Tardó semanas en reponerse. Ella se marcha por la noche y vuelve temprano por la mañana. Lo encontró cuando le llevaba su zumo de manzana de todos los días. El cuerpo estaba en la biblioteca.

—¿Vio usted el cadáver? —insistió.

—Sí.

Los dos permanecieron callados.

—Le habían abierto la cavidad torácica y sacado los órganos... Permítanme que no les dé más detalles. Entiendan cómo se sintió la pobre Marie. Y yo.

—¿Había sangre, Lord Langley?

Langley miró a Heviu con los ojos entornados.

—¿Sangre?

—Sí. Si le destriparon como dice debía de haber mucha sangre. En el suelo, en las paredes, por todos lados.

El aristócrata la miró estupefacto.

—Sí, claro. Había sangre. Pero la verdad es que no lo recuerdo... ahora que lo pienso, quizá no hubiera mucha. Desde luego el cadáver presentaba un aspecto lívido. Tendría que meditarlo antes de darle una respuesta segura.

Sí, aquel aristócrata debía profesar alguna religión oriental basada en la meditación.

—Lord Langley —intervino de nuevo Mario—. ¿Estaba el señor Hammer aquejado de alguna enfermedad?

El hombre sonrió.

—En absoluto. Hammer tenía una salud de hierro. Los dos últimos días un pequeño catarro, pero nada más.

—¿Podría ser más explícito sobre ese catarro? —preguntó Heviu echándose hacia delante y clavando los ojos en las pupilas grises del aristócrata.

—Bueno, se quejaba de que no dormía bien, tenía pesadillas y se levantaba cansado. Lo achacó a un catarro, porque no paraba de estornudar. Yo le aconsejé que tomara paracetamol. Nada más. Tenía una salud sólida como la de un marino.

Mario y Heviu intercambiaron una mirada.

—Lord Langley —volvió a decir ella con cautela—. Tengo entendido que es usted aficionado a los temas ocultos.

El hombre la miró con la cabeza inclinada.

—No la comprendo.

Heviu parpadeó algo confundida.

—Me refiero a los temas de magia, de vampirismo.

La perplejidad se veía claramente reflejada en el rostro del aristócrata.

—Disculpe que insista, pero no sé a qué se refiere —el hombre los miraba ahora a uno y a otra.

Heviu cerró la libreta.

—¿No le llamó la atención este libro por el hecho de tratar sobre vampirismo y Magia Póstuma?

—Pues no, aunque ahora que lo dice es un tema interesante. Me llamó la atención porque al comprobar el listado era el único que faltaba en la colección.

—Por lo tanto no es usted aficionado a los no muertos, ni a los... —dijo Mario

—¿Adónde quieren ir a parar? —el aristócrata estaba visiblemente molesto.

Heviu levantó una mano para indicar a Mario que se callara.

—Lord Langley, ¿conoce usted a la señorita Mondragón?

El hombre meditó un instante, haciendo un verdadero esfuerzo por recordar.

—En este momento el nombre no me es familiar, pero conozco a mucha gente. Quizá...

—Es una joven española. Morena, atractiva. Y aficionada al ocultismo.

Langley encogió los hombros.

—Me están ustedes alarmando. En este momento no recuerdo que conozca a esa señorita. ¿Debería?

Heviu estaba cada vez más preocupada.

—¿Tampoco se ha puesto nadie últimamente en contacto telefónico con usted para hablar de la desaparición del libro?

El aristócrata volvió encoger los hombros.

Poco más había que descubrir allí. Charlaron unos minutos, más por tranquilizar a aquel hombre que porque fuera a revelar algo significante. Heviu sabía que la visita a Lord Langley había terminado y que se llevaban una desagradable sorpresa.

Ya fuera de la casa, se dirigieron al coche que estaba aparcado en el camino de grava junto a la puerta de entrada.

—¿Le crees? —preguntó Mario.

—Sí —Heviu tomó asiento delante del volante—. Creo que dice la verdad.

—¿Entonces la historia de la señorita Mondragón...?

—Hay que localizar a Revel. Nuestra clienta tiene varias cosas que explicarnos.

Capítulo 11

Por nuestros antepasados sabemos que cuando un alma no sale del cuerpo de una persona fallecida, alguien tiene que apuñalar a esa persona con un cuchillo de plata en el pecho o el estómago.

Nicolae Mihut, sospechoso de haber practicado exorcismo sobre el cadáver de su madre, 2002.

Sibila volvió a estornudar.

—Termínese el coñac, verá cómo ese resfriado acabará por alejarse —dijo la señora Florescu con una amable sonrisa.

Sibila obedeció y tomó un largo trago que le abrasó la garganta. Al momento el licor caliente actuó en su interior, encendiendo una llama que empezó a circular por arterias y capilares, haciéndola entrar poco a poco en calor.

Klára Florescu arrojó más leña a la enorme chimenea que crepitó y el fuego rápidamente se animó al alimentarse de la madera. Klára era una mujer extremadamente delgada, con el pelo blanco recogido en un pequeño moño sobre la nuca y la historia de su vida representada en forma de profundas arrugas en el rostro. Sin embargo, cualquier otra similitud con el estereotipo de la vejez terminaba ahí; en todo momento se había mostrado ágil, su conversación era tremendamente lúcida y parecía una mujer enérgica. No habían visto a nadie más desde que accedieron a la propiedad; del jardín se había adueñado la maleza y dentro del edificio el silencio era total. Al parecer, ella misma se encargaba de mantener aquel enorme castillo, o quizá con muy poca ayuda.

Cuando habían llegado, hacía apenas una hora, llenos de fango y mojados como los tallos de un ramo de flores, había sido la misma Klára Florescu quien había abierto la gran puerta señorial. Parecía ser que ya les esperaba. Ányos debió haberla avisado antes de venir, de hecho lo recibió con un fuerte abrazo de viejos amigos, más propio de estibadores que de una noble rumana, y chocó con energía la mano de Sibila y del profesor cuando el librero los presentó.

Lo primero que hizo fue excusarse por la lluvia, como si, de alguna manera, fuera responsable de que sus visitantes llegaran empapados. Después les había dejado un momento a solas para aparecer al rato con tres albornoces secos.

—Están caliente. Ya imaginaba que vendrían chorreando —les había dicho tendiendo uno a cada visitante—. Así que nada de formalidades. Será mejor que se cambien.

Sibila y el profesor se miraron, y después a Ányos, pero el gesto que les dedicó éste no dejaba dudas sobre la imposibilidad de discutir con la anciana.

Con paso decidido Klára les acompañó por la enorme escalera central hasta la planta alta.

Sibila estaba aterida, sin embargo, no podía apartar los ojos de la sobria estructura del castillo. Era un edificio de piedra gris, con altos muros apenas tachonados de ventanas. Las pocas que daban luz desde el exterior estaban cegadas por tupidas rejas de hierro, forjadas en forma de dragones retorcidos. Lo que más le había impresionado eran las torres, altas y sólidas, desgastadas por el azote del viento y la lluvia. Estaban cubiertas por techumbres de tejas rojas, agudas, coronadas por una veleta. El castillo se alzaba sobre una peña alta y desnuda, como si el verdor circundante temiera ascender por aquellas rocas oscuras, pobladas de afilados riscos. Desde dentro parecía menos tenebroso; era más pequeño de lo que la distancia y la situación privilegiada imprimían a primera vista. Había un pequeño y descuidado jardín interior y grandes ventanales de madera pintada de blanco que daban al patio. Los compactos muros de piedra, los tapices que colgaban de las paredes y algunas armas medievales que adornaban los muros le daban un aspecto que, aunque lejos de la amabilidad, sí mantenía todo el sabor de la historia.

—Lo adquirió mi marido antes de la Gran Guerra, cuando era sólo una ruina —les había contado Klára mientras ascendía ágilmente por la empinada escalera—. Después nos lo expropiaron para devolvérnoslo con la caída del muro. Todo lo que conseguimos con nuestro trabajo y nuestros viajes se invirtió dentro de estas paredes. Él no pudo verlo terminado.

Se detuvieron delante de una puerta que daba a un angosto pasillo.

—Estas tres habitaciones tienen cuarto de baño —dijo la anciana señalando las puertas contiguas que se abrían a un lado—. Son las más modernas del castillo, se remodelaron en 1937. Lo mejor será que se den una buena ducha caliente y se sequen bien. Eso es lo único que funciona después de una mojada en un día tan frío como hoy. Eso y un buen coñac caliente. Dejen la ropa en el suelo, pasarán a recogerla y en un par de horas estará limpia y seca. Yo les esperaré en la sala del fondo.

Desde luego ni Sibila ni el profesor Colina estaban acostumbrados a llegar a la casa de una desconocida y quedarse en albornoz, pero estaban empapados y la indicación de la señora Florescu parecía no admitir discusión.

Sibila, una vez que la dejaron sola, se había quedado de pie en el centro de la habitación, mirando la lluvia a través de la ventana emplomada.

Un rayo cayó a lo lejos y con él parecieron precipitarse todos sus temores. Habían sido tantos años de búsqueda infructuosa, de recorrer senderos que no llegaban a buen puerto. Y ahora se encontraba allí, notando cómo su interior se iba destruyendo día a día, hora a hora, muy lejos aún de encontrar lo que buscaba, pero quizá lo más próximo que había llegado en todo este tiempo. ¿Y si ésta fuese la última mañana? ¿Y si esas lúgubres nubes grises que lo cubrían todo y apenas dejaban ver una mancha parduzca donde debía estar escondido el sol, fuera la última vez que...?

Apartó todos aquellos pensamientos tan tristes de su cabeza, se quitó la ropa mojada y la dejó doblada en el suelo, como le había indicado la anfitriona. Después se dio una larga ducha que pareció vivificar cada sombra de su cuerpo, alejando el cansancio de una noche de insomnio. Por último se enfundó en el largo y cálido albornoz. Lo pensó un momento antes de atreverse a salir así, pero su ropa tardaría en secarse aunque la secadora fuera potente, y el albornoz era tan amplio que le llegaba hasta los tobillos. Sobre la cama había unas zapatillas de rizo como las que entregan en los hoteles, blancas y secas, así que se las calzó también.

Cuando apareció en la sala, Ányos y el profesor ya estaban allí, también vestidos con los amplios albornoces, y sentados en torno a una mesa baja, junto al cálido fuego de la chimenea. Le entraron ganas de reír ante aquella visión de largas túnicas blancas que asemejaba un cónclave de maestres de alguna secta arcana.

—El profesor Colina acaba de contarme la razón que les trae a Moravia; Ányos era incapaz de explicarse —había dicho Klára con una sonrisa, indicándole el asiento que permanecía libre y sirviéndole la copa de coñac—. Me parece una investigación fascinante. Esta tierra está repleta de leyendas.

Sibila se sintió incómoda de nuevo al no saber qué era exactamente lo que le había contado el profesor. Tendría que llegar a un acuerdo con él sobre hasta dónde no le era molesto que hablara de sus asuntos.

—Según nos dijo Ányos, señora Florescu —comentó para salir al paso—, ha estudiado usted en profundidad las tradiciones de la zona.

—Empezó mi marido —Klára miraba a uno y a otro con una sonrisa de piedra que tenía la facultad de no traslucir nada—, pero yo le acompañaba en sus viajes. Cuando falleció me di cuenta de que no sólo me había contagiado ese extraño germen que te obliga a deambular de aldea en aldea buscando a los más longevos para escuchar sus historias, sino que al final habíamos trabajado todos esos años como un equipo. Codo con codo. Tengo decenas de casetes con las leyendas y tradiciones más interesantes de este territorio. Algunas con pequeñas variaciones según la zona, otras con finales totalmente diferentes, con más o menos protagonistas, que se desarrollan en una aldea o en otra, en una ciudad o en medio de un bosque desolado. Sí, la historia de esta gente, tal y como ha permanecido en su memoria.

Klára llenó de nuevo la copa de Sibila, aunque ésta intentó impedirlo.

—Ányos dice que están interesados en leyendas sobre vampiros. ¿No es cierto?

Revel asintió.

—La zona que nos interesa no es exactamente ésta, donde ahora nos encontramos. Se situaría más cerca de Praga, pero Ányos nos ha asegurado que conoce bien aquella parte del país.

La anciana volvió a sonreír.

—Mi amigo me aprecia demasiado, por lo que veo —dio una palmada cariñosa al librero en el hombro—. Pero es cierto que mi marido y yo pasamos doce años trabajando en Praga. Recogiendo la memoria de muchos pueblos y aldeas de Bohemia.

Sibila tenía la sensación de que la señora Florescu era una mujer esquiva; nunca dejaba una puerta suficientemente cerrada como para que le fuera difícil abrirla cuando tuviera esa necesidad.

—Buscamos información sobre un libro. Un libro que pudo ser escrito en alguna localidad cercana a Praga alrededor del siglo xii —se atrevió a decir con cautela—. Un libro que trataría sobre Magia Póstuma.

La anciana se volvió hacia ella. Sus apacibles ojos grises se mostraban ahora tan fríos como las gotas de lluvia que se aterían sobre el cristal de la ventana. No sólo mostraban sorpresa; también intentaban indagar los pequeños detalles que había detrás de lo que ahora parecía una más que interesante visita.

—Quizá la más oscura de las magias —dijo al fin.

—La más absurda de las supersticiones —intervino Revel, que se había percatado del ligero cambio producido en su anfitriona—. Para nosotros no son más que conjuros inútiles para engañar a los incautos, pero con un alto valor histórico y bibliográfico.

La anciana sacudió una mano delante de su cara, como si apartara una mosca.

—Quizá en otro país sí —empezó a decir—, pero hablar de vampiros en esta tierra aún suele hacer que la gente rece un padrenuestro.

—¿En su trabajo de estos años también ha recogido usted leyendas relacionadas con el vampirismo? —volvió a preguntar Revel—. Entiendo que deben ser habituales no sólo en los Cárpatos, sino también en el resto de Centroeuropa.

—Son más antiguas de lo que usted podría imaginar. Casi vienen inscritas en nuestro código genético, en nuestra sangre. Podría decirse que desde los antiguos dacios* pervive la obsesión por la inmortalidad a través de la sangre.

—¿Existían sacrificios de sangre entre los pueblos de la Dacia? No tenía constancia de ello —preguntó Sibila realmente interesada.

—Siguen siendo leyenda, por supuesto. Pero leyendas que retroceden hasta los albores de la organización social. Las mismas supersticiones que a ustedes les han traído aquí ya las tenían los primeros habitantes de esta región.

—¿Qué supersticiones? —preguntó Ányos.

—La inmortalidad, sin ir más lejos, o la posibilidad de transformarse en animales, lobos o murciélagos, a conveniencia. O la de volar, de escalar paredes, de hablar en las montañas con los dioses.

—Muchas tribus de la antigüedad creían tener esa facultad —dijo Sibila—. Poderes que creían alcanzar gracias a la intervención divina pero que la mayoría de las veces estaba relacionada con la ingestión de alucinógenos naturales. Los indígenas americanos sin ir más lejos. Incluso muchas de las tribus actuales del Amazonas.

* Los dacios fueron los antiguos habitantes de la Dacia, que corresponde a la actual Rumanía y a partes de Moesia, en el sureste de Europa.

Klára asintió.

—Estoy de acuerdo con usted, por supuesto. Pero no suele ser habitual la creencia de que se puede resucitar de entre los muertos. Los egipcios sólo hablaban de una vida en el Más Allá. Incluso a los cristianos les costó trabajo aceptar que cualquiera, no sólo los dioses que venían haciéndolo desde tiempo inmemorial, sino que cualquiera podía volver a la vida después de muerto. Es la base de la Resurrección y del Juicio Final.

—¿Y eso lo creían los dacios aun antes de la llegada del cristianismo? —se interesó Revel.

—Cientos de años antes de que ni siquiera un sacerdote evangelizador pisara estas tierras —dijo Klára con sorna—. La divinidad primordial de ese pueblo era Zalmoxis y se creía, al igual que hoy lo hacen algunas sectas y sociedades secretas, que entre Zalmoxis y los hombres existían unos seres intermedios. Estos seres eran los no muertos, es decir, aquellos valientes de entre todos los habitantes de la aldea que lograban vencer a la muerte y vivir eternamente.

—¿Sobrevivir a la muerte? —preguntó Ányos extrañado—. ¿Te refieres a aquellos que volvían ilesos de la batalla?

Klára volvió a sonreír con aquella expresión pétrea que la hacía impenetrable.

—En absoluto. Lo de sobrevivirla lo pensaban de forma literal. Para comunicarse con su dios, los dacios utilizaban a sus hermanos más adelantados, los que habían conseguido los grados iniciáticos más altos, y los arrojaban a un pozo que había sido tapizado con largas puntas de afiladas jabalinas. Los cuerpos que caían desde la altura eran ensartados. Algunos tenían la suerte de morir en el acto. Otros soportaban que las alimañas empezaran a devorarlos vivos antes de morir desangrados. Aun así la muerte sobrevenía pronto. Siete días más tarde, los cuerpos sacrificados salían de sus tumbas y volvían a la vida.

—Resucitaban después de muertos —dijo Sibila con voz queda.

Desconocía por completo una historia como aquélla. Surgida en el corazón de Rumanía, la tierra ancestral de los vampiros.

—Pero sobre lo que ustedes indagan —continuó Klára—, sobre las creencias en vampiros como tales en esta zona de Europa Central debo decirles que no hemos encontrado referencias hasta el siglo XI*. La época en que Transilvania fue conquistada por Hungría.

Sibila miró con disimulo al profesor y captó en él una leve sonrisa de complicidad. Klára se estaba refiriendo a una época cercana a la que podía haber sido escrito el libro que buscaban.

—Es tanto el apego de esta tierra a las leyendas de vampiros —prosiguió la anciana—, que incluso un monarca importante como Segismundo, emperador de Hungría, se volvió discípulo apasionado de algo de lo que usted ya ha hablado, de la Magia Póstuma.

Ahora Sibila se dio cuenta de que sabía mucho menos de lo que creía. Sus supuestamente amplios conocimientos sobre vampirismo desconocían por completo algunos datos como los que acababa de contar su anfitriona, conocía la devoción de Segismundo por el oscurantismo pero ¿por la Magia Póstuma?

---

* De esta época es la obra *Palabra de San Gregorio,* donde Gregorio Nacianceno recrimina a aquellos que hacen sacrificios y adoran a los vampiros. Anterior a esta obra, en el mundo eslavo, está la famosa carta de 1047escrita al príncipe ruso Novgorod donde se le llama *Upir Lichyi* (vampiro loco), pero al parecer *Upir* (vampiro) podría referirse a su nombre propio en sueco: *Öpir.* Antes que esto, en el orbe latino, la primera referencia histórica al vampiro se encuentra en la obra de Lucio Apuleyo, que vivió entre los años 123 y 180 d.C. Su novela *De Asino Aureo* narra la historia de dos hermanas malignas, Meroe y Panthia, que bebieron la sangre de su víctima.

—¿Segismundo de Hungría y la Magia Póstuma? —se atrevió a decir.

—Sí, pero le contaré algo que aún le interesará más. Como sabrá usted, fue este rey quien fundó la Orden del Dragón, la que daría nombre al famoso Drácula.

Ella asintió.

—Lo que pocos saben es que su emblema era un dragón invertido, cuya importancia se comprende cuando se conoce el significado oculto del dragón, pues dentro de la Magia Póstuma, este ser es el guardián de la sangre eterna. Se dice que por aquel entonces, Segismundo amaba a Barbara de Celje, una bella mujer que murió de una rara enfermedad. Segismundo, tras enterrar a su amada en el castillo de Vazadin, intentó practicar los rituales mágicos con su cuerpo y devolverla a la vida a través de los ritos basados en esa Magia Póstuma, en el germen del vampirismo.

—Quizá es hora de que nos expliquéis qué es eso de la Magia Póstuma —dijo Ányos, que no lograba seguir el hilo de la conversación.

Sibila no salía de su asombro. Todas esas historias, esas leyendas ancestrales le eran completamente ajenas.

—Es complicado —respondió Sibila para que el librero no insistiera—, pero trata, fundamentalmente, de devolver la vida a los muertos.

—¿Y una de esas formas es convertirlos en vampiros? —insistió Ányos.

—Por supuesto —Klára no iba a dejar sin respuestas a su amigo—. Mi marido incluso escribió un artículo en el que recogía las causas por las que un ser humano puede terminar convertido en un vampiro —su sonrisa se acentuó aún más—. ¿Quieren oírlas?

Era imposible decir que no, aunque tanto Ányos como el profesor parecían tener bastante curiosidad. Sibila, en cambio, estaba más interesada en seguir hablando de otros asuntos más cercanos al libro.

La anciana empezó a enumerar con los dedos.

—La primera es la más conocida.

—Ser atacado por un vampiro —dijo Ányos.

—Ser atacado por un no muerto —corrigió Klára—. Han corrido ríos de tinta sobre esto.

—En las películas las víctimas a veces se convierten en vampiros y otras mueren —volvió a decir el librero.

—Debería ver usted menos cine —dijo Sibila, arrepintiéndose de inmediato por el tono empleado.

—Eso del cine son paparruchas —convino la anciana—. En Centroeuropa aquel que es mordido se convierte en *nosferatu*.

Revel buscó su teléfono móvil en el bolsillo del albornoz. Seguía sin cobertura. En cuanto encontrara un lugar donde fuera activa la señal debía intentar llamar a Londres para ver qué tal llevaban las investigaciones.

—Me temo, profesor —dijo Klára, percatándose del movimiento de Revel—, que aquí nunca han funcionado esos chismes. Tampoco tengo teléfono desde donde pueda llamar. Tender una línea hasta el castillo quedaba fuera de nuestras posibilidades. En el pueblo podrá hacerlo sin problemas.

—Gracias. Esta zona queda lejos de cualquier señal telefónica. Lo haré más tarde. Le ruego que me disculpe, he interrumpido lo que nos estaba contando.

La anciana prosiguió.

—La segunda forma de transformarse en no muerto se produce si al morir no eres enterrado en camposanto, o si lo fueras, que no se hayan celebrado los ritos correctamente. Por eso es importante que a los difuntos se les ofrezcan honores.

—¿La tercera? —preguntó Ányos.

—La tercera recoge a aquellos que han fallecido de forma violenta, aunque sólo si no han sido vengados.

—Vaya —volvió a decir el librero—, así que la venganza tiene un poder benéfico en estos casos.

Sibila rechinó los dientes para no responderle de nuevo.

—También incluye a los suicidas —continuó Klára—. La cuarta tiene que ver con los niños. Al parecer pueden convertirse en no muertos aquellos pequeños que fueron concebidos durante fechas de guardar. La quinta es de las que más me gustan; incluye a todos los que mueren malditos. También a los excomulgados, a los apóstatas y a los que mueren sin ser bautizados.

—Hay que reconocer que las posibilidades son amplias —dijo el profesor sin intentar parecer gracioso.

—Sí. Lo son —respondió Klára—. La sexta incluye a aquellos que han llevado una mala vida, una vida inmoral. Y también a los que han practicado la magia.

Sibila iba repasando mentalmente aquellas fórmulas. Todas y cada una ya habían sido descritas en varios estudios antropológicos. Había muchas más, sobre todo en otras regiones del mundo, pero aquellas que detallaba la anciana eran las tradicionales.

—La última es la más sencilla, y también la más temible —terminó de enumerar—. Incluye a todos aquellos difuntos que han tenido la mala suerte de que un gato o una sombra les haya pasado por encima. ¿Las conocía usted, Sibila? —preguntó con la misma gentileza con la que los había acogido al principio.

—Sí —por supuesto que las conocía—. No sólo un gato, también un perro, o cualquier otro animal doméstico —dijo Sibila—. Esta última es una tradición no sólo eslava, se puede encontrar casi en cualquier continente. Es uno de esos nexos comunes que unifica la tradición vampírica en todo el planeta y a lo largo de toda la historia.

—Entonces —dijo la anciana tras un breve silencio—, ¿por qué necesita usted un libro para levantar a los muertos?

Sibila no supo qué contestar.

La voz de la anciana no había tenido el más leve rastro de humor o de cinismo. Era una pregunta en toda regla. Como quien inquiere por qué te gustan las patatas fritas o las tardes de lluvia.

—Nos interesa el valor del libro, señora Florescu —dijo Revel por ella, que continuaba sin saber qué decir—. Es un manuscrito del siglo XII del que no se tienen apenas noticias. No hace falta que le indique cuánto puede llegar a valer, y no sólo económicamente.

La anciana asintió y sus labios arrugados dibujaron una leve sonrisa.

—He luchado durante cuarenta años por intentar apartar la losa de la superstición que oprime a la gente de estas tierras —dijo al fin, removiendo el fuego de la chimenea, perdiendo la mirada entre las brasas—. ¿Saben ustedes que hace sólo unos años, en 2004, en el pueblecito rumano de Martotinu*, desenterraron a un difunto de su tumba porque decían que se trataba de un vampiro? Después incineraron su cuerpo y dieron las cenizas disueltas en agua a sus supuestas víctimas —chasqueó la lengua—. Hablar aquí de vampiros no es lo mismo que hacerlo en Londres o en Madrid. Es una cosa muy seria.

Sibila se inclinó hacia delante, envuelta en la nube blanca y algodonosa del albornoz, se apartó el cabello de la cara y puso

---

* Martotinu es una aldea al sudoeste de Bucarest con unos 300 habitantes. (Esta noticia la recoge la forense psicológica Katherine Ramsland).

una de sus manos sobre la de aquella anciana. Era rugosa como la corteza de un árbol.

—Klára, le aseguro que no somos un grupo de exhibicionistas en busca de una historia amarilla. Intentamos encontrar un libro. Un libro que estamos seguros de que existe y que nos ha llevado hasta usted. ¿Podrá ayudarnos? Si no es así lo entenderemos, le agradeceremos su hospitalidad y nos marcharemos.

La mujer mantuvo la mirada. Sus ojos opacos volvían a ser fríos y lejanos, como los de un cazador que evalúa las posibilidades de una presa. Al fin, sonrió y apartó su mano con delicadeza.

—¿Sabe usted en qué estaba trabajando mi marido antes de que el corazón le fallara? En una historia revisada sobre la condesa sangrienta, Elizabeth Báthory. ¿Conoce la historia?

Sibila asintió

—Elizabeth —dijo la anciana dirigiéndose a Ányos y al profesor— fue ejecutada en 1614, acusada de haber matado, según sus sirvientes, a más de seiscientas doncellas para bañarse en su sangre y conservar la belleza y la juventud. Es una historia más que conocida. Mi marido estaba convencido de que no era del todo cierta. Creía que Elizabeth fue víctima de un complot político por parte del rey de Hungría para hacerse con sus posesiones. Hay que tener en cuenta que la condesa tenía una fortuna aún mayor que la del propio rey, y un territorio tan extenso que eran necesarios varios ejércitos para defenderlo, ejércitos que por cierto no tenía. Imagínense qué apetitoso botín; viuda, rica y sin protección. Sólo era cuestión de buscar un sólido argumento con el que poder deshabilitarla. Tras su muerte todas sus posesiones fueron a parar a ese mismo rey.

Volvió a dirigir sus ojos a Sibila.

—En rehabilitar la historia de nuestra tierra, en eso llevamos trabajando toda nuestra corta o larga vida.

Tomó de nuevo la botella de coñac y llenó generosamente las cuatro copas que reposaban sobre la mesa.

—Les ayudaré en lo que pueda. Me caen bien.

Se levantó sin dificultad de su asiento y salió de la habitación sin decir palabra. Los tres invitados intercambiaron miradas de curiosidad, pero optaron por no decir nada, por permanecer allí sentados, disfrutando del fuego de la chimenea y del rico licor que les calentaba como si hubiera prendido un atanor.

Klára volvió al cabo de un rato. Portaba un libro antiguo, encuadernado en blanca piel de ternera, con los bordes deteriorados por el paso del tiempo y ninguna inscripción ni en la cubierta ni en el lomo.

—Este libro está lleno de viejas historias. Hay una en particular que se remonta a la Alta Edad Media y se desarrolla cerca de la ciudad de Praga. Una historia que habla de vampiros. Creo que les interesará.

Volvió a sentarse en su silla y depositó el libro sobre la mesa. El profesor Colina se había incorporado para poder observar de cerca aquel manuscrito.

—Nunca pude llegar a investigar si las historias que se cuentan en este viejo libro son ciertas o, en cambio, pertenecen al corpus de las leyendas de aquella zona —abrió el manuscrito por la mitad—. La leyenda a la que me refiero está escrita en una confusa mezcla de latín y magiar antiguo que llevó a mi marido mucho tiempo transcribir. Si quieren les haré una fotocopia de la página que la contiene para que se la lleven, así podrán estudiarlo con más detenimiento. He traído la traducción para poder leérsela.

La traducción debe ser esa hoja amarillenta, escrita a máquina, que ha dejado al lado, sobre la mesa, pensó Sibila.

Revel ya había empezado a sopesar el volumen que tenía la anciana entre sus manos. A primera vista se podría situar en el siglo XVII, finales, de factura centroeuropea, quizá húngara. Tipología monacal. No era un libro impreso, era una recopilación de manuscritos, quizá actas sacramentales, bautizos, ese tipo de documentos. Cada uno escrito con diferente letra, diferente tinta, distintas épocas dentro del mismo periodo.

—Este libro —dijo Klára pasando con cuidado las páginas, mientras buscaba la que necesitaba—. Lo compró mi marido hace muchos años en Praga. El anticuario le dijo que procedía de un viejo convento que en aquel momento era un cuartel de la policía estatal.

Al fin se detuvo en una página escrita con letra apretada y tinta de color rojo pardusco, el tono que adquiría el sulfato ferroso al cabo de los siglos.

—El libro está en latín, menos esta página. Se trata de una memoria de la actividad diaria del convento, y abarca casi un siglo. Suponemos que está escrito por varios autores, casi cada anotación debe estar apuntada por un monje diferente. Básicamente recoge información que trata desde los nombres de los nuevos novicios que han entrado a formar parte de la comunidad, hasta la lista de defunciones, el estado de los huertos, y la parte más interesante, la de las anécdotas y las viejas leyendas que se contaban en la zona. La que os voy a narrar está contenida en esta página suelta.

Revel adelantó la mano.

—¿Me permite? —dijo antes de tomar aquellas hojas entre sus manos.

—Por supuesto.

La miró primero a contraluz para después analizarla con el cuentahílos que había sacado de su bolsillo. Después, con cuidado, se la tendió de nuevo a la anciana, que volvió a colocarla en la matriz del libro.

—Es anterior al resto del infolio —dijo Revel—. La ubicaría en torno al 1500 a juzgar por el tipo de grafía. Yo diría que escrita por un monje. He visto muchas otras de este estilo. Se redactaban como hojas sueltas para recoger datos importantes desde el punto de vista de la memoria del monasterio y del adoctrinamiento de los súbditos para más tarde encuadernarlas en un volumen. Ésta parece que ha sido arrancada sin demasiado cuidado de otro libro anterior, a juzgar por el estado del borde interno, y ocultada en este volumen. Tenía usted razón en lo referente al lenguaje. No sólo está escrita en latín y magiar antiguo, sino que hay citas en cirílico y palabras en griego.

—Conoce usted bien estos viejos infolios —dijo Klára sin ocultar su admiración.

Revel no contestó. La mujer prosiguió.

—Ya casi me había olvidado de esta hoja oculta en este antiguo manuscrito. Cuando pude leer por primera vez la historia que contiene, recuerdo que me sorprendió. Por supuesto en tantos años de trabajo hemos recogido historias de vampiros datadas varios siglos antes, más extensas, mejor redactadas, o más creíbles. Pero ésta quizá sea la más diferente. Júzguenlo ustedes.

Tanto Sibila como Revel se dispusieron a tomar notas. Klára cogió la hoja amarillenta, martilleada por ambas caras por una vieja máquina de escribir hacía muchos años, y empezó a leer.

*Reinando Svatopluk, apodado el León, quiso la adversidad manifestarse entre los siervos de Dios a orillas del río Labe, a escasas millas del castillo de Vyšehrad. Aconteció que esta aldea**

* También se puede traducir como «ciudad pequeña no principal». (*N. del T.*)

era a menudo atacada por el enemigo, que con sus espadas ponzoñosas sembraban la muerte y el terror entre los aldeanos, por lo que mal decidieron en consejo, tras una masacre violenta, renegar de la Ley de Dios y mirar hacia el Oscuro. Tomó el Maligno en este caso la forma de una hechicera, conocedora de antiguas blasfemias y malas creencias, que vivía como eremita en el bosque de los alrededores. Se hizo el sacrifico en la forma de un infante aún no bautizado y sólo entonces la hechicera apareció ante ellos y accedió a hablar con ellos y les propuso un pacto. Para rubricarlo debían presentarse ante ella a la siguiente luna nueva y cuando así lo hicieron les entregó un libro encuadernado en piel de bestia advirtiéndoles que de ninguna manera debían leerlo**. Dijo la hechicera que era menester proceder de la siguiente forma; esa misma noche, mientras la luna aún estuviera alta en el cielo, entregarían el libro como presente al mayor mandatario del ejército enemigo. Y así se dispuso, pero los aldeanos discutieron y discutieron sobre quién llevaría aquel presente al ejército enemigo hasta que la luna empezó a declinar, y sólo entonces decidieron que sería el más anciano de entre todos ellos. Y así se hizo. El más anciano de los aldeanos montó en una mula y atravesó las filas del ejército y pidió ser recibido por el mayor mandatario entre ellos, pues su rey se encontraba guerreando en los confines de sus dominios. El mandatario tuvo compasión, pero al saber que el presente que se le ofrecía para detener su ira no era otra cosa que un simple libro, dio orden de empalar al anciano sobre una lanza roma y el libro fue arrojado lejos. Lejos permaneció hasta que un joven soldado, tercero de los hijos de una viuda, lo tomó y decidió conocer*

* El texto original dice «un escrito» pero al añadir a continuación que estaba encuadernado hemos considerado adecuado traducirlo como «libro». (*N. del T.*)

** «Entenderlo» en el texto original. (*N. del T.*)

lo que allí se decía. Nada más comprenderlo, el soldado enfermó y al poco murió. Fue enterrado sin los ritos necesarios, alejado de Dios, pues no había tiempo para darle una sepultura honrosa al tercero de los hijos, y a las pocas jornadas sus compañeros empezaron a enfermar y también a morir. Hombres sanos y robustos morían consumidos en pocas jornadas, muchos enfermaban a la caída de la noche para amanecer difuntos al alba. Y así sucedía y se extendió por el ejército el rumor de que el primero de los difuntos se levantaba de su tumba para beber la sangre y con ella la vida de sus compañeros, y pronto empezaron a morir de igual manera los aldeanos de la aldea. Así que la gente de aquella aldea, al ver morir a sus vecinos reconoció la marca del vampiro y no vieron que la ira de Dios había caído sobre ellos y lejos de entender en el grave peligro en que ponían su salvación acordaron acudir de nuevo a la hechicera que marcó un nuevo precio. El precio sería pagado y así consintieron y la hechicera les exigió que le fueran entregadas todas las doncellas de la aldea para ser sacrificadas ante su falso ídolo. Y así se acordó que éstas serían entregadas cuando el vampiro volviera a la Oscuridad y firmaron un nuevo pacto con la sangre del más joven de los aldeanos. Cuando quedaba muy poco para que cayera la noche, la hechicera les entregó un nuevo libro, blanco como la pureza, y les instruyó para que acudieran al lugar donde había sido sepultado el vampiro, y les instruyó para que lanzaran sus ensalmos sobre la tumba. Los pocos aldeanos que aún quedaban con vida así lo hicieron y esa noche no hubo muertes, ni las siguientes. Pasaron los días y no hubo muertes, y cuando la hechicera bajó a la aldea para recoger a las doncellas que debían ser inmoladas a su ídolo, los aldeanos, ya a salvo del vampiro y del ejército enemigo, no sólo se negaron a entregár-*

* *Upiro* en el texto. (*N. del T.*)

selas, sino que la apresaron, hicieron una pira, y la arrojaron a ella.

Y pasaron los días y el primero de los libros, el que cubría sus encantamientos con la piel de una bestia, fue encontrado por uno de los hombres del ejército y comprendió que aquel utensilio había tenido mucho que ver con la desgracia que se había cernido sobre su ejército, así que guardó el libro en lugar seguro y atravesó los bosques durante siete jornadas hasta llegar a los pies de su rey, un hombre indolente sólo interesado en el estudio de los astros y en la guerra, al que contó lo que había sucedido. El rey, que tenía la sabiduría de los indolentes y era hombre supersticioso, comprendió que ese hombre de su ejército ponía en sus manos un arma poderosa. Pero, ¡ay!, como conocedor de los astros que era también comprendió que sin el segundo de los libros, el que era blanco como la pureza, era este un arma también peligrosa, pues trocaba a los vivos en no muertos. Así que decidió movilizar** a un ejército aún mayor que el que tantas muertes había causado entre los aldeanos para partir en busca del segundo de los libros. Y así lo hizo, y llegaron a la aldea y, al principio, preguntó con prudencia a los aldeanos pues era hombre conocedor de los astros, pero éstos se negaron a revelar su paradero porque habían comprendido la gran ofensa perpetrada contra Dios Nuestro Señor. Y así mantuvieron el silencio ante el rey, y el rey soportó las negativas de aquellos aldeanos hasta que terminó su paciencia y los mandó ejecutar. Hombres, mujeres y niños fueron ejecutados.*

Y así se hizo porque el otro libro, el que era como la pureza, ya no estaba entre ellos. Antes de que el rey llegara a la aldea, el más anciano de los aldeanos se había deshecho de él

* La traducción literal es «herramienta». (*N.del T.*)

** «Trasladar a». (*N. del T.*)

pues sólo podría traer desgracia. Y así se hizo, pero no se atrevió a destruirlo por si más ofendía a Dios, y decidió llevarlo lejos. Y el más anciano de los aldeanos caminó durante siete días hasta encontrar la Casa de Dios, la Casa de Dios donde reposa.

Cuando terminó de leer, el silencio de la habitación tenía la misma consistencia que aquel día de lluvia, denso e impenetrable.

Tanto Sibila como el profesor Colina se habían quedado demudados por la narración; tenían tantas cosas que preguntar, pero parecía que todavía vibraban las últimas palabras pronunciadas por Klára como un hilo invisible que invitaba a la reflexión.

Pasaron aún algunos instantes antes de que Revel empezara a repasar sus notas. Su voz sonó algo ronca, como si despertara de una larga noche poblada de pesadillas.

—Es una historia cuanto menos extraña —dijo—. ¿Comprobó usted o su marido cuánto hay de verdad en ella?

La anciana dejó al fin la hoja de papel amarilleado sobre la mesa.

—No. Pero los pocos datos contrastables que aparecen pueden ser ciertos, en eso coincidíamos los dos. Por ejemplo, la leyenda se desarrolla durante el reinado de Svatopluk, apodado el León, duque de Bohemia, un personaje real que gobernó en la primera década del año 1100.

—Y sobre el lugar donde se desarrollan los hechos...

—Todo sucede en una aldea de la que no se refiere el nombre. Sólo apunta dos datos que son importantes para su ubicación; que se alza cerca del castillo de Vyšehrad, uno de los dos promontorios al pie de los cuales se construyó la ciudad de Praga, y que se encuentra a orillas del río Labe, que es el nombre checo del río Elba.

Mientras la anciana respondía, Sibila había estado concentrada en sus notas, sin embargo, su cabeza era un hervidero de dudas.

—Y esa aldea de la que habla —preguntó ella— ¿Podría tratarse de la actual ciudad de Celákovice? Se encuentra a orillas del Elba y a pocos kilómetros de Praga tal y como indica la historia.

La anciana la miró con curiosidad.

—¿Tiene usted algún otro dato que no me haya contado y que le lleve a esa ciudad en concreto? —los ojos de Klára seguían firmemente clavados en ella.

—La señorita Mondragón apunta a Celákovice por la única razón de que cumple esos dos requisitos —quiso aclarar Revel para desviar la atención de su anfitriona.

La anciana pareció meditar lo que decía el profesor.

—Es probable —Klára no estaba muy convencida con aquella respuesta—. Pero hay muchas otras poblaciones jalonando las orillas del Elba y no lejos de la capital. Puede ser no sólo cualquiera de las que existe, sino cualquiera de las que ha existido a lo largo de la historia y que hoy son sólo vestigios arqueológicos.

—Precisamente usted es experta en historia —volvió a decir Sibila— ¿Puede identificar algunos de esos hechos como reales?

Era cierto que Klára conocía en profundidad ese periodo, y también sus profundas lagunas documentales.

—Es una época anárquica, de continuas guerras civiles. El mismo duque de Bohemia, Svatopluk, fue depuesto e instaurado para morir asesinado. Esta leyenda no se enmarca en un escenario imposible, pero sí difícil de probar.

—¿Y si hiciéramos una lectura más realista? —intervino Revel. Había un brillo en sus ojos que Sibila no había visto antes—. Quizá lo que se está contando aquí no sea otra cosa que una plaga. Podría ser la peste, la rabia o cualquier otra enfermedad contagiosa. Habla de una guerra constante. Las guerras eran seguidas de epidemias y la superstición podría haber hecho todo lo demás.

—Podría ser —dijo la anciana—. De hecho ese argumento suele ser el habitual cuando se habla de las plagas de vampirismo que asolaron Europa en los siglos XVIII y XIX. Pero ¿qué explicación daría usted para una epidemia de peste que se cura con la simple lectura de un texto? No. No creo que esos argumentos racionales sean los que respondan mejor a los hechos.

Sibila estuvo de acuerdo, pero el profesor Colina aún tenía más cosas que añadir

—Toda la narración que usted nos ha contando —dijo referenciando sus notas—, está repleta de elementos simbólicos; el siete, el tercero de los hijos, la luna nueva. También se podría hacer una lectura esotérica del texto.

—Por supuesto. Me considero una mujer instruida en esa materia y tanto usted como yo sabemos que podríamos darle tantas explicaciones como quisiéramos. Pero hay algo que me llama más la atención en esta historia, por encima de su explicación esotérica, y es que esta tipología de leyendas no es habitual en el folclore centroeuropeo.

—Es cierto —estuvo de acuerdo Sibila—, la forma de tratar al vampiro no es la habitual. Para empezar no se convierte en no muerto por ninguna de las causas que usted enumeró antes, sino por la lectura de un texto. Esto es completamente anormal. Y lo que es aún más extraño, tampoco se utilizan ninguna de las herramientas habituales, como estacas o espadas de plata, para ejecutar *post morten* a este tipo de criaturas, sino que es mediante la lectura de otro texto como se exorcizan. Es la primera vez que veo esa forma de destruir a un *nosferatu*. Hay veces que para calmarlo, el sacerdote lee un párrafo de la Biblia sobre la tumba del vampiro, pero este simple gesto no detiene a la bestia. Es necesario actuar sobre el cuerpo. Sin embargo, en esta leyenda se consigue vencer al vampiro con la simple lectura de un hechizo, de un texto. Es realmente interesante

—Si el libro maldito del que habla la leyenda es el que buscamos, acabamos de toparnos con un hermano bueno —dijo Revel.

—Dos libros —Sibila no podía salir de su asombro—. Uno que causa el mal y el otro que lo repara. Como un veneno y su antídoto.

Un libro que contenía hechizos capaces de transformar a alguien en un no muerto, y otro con el poder de reparar el mal. Sibila estaba segura de que nunca antes había oído nada como aquello. ¿Qué efecto causaría sobre el vampiro aquel libro benéfico? La historia no lo describía, sólo apuntaba que contenía un conjuro capaz de destruir el mal.

Revel había tomado de nuevo la página original, intentando traducir aquellas palabras escritas en una complicada grafía.

—El texto no aclara dónde fueron a parar los libros. Eso nos deja en la misma situación que al principio —murmuró para sí.

A estas alturas de la conversación Klára había sufrido una transformación que era visible. Estaba radiante y a la vez serena. Parecía como si la lectura de aquella oscura leyenda le hubiera dado nuevas fuerzas. Sibila sabía lo que significaba que alguien creyera en ti; que a pesar de todo, de contar aquellas historias difusas, alguien pensara que podían ser ciertas.

—Del primero de los libros —dijo Klára—, el que tiene el poder de *generar* vampiros, recuerdo perfectamente que la leyenda no dice nada. La última alusión que hace sobre él es cuando el soldado lo entrega al rey y a partir de ahí no hay más información. Del segundo, el que es apodado *blanco como la pureza,* sí dice que es escondido en una *Casa de Dios.*

—Una iglesia, un convento, una abadía... —enumeró el profesor.

Podría ser cualquier cosa y estar en cualquier lugar, pensó Revel.

Sibila se incorporó aún más. Estaba tan concentrada que ni siquiera reparó en que una de las mangas del albornoz estaba absorbiendo el contenido de su copa de coñac.

—¿Se indica en el texto original el nombre de ese destino religioso? —preguntó.

La anciana negó con la cabeza

—No recuerdo que apareciera ningún nombre. Y aunque así fuera; la historia que les he contado, si es cierta, que tengo grandes dudas, se desarrolló hace casi mil años. Pocos monasterios, iglesias, abadías y supongo que ninguna de sus bibliotecas han debido quedar intactas por tanto tiempo.

Revel vio cómo el rostro de Sibila se ensombrecía.

—Al menos —dijo—, tenemos un indicio para empezar a buscar.

Capítulo
12

Los revinientes *de Hungría, o vampiros, [...] son unos hombres muertos desde hace un tiempo considerable, que salen de sus tumbas y vienen a inquietar a los vivos, les chupan la sangre, se les aparecen, provocan estrépito en sus puertas y en sus casas, y, en fin, a menudo les causan la muerte. Se les da el nombre de vampiros o de* upiros, *que significa en eslavo, según dicen, sanguijuela [...] si el retorno de los vampiros es real, entonces nosotros debemos defender este hecho y probarlo. Y si es apenas una ilusión, entonces es en interés de la religión refutarlo para beneficio de quienes creen en su existencia.*

Disertación sobre los revinientes en cuerpo, los excomulgados, los upiros o vampiros, brucolacos, etc., de Dom Augustin Calmet, 1751.

Has conseguido hablar con Revel?

Mario asintió.

—Iban de vuelta a Budapest. Parece que había problemas con la cobertura telefónica.

—¿Le has dicho que la señorita Mondragón no es del todo de fiar?

—Sí. Supongo que no se lo habrá tomado muy bien, pero no hemos podido hablar con claridad; iba sentada detrás suya en el coche.

Heviu se pasó una mano por los ojos; los tenía enrojecidos y le molestaban a la luz intensa de la lámpara de mesa. Estaba cansada, pero aún le quedaban unas cuantas horas de trabajo por delante antes de poder dedicar unos minutos al descanso.

—Si conozco a Revel como creo, le pedirá explicaciones en el primer momento en que tenga una oportunidad. A partir de ahí, puede suceder cualquier cosa.

—¿Entiendo que si nuestra clienta es una mentirosa, como parece ser, damos entonces el caso por terminado?

—¿Eso te ha dicho Revel?

Mario se encogió de hombros

—No —de ninguna manera le habría dicho aquello el profesor—. Me ha parecido entender que quiere que continuemos investigando. Está interesado en que terminemos el histórico de fallecimientos por exanguinación y sin resto de sangre, aquí, en Londres. Me ha sugerido que retrocedamos más atrás en el tiempo.

Heviu se desperezó y chasqueó la lengua.

—Si ésas son las órdenes será mejor que continuemos con nuestro trabajo —sabía que mientras no hubiera una indicación clara de que debían detenerse, lo mejor era continuar investigando.

Una de las paredes de su despacho estaba ocupada por una gran pizarra magnética que se prolongaba por toda la superficie, tenía más de tres metros de ancha y cerca de cinco de longitud. Era una especie de gran mesa de trabajo vertical. Cuando tenían un caso entre manos, todos y cada uno de los detalles, por ínfimos que fueran, quedaban reflejados en aquella pizarra, ya fuera en forma de notas escritas, de recortes, de fotografías, gráficos o dibujos, todos pegados a la superficie por medio de imanes. Al final de cualquier investigación la pared aparecía siempre cubierta por tantas líneas, dibujos y papeles que apenas se divisaba el blanco del fondo.

En esta ocasión ya empezaba a asemejarse a una maraña de datos. Todos y cada uno de los casos investigados habían sido resumidos a una ficha de papel también fijada mediante imanes a la pizarra, con los datos más significativos y las fechas destacadas con un rotulador amarillo eléctrico. Estaban dispuestos por orden cronológico; los casos más antiguos a la izquierda y los más modernos a la derecha, siguiendo una línea temporal claramente definida. El del señor Hammer ocupaba un lugar destacado, encerrado dentro de un círculo de rotulador rojo. Hacía apenas un momento que habían terminado de ubicar la última ficha.

Heviu estaba sentada encima de su mesa, un par de metros alejada de la pared para tener una visión completa de la pizarra. Mario se colocó a su lado, con los brazos cruzados, concentrados en algo que aún eran incapaces de ver pero que seguro que ya empezaba a perfilarse entre todos aquellos datos vacíos de significado.

El caso más antiguo se remontaba a 1908. La víctima, Marie Wessit, era una mujer joven que trabajaba como sirvienta interna en una casa señorial de Mayfair. El artículo periodístico contaba cómo la muchacha había salido a pasear en su tarde libre, un martes, acompañada de otras dos compañeras del servicio. Después se descubriría que aquello sólo era una tapadera de la chica, pues en verdad iba a reunirse con un cochero con el que al parecer mantenía una relación. Como habían hecho cada martes en los últimos meses, sus dos compañeras debían esperarla para volver juntas; se citaban en la esquina del parque, a unas manzanas de la casa, y entonces emprendían el regreso de la misma forma que habían partido, para no levantar sospechas que pusieran en peligro su puesto de trabajo. Esa noche la chica no se unió a sus amigas, por mucho que éstas la esperaron. Aun así, las dos muchachas no dijeron nada cuando volvieron a casa, aduciendo que se habían quedado mirando cintas en cualquier tienda. A media noche seguía sin aparecer, y entonces dieron la voz de alarma y todo se descubrió.

Lo primero que hizo la policía fue detener al joven galán, al cochero, que juró y perjuró que esa noche no se habían visto y que hacía más de un mes que habían dado por terminada su relación. De ser así, ¿dónde iba entonces la chica cada martes?

El cuerpo apareció dos días más tarde flotando en el río. Tenía la garganta abierta de lado a lado, y la cabeza apenas estaba sujetada al tronco por una fina banda de piel y músculos que habían mordisqueado los peces.

Heviu había seleccionado este caso porque el cuerpo estaba desangrado, aunque las autoridades anotaron en el informe forense que el líquido vital se debía haber disuelto en las aguas del Támesis.

El caso tuvo cierta resonancia en la ciudad. La policía sospechó desde el principio del cochero, parecía un amante despechado y tenía antecedentes por agresión. Registraron de nuevo la habitación donde vivía y encontraron el chal que llevaba la víctima el día que desapareció. No se necesitó más, fue acusado de su asesinato y ejecutado tras un juicio que no dejó dudas sobre la autoría. El joven negó en todo momento ser el culpable. La policía había registrado su habitación con anterioridad y no había encontrado rastros del chal. Demasiados puntos oscuros para una condena tan firme.

Este caso, el primero que encontraron en el siglo XX dentro del perfil que buscaban, estaba resumido sobre la pizarra magnética en una ficha muy concreta.

Nº 1. MARIE WESSIT
Fecha: 10 de marzo de 1908
Encontrada en el Támesis (cerca de Banck)
Domicilio: 15 Wilton Crescent (Mayfair)
Causa de la muerte: Degollada.
Causa ausencia sangre: disuelta en el río

Una ficha como ésta se reproducía exactamente igual por cada uno de los ciento doce casos que en ese momento ocupaban la pizarra, especificando el número de orden dentro de los casos, el nombre de la víctima o sus iniciales en su ausencia, la fecha, el lugar donde había sido encontrado el cuerpo, su dirección mientras vivía y la causa de la muerte. Había un último apartado donde se especificaba la teoría de por qué no había sido encontrado ningún rastro de sangre.

En el reverso de la ficha, que sólo era visible cuando ésta se desprendía de la pizarra, aparecía un resumen del caso con los datos más significativos. Y si aún se necesitaba más información, sobre la mesa de Heviu estaban ordenadas las carpetas numeradas con toda la información que habían podido encontrar sobre los casos, como recortes de la hemeroteca, informes médicos o fichas policiales.

El centro de la pizarra lo ocupaba un gran mapa de Londres asaeteado por marcadores magnéticos en forma de diminutos cilindros rojos que mostraban el número del caso y el lugar exacto donde había sido encontrada la víctima.

Ahora sólo hacía falta encontrar «algo», como había dicho Revel.

Pero eso no era fácil. ¿Qué debían reconocer entre todos aquellos datos? ¿Una pauta? ¿Un perfil de las víctimas?

Mientras elaboraba las fichas y las ordenaba en la pizarra su mente no había estado quieta. Cada vez que la impresora escupía una de ellas y ésta ocupaba su lugar sobre el blanco mural, Heviu comparaba mentalmente los datos del nuevo trozo de cartulina con el resto de tarjetas. Y pocas cosas coincidían; las víctimas eran tanto hombres como mujeres, niños y ancianos, mendigos y acomodados burgueses. Las causas de las muertes eran tan diversas como los lugares donde aparecieron los cuerpos que estaban diseminados por cualquiera de los puntos cardinales de la ciudad. A primera vista, desde luego, no les iba a ser fácil encontrar una pauta.

—¿Crees que esto ha sido obra de...? —Mario no se atrevió a terminar de preguntar

—¿De un vampiro? —contestó Heviu—. No lo sé. Supongo que no.

—¿Sólo lo supones?

—Me atengo a los hechos —dijo empezando a exasperarse—. ¿Ves tú aquí muchos de ellos que puedan explicarse de una manera más convincente que con el ataque de un vampiro?

Permaneció un rato meditando antes de contestar.

—Me inclino por una secta —dijo al fin—. Muchas sociedades secretas decimonónicas siguen aún funcionando.

—¿Y para qué querrían la sangre?

Volvió a pensarlo.

—Un culto ancestral.

—¿Y eso te parece más coherente que la existencia de un vampiro?

Seguían discutiendo cuando sonó el timbre de la puerta y provocó que Heviu diera un respingo.

—Te has sobresaltado —dijo Mario, a quien le había pasado un tanto de lo mismo—. Iré a ver quién es.

A los pocos instantes apareció de nuevo en el despacho seguido de Cecyl, el padre de Heviu.

—Me imaginaba que estarías aquí —dijo Cecyl nada más entrar—. Mi amigo el decano no ha esperado ni diez minutos en decirme que esta tarde tampoco has ido a trabajar.

Heviu miró el reloj; hacía tres horas que debía estar dando clases. Otra vez se había olvidado de la maldita universidad.

—Papá, de verdad lo siento. Estaba concentrada en esto y...

—Lo considero una descortesía por tu parte —Cecyl no estaba dispuesto a escuchar más excusas—. Al menos podías haber avisado.

—Ya te he dicho que lo he olvidado.

Su padre se puso las gafas y empezó a husmear en las tarjetas que estaban pegadas en la pizarra.

—Supongo que es en esto en lo que Revel te habrá involucrado ahora. Otro ridículo caso de libros perdidos —chasqueó la lengua—. Una pena que desprecies la enseñanza para dedicarte a esta pseudoprofesión que practicas.

—Que haya olvidado mi responsabilidad con la universidad no significa que puedas venir aquí y decir lo que te apetezca de mi trabajo

—Tonterías —aquello tenía la pinta de ser el comienzo de una de sus interminables discusiones—. Sabes que al final sólo encontráis uno de cada diez de esos libros inexistentes. Y me atrevería a decir que los que aparecen son por casualidad más que porque busquéis en el lugar adecuado.

—Papá, no voy...

—¿Qué es esto? —le cortó Cecyl leyendo una de las fichas— Stephan G., 11 de junio de 1923. Causa de la muerte, atropello. Causa de la ausencia de sangre, filtrada a través del alcantarillado.

Heviu intentó quitarle importancia.

—Es una investigación rutinaria. Nada trascendente.

—¿Esto es lo que te ha mantenido alejada de tus responsabilidades?

Cecyl leyó en voz alta otra de las fichas.

—M.C.J. 2 de octubre de 1968. Causa de la muerte, heridas múltiples causadas por la policía en la represión de una manifestación. Causa de la ausencia de sangre, sin explicación. Pero... ¿Qué es esto?

—Ya te lo he dicho —lo último que le apetecía en aquel momento era tener que dar explicaciones a su padre—, es un simple trabajo de investigación.

—Pero todos éstos son... muertos —soltó su padre con incredulidad.

—Asesinatos, creemos —se le escapó a Mario, que inmediatamente recibió una reprimenda con una sola mirada de Heviu.

Cecyl se alejó para observar la pizarra en su totalidad.

—Ya veo. Hay una pauta clara. Pero los datos arrancan en 1908. ¿Cómo es eso posible?

—¿Qué has dicho? —dijo Heviu mirándolo fijamente.

—Que es extraño que los datos arranquen tan atrás en el tiempo, ya que...

—No —dijo Heviu—. Me refiero a lo que has dicho antes.

Cecyl la miró un poco sorprendido.

—Que hay una pauta de comportamiento evidente. Supongo que es lo que os ha hecho ordenar los casos de forma tan confusa, ¿no? —preguntó el anciano con curiosidad mirándolos a una y a otro—. ¿O no es así?

Cecyl sopesó lo que acababa de descubrir.

—Así que no es así. No os habéis fijado en el comportamiento que muestra la pizarra.

Mario negó con la cabeza.

—Aún no la hemos estudiado a fondo. Nos disponíamos a hacerlo en este momento.

Cecyl sonrió de esa forma que convocaba tormentas.

—Entonces no os entretengo más. No quiero que perdáis el tiempo por mi culpa.

Y se dispuso a salir de la habitación.

—Papá, ¿es que no nos vas a decir qué has visto en la pizarra?

El anciano amplió aún más la sonrisa.

—Sólo si abandonas mañana mismo el caso y vuelves a la universidad.

Heviu lo miró con arrogancia.

—No te saldrás con la tuya. Sabes que soy inmune a tus chantajes.

—Entonces, querida —apostilló su padre—, espero que pases una buena noche.

Y salió de allí camino de su casa.

* * *

—Será mejor que descanséis —dijo Ányos—. Si me necesitas mañana ya sabes dónde encontrarme.

Se despidieron allí y tomaron el camino del hotel, cansados después del largo viaje de vuelta a Budapest y con la resaca del chaparrón aún a cuestas.

Aunque había escampado, la humedad de la noche se materializaba en forma de una densa niebla que se rompía en jirones cuando arreciaba el viento frío. Si había estrellas eran invisibles, al igual que la luna. Casi la calle era invisible, a no ser por la luz amarillenta de las farolas que se asemejaban a trozos de pan dispersos en el camino para indicar cómo llegar a cualquier parte.

Enfilaron la calle empedrada que conducía al hotel. A aquellas horas estaba vacía y silenciosa, animada de vez en cuando por la luz fantasmal que salía de alguna ventana.

Fue entonces cuando el profesor Colina se detuvo, con las manos en los bolsillos para protegerlas del frío.

—¿Sucede algo? —preguntó Sibila que andaba unos pasos por delante.

—Señorita Mondragón, ¿cuánto de lo que me ha contado es cierto?

Ella recibió sus palabras como si fueran de bronce macizo y acabaran de golpearla.

—No entiendo lo que quiere decir.

—Lo diré de otra manera. ¿Hay algo de verdad en todo esto?

A pesar del intenso frío, Sibila notaba que unas gotas de sudor habían empezado a formarse alrededor de su nuca.

—Profesor Colina, yo...

—Mida sus palabras, porque si percibo una sola mentira en lo que va a decir nuestro trato habrá acabado aquí y ahora.

Y hablaba en serio, lo decían las aletas dilatadas de su nariz y el brillo helado de sus ojos.

—Aquí no —Sibila estaba de pronto tan cansada que apenas podía articular palabra—. Vayamos al hotel. Allí contestaré a todas las preguntas que quiera hacerme.

Pero Colina no se movió.

—Creo que usted no me ha entendido. Quiero que me cuente la verdad.

—¿Qué verdad?

—La que me ha ocultado.

Sibila sentía que sus músculos no le respondían, que estaban dormidos, agotados, a punto de dejar de responderle.

—Acerquémonos a ese banco —nunca le había gustado mostrar sus debilidades en público.

Sin esperar a ver si el profesor la seguía anduvo deprisa hasta una pequeña plaza que se abría más arriba, unos metros que a ella le parecieron que escalaba las empinadas laderas de una montaña. Se arrojó sobre el asiento nada más llegar, intentando no hacer visible el temblor que empezaba a materializarse en una de sus manos. Al poco llegó el profesor. Se sentó a su lado, aunque no le dirigió una sola mirada. Sus ojos habían huido al frente, a la nada, concentrados en algo que no traslucían.

A su alrededor la noche tenía el aspecto de una procesión de tinieblas. La neblina se había vuelto más espesa y más gris, apenas dejaba ver a unos pasos de distancia y las luces lejanas de las farolas se mostraban tristes y difusas, como moribundas luciérnagas gigantes.

—Supongo que le ha llegado a usted alguna información que le ha hecho dudar de mí —dijo Sibila hacia la oscuridad de la noche—. ¿Puedo saber qué es?

—La verdad. Sólo quiero la verdad.

—No es tan fácil.

—Inténtelo.

Contuvo un gesto de dolor. Ahora no. La verdad siempre es un conjunto de verdades a medias que configuran una gran mentira, la mentira de su vida. Decidió contarle sin tapujos a aquel desconocido lo que para ella era su gran razón de ser; algo triste y hecho de retazos, maleable, imperfecto, pero eso era lo que su recuerdo había etiquetado en letras grandes como el «camino de la verdad».

—Mi madre murió cuando yo tenía trece años —comenzó a decir con voz opaca, como la de la doctora que le anunció la muerte de su madre—. A esa edad tuve que encargarme de su funeral. No teníamos parientes por su rama familiar y mi padre hacía ya tiempo que nos había dejado. Tuve que elegir el tipo de ataúd, la frase que iría en la corona de flores y reconocer el cadáver antes de amortajarlo. No fue algo agradable. No, no lo fue, pero para mí ése fue un día feliz, quizá el más feliz de mi vida, ¿y sabe por qué?

Él no respondió.

—Porque mi madre ya no sufriría más y yo podría dormir por las noches sin oír sus gritos.

Una ráfaga de viento frío trajo el silencio. Pasaron los segundos sin prisa, colgados de los retazos de niebla.

—¿De qué murió? —preguntó el profesor.

—De lo mismo que todas sus hermanas, que mi abuela, y supongo que la mayoría de las mujeres de su familia hasta donde abarca la memoria. Según me contaba ella, su bisabuela murió joven, de un dolor porque un vecino la miró mal. Su abuela también, aunque en este caso fue por una pulmonía mal curada. Su madre se consumió antes de cumplir los treinta y sus hermanas ninguna sobrepasó los treinta y cinco. Mi madre fue la que más vivió. Llegó a los cuarenta, lo que fue una desgracia para ella, porque la enfermedad se manifestó durante más tiempo.

—¿Qué enfermedad?

Revel se había girado para mirarla de cerca. Sibila tenía el rostro tallado en piedra, como una fortaleza que se defiende de su propia historia.

—No lo sabemos, póngale usted el nombre que le plazca, los médicos han decidido llamarla con un código de números y letras, ni siquiera ha merecido la pena ponerle un nombre propio —dijo ella—. Sólo se sabe que es genética, que sólo afecta a las mujeres y que es mortal. ¿Cuántos casos existen? Ninguno datado fuera de mi familia. Es lo que se conoce como una «enfermedad rara», aquellas que afectan a menos de cinco individuos por cada diez mil habitantes, y somos tan pocos que no hay fondos para investigarla.

Sacó de su bolso una tableta de pastillas.

—Calmantes. Esto es lo que me ha recetado el médico. Calmantes y que me siente a esperar.

—¿Usted...? —apenas se atrevió a preguntar Revel.

—Sí, ya está aquí. Me la diagnosticaron hace doce años. Cuando tenía dieciocho ya sabía que iba a morir antes de los cuarenta. ¿Quiere que le diga cómo evoluciona la enfermedad?

No hubo respuesta.

—Los dolores empiezan pronto, a mí me acompañan desde hace tiempo. Después comienzan los temblores, pero esa fase se puede sobrellevar sin demasiados problemas. Es más incómodo cuando el sentido del tacto deja de funcionar y dejas de ser capaz de sentir si hace frío o calor, o si te estás quemando con una taza de café. A esa fase la llamo *el momento en que te conviertes en nada*, mi madre no se daba cuenta de cuando la besaba. Poco después comienzan de nuevo los dolores. No puedo tomar muchos calmantes porque tengo que estar preparada para ese momento, ¿sabe? El cuerpo se acostumbra y cuando son necesarios no hacen efecto. Primero inhibidores del dolor poco potentes, aumento de la dosis cuando dejan de hacer efecto, y cambio de calmantes hasta llegar a la morfina. La morfina no hace su función durante mucho tiempo y como mantendré las constantes vitales y la plena conciencia hasta el final no es recomendable que me induzcan un coma médico para alejarme del dolor. Curiosamente éste es el periodo más largo. A mi madre le duró dos años y la volvió loca. Intentó quitarse la vida varias veces, pero yo se lo impedí. Nunca supe si hice bien o mal. Después llega la muerte, y al fin el descanso.

Lo decía sin pena, sin tristeza, como quien cuenta que hoy lloverá o que mañana sería un buen día para ir de pesca.

—Pero ¿sabe usted lo peor? —continuó—. Lo peor es saber que vas a morir, que todo lo que tienes que aprender, todo lo que ya has aprendido, no sirve para nada.

—No comparto ese pensamiento —dijo el profesor—. A todos sólo nos pertenece el presente, ni siquiera el pasado es ya nuestro. Todos sabemos que vamos a morir.

—No lo comprende. Para usted, que no conoce la hora ni las circunstancias de su muerte, la vida tiene un significado. Para mí es una obsesión. El paso del tiempo, el paso de cada minuto de mi tiempo me acerca cada vez más al dolor y a la nada.

Él no supo qué contestar, ni siquiera si era conveniente replicar.

—Cuando la ciencia médica me confirmó que no había nada que hacer busqué consuelo en aquello que muchos consideran que es el último refugio, en la religión. Pero sólo supieron ofrecerme resignación. Resignación. ¿Quién puede resignarse a morir cuando la vida es lo único cierto que tenemos? Me proponían que sobrellevara mi enfermedad como si nada fuera a suceder, que disfrutara los años de salud que me quedaban hasta que el dolor se manifestara con toda su crudeza. Eso fue lo que le prometió mi padre a mi madre, estar con ella hasta el final, y no pudo soportarlo, aunque la quería. Ella siempre supo que él se iría, incluso lo agradeció. Resignación.

—No todos son como su padre.

—Sigue sin entenderme. Esto no es un asunto de los demás. No es cuestión de culpar a nadie. Es cuestión de elegir qué tipo de vida quieres llevar y hacia dónde quieres ir.

—Soy incapaz de ponerme en su lugar y llegar a esas conclusiones —dijo Revel.

Ella lo miró un instante. Después continuó.

—Fue entonces cuando decidí buscar otros medios. No me considero una mujer estúpida y supe huir de los charlatanes. Pero entonces oí aquella noticia. Hace ya muchos años, en la que se decía que había sido descubierto un cementerio de vampiros.

—Pero...

—Sí, era una noticia viciada. En verdad era un cementerio profanado porque los vivos creían que los difuntos eran vampiros. Una noticia curiosa, una anécdota que contar en las noches de invierno ante un grupo de amigos y una botella de alcohol duro. Pero a mí me dio una idea y empecé a investigar el mito del vampiro, no sólo en Europa, sino en el resto del mundo y entonces me di cuenta...

Otra ráfaga de frío hizo que tuviera que protegerse con el cuello del abrigo.

—De qué se dio cuenta —preguntó Revel.

—De que los vampiros de todas las historias recogidas dejaban atrás sus enfermedades. Su sangre era capaz de limpiar cualquier desajuste genético, de sanar. Una locura, ¿verdad?

—Sí, lo es.

¿Qué otra cosa podía contestar?

—Pero me encontraba con un pequeño problema —continuó ella—, una duda existencial. ¿Existían los vampiros? A eso dediqué muchos años de mi vida, hasta que llegué a una conclusión. Los vampiros existen. Entonces sólo me quedaba encontrar uno y conseguir su sangre.

El profesor Colina la miró con los ojos entornados.

—¿Y qué haría con su sangre?

—Eso aún no lo tengo del todo definido, lo primero sería mandarla a analizar para descubrir de qué forma puede sanar, no sólo a mí, sino a todos a los que pueda beneficiar. He contactado con varios laboratorios y equipos de investigación que podrían hacerlo. La tecnología existe.

—Disculpe lo que le voy a decir —Revel estaba muy serio, con la frente mortalmente pálida—, pero todo esto es una inmensa locura. Supongamos que la creo. Supongamos que olvido todos mis años de formación científica, de estudios, de contrastar la realidad. Supongamos que acepto la idea absurda de que los vampiros existen, la absurda idea de que pudiéramos encontrar a uno de ellos, tomar una muestra de su sangre, analizarla y conseguir un remedio. Aun así el proceso podría llevar años hasta encontrar una cura, y eso siempre y cuando de verdad esa cura fuera efectiva.

—Por eso elegí el mito del vampiro —contestó Sibila con calma—, era el único que podía darme tiempo.

—No la entiendo.

—La inmortalidad.

Él la miró ahora sorprendido.

—¿Si existieran se dejaría morder por un vampiro para permanecer en la sombra hasta que fuera descubierto el remedio de su enfermedad? ¿Ése es su plan?

—Más o menos. Tiene sus riesgos, pero hasta el momento no se me ha ocurrido otro mejor.

—¿Y qué tiene que ver el libro en todo esto?

—Es lo más cerca que he estado nunca de ningún vampiro. Por eso le dije que quería convertirme en uno de ellos; si no encuentro a ninguno yo misma puedo servir a la ciencia a través del *Cruoris Liber*.

—Es una locura.

—No lo es. Lo he meditado durante años antes de atreverme a dar el paso.

Y así lo mostraban sus ojos; estaban serenos y brillantes. Allí no había rastro de demencia, sólo de determinación.

—¿Y por qué no me dijo todo esto cuando contactó conmigo? ¿Por qué las mentiras?

—¿Me habría hecho caso entonces? Primero investigué en libros y documentos, algunos modernos, otros antiguos. Después entablé contacto con esas sociedades vampíricas. Ya se lo conté, hay muchas y están perfectamente organizadas, pero todas me dieron la impresión de que en verdad dudaban de la existencia de los no muertos, era más una pantomima que una creencia profunda. Hasta que encontré los casos de muerte por desangramiento. Eso fue lo que me hizo comprender que era posible su existencia y que siempre han estado entre nosotros, tal y como cuentan las leyendas, leyendas que coinciden en cualquier parte del mundo, hablan de seres tan esquivos que casi dudo de que alguna vez podamos encontrarlos. Cuando conocí la historia del libro robado a Lord Langley vi por primera vez indicios de otra forma de obtener mi objetivo.

—Y se puso usted en contacto con el Lord.

—No. Le mentí. En eso le mentí.

Al menos había sido sincera.

—¿Por qué? —preguntó Revel.

—Porque no podía decirle que sólo eran suposiciones.

Él permaneció callado, midiendo la forma en que iba a contestar.

—Sus suposiciones eran ciertas —dijo al fin—. Mi equipo las ha comprobado. El cuerpo de Hammer también fue desangrado y el libro ha sido robado de la biblioteca. No sabemos cuál es su origen, parece que siempre estuvo allí, o que alguien lo depositó en aquel edificio olvidado como en un lugar seguro.

Sibila sonrió, era como si la enorme losa que la acompañaba se hubiera empezado a volatilizar.

—¿Seguirá ayudándome? —se atrevió a preguntar.

El profesor tardó unos segundos en contestar.

—Sí, aunque desconozco qué me impulsa a actuar así.

La niebla había empezado a disiparse, pero un ligero chaparrón la iba sustituyendo poco a poco.

—Hay algo más —dijo Sibila—, ¿recuerda el lugar donde la anotación de Hammer decía que era procedente el *Cruoris Liber*?

—Sí, de la ciudad de Celákovice.

—Pues aquella historia del cementerio de vampiros que oí en la radio hace diez años sucedió en aquel mismo lugar.

Capítulo
13

He podido saber por el señor de Vassimont, consejero de la Chambre des Comtes *de Bar, enviado a Moravia por Su Alteza Real Leopoldo, Duque de Lorena, para que se encargara de los asuntos de su hermano el príncipe Carlos, obispo de Olmutz y de Osnabruch, que, según los rumores populares de los que él mismo se ha informado, es corriente en dicho país ver hombres hace tiempo muertos aparecerse.*

Tratado de las apariciones de los ángeles, de los demonios y de las almas de los difuntos, Dom Augustin Calmet (1746).

Cecyl bajó el volumen del televisor. Le había parecido oír el motor de un coche.

Debían ser cosas suyas. No esperaba a nadie, y menos a aquellas horas y con aquel tiempo. Su casa no estaba precisamente en un lugar de paso, casi había que perderse para llegar a ella, y el vecino más cercano estaba al otro lado del bosque.

Volvió a subir el volumen. Los documentales sobre insectos eran sus preferidos. Estaba convencido de que el futuro del planeta estaba en sus manos, y el de hoy trataba, nada más y nada menos, que de la mantis religiosa, algo así como la reina de los invertebrados con exoesqueleto.

Estaba pendiente de una escena digestiva del gran insecto patudo cuando le pareció oír de nuevo sonidos provenientes del exterior. Era un ruido lejano e intermitente. Quizá de pasos o de pequeños golpes sobre el cristal de alguna ventana.

En esta ocasión sí apagó el televisor y se mantuvo atento a cualquier otro ruido. Estaba seguro de haber oído algo y ahora no le quedaba la menor duda de que lo de antes era el sonido de un motor.

Con cuidado se levantó del sillón y apagó la lamparita que había junto a la puerta, era la única luz que estaba encendida en toda la casa que quedó sumida en la oscuridad, sólo iluminada por el débil resplandor de la luna que de vez en cuando aparecía entre las nubes.

Intentando no hacer ningún ruido fue hasta la ventana, parapetándose contra la pared. Fuera seguía cayendo el agua a mares y no se veía a un palmo de distancia. Si ahí fuera había un coche aparcado y éste mantenía las luces apagadas, era imposible verlo con aquel aguacero.

¿Habría cerrado la puerta de atrás? ¿Y las demás ventanas? Pensó de pronto, y una enorme sensación de intranquilidad le recorrió todo el cuerpo.

Despacio, para que el suelo de madera no crujiera demasiado, fue hasta la cocina sumida en sombras. Estuvo a punto de chocar contra el carro de las verduras, pero lo esquivó en el último momento. Casi no veía nada; la forma borrosa que emitía un zumbido intermitente era el frigorífico y aquella superficie que de vez en cuando parecía brillar cuando la luna podía deshacerse de las nubes, debía ser el fregadero. Nunca había tenido un buen sentido de la orientación. Podría haber entrado en aquella cocina millones de veces y muchas de ellas tenía que pararse a recordar detrás de qué puerta se ocultaba el lavaplatos. Una vez ubicado, se dirigió a la puerta trasera. Nunca la usaban. En vida de su esposa podía permanecer abierta días enteros, pues daba a un pequeño huerto ahora estéril, pero desde que se fue apenas la había franqueado un par de veces, no le gustaba comprobar que allí ya no había nada, sólo maleza ponzoñosa y recuerdos que era necesario olvidar.

Estaba a punto de alcanzar la puerta cuando el picaporte empezó a girar despacio. Podía ser una alucinación debido al nerviosismo de aquella noche, pero estaba seguro de que aquel maldito picaporte se había movido, girando sobre sí mismo muy despacio, sin querer hacer ningún ruido.

Un escalofrío le recorrió la espalda. Efectivamente ahora podía estar seguro de que allí fuera había alguien, alguien que intentaba entrar en su casa.

Miró alrededor, estaba en su cocina, en cualquier lado podría encontrar un arma con la que defenderse. Los cuchillos estaban en el cajón, al otro lado de la mesa. Había uno especialmente afilado, especialmente pavoroso con una larga hoja reluciente. Pero no le daría tiempo a llegar hasta el otro lado de la cocina sin chocar con otra silla o derribar el carro de las verduras. No le daría tiempo antes de que entraran. Debía encontrar otra arma, quizá no tan eficaz, pero al menos efectiva. Sus ojos empezaban a acostumbrarse a la oscuridad y las formas invisibles de hacía unos instantes eran ahora bultos contorneados que se asemejaban a mesas y sillas. Sin pensarlo dos veces cogió la banqueta de la cocina y la mantuvo en alto, dispuesto a golpear a quien se atreviera a entrar por allí.

Pero el picaporte detuvo su avance. La llave, menos mal, estaba echada. Aun así, quien quiera que estuviera fuera, manipuló varias veces antes de darse por vencido. Ahora el movimiento era evidente, no había disimulo, sino determinación. Después, nada.

Cecyl notaba cómo el sudor resbalaba por su frente. Había oído historias de ancianos que eran atacados en casas apartadas como aquélla, y ninguna tenía un final feliz. De hecho, últimamente corría el rumor en el vecindario de que los robos habían aumentado. Él tenía claro que podrían llevarse lo que quisieran; no arriesgaría su vida por nada de lo que contenía aquella casa, aunque algunos recuerdos eran valiosos y preciados, pero él tenía en más valor su vida, desde luego.

Parecía que habían desistido de entrar por allí. Con cuidado fue hasta el salón, la estancia más amplia de la casa y la mejor conectada en caso de que tuviera que esconderse. Allí estaba el teléfono. Si no habían cortado la línea podría llamar a la policía y en media hora habría allí una patrulla. Pero ¿qué no podía suceder en media hora? Las ventanas no estaban protegidas, una simple piedra y estarían dentro. Después podrían acabar con él en un instante.

Aun así estaba decidido a luchar. Él no era un tipo al que se pudiera amedrentar con facilidad.

Un nuevo ruido, esta vez muy cercano, volvió a llamarle la atención. Estaba seguro de que era en el vestíbulo. Justo al lado de donde se encontraba.

Colgó el teléfono sin llamar y se dirigió hasta allí para observar despavorido cómo el picaporte de la puerta principal estaba girando. En esta ocasión estaba seguro de que había echado la llave, como hacía siempre, pero era un claro ejemplo de que aquella gente no iba a desistir con facilidad.

Efectivamente, la cerradura llegó a su tope de seguridad con un clic sólo perceptible en el silencio de la noche y quien quiera que estuviera fuera no pudo llegar a abrir.

Cecyl suspiró ligeramente aliviado. Quizá desistieran. Quizá debiera llamar a la policía de todos modos. Si no habían conseguido asaltarlo a él, lo intentarían con otro de sus vecinos. Lo mejor era estar sobre aviso. Una patrulla por los alrededores haría renunciar de su empeño a aquellos forajidos...

Pero en ese momento se produjo un ruido muy diferente. Era un sonido metálico, como de un engranaje engrasado que casa a la perfección, el sonido de algo que entraba en la cerradura y se acoplaba cómodamente a su maquinaria.

Cecyl lo comprendió al instante. Debía de ser una ganzúa. Ese pensamiento le llenó de pavor; aquel asaltante estaba intentando forzar la puerta.

Todo se volvió confuso, el corazón le latía con celeridad y las palmas de las manos estaban sudorosas. Debía calmarse, calmarse y pensar. Él era un científico, un hombre de razón, no podía dejarse llevar por el pánico, y menos en una situación como aquélla, en la que la sangre fría era fundamental.

Contó hasta diez y notó cómo su pulso empezaba a desacelerarse. Respiró hondo, tanto que le dolieron los pulmones, y entonces su mente empezó de nuevo a funcionar. Fue entonces cuando pudo pensarlo y decidirse a actuar; si llamaba a la policía perdería unos minutos preciosos y los asaltantes se colarían dentro. Era mejor enfrentarse a ellos.

Dejó la banqueta, que era incómoda para golpear, y cogió el atizador de la chimenea como tantas veces había visto en tantas películas. Se sorprendió de lo manejable que era como arma, con lo incómodo que siempre le había parecido en su función. Con cuidado se dirigió junto a la puerta y esperó.

Esperó hasta que escuchó otro clic muy diferente, el del cerrojo que cede, y que era acompañado con el movimiento lento del picaporte que empezó a girar de nuevo.

Quienquiera que estuviera fuera había logrado vencer la resistencia de aquella cerradura de seguridad por la que había pagado unos cientos de libras.

El movimiento circular continuaba y Cecyl notó cómo más gotas de sudor le resbalaban delante de los ojos. En unos minutos era posible que...

Ya había dado una vuelta completa y la puerta empezó a abrirse, despacio, sin ningún ruido gracias a las bien engrasadas bisagras.

El tiempo se movía más lento, como si se extendiera para que sus últimos momentos fueran aprovechados al máximo. El vuelo de la puerta se detuvo y entonces pudo ver cómo aparecía una cabeza, que se asomó por el resquicio de oscuridad, avistando el interior.

Cecyl iba a descargar su improvisada arma cuando le llegó la voz.

—Papa, ¿estás ahí?

Y entonces se dio cuenta de que era Heviu.

—He estado a punto de golpearte con esto —fue lo único que atinó a decir, enfurecido.

Heviu terminó de entrar en la casa y se giró para verlo aún con el atizador en alto; no pudo evitar echarse a reír.

—¿Creías que era un ladrón?

—Podrías haber llamado.

—Lo he hecho, hasta ponerme empapada, pero tu timbre no funciona. ¿Sigues sin usar el audífono? Desde fuera se oía la televisión a todo volumen. Seguro que por eso no has oído cómo golpeaba la puerta. Casi me destrozo los nudillos.

Cecyl estaba molesto y también avergonzado.

—No necesito ningún audífono. Ese médico es un charlatán. ¿Y por qué has empezado a merodear alrededor de la casa como un malhechor?

Ella no podía parar de reír.

—Porque no encontraba la llave y como siempre has dejado abierta la puerta de atrás..., al final no me ha quedado más remedio que buscarla en el bolso bajo el aguacero. Y sí, aún, después de tantos años, la llevaba conmigo.

El hombre bufó, pero al final encendió la luz y le dio a regañadientes un beso a su hija.

—Anda, pasa y sécate. Te pondré un vaso de leche con miel. ¿Qué demonios haces aquí a esta hora? ¿Te has convertido en un murciélago?

Ella fue directa a la salita, buscando el calor de la chimenea. El anorak la había protegido del agua, pero los bajos de los pantalones y los zapatos estaban hechos una pena.

—Tengo que hablar contigo, papá.

Cecyl no contestó, y apareció al rato con dos humeantes tazas de leche caliente que olían a canela.

—Supongo que de la universidad. Nunca me he sentido tan avergonzado. No es agradable reconocer que tu hija es una desagradecida.

—De eso creo que ya hemos hablado suficiente.

—Sí. Pero tú sigues sin atender tus responsabilidades.

Heviu respiró con fuerza para intentar calmarse. Si seguía a su padre terminarían con una de sus interminables peleas que siempre acababan en portazos y en varios meses sin hablarse.

—Papá, no quiero discutir contigo.

—Ni yo. Eres tú la que siempre empieza.

—Papá —dijo haciendo un verdadero esfuerzo—. Tienes razón. Te agradezco enormemente que pienses en mí y en mi hijo, te agradezco que te hayas preocupado de buscarme un trabajo que nos permita estar más tiempo juntos, los tres. No tengo excusas. Tienes toda la razón.

Cecyl la miró sorprendido. ¿Dónde estaba su hija? Heviu nunca hubiera dado su brazo a torcer con tanta facilidad.

—Al principio pensé que sería más fácil —continuó ella—. Incluso me alegré con ese cambio de aires. Dar clases podía ser interesante. Transmitir conocimientos, tratar con gente joven. Enriquecerme. Pero reconozco que no ha sido así. La absurda jerarquía de la facultad me resulta imposible de soportar, y su papeleo. Los alumnos apenas me prestan atención y repetir todos los días lo mismo lo encuentro cansino.

—Pero tu hijo...

—Sí. Por él lo he hecho y por él lo seguiré haciendo. Por él y por ti. Porque sé que para ti es importante y que has tenido que tragarte tu orgullo de titán para encontrarme un empleo.

Cecyl sopesó lo que le decía su hija. ¿Tendría que empuñar de nuevo el atizador? Ésa no era Heviu.

—Vengo a hacerte un trato —dijo ella cuando creyó que lo había ablandado lo suficiente.

—¿Un trato?

—Sí. Si me dices cuál es la pauta que encontraste en la pizarra de mi despacho esta tarde abandonaré la empresa de Revel y nunca más trabajaré ni colaboraré con él.

—Ahhh —dijo Cecyl poniéndose de pie—, sabía que por algún lado tendrías que aparecer. Eres una manipuladora. Ese trato ya lo cerramos hace un mes y has sido tú quien no lo ha cumplido.

—Pero es que este caso es diferente.

—Todos vuestros casos son diferentes. Trabajas en una empresa de locos.

—Te lo aseguro, papá, este caso es muy diferente.

Cecyl miró a su hija; aquellos ojos caídos eran su debilidad. Cuando adoptaba aquella pose de cordero desvalido poco podía hacer para protegerse de ella.

Por la exigua información que tenía, la escasa que había podido sacar de Revel y lo poquísimo que había visto en aquella pizarra, quizá tuviera razón.

—¿Cómo de diferente? —preguntó volviendo a sentarse en su sillón y centrando toda su atención en Heviu; la cena nupcial de la mantis religiosa podría esperar a una reposición.

—Mucho. No puedo decirte más.

Lo sopesó un instante antes de contestar.

—Desde luego, por la pauta de comportamiento debe serlo.

Heviu sabía que estaba jugando con ella. Ése también era su padre, un truhán disfrazado de científico que sólo se emocionaba ante un texto incomprensible en arameo antiguo. Era el que le había tocado. De tal palo tal astilla.

—Papá, de acuerdo. Reformulemos el trato.

Él se recostó sobre el asiento. Nunca rechazaba un buen juego.

—¿Qué propones?

—Necesito que me expliques cuál es esa pauta que dices haber descubierto en mi pizarra.

Cecyl sonrió con un aire de suficiencia que sacó a su hija de quicio.

—Así que por mucho que lo habéis estudiado no habéis conseguido descubrirla. Jóvenes —dijo en tono despectivo.

—No. No la hemos descubierto. Te necesitamos a ti —se tragó las palabras Heviu.

Él siguió observándola de aquella forma distante que adoptaba cuando sabía que tenía la sartén por el mango.

—¿Cuál sería nuestro nuevo trato? —preguntó con una sonrisa condescendiente.

Heviu se mordió los labios antes de responder. Aquel viejo astuto era difícil de engatusar. Esperaba que el anzuelo fuera suficientemente apetitoso para él.

—Primero, en cuanto termine este caso me incorporaré de inmediato a mi puesto en la universidad. Te lo prometo y te aseguro que no te defraudaré.

—Eso ya me lo habías prometido. No me mereces el más mínimo crédito.

—Y segundo..., formarás parte de nuestro equipo, junto con Mario y conmigo. Los tres. Hasta que encontremos el libro.

Ahora sí que se sorprendió. La cosa parecía atractiva. Debía reconocer que su vida era más aburrida de lo que daba a entender. Sin embargo, estos tres siempre estaban de un lado para otro. Toda su existencia se la había dedicado a la enseñanza y a la investigación, y había descubierto que sus frutos no eran todo lo sabrosos que le parecieron al principio.

Sí. Podría ser interesante. Una nueva experiencia. Demostrarle a Revel, su brillante pupilo, que no sólo era un viejo profesor jubilado y aburrido que merodeaba su despacho para hablar de libros.

Aun así hizo como que lo meditaba unos instantes.

—¿Seguro que volverás a la universidad en cuanto este maldito caso termine?

Ella levantó la palma de la mano.

—Lo prometo.

Tendría que convencer a aquel estúpido decano de que su hija había empeorado de alguna grave enfermedad para que le permitiera aplazar su enésima incorporación.

—De acuerdo —dijo al fin con su voz de hombre convencido a duras penas—. Os ayudaré, pero que conste que lo hago por el bienestar de mi nieto.

* * *

Acababan de llegar al hotel. Durante el trayecto en el ascensor no cruzaron palabra; hay veces que el silencio dice mucho más de lo que pueden transmitir unas pocas palabras. Una vez ante la puerta de sus habitaciones, una frente a la otra, Revel se despidió con una leve inclinación de cabeza, y ella esbozó apenas una sonrisa.

Sibila giró la llave. La puerta de su habitación se abrió, y ante lo que vio permaneció allí parada, sin atreverse a entrar.

—Profesor —pudo articular.

Revel, que aún buscaba su llave en la pequeña mochila, se volvió hacia ella para ver el estado en el que se encontraba la estancia.

Parecía que un tornado se había concentrado entre esas cuatro paredes. La maleta de Sibila no estaba donde ella la había dejado, sino que descansaba sobre la cama revuelta y deshecha. La habían tenido que rajar de lado a lado, ya que no habían podido forzar la cerradura de seguridad. Sus escasas pertenencias aparecían diseminadas por el suelo, al igual que el contenido de su neceser. Los cajones de las mesitas de noche también estaban abiertos de par en par, y los libros en húngaro que había sobre la estantería aparecían ahora tirados por el suelo de cualquier manera, como si los hubieran volteado sujetándolos por las cubiertas para que arrojaran algo que pudiera haber en su interior.

—No entre —fue lo único que dijo el profesor.

Después la tomó de la mano y la apartó de la puerta, hasta situarla en la seguridad del pasillo. Con Sibila en un lugar más o menos seguro terminó de girar la llave de su habitación. Lo que encontró fue algo muy similar a lo que había visto en la habitación de la señorita Mondragón, con la diferencia de que las pocas pertenencias que llevaba para el viaje habían permanecido todo el tiempo junto a él, dentro de su mochila.

—Alguien piensa que tenemos algo interesante —dijo el profesor—. Quédese aquí, aún pueden estar dentro, aunque lo dudo.

Entró en su habitación despacio, cuidando de no parecer un blanco fácil. Allí no había nadie. Tampoco en la habitación de Sibila. Cuando estuvo seguro la hizo pasar.

—Asegúrese de que no le falta nada antes de bajar a recepción.

Estaba todo; un par de mudas, su ropa interior y algunos cosméticos. Sólo de pensar que un desconocido había manoseado aquellas prendas íntimas la invadió de una sensación de asco que le hizo arrugar la nariz.

—No falta nada —dijo al fin.

—¿Está segura? —le apremió él.

Volvió a repasarlo, pero no echaba nada en falta; era tan escaso el equipaje que había podido traer que se sabía de memoria cada artículo que había entrado en aquella maleta.

Se dirigieron a recepción, donde fueron atendidos por un recepcionista muy alarmado que pidió excusas en inglés y en francés y les aseguró que nunca había pasado en aquel hotel nada parecido. Insistió en llamar a la policía, pero Revel le aseguró que no era necesario. Al final acordaron que les cambiarían de habitaciones por unas más grandes en la primera planta.

Mientras las camareras preparaban los nuevos cuartos y recogían sus diseminadas pertenencias de los anteriores, el recepcionista abrió para ellos el pequeño bar del hotel y les ofreció un coctel, cortesía de la casa.

Tendrían que esperar un buen rato para poder dormir. Sibila comprendió que era un buen momento para contarle lo que le había sucedido la noche anterior; los pasos en el pasillo, la sensación de que alguien acechaba en la oscuridad y la ventana abierta de par en par. Fue escueta, obviando la percepción de lo sobrenatural que estaba segura de haber percibido durante esa noche.

—Debió usted decírmelo —dijo Revel cuando ella terminó.

—No quise alarmarle. Tampoco quería que me tomara por una desequilibrada con extrañas alucinaciones.

El profesor prefirió no hacer ningún comentario al respecto.

—Señorita Mondragón, ¿podría llevar usted algo encima que pudiera llamar la atención?

Ella negó con la cabeza.

—No tengo joyas, y el poco dinero en efectivo lo llevo siempre encima, así como el pasaporte y las tarjetas de crédito.

—No me refiero a eso, quiero decir algo relacionado con el caso que tenemos entre manos.

Sibila lo meditó antes de contestar.

—Lo único que llevo es esto.

Sacó de su bolso su gastada carpeta llena de recortes y la puso sobre la mesa.

—¿Cree que es esto lo que buscaban?

La había llevado siempre consigo, incluso cuando fueron a visitar a Klára Florescu. Allí estaba recogido el fruto de su trabajo, las pruebas imposibles de la existencia de vampiros en nuestro mundo sólido y real, un mundo que no había dejado sitio para los seres de la noche y que prefería buscar absurdas explicaciones científicas a hechos inexplicables.

—Es posible. A estas horas mucha gente debe saber que vamos detrás de ese libro.

—Pero ¿cómo?...

—El mismo Lord Langley, Ányos, Klára Florescu. Hemos hablado con mucha gente. Si ese libro existe valdrá una fortuna. Y una fortuna es un buen argumento para desvalijar una habitación. Es posible que en esa carpeta esté la clave. O al menos alguien así lo piensa.

Había sopesado lo peligroso de correr detrás de un vampiro, pero no se le había ocurrido pensar en el daño que puede causar la avaricia humana.

—¿Cree que estamos en peligro...?

—Es un botín apetitoso para cualquiera —dijo él por respuesta.

Permanecieron callados un buen rato, mientras disfrutaban del espléndido coctel que les habían preparado.

—¿Qué paso daremos ahora? —preguntó Sibila.

—He estado pensando en eso durante el camino.

—¿Y?

Revel apuró su coctel de un trago.

—No tenemos ninguna pista de dónde puede estar el libro. Ni siquiera sabemos por dónde empezar. Heviu y Mario están trabajando en el único frente que tiene visos de llevarnos a un buen resultado...

La investigación parecía haber llegado a su fin. Sabían que no sólo existía un libro, sino dos, pero no tenían la más mínima posibilidad de localizarlos.

—¿Cree que es conveniente que volvamos a Londres? —preguntó Sibila a su pesar.

—En absoluto. Allí sólo les entorpeceríamos. No debemos duplicar esfuerzos. Se me ocurre que podemos darle un giro a todo esto.

Sibila lo miró con ojos entornados.

—¿A qué se refiere?

—Klára Florescu nos ha contado una historia sobre libros...

—Sí, pero es sólo una leyenda, y no tiene por qué tratarse del mismo libro que buscamos.

—Estoy de acuerdo con usted, pero nunca he creído en las casualidades. ¿No le parece extraño que estemos buscando el que quizá sea el único texto conocido con una fórmula para transformar a alguien en un vampiro, y que por casualidad nos cuenten una historia desconocida en la que el protagonista es un libro que cumple el mismo cometido?

Sibila ya lo había pensado.

—¿Quiere decir que quizá Klára...?

—No quiero decir nada, sólo que no creo en las casualidades y que la única pista que tenemos en estos momentos es esa historia. Creo que deberíamos prestarle atención.

La historia que les había contado la anciana era sorprendente. Una historia de conjuros que tenían el poder de transformar la esencia misma del hombre.

—¿Qué sugieres que hagamos? —le preguntó. Estaba decidida a seguir al profesor allá donde quisiera llevarla, allá donde permitiera su dinero.

—La situación es la que sigue; tenemos al menos dos libros perdidos. Al libro que robaron en casa de Lord Langley le están siguiendo la pista nuestro equipo de Londres. Nosotros debemos indagar sobre esos dos misteriosos volúmenes de la leyenda de Klára Florescu.

—¿Tiene idea de por dónde empezar? —preguntó Sibila.

—Debemos tomar como cierta la leyenda. Habla siempre de dos libros. Uno que convierte en vampiro a quien cae víctima de su hechizo y otro que se nombra en la historia como Libro Blanco, y que funciona como su antídoto.

Ella asintió.

—Enunciemos una teoría —dijo Revel. Había un brillo en sus ojos que Sibila ya había visto antes. Aparecía cuando hablaba de libros, de libros perdidos—. ¿Qué diría usted si yo le dijera que el libro maldito de la leyenda de Klára Florescu, el que es capaz de convertir a un hombre en vampiro, puede ser el mismo que robaron a Lord Langley?

—Que tiene cierta lógica.

—No sólo eso —intervino de nuevo el profesor—. No hay una sola pista en el relato que indique su paradero. Simplemente desaparece, se volatiza en manos de un rey desconocido. El caso del Libro Blanco es diferente. Sabemos que fue depositado en un edificio religioso. Ése es el que nosotros buscaremos.

Sibila se removió incómoda en el asiento.

—Profesor, no quiero parecer desconsiderada, pero yo no le he contratado para encontrar un libro que tiene la función inversa a la que yo necesito

Él sonrió.

—Señorita Mondragón, el cometido para el que usted me ha contratado ya lo está desarrollando mi equipo, y le aseguro que son los mejores. Nosotros podemos volver a Londres y esperar a que sus pesquisas den su fruto o le ofrezco la oportunidad de acompañarme en la búsqueda de este otro volumen que nos confirmará la existencia del *Cruoris Liber*. Haré lo que usted prefiera.

Dos libros. El segundo con la posibilidad de borrar los perjuicios que cometiera el primero. Podría ir a Londres, allí descansaría hasta que el libro maldito estuviera en sus manos. Lo necesitaba de verdad, estaba agotada por minutos y su cuerpo necesitaba dormir, reposar para librarse del dolor. Sin embargo, le gustaban los retos, posiblemente el último reto al que podría enfrentarse en su vida.

—Cuando los encontremos... —dijo absolutamente convencida.

—Podemos dividir las ganancias.

—No me interesa. Quiero una copia del antídoto. Sólo necesito su contenido.

Revel sonrió.

—La tendrá.

—¿Cómo procederemos?

—Me queda una larga noche por delante. Intentaré descifrar información adicional del manuscrito que nos ha dado Klára. Usted es mejor que descanse. Ayer apenas durmió.

Y como si les estuviera escuchando, el recepcionista apareció con una expedida sonrisa. Sus nuevas habitaciones estaban preparadas. Eran amplias, y además estaban caldeadas.

Capítulo 14

Aunque ésta es una materia llena de incertidumbre, admite algunas reglas, o supuestos generales. La primera es: que ni todas las que se refieren historias se deben admitir como verdaderas, ni todas reprocharse como falsas.

Cartas eruditas y curiosas (1742-1760),
Benito Jerónimo Feijoo.

Vampiros. Seres de ultratumba. Drácula.

La voz de Cecyl no denotaba ningún sesgo en especial. Era como si acabara de decir «casa» o «resfriado». Esa forma esterilizada de enfrentarse a los hechos más insólitos casi podía estar segura de que era una característica que Revel había heredado del profesor, pensó Heviu.

—Homicidios —aclaró Mario—. Nosotros los llamamos homicidios.

—Da igual el nombre —le quitó importancia con un gesto de su mano—. Necesito que me digáis por dónde vais en vuestra investigación. Supongo que desde que nos vimos ayer tarde habréis avanzado bastante.

Heviu y Mario se miraron. Poco o nada habían conseguido desde entonces. Las tarjetas de cartulina pegadas a la pizarra habían desarrollado la facultad de volverse más confusas cuanto más se las estudiaba.

—No hay mucho más —fue Heviu la que contestó—, aparte de lo que te conté ayer noche y lo que he podido contarte esta mañana mientras veníamos. Por eso necesitamos tu ayuda.

Cecyl juntó las manos sobre el pecho. Allí sentado, mirándolos con la cabeza muy estirada y las cejas levantadas, parecía un juez a punto de emitir una sentencia de muerte.

—¿Y dónde está Revel?

Si querían que Cecyl les ayudara no tenían más remedio que contarle todo. Todo con pelos y señales.

—En estos momentos —Mario miró su reloj de muñeca—, debe ir camino de Praga.

—¿Y qué diablos hace allí? —Cecyl era un hombre de despachos, casi un artista en esa materia. Era capaz de conseguir una beca en Honolulu o un incunable en lengua samaritana sin salir de su despacho. Le costaba trabajo entender la fascinación que tenía su pupilo por las trincheras.

—Hemos ubicado nuestra base en Budapest ya que es allí donde tenemos los contactos, pero todos los indicios nos llevan a la República Checa.

—Él está haciendo el trabajo de campo —intervino Heviu—. Busca información sobre los orígenes del libro. Bueno, de los libros.

—Los libros —murmuró Cecyl en su tono inalterable de hombre magnánimo.

Su hija le había puesto al día sobre aquella extraña leyenda. Lo habitual en las culturas paganas era usar remedios como el bezoar, la *terra sigillata,* las gemas, los amuletos o los talismanes para defenderse de las maldiciones. Eran antídotos habituales casi tan efectivos como el polvo de cuerno de unicornio. Para los cristianos la cosa se simplificaba bastante; oraciones y crucifijos. Pero hechizos y contrahechizos quedaban fuera de lo habitual. A Revel le quedaba un largo camino si había decidido prestar oídos a aquella fábula. Lo mejor sería centrarse en la pizarra abarrotada de tarjetas e intentar sacar el máximo partido a sus posibilidades

—Veo que habéis estado trabajando a fondo. Os felicito.

O al menos así lo decían las cientos de rayas, notas y tachones que se diseminaban por el blanco de la pizarra. Cada tarjetita pulcramente anotada se había convertido en el epicentro de muchas líneas de colores que intentaban explicar qué hacían allí. Muchas de ellas habían sido borradas para trazarlas de nuevo en un color diferente o en otra dirección. Había sido un trabajo laborioso y agotador, en el que habían tenido que contemplar tantas variables que todo se resumía a un intento de encontrar *algo,* no sabían qué, que pusiera un poco de lógica a todos aquellos datos inconexos.

—Insisto en que me gustaría saber en qué punto os encontráis y cómo habéis llegado a él —volvió a solicitar Cecyl

—Papá, ¿no sería más práctico que nos dijeras qué ves en esa pizarra? Nos ahorraríamos mucho tiempo.

—Quiero saber cómo trabajáis —confesó el aludido—. ¿Hay algo de malo en ello?

Mario prefirió evitar cualquier interminable disputa con Cecyl. Por su hija sabía que eran un pozo sin fin, y se prestó a explicarlo.

—No hemos llegado muy lejos. Estas muertes, de la primera a la última, han sucedido en el último siglo. Hemos seguido un único criterio; todas tienen en común que los cadáveres aparecieron exanguinados, aunque ésa no tiene por qué ser la causa de la muerte, y no han aparecido vestigios de sangre en el lugar donde han sido encontrados. Para ser sinceros, en algunos sí se han hallado trazas, pero nunca los cinco litros y medio que suele contener un cuerpo humano.

El anciano asintió. Poco más o menos aquello era lo que Heviu le contó la noche anterior.

—Aparte de eso —continuó Mario—, no hemos localizado ninguna conexión entre unos sucesos y otros.

—¿Con qué hipótesis estáis trabajando?

—Con varias —aclaró Heviu—. La primera es el modo de actuar, el *modus operandi*. Hemos vinculado todos los homicidios de forma individualizada unos con otros, pero no hemos encontrado relaciones apreciables, sólo una pista que nos dice que todas las víctimas estaban aquejadas de alguna enfermedad antes de morir, muchas de ellas sin importancia, otras tan graves como la leucemia. Tampoco hay una pauta que se repita a lo largo del tiempo, ni por meses o años, ni vinculadas a las estaciones, a las fases lunares o a las festividades de las religiones más comunes. Después hemos estudiado la vinculación de cada muerte con el territorio. Hasta donde llevamos no hemos podido descubrir ninguna. En resumidas cuentas, estamos como al principio.

—No habéis encontrado, entonces, vinculaciones con el territorio —repitió Cecyl con la cabeza ladeada y una ceja levantada. Su hija le conocía bien. Allí estaba aquello que habían pasado por alto.

Mario fue hasta el mapa que ocupaba el centro de la pizarra.

—Han aparecido víctimas prácticamente en todo el Gran Londres* sin que se perciba una especial virulencia en ninguna

* El Gran Londres es una subdivisión administrativa que cubre la ciudad de Londres y sus alrededores.

zona en particular. Es como si el responsable de estas muertes, si es que lo hay, hubiera tenido cuidado de espaciar los asesinatos para que no puedan llevarnos a ningún lugar concreto.

Era cierto, el mapa estaba homogéneamente repartido con pequeños marcadores magnéticos, casi equidistantes unos de otros. Era una red perfecta de puntidos rojos coronados por el número de cada caso.

—Por último —continuó Mario—, hemos buscado una pauta según el tipo de asesinato, pero tampoco hemos hallado resultados —señaló la pizarra—. Como ves, aquí hay dos homicidios por electrocución en el mismo año y ya no vuelve a repetirse esta tipología hasta siete años después. Ataques de animales, víctimas de atentados, accidentes laborales, reyertas. Nada, ninguna pauta se repite dentro de una frecuencia. Como te decía, no hemos descubierto nada reseñable. Necesitamos tu ayuda.

Mario había entendido perfectamente lo que le había pedido su compañera aquella mañana, mientras su padre les dejaba unos segundos para pagar el desayuno; si querían que les ayudara, Cecyl debía sentirse imprescindible, y ellos debían hacer lo imposible para que así fuera. Cosas de su compleja personalidad.

—¿Y a qué conclusión habéis llegado? —preguntó el anciano satisfecho—. Porque supongo que a estas alturas de la investigación ya estáis manejando hipótesis.

Fue ahora Heviu quien contestó.

—Debo confesar que a ninguna. Como ves en la pizarra, algo ha estado sucediendo en Londres durante los últimos cien años, algo que arroja como resultado cadáveres que han aparecido sin una gota de sangre en sus venas y que estaban enfermos justo antes de morir. En este momento somos incapaces de saber de qué se trata.

—Es evidente, querida —dijo Cecyl con su habitual tono condescendiente—, en la ciudad está actuando un vampiro.

Los dos lo miraron con sorpresa y también con incredulidad. Esperaban cualquier cosa de aquel heterogéneo profesor, pero nunca que pudiera aceptar sin rechistar aquella teoría que les había planteado su clienta. Llevaban días sin dormir para dar una explicación racional a todo aquello, una explicación que no incluyera la palabra «vampiro». Mario supuso que se trataba de alguna broma que él no había entendido. Heviu lo achacó al extraño sentido del humor de su padre.

—Sí, por supuesto —Heviu prefería dejar que su padre terminara su argumentación. Aunque desconcertante, debía reconocer que aquel viejo cabezota era también brillante—. Eso es lo que dice la señorita Mondragón, y la base sobre la que hemos estructurado la investigación, pero sólo nos sirve para ver el caso desde el punto de vista del cliente; en esta ocasión un punto de vista muy particular. Lo que buscamos es una explicación lógica; una secta centenaria como ha apuntado Mario, un asesino que actúa por imitación, una familia desequilibrada...

—¿Desde hace cien años? —la voz del profesor no estaba exenta de sorna—. Qué constancia.

Sin decir más se levantó y fue hasta la pizarra.

—La explicación que mejor soluciona el problema siempre es la correcta, aunque sea inadmisible. Y debo estar de acuerdo con la señorita Mondragón en que la existencia de un vampiro es la que mejor solución aporta a este caso.

Los otros dos prefirieron no contestar.

—Habéis cometido un error de base —dijo Cecyl volviéndose hacia ellos—. Habéis aplicado una mente lógica para solucionar un problema ilógico. La lógica no sirve demasiado en estos casos. ¿Sabéis que hace poco se ha descubierto que leves cambios localizados y específicos en el flujo sanguíneo pueden llegar a afectar a la actividad de las neuronas*? Imaginaros que la causa directa de enfermedades como el Alzheimer fuera el comportamiento de la sangre, el único elemento donde no se ha estado estudiando por ser *ilógico*. ¿No es apasionante?, pues para formular conclusiones como ésa hay que eliminar nuestra mente racional. Usar el pensamiento divergente.

—¿Y dónde nos hemos equivocado? —preguntó Mario molesto.

Cecyl tomó una de las fichas que tachonaban la pizarra.

—En el orden. Las habéis ordenado cronológicamente, y eso os ha marcado un camino predeterminado de pensamiento y obligado a buscar algo ordenado y por lo tanto lógico. Fue en eso en lo que yo me fijé cuando vine el otro día a veros.

Cecyl leyó en voz alta la ficha que tenía en su mano. Era el caso de una mujer fallecida en septiembre de 1940, durante el bombardeo de Londres. Una de aquellas bombas le había cercenado una pierna y la mujer murió desangrada. Hasta aquí todo dentro de lo que podría llamarse normal, pero Heviu la había seleccionado porque en el lugar donde fue encontrado el cadáver no había rastro de su sangre. El informe médico suponía que la mujer, una vez herida, debió arrastrarse hasta encontrar un lugar seguro. También se podría considerar que entraba dentro de lo plausible, aunque costaba creer que tras un desmembramiento como ése se pudiera recorrer a rastras una larga distancia. Lo curioso venía después. El galeno que había documentado el caso hacía una anotación en la que reflejaba su extrañeza, ya que no había un reguero de sangre hasta el

* Según las últimas investigaciones del neurofisiólogo Brian C. Moore, del MIT (Instituto Tecnológico de Massachusetts).

lugar donde la hallaron. El médico volvió a suponer que había sido transportada por alguien que, una vez puesta a salvo, no pudo hacer más por ella, y la mujer murió allí.

—Esta ficha fue la que me llamó la atención —continuó Cecyl—. Sabes, querida, que soy un apasionado de la historia de nuestra ciudad, y sobre todo de la Segunda Gran Guerra. Pues bien, el bombardeo donde esta mujer murió se produjo de noche.

Tomó otra de las fichas.

—Y el *Baile de la Paz* de 1945, donde fue hallada esta otra mujer, también fue de noche.

Cogió dos fichas más.

—Lo mismo que las muertes de este guarda de seguridad del puerto, y esta profesora de clases nocturnas. Los vi por casualidad. Cuatro casos que me llamaban la atención de una pizarra llena de ellos y todos habían fallecido de noche. Estoy convencido de que el resto de las muertes también acontecieron amparadas en la oscuridad de la noche. Pero lo más interesante es esto.

Sin pedir permiso empezó a coger tarjetas al azar, y las fue amontonando en pequeños grupos sobre la mesa.

Heviu lo miró horrorizada. Habían tardado... ¿Cuántas horas en montar el escenario sobre la pizarra?

—Tanta precisión impide ver las cosas adecuadamente —dijo Cecyl.

La pizarra iba quedando de nuevo vacía, como si todo su trabajo no hubiera servido de nada. Después le tocó el turno a los marcadores que había sobre el mapa de Londres. Cecyl los fue quitando uno a uno, arrojándolos sobre la mesa de cualquier manera. Mario tuvo que recoger los que caían al suelo hasta terminar golpeándose con el canto de la mesa al incorporarse.

—Por favor, papá, para ya —casi gritó Heviu descompuesta.

Cecyl no le prestó atención y tomó uno de los montoncitos de fichas que había sobre la mesa.

—Muertes por desmembramientos —enunció—. Me llamaron poderosamente la atención, debieron ser especialmente cruentas. Ayer pude dedicarle poco tiempo, pero sólo con identificar un par de casos sobre el mapa..., mirad lo que ocurre si hago esto.

Fue tomando una a una las tarjetas del montoncito de «descuartizados» y colocando un marcador magnético de un color concreto para esa tipología de muerte sobre el mapa y por cada una de las ficha.

—Cecyl —se quejó Mario, que se seguía frotando la zona donde se había golpeado—. Estás haciendo lo mismo que ya hice yo, pero con mucho menos cuidado.

—No exactamente. Para empezar estoy cambiando el orden en el que colocasteis las fichas. Ya no es un orden temporal, sino temático. Y estoy prescindiendo de la pulcritud con que habías marcado el mapa de la ciudad porque no me interesa saber en qué calle apareció el cuerpo, sino en qué zona desapareció.

Sin más explicaciones continuó poniendo marcadores amontonados unos al lado de otros en los diferentes distritos de Londres. El cuidadoso trabajo de Mario se iba convirtiendo poco a poco en un farragoso plano punteado de colorines en el que era difícil ver nada

—No aprecio ningún cambio —volvió a decir Mario aún molesto cuando Cecyl había terminado.

El otro le lanzó una mirada de desaprobación.

—¿No?, pero si es evidente. Tomad —le tendió a ambos varios montoncitos de fichas—. Haced lo mismo que yo, así terminaremos antes.

Sin saber muy bien a qué estaban jugando, Heviu y Mario empezaron a marcar sobre el mapa, colocando imanes de colores en los distritos donde se habían producido los sucesos, y según las tipologías de los fallecimientos. Era bastante fácil porque no requería minuciosidad.

Cuando terminaron, Cecyl les pidió que se alejaran para ver el mapa al completo.

—¿Y bien?

El paisaje señalado en el mapa había cambiado sustancialmente. Ya no era un plano con cien puntos diseminados por todo su territorio, sino que se apreciaban claras concentraciones de marcadores de diferentes colores tachonando, como grandes manchas, toda la superficie.

Heviu, asombrada, empezaba a entender lo que su padre le había querido decir.

—Hay un catálogo de todas las tipologías de muertes en cada zona de la ciudad —las palabras apenas salían de su boca—. ¿Cómo no nos hemos dado cuenta antes?

Y así era; con la anterior disposición de fichas era difícil verlo ya que las marcas eran demasiado ordenadas, demasiado equidistantes. Además, se centraban en el lugar en el que aparecieron los cuerpos, no en el que habían desaparecido. Pero ahora que los marcadores estaban agrupados, se veía con claridad que prácticamente había el mismo tipo de fallecimientos por cada distrito que aparecía en el mapa.

—Pero eso no es lo interesante —continuó Cecyl—, sino esto.

Fue hasta la pizarra y puso la mano con la palma abierta sobre el mapa.

—Ésta es la única zona de Londres donde no se han producido muertes en los últimos cien años, lo que quiere decir...

—Que los asesinos, ya sean una secta o un imitador, es posible que habiten en esa zona —dijo Mario sin creer aún que fuera tan fácil.

—O que hemos encontrado la guarida del vampiro —corrigió Cecyl—, o que por algún motivo no quieren que este lugar llame la atención. Por supuesto esta tercera teoría es la más aceptable.

Heviu prefirió no contestar. Pensaba que aunque fuera cierto lo que decía su padre —no lo del vampiro, por supuesto, sino las otras dos teorías—, la zona aunque pequeña era tan extensa, una buena porción del norte de Londres, que sería imposible localizar un punto para empezar a investigar.

—Ahora que tenemos esta nueva visión del caso, debemos hacer un par de cosas más —continuó Cecyl.

—¿Qué cosas? —se atrevió a preguntar Mario.

—Tú —dijo señalando a su hija—, seguirás buscando información. Amplía el marco temporal en cien años más hacia atrás, hasta 1800. Cuantos más puntos tengamos sobre el mapa más delimitada estará esta zona vacía.

—Será una tarea difícil. Casi no he podido encontrar datos de los asesinatos de principios del siglo xx.

—Sé que podrás hacerlo.

—¿Y yo? —preguntó Mario, que no quería quedarse fuera ahora que parecía haber un poco de luz en el caso.

—Tú volverás a colocar los imanes de nuevo en el plano con el mismo cuidado que antes. Debemos ser pulcros. Esto era sólo una forma de que salierais del esquematismo en el que estáis inmersos los jóvenes.

Mario asintió, aunque de buena gana le hubiera hecho tragar todos aquellos marcadores al honorable anciano.

* * *

Debían ir a Praga.

En su visita a Klára Florescu habían estado muy cerca de la ciudad. Esta última noche Revel la había pasado trabajando en su habitación del hotel y para cuando llegaran a la capital de Chequia aún les quedaba un duro día por delante, por lo que desistieron de hacer el trayecto de nuevo en coche y sacaron pasajes para el primer vuelo.

Desde que se encontraron esa mañana apenas habían intercambiado las palabras de cortesía imprescindibles. Durante el desayuno el profesor Colina apuró su café delante de un mapa de Centroeuropa en el que había destacado varios puntos con rotulador rojo y trazado grandes círculos del mismo color. Sibila tampoco tenía ganas de hablar y agradeció aquel silencio. Había pasado una mala noche. Los dolores habían vuelto como los recuerdos agrios de una mala conciencia. Esta vez aparecieron en sueños, enmascarados de pesadillas que ni siquiera era capaz de recordar. Sólo sabía que el dolor insoportable seguía allí cuando despertó, ansiosa porque todo fuera nada más que un mal sueño.

Revel sólo había abandonado su mutismo para despedirse de Ányos. Lo hizo por teléfono, en una breve conversación a la que Sibila no prestó atención. Acordó volver a llamarlo dependiendo de lo que encontraran en Praga.

Dejaron el hotel temprano, antes de que ninguno de los otros huéspedes bajara a desayunar, y a las diez y diez de la mañana ya estaban embarcados con dirección a Praga, en un par de asientos uno al lado del otro en la parte trasera del avión.

—¿También nos encontraremos con alguien en Praga? —preguntó Sibila cuando llevaban ya un buen rato volando. Pensaba que Ányos les acompañaría durante todo el viaje.

—Si no es imprescindible, no. Es mejor ser prudentes.

—¿Prudentes? —preguntó ella sin entender muy bien a qué se refería.

Revel hizo un gesto con la mano, como quitándole importancia a lo que acababa de decir.

—Prefiero que continuemos solos. Nada más.

Sibila prefirió no hacer ningún comentario al respecto. Si así lo había determinado el profesor sus razones tendría.

—¿Tiene ya claro adónde vamos? —dijo cambiando de tema.

—Más o menos.

Sibila no pudo evitar sonreír.

—Por lo poco que le conozco, me extraña que el profesor Colina no tenga claro adónde nos dirigimos.

Revel pareció corresponderle, elevando apenas el labio superior en lo que parecía un boceto de sonrisa.

—Anoche estuve sopesando varias posibilidades —dijo el profesor—. Creo que repasé uno por uno todos los lugares sagrados donde pudo ser escondido el Libro Blanco, y reconozco que aún tengo mis dudas.

Sibila debía reconocer que desconocía por completo la orografía religiosa de Centroeuropa. El profesor, en cambio, sí había visitado muchas de sus abadías y monasterios en busca de libros raros, libros perdidos que pudieran estar descansando bajo cubiertas que les impedían ser delatados, o escondidos en la paz que les aportaba una mala o inexistente catalogación. El resto lo había hecho Internet y una buena conexión móvil.

—¿Y qué posibilidades son ésas? —preguntó Sibila con curiosidad.

El profesor sacó de la mochila su manoseada libreta y el mapa que había estado estudiando durante el desayuno.

—Ya le dije que no creo en las casualidades, ¿recuerda?

Ella asintió.

—Pues bien, estoy seguro de que la ciudad de Celákovice no está presente en todo este entuerto por azar. He partido de una teoría, ¿quiere oírla?

¿El profesor había detectado que había pasado una mala noche e intentaba animarla o es que estaba de buen humor? Se preguntó Sibila ante las inusitadas ganas de hablar que mostraba su compañero.

—Estoy deseándolo —dijo sin ocultar la verdad.

Él entornó los ojos antes de responder, como si intentara poner en orden toda la información que había tenido que procesar aquella noche.

—Bien, partamos de una suposición, de que esa pequeña población checa es la heredera de la aldea que aparece en el relato que nos contó Klára Florescu.

—No me parece descabellada, aunque la única prueba que tenemos es la mera casualidad —dijo ella.

—No sólo la casualidad. Hay datos suficientes para convertirla en una buena candidata; está cerca de Praga, a orillas del Elba, y tanto la ciudad como sus alrededores tienen suficientes tumbas de supuestos vampiros como para ser el escenario donde se desarrolla la historia de Klára. Muchas de ellas, además, del siglo XII —Revel buscó en su libreta las notas donde había apuntado todo aquel razonamiento—. Para que mi teoría funcione debemos partir de esa idea, de que la aldea donde se desarrolla la historia de los libros no es otra que Celákovice.

Era cierto. Aquella ciudad desconocida cuyo nombre oyó por primera vez hacía ya diez años, entre los chistes fáciles de un obtuso locutor de radio, tenía muchas posibilidades de ser el lugar donde se había desarrollado la historia de Klára.

—¿Es allí adónde nos dirigimos?

—No. Allí no encontraríamos nada. Dudo incluso que la leyenda haya permanecido en la memoria de esa gente; de ser así hubiera sido conocida, o al menos recogida por algunas fuentes. Y por supuesto por los Florescu.

—¿Entonces?

Por favor, abróchense el cinturón de seguridad. Aterrizaremos en el aeropuerto de Praga en unos minutos.

Revel no le prestó atención al anuncio de la azafata, y buscó lo que necesitaba en su libreta.

—Por mucho que he investigado, la historia de Klára sólo nos da una pequeña pista de dónde pudo ser escondido el Libro Blanco —el profesor había leído y releído una y otra vez aquella cuartilla amarilleada y escrita a máquina. También había hecho su propia traducción de la leyenda original gracias a la fotocopia que le había facilitado la anciana, pero debía reconocer que la traducción que hizo su marido era bastante fidedigna y la suya no aportaba nuevos datos

—Supongo que la pista de su ubicación es el comentario que aparecía al final del relato, aquella frase sobre el paradero del libro —recordó Sibila.

—Exacto. La leyenda dice que el más anciano de los aldeanos anduvo durante siete días hasta depositar el libro en la Casa de Dios.

Desde luego no es mucho por dónde empezar, pensó Sibila.

—Pero me pregunto cuántos edificios a los que podríamos considerar como Casa de Dios habrá en Bohemia —no pudo evitar un deje de amargura—, ¿cree que con esa pista tan débil podremos descubrir su paradero?

Revel apartó la mirada del cuaderno y la observó un instante antes de volver a sus notas. Era esta parte *imposible* de su profesión la que le alentaba a seguir en ella día a día. Cuando todo terminaba y el libro aparecía, cuando se materializaba en sus manos, la pasión de la búsqueda se desinflaba. Sí, daba paso al interés por descifrar el contenido de aquellos libros, que a veces era un tratado alquímico y otras un sermón religioso, pero casi nunca era comparable.

—¿Sabe cuál es la velocidad media a la que suele desplazarse andando un ser humano?

La pregunta cogió por sorpresa a Sibila, que seguía devanándose los sesos con la ubicación de la Casa de Dios.

—No. Por supuesto que no.

—Cinco kilómetros a la hora —contestó él sin inmutar uno solo de los músculos de su rostro—. Supongamos que este anciano no estuviera dentro del perfil medio, sino que a causa de la edad tuviera que ir más despacio de lo normal.

—¿Tres kilómetros a la hora? —observó ella, que acababa de comprender lo que pretendía.

—Sí. Esa cifra es la misma en la que he pensado yo. ¿Cuántas horas cree que pudo andar al día?

Difícil, pensó Sibila.

—Depende de la época del año. Entiendo que en invierno mucho menos a causa del frío, incluso de la nieve.

—El relato no habla de ninguna estación en concreto, pero si hubiera sido invierno, con la presencia de nieve como dice, supongo que habría alguna referencia. Pensemos en primavera, o en otoño.

Ella estuvo de acuerdo.

—No tengo la menor idea. ¿Diez horas?

—Pongamos diez horas como tiempo máximo que podría andar este anciano en un día, ya que en esa época del año no hay más que esas pocas horas de luz, y pongamos un mínimo de la mitad. Cinco horas. Ésa es la horquilla del tiempo en la que vamos a movernos.

Sibila empezaba a perder el hilo del razonamiento que intentaba exponerle el profesor Colina.

—Entonces, ¿cuántos kilómetros cree que recorrió?

Revel volvió a sonreír con aquella sonrisa de labios inmóviles, casi invisibles antes de contestar.

—En el peor de los casos apenas llegó más allá de cien kilómetros a la redonda desde la ciudad de Celákovice. En el mejor, doscientos.

A Sibila se le escapó un silbido.

—Es una diferencia demasiado grande, ¿no le parece? Y más si pensamos que no sabemos en qué dirección anduvo. Pudo ir hacia cualquier parte, al norte, al sur, a cualquier destino.

Revel desdobló el mapa sobre sus rodillas, pero una azafata con sonrisa blanqueada se acercó a ellos.

—Por favor, señor. Debe abrocharse el cinturón. Vamos a aterrizar en unos minutos.

Lo hizo de mala gana, pero no volvió a plegar el mapa.

—A esa conclusión sobre la distancia llegué anoche —dijo él cuando al azafata ya se había marchado—, ¿ve estos círculos?

Sibila ya se había fijado en ellos durante el desayuno. Eran dos grandes circunferencias concéntricas, una mayor que otra, cuyo centro lo ocupaba la ciudad de Celákovice. Después de la explicación del profesor acababa de comprender de qué se trataba: el primer círculo debía de estar a cien kilómetros de la ciudad, marcando un perímetro perfecto a esta distancia. El segundo debía encontrarse a doscientos.

—El edificio religioso que buscamos —dijo Revel señalando la zona del mapa que quedaba entre las dos circunferencias—, se encuentra aquí, y ya debía de estar construido alrededor del año 1100 de nuestra era.

Era cierto que aquella deducción acortaba bastante el perímetro de búsqueda, pero aun así era inmenso; una franja de cien kilómetros de ancha que rodeaba a una pequeña ciudad a cien kilómetros de distancia. Podrían pasar meses, años buscando antes de encontrar lo que necesitaban. Eso suponiendo que al citar en la leyenda que el anciano anduvo durante siete días, no se refiriera a un número simbólico.

—He buscado algunos datos de interés —prosiguió Revel—. Sobre todo he mirado en Internet qué edificios pudieran quedar de aquella época.

—No creo que muchos, ¿verdad?

—Eso pensé yo. Pero me equivoqué. Mire esta lista.

El avión empezó a descender y Sibila notó cómo un cosquilleo le aparecía en el estómago y los oídos se le taponaban. Después la sensación de sordera se transformaría en molestia debido al cambio de altura, y terminaría un poco desorientada durante unos minutos tras pisar tierra.

Revel aún seguía con la lista en la mano. Sibila la tomó para leerla.

Era una relación de espacios de culto anteriores a 1200. El profesor Colina había sido meticuloso; había tres columnas, en la primera, la más ancha, una descripción del lugar, en la segunda el año de su fundación, y en la tercera la distancia que lo separaba de Celákovice.

Encabezaba la lista una ciudad llamada Trebíc. Según apuntaba el profesor, estaba llena de extraordinarios monumentos religiosos. El más famoso era la Basílica de San Procopio, aunque lo que el profesor había señalado con rotulador era un monasterio benedictino, fundado en el año 1101, por lo que quedaba dentro del lapsus temporal que les interesaba. La tercera columna apuntaba que la ciudad estaba a 202 kilómetros de Celákovice, por lo que también se encontraba a la distancia adecuada.

Le seguía el monasterio en Teplá, un lugar de culto y peregrinación que según rezaba en el documento fue fundado en 1193. Este edificio se encontraba más cerca del epicentro, solo a 187 kilómetros de la ciudad bohemia.

A 241 kilómetros de distancia estaba el templo monumental de la Visitación de la Virgen en Svaty Kopecek*. Aunque la consagración de la capilla barroca se efectuó en 1633, estaba asentado sobre una construcción más antigua que pertenecía a la abadía de los premostratenses**, y que databa de 1151.

Continuaba la lista con otro monumento singular, el promontorio de Broumov, un regalo del rey Premysl Otakar II de Bohemia a los benedictinos de Brevnov, que databa del año 1213 y distaba 155 kilómetros de la ciudad. Al lado había una nota; el profesor había decidido incluir este sagrado lugar, aunque se apartaba levemente de la escala temporal que había determinado, por su importancia como centro religioso y porque era posible que se asentara sobre un edificio anterior.

Aún quedaban dos más en la lista; el monasterio de Kladruby, fundado a principios del siglo XII, y Velehrad que al parecer aún hoy se encontraba entre los lugares de peregrinación más importantes de Moravia, datado en 1205. También aquí había una nota aclarando que los cinco años de diferencia con la escala establecida no eran significativos, por lo que Revel había decidido incluirlo. El primero estaba a 163 kilómetros y el segundo a 298 de Celákovice.

—¿A cuál de ellos acudiría usted? —preguntó Revel cuando Sibila terminó de leer la lista. Efectivamente eran bastantes, aunque muchos menos de los que había esperado. Aun así to-

---

* Colina Santa.

** Es una orden religiosa de vida monacal fundada por San Norberto el año 1120. Su nombre se debe al lugar donde se originó, Prémontré, en Francia.

dos tenían las mismas posibilidades de ser la Casa de Dios que aparecía en la leyenda de Klára Florescu.

—Ni idea —respondió con total sinceridad—. Cualquiera de ellos hubiera sido adecuado para ocultar el libro. No se me ocurre cómo discriminar alguno.

Él asintió.

—Al principio llegué a esa misma conclusión. ¿Adónde se dirigió el anciano para poner el Libro Blanco a buen recaudo? Varios de esos lugares están demasiado lejos para llegar en una semana y otros son quizá construcciones más tardías en el tiempo. Podría haber caminado en cualquier dirección, hacia cualquier lugar. Pero después cambié de opinión.

—¿Y por qué?

—Porque no eran tantas las posibilidades que tenía nuestro amigo —dijo Revel—. En aquella época era difícil que aquel anciano se hubiera dirigido al este. Allí estaba nada más y nada menos que el reino de Hungría, de donde a todas luces provenía el enemigo. Si esta suposición era cierta intentaría a toda costa alejarse de allí. Así que no es una locura suponer que fuera en dirección contraria.

—Al oeste.

—Exacto. De todos los edificios religiosos que ve en la lista, hay tres que se encuentran en dirección oeste; el promontorio de Broumov y dos monasterios, el de Kladruby y el de Teplá. Tres destino lógicos donde pudo guardarse el libro que buscamos.

Sibila los buscó en el mapa sobre el que había trabajado el profesor. No le fue difícil localizar aquellos lugares sagrados, estaban marcados por un gran punto rojo, con el nombre anotado a un lado en el mismo color.

—Y por lo que veo en el mapa —dijo Sibila—, los tres se encuentran a distancias comprendidas dentro del radio donde estamos buscando. Podría ser cualquiera de ellos.

El avión acababa de tomar tierra en ese momento, rodando con suavidad sobre la pista.

—Sí. Pero hay un dato interesante que hace que uno de ellos se convierta en nuestro principal objetivo.

—¿Qué dato? —preguntó Sibila ansiosa por desatarse el cinturón de seguridad.

—Una biblioteca centenaria con más de cien mil volúmenes.

Ella silbó.

—¿Y cuál de estos edificios religiosos alberga algo así?

La voz de la azafata se escuchó de nuevo para indicarles que ya podían desabrocharse y recoger sus equipajes de mano.

—El monasterio de Teplá —dijo Revel—. Hacia allí nos dirigimos.

Y pensó que cuando descendieran, aún les quedaba un largo recorrido en coche de alquiler.

Capítulo 15

Tras el examen, las cabezas de los vampiros fueron cortadas por los gitanos locales y después se quemaron junto con los cuerpos, tras lo cual las cenizas fueron arrojadas al río Moravia.

Visum et Repertum,
Johannes Fluckinger (26 de enero de 1732).

Papá, esto es una institución privada —dijo Heviu en voz baja al ver acercarse al agente de policía—. No nos dejarán entrar.

—Eso es absurdo. No es más que un museo —contestó Cecyl sin apenas mover los labios—. Incluso en los museos privados hay sitio para las visitas. Además, tengo mis contactos, no hubiéramos venido si no tuviera mis contactos.

El agente llegó hasta ellos y Cecyl le recibió con una amplia sonrisa que no fue correspondida.

—Deben despejar la entrada —dijo el policía con voz monocorde, acompañando la petición con un movimiento de manos que insistía en que se largaran.

—Por supuesto —respondió Cecyl sin moverse un ápice—, sólo queríamos...

—Lo lamento, pero no pueden pasar —no le dejó terminar—. Este edificio no está abierto al público.

Cecyl amplió aún más su sonrisa.

—Ya, ya. Pero venimos a ver a un inspector. Él sabrá....

—¿No me ha entendido? —la voz del policía tomó ahora una acritud sólo comparable con aquella mirada de cabeza inclinada que les lanzaba—. Este museo no es público. Es para uso exclusivo de la policía.

La sonrisa de Cecyl desapareció de su rostro y fue sustituida por una expresión que su hija conocía bien. Era la que adoptaba cuando desenterraba su hacha de guerra y tomaba la decisión de emprender una de sus inútiles batallas que normalmente se convertían en una concatenación de despropósitos.

—Agente, ¿lleva usted mucho tiempo en el cuerpo?

—¿Disculpe? —contestó el aludido, al que cogía por sorpresa aquel giro en la conversación.

—Porque sólo le estoy pidiendo que avise a uno de sus superiores, nada más.

—Es usted el que no me...

—Y soy un tipo con tan poca paciencia —la voz de Cecyl se sobrepuso una octava por encima de la del policía— que si usted no lo hace tendré que volver a casa, buscar su número de teléfono, y decirle a mi querido amigo el inspector Roach que un tal... —leyó el nombre en la placa que llevaba aquel hombre en la solapa—, agente Swanson, no me ha dejado pasar a presentarle mis respetos, ¿no le parece a usted una tarea excesivamente incómoda?

El policía sí que estaba ahora incómodo. Se removió tras una mirada de disgusto y observó con más detenimiento a aquellos dos personajes que tenía delante; la chica tenía un pase, con el pelo muy corto y rubio, y rasgos un tanto fuertes, pero agradables. Pero aquel tipo no le gustó tanto; había altanería hasta en la forma de atarse los zapatos, con doble vuelta de cordón y lazo de mariposa.

—¿A quién debo anunciar? —su voz sonó tan ruborizada como se mostraban sus mejillas.

Cecyl volvió a recuperar su sonrisa de hombre de mundo, como si acabara de llegar y hubiera sido recibido con la mayor cortesía.

—Aquí tiene mi tarjeta. Dígale que tenemos una deuda en común —sus labios se estiraron aún más, casi intentando agradar—. Es una forma de hablar, por supuesto.

El policía leyó la tarjeta. Así que aquel petulante era un profesor universitario. Podía haberlo dicho antes, si se trataba de un investigador no hubiera tenido problemas de acceso. Y por supuesto debía haber pedido cita telefónica, como era su deber, sin llegar allí y... al final les pidió que aguardaran un momento y desapareció en el interior del edificio.

Heviu decidió dejar de sentirse incómoda; sus días de avergonzarse por las escaramuzas de pirata de su padre habían terminado, de eso estaba casi segura. Además, ¿no era una frase suya que *cualquier museo, por pequeño que fuese, era una antorcha de conocimiento para la Humanidad*?

Pues en aquella *antorcha* en concreto era imposible entrar sin autorización. Dentro debía de haber más policías que en la comida de Navidad del cuerpo porque se encontraban a las puertas del Museo del Crimen, en la misma Sede Central de Scotland Yard.

Heviu se había documentado antes de venir. Por un lado quería tener una visión clara de las posibilidades que aquella entidad podía ofrecerles. Por otro quería saber con qué tipo de horrores se iba a encontrar. Sabía que aquella colección había arrancado en 1874 con el escabroso nombre de Museo Negro, pero recientemente Scotland Yard lo había rebautizado como Museo del Crimen. A pesar de este cambio de identidad, podía considerarse pionero en su género y modelo del resto de colecciones que se exhibían en otros países. Aquí, el cuerpo de policía más famoso del planeta no sólo mostraba sus uniformes, como hacen otros museos policiales, sino las huellas que a lo largo de la historia había ido dejando el hecho criminal en sí mismo. Desde objetos que se habían utilizado para acabar con la vida de las víctimas o que llegaron a constituir pistas de alguna investigación hasta residuos orgánicos que habían sido recogidos como pruebas, todo estaba allí expuesto con ánimo pedagógico. Aquel espacio para reflexión sobre la maldad podría estar ubicado en el capítulo de museos pequeños y escondidos que en ocasiones tienen las guías turísticas, pero ni siquiera ahí tendría cabida, ya que no se encontraba abierto al público; sólo agentes de policía podían acceder, y siempre con el fin de recibir clases de formación. Y es que en este particular museo, un agente podía conocer de cerca cómo se cometieron los más famosos crímenes en la historia de Scotland Yard, tocar las armas con que se llevaron a cabo, ver los objetos de la escena del crimen y ser instruido sobre cómo esas pistas condujeron a resolver los casos.

—El inspector Roach les espera —dijo el policía, que había aparecido ahora por una puerta lateral—. Síganme.

Le siguieron al interior de la estructura de cristal, un bloque de oficinas revestido de acero inoxidable detrás de la estación de metro de St. James Park. El edificio era heredero de aquella otra sede victoriana que aparecía como telón de fondo en las novelas de Conan Doyle y en muchas películas policiacas hasta antes de ser derribado y sustituido por éste a partir de los años sesenta.

Pronto abandonaron la luminosidad del vestíbulo para acceder a las entrañas del inmueble. El policía les conducía sin pronunciar palabra, de ascensor en ascensor y a través de los largos pasillos interiores.

Tras una puerta sin identificar entraron en el museo. Heviu lo reconoció al pasar por delante de las sogas que terminaron con la vida de unos cuantos ajusticiados, todas con el nombre del finado y la fecha de la ejecución.

—Esto es muy desagradable —susurró a su padre en voz baja.

—Relájate y disfruta —le contestó Cecyl.

Eso podría ser fácil de decir, pero difícil de cumplir. Un poco más adelante las estanterías superiores de toda una sala estaban repletas de vaciados en escayola con los bustos de un centenar de criminales ahorcados, cada uno con la pronunciada marca de la cuerda en el cuello. Allí había un poco de todo, y a cual más desagradable; desde el aspecto corriente de unos bastones y paraguas que en realidad ocultaban mecanismos de disparo, a lo espeluznante de unas manos y sus antebrazos guardadas en formol que fueron enviados allí para que Scotland Yard certificara su identidad. Y por supuesto no podía faltar un apartado dedicado a Jack el Destripador, el asesino en serie que en 1888 puso en vilo al Londres victoriano, con documentos y algunas de las pruebas que habían mantenido en jaque a la policía todos estos años.

Después de recorrer parte de aquella galería de la miseria humana, llegaron ante la puerta de un despacho al que el agente les hizo pasar.

—Cecyl —dijo el hombre maduro, con aspecto de recaudador de impuestos, que había al otro lado de la puerta, sentado tras una mesa repleta de carpetas policiales—. Ya veo que no has tardado en venir a cobrar tu deuda.

Cecyl lo saludó con afecto y le presentó a su hija.

Hablaron sobre el tiempo; los malos tiempos en que vivían ahora, los buenos tiempos que configuraban un pasado común a ambos y que era ajeno a Heviu.

—Sentaros y contadme —terminó por ofrecerles el inspector—, ¿qué os trae por aquí? Os puedo organizar una visita privada al museo. Incluso al sótano, donde están las piezas más especiales.

—Sería estupendo, desde luego —dijo Cecyl frotándose las manos—, pero no. Necesitamos cierta información que estoy seguro de que nos podrás facilitar.

—Por supuesto. Si puedo ayudaros dadlo por hecho.

Cecyl dejó hablar a su hija, que se encontraba más tranquila ahora que su padre acababa de rechazar aquella visita a las piezas más especiales.

—Inspector, seguramente le resultará extraño lo que vamos a solicitarle, pero estamos llevando a cabo una investigación sobre libros antiguos, cosa de bibliófilos —le dedicó una sonrisa forzada.

El policía la estaba mirando fijamente, pero no contestó.

—Hemos buscado información policial anterior a 1900 —prosiguió Heviu—, pero no hemos tenido éxito.

El hombre asintió

—Desde luego, si es sobre la ciudad de Londres, en este edificio mantenemos los informes policiales desde la creación de Scotland Yard en 1829.

—¿Digitalizados? —preguntó Heviu con un susurro de voz.

Si los archivos no estaban digitalizados aquella investigación podría durar semanas, entre miles de legajos antiguos escritos por agentes de policía de dudable grafía hacía más de cien años.

—Por supuesto —dijo el inspector—. Todos están digitalizados.

Heviu dejó escapar un suspiro.

—Amigo mío —intervino Cecyl—, ¿sería posible consultarlos? Por supuesto siguiendo los cauces habituales.

El inspector cruzó las manos encima de la mesa, y los miró primero a uno y después a otra.

—Es altamente irregular, pero desde luego son documentos públicos y el más moderno tiene más de cien años, por lo que no están vinculados a ningún reglamento de protección de datos —entornó ligeramente los ojos, pero todo en aquel hombre tenía la rigidez del Código Civil—. ¿Qué quieren buscar en ellos?

Heviu intentó decirlo con tanta naturalidad como si hablara sobre el último partido de la liga de hockey.

—Buscamos las defunciones violentas acaecidas entre 1829 y 1900, en las que los cadáveres hayan aparecido exanguinados y la sangre no se encontrara en el escenario del crimen.

El inspector levantó imperceptiblemente una de sus cejas.

—¿Y qué tiene eso que ver con libros antiguos?

—Mucho, amigo mío —intervino Cecyl quitándole importancia con el movimiento de sus manos—, más de lo que imaginas. ¿Sería posible consultarlos?

El hombre lo sopesó un instante y empezó a manipular el teclado de su ordenador.

—Dudo que los casos estén archivados con tanto detalle, pero vamos a intentarlo.

Introdujo claves, marcó campos y esperó una respuesta. Al cabo de un par de minutos la impresora lanzó un puñado de folios escritos con apretada letra en la que sólo aparecían códigos separados por guiones y barras. Se los tendió a Heviu.

—¿Éstos son? —preguntó ella a la vez sorprendida y sin entender qué debía ver en aquella larga lista de números.

—Ahí sólo aparecen los casos recogidos en los que hubo derramamiento de sangre —aclaró el inspector—. Cuando se volcaron los datos a la base no se especificaron tantos campos como para saber si había o no sangre en el escenario del crimen. Llamaré a un agente para que os acompañe al archivo. Allí podréis consultar los microfilmes de todos esos casos y seleccionar los que os interesen.

Heviu miró horrorizada la lista. Aunque por el simple hecho de haber conseguido introducir variables como el tipo de fallecimiento y el marco temporal habían sido desechados muchos casos, allí debía de haber más de... ¿quinientos? Entre su padre y ella tardarían al menos un día de trabajo intenso en escrutar todo aquello y como mínimo otros dos en leerlos.

A una llamada del inspector apareció un policía para acompañarlos a la sala donde tendrían acceso al material.

—¿Damos nuestra deuda por saldada? —dijo el inspector cuando se despidió de Cecyl con un fuerte apretón de manos.

—Por supuesto, amigo mío. Por supuesto.

De nuevo en el pasillo, mientras seguían al agente a través de aquel museo del terror, Heviu preguntó a su padre en voz baja.

—¿A qué deuda se refería?

—A quinientas libras —respondió Cecyl—. Soy bueno jugando al póquer.

* * *

—¡Un hotel! —salió como un suspiro de la boca de Sibila cuando estacionaron el coche—. El monasterio de Teplá es ahora un hotel.

Revel descendió del vehículo y permaneció allí, observando la gran mole de piedra dorada que se alzaba ante ellos como una isla montañosa en medio de un solitario océano verde.

En aquellos muros ahora profanados por el logotipo luminoso de una cadena hotelera, se podía leer que el antiguo monasterio estaba construido de retazos de historia. La edificación se alzaba sobre un prado verdísimo, formando una fortaleza que lo había blindado del exterior durante ochocientos años. Era la unión de un conjunto de hermosas edificaciones. Por el estilo, debían haber sido levantadas las primeras en las postrimerías del siglo XII y quizá las últimas a finales del XVIII. Aquel prado apenas horadado por la carretera comarcal y por un pequeño espacio de aparcamientos era la intersección de un ligero bosque a orillas de un pequeño lago, lo que daba a la sólida roca de las paredes el aspecto de un desfiladero que se precipita sobre un mar en calma.

—Esperemos que la biblioteca aún permanezca intacta —dijo Revel, aunque lo dudaba. A simple vista eran apreciables las profundas reformas que se habían producido en la parte exterior del monasterio, no había razón para que el resto del edificio no estuviera afectado.

Con paso decidido atravesaron la gran puerta de madera antigua que daba acceso al recinto y al instante se encontraron frente a una plaza enorme. Era un lugar extraño, como una roca tallada y abandonada en medio de un prado para exorcizar un conjuro, sensación que acentuaba el cielo plomizo en forma de tempestad que amenazaba con cernirse sobre ellos en cualquier momento.

—¿Cómo han podido convertir en hotel un edificio así? Debería estar prohibido —Sibila estaba enojada. Consideraba un atentado contra ella misma aquel tipo de ofensa contra el patrimonio.

—Quizá ha sido la única forma de salvarlo de la piqueta —Revel había visto el abandono y la decadencia de edificios como aquél, que terminaban derribados para convertirlos en grandes almacenes—. Quizá ahora no sería más que otra ruina carísima pudriéndose en ninguna parte. Quién sabe.

Justo al frente, rodeado por aquella muralla de dependencias, se alzaba la fachada principal del monasterio; un gran edificio de dos plantas cubierto por una afilada techumbre a dos aguas tan gris como el cielo. En el centro de la inmensa mole de piedra estaba la iglesia, con su antigua portada gótica esculpida y dos grandes torres que se perdían entre las nubes.

En una de las esquinas de la plaza, parpadeando en un intenso fluorescente azul, había un cartel que en checo, inglés y alemán indicaba dónde estaba la recepción. Atravesaron la explanada hasta llegar a la entrada del hotel, enmarcada por dos palmeras tropicales en tiestos de mármol pulido que desentonaban tanto con aquel entorno como un cumpleaños infantil en un retiro trapense.

Quizá fuera por la época del año, pero el recibidor del hotel estaba vacío; ni trajín de viajeros ni montones de maletas ni turistas esperando que les recogieran para alguna excursión.

La decoración también tenía un inadecuado aire caribeño en la que no faltaban láminas en las paredes con playas de arena blanquísima, grandes cocoteros de plástico en las esquinas y un pequeño tenderete de ron miel. En recepción les recibió un educado empleado que hablaba un inglés difícil.

—¿En qué puedo ayudar a los señores? —preguntó con una sonrisa educada.

Nada de «a nombre de quién está la reserva», pensó Sibila. Era evidente que no esperaban mucho público esos días.

—Teníamos intención de visitar el monasterio —dijo Revel sin mucha convicción—. Nos ha sorprendido encontrarlo convertido en una hospedería.

El hombre les lanzó una mirada de compresión, acompañada por un contundente asentimiento con la cabeza.

—No es a los señores a los únicos que les sucede —parecía encantado de poder charlar un rato después de una mañana de aburrimiento—. Todos los días llegan turistas europeos que quieren visitar el monasterio y conocer a la comunidad de monjes. Lamentablemente los religiosos abandonaron este lugar hace más de cincuenta años.

—¿Tanto tiempo hace que el monasterio es un hotel? —se sorprendió Sibila, pues todo alrededor estaba nuevo; ni paredes desconchadas ni humedades, ni siquiera el arañazo que el tiempo va imprimiendo en los edificios a fuerza de uso.

—Uf, muchos años, señora —contestó el recepcionista sin entender muy bien la pregunta—. El hotel se abrió a principios de los noventa. Pero la comunidad de religiosos se había disuelto ya en los años cincuenta, y el edificio pasó a convertirse en un cuartel del ejército checoslovaco. Está mejor ahora.

Un cuartel, pensó Revel. Pocos destinos podían ser más perjudiciales para un edificio histórico. Por su experiencia en casos similares estaba seguro de que habían arrasado el mobiliario, la decoración y cualquier cosa de valor que hubiera quedado después de la marcha de los monjes. Eso por no hablar de la biblioteca. Había conocido colecciones centenarias que terminaron convertidas en combustible de chimeneas para que los oficiales pudieran sobrellevar el crudo invierno ¿Sería ése el caso de la biblioteca del monasterio de Teplá? Otras veces, si el oficial al mando era avispado, los libros se vendían por auténticas fortunas y terminaban perdidos en las vitrinas de ricos coleccionistas europeos o norteamericanos.

—De todas formas —continuó el recepcionista, que parecía habituado a dar aquel tipo de explicaciones—, no deben marcharse sin visitar la iglesia y la biblioteca.

Ambos se miraron.

—¿La biblioteca? —la pregunta salió a la vez de las dos bocas, como conectadas por un mismo pensamiento.

—Por supuesto —parecía que al fin había conseguido captar la atención de aquellos turistas—. Es una de las mejores de la República Checa. No les tomará demasiado tiempo a los señores. Se puede visitar muy rápido ya que sólo hay libros, pero el pabellón es realmente...

—¿Por dónde queda? —preguntó el profesor sin dejarle terminar.

El recepcionista aún les dio todo tipo de detalles sobre los volúmenes que allí se almacenaban, su valor y el buen estado de conservación del edificio. Sólo cuando quedó satisfecho les indicó cómo podían llegar.

Se despidieron con gracias y prisas. Fuera había empezado a llover de nuevo, cosa que ahora se agradecía después de aquella momentánea incursión en la República Dominicana light que era la recepción del hotel. Sibila abrió su enorme paraguas negro y por primera vez no echó de menos el sol, del que aún no había podido disfrutar desde su llegada al corazón de Europa. Siguieron la dirección que les había indicado, bordeando las largas naves monacales, hasta llegar a un pabellón que formaba parte del cuerpo principal del monasterio.

—¿Sabe usted checo? —le preguntó Sibila señalando un cartel donde se leía *Knihovna.*

—No —contestó el profesor—, pero no pienso mojarme ni un minuto más.

Entraron en el edificio hasta acceder a una especie de recibidor como los que anteceden a las puertas de las iglesias. Allí no había nadie y a nadie habían visto desde que llegaran al monasterio, así que cruzaron el doble portón de madera.

Aunque aquello era real, no esperaban lo que había al otro lado. A Sibila se le escapó una exclamación y su bolso resbaló del brazo hasta caer al suelo. Al profesor pareció no impresionarle, aunque quien lo conociera podía estar seguro de que experimentaba aquella reacción que tanto le gustaba y que comenzaba con un fino sudor en las palmas de las manos, un ligero cosquilleo en la nuca y la desagradable sensación de vértigo. Le sucedía cuando alguno de sus sentidos percibía la proximidad de alguno de aquellos libros antiguos. A veces era el ligero aroma empolvado que guardan los siglos de espera. Otras veces el tacto cálido y suave de la piel manuscrita. O la visión de las páginas miniadas y escrupulosamente escritas en lenguas perecidas. Cualquiera de aquellos estímulos provocaba en él esa ligera sensación de angustia a la que no había logrado acostumbrarse. Así que ahora...

Ante ellos se abría una imponente biblioteca barroca. No sólo era extraordinaria por su dimensión, sino también por su arquitectura ideada para mostrar al mundo la grandeza de la sabiduría que encerraban sus muros. Desde la entrada se abría ante ellos un enorme salón rectangular flanqueado de estanterías. Tenía el aspecto de una catedral, grande y luminosa, con muebles minuciosos y juegos de luces que inferían al espacio la capacidad de ser inconsistente. Aquel salón de baile de la sabiduría continuaba hacia arriba, donde podían ver cómo la construcción se alzaba a tres niveles, cada uno de ellos abierto por una balaustrada a la sala central. También las plantas altas estaban repletas de estanterías de madera dorada abarrotadas de libros antiguos. Todo eran libros y más libros menos la pared de su izquierda. Allí se elevaban cuatro filas de inmensos ventanales que llegaban hasta el techo, llenando el espacio de una luz blanquísima, como debía de ser la luz del conocimiento.

—Es más impactante de lo que esperaba —murmuró Sibila en voz baja.

—¿Y qué esperaba? —repuso Revel con apenas un susurro.

Ella no podía dejar de observar a su alrededor. Cada estantería estaba profusamente tallada con volutas y caprichos vegetales que parecían trampas que la naturaleza muerta había tendido a quienes intentaran profanar aquellos libros. Y en el techo, a muchos metros de altura por encima de ellos, había una enorme pintura al fresco donde seres alados portadores de la luz se retorcían sobre un fondo de nubes y rayos celestiales.

—No lo sé. Una torre románica, de techos bajos, llena de pergaminos. Quizá una modesta edificación gótica. Cualquier cosa menos esto para contener una colección tan antigua.

El profesor logró sonreír.

—Que una colección sea del siglo XI no significa que esté ubicada en un edificio medieval. De hecho, lo extraño es que fuera así.

Sibila tuvo que aceptar que nunca se le había ocurrido pensar que fuera de otra manera; se imaginaba la biblioteca personal de Rousseau guardada en un elegante *château* francés, o la de Napoleón en un impecable edificio imperio con toques egipcios.

—No todos estamos acostumbrados a tratar con libros antiguos —contestó al fin algo incómoda.

Revel se dio cuenta de su falta de tacto.

—La mayoría de las bibliotecas medievales están refundidas con colecciones posteriores. Esto es lo habitual. Quizá no tan añejo, pero sí lo habitual.

—Les ruego que hablen más bajo —sonó un susurro quedo a sus espaldas.

Cuando se volvieron allí estaba el anciano. Debía de haber salido de detrás de alguna estantería, pues no habían oído abrirse de nuevo la puerta de acceso. Iba impecablemente vestido de negro, salvo por el vuelo blanco de la camisa que parecía ofender el luto riguroso de su atuendo. Se había quitado las gafas, que llevaba en la mano, y en estos momentos los miraba con manifiesta antipatía, como si por el hecho de estar allí, y además charlando, hubieran cometido un delito de lesa majestad.

—¿Son ustedes turistas? —volvió a decir en un susurro apenas audible—. La biblioteca hoy no está abierta para turistas.

Revel le tendió la mano. Aquel hombre construido a base de murmullos la aceptó después de mirarla como si se tratara de algo extraño que nunca antes había visto.

—Somos investigadores —la voz del profesor había bajado de tono hasta convertirse en un murmullo quedo—. Queríamos visitar su colección.

El anciano entornó los ojos, denotaba que no le gustaba lo más mínimo aquella idea. Revel tuvo que sacar de su cartera un carné que le capacitaba como investigador internacional, y también le tendió una tarjeta de visita.

—Estamos buscando un libro. Quizá usted pueda ayudarnos.

El hombre analizó el carné por ambos lados y le devolvió la tarjeta de visita.

—¿Un libro? Aquí hay miles —era sorprendente cómo podía mantener una conversación sin levantar una ápice el tono de voz—. Algunos de ellos no han vuelto a ser abiertos desde que se colocaron en su lugar hace doscientos años. Supongo que tendrán al menos un nombre y un autor.

Sibila y Revel intercambiaron una mirada; no tenían ni lo uno ni lo otro.

—Ya veo que no —dijo el anciano dando por terminada la conversación, y con paso lento se encaminó hacia el final de la enorme sala, hasta una pequeña mesa de despacho que pasaba desapercibida en medio de aquel espacio barroco de luces y sombras. Parecía que el paso de los años le había conferido la capacidad de mimetizarse con el entorno.

Ambos le siguieron con paso reverencial; cada uno de aquellos libros desprendía un aroma único a historia, a batallas, a leyendas. Eran como pequeños mundos encerrados entre dos trozos de piel, a la espera de ser descubiertos por un aventurero avezado. Revel siempre había pensado que una biblioteca era como una galaxia, llena de pequeños mundos vivos e inconexos, a la espera de que un curioso explorador quisiera conectarlos.

—Si pudiera al menos escucharnos... —insistió Sibila cuando llegó hasta la mesa—. Quizá por el peculiar contenido del libro... Debe usted conocer la historia de cada uno de estos volúmenes.

Pareció que al fin sus palabras captaban ligeramente la atención del bibliotecario, aun así el hombre la miró con cierto desdén.

—¿Cómo no voy a conocer mi biblioteca? —dijo con aquel tono de susurros muy parecido al que se alza en los confesionarios— Llevo trabajando aquí desde 1958, cuando fue abierta al público por primera vez en su historia. Casi podría recitarle cada palabra escrita en todas estas páginas.

El anciano chasqueó la lengua y volvió a lanzar una mirada de disgusto a aquel par de turistas incómodos.

—Todas las semanas viene una excursión, y siempre les explico lo mismo —su voz había cambiado ligeramente, ahora era más suave, más parecida a una voz de la calle—. Empiezo a hablarles de la colección contándoles cuando fui militar y también monje, ambas cosas en este mismo monasterio. Después les intento transmitir lo que sentí la primera vez que vi esta sala en 1932. Entonces era un muchacho alocado que creía saberlo todo del mundo. La imprudencia de la juventud.

Se quedó en silencio durante unos instantes, con la mirada fija en ninguna parte.

—Y sólo hace unos meses que me di cuenta de que para contar la historia de estos libros recurro a contar la historia de mi vida —levantó la vista para fijarla en sus visitantes; sus ojos había recobrado el aspecto fiero del guardián del castillo—. Sin embargo, los turistas suelen preguntar cosas absurdas, como la fecha de construcción del edificio, o el título del libro más antiguo. Como si eso tuviera la menor importancia. Como si la antigüedad o el estilo tuvieran algo que ver con la palabra y el conocimiento. ¿No le parece a usted absurdo?

No supieron a quién se dirigía, pero en ese mismo instante Revel estuvo seguro de que si alguien podía ayudarles era aquel anciano marchito que casi mimetizaba sus formas con el labrado sinuoso de las estanterías.

—Buscamos un libro muy concreto —dijo el profesor con cautela—. Un libro del que no sabemos casi nada. Sin embargo, de lo único de lo que estamos medianamente seguros es de que puede estar aquí.

El anciano lanzó un ligero suspiro, apenas audible, como si una tenue ráfaga de viento frío se hubiera filtrado a través de una ventana mal cerrada.

—Quizá no sea un mal comienzo —dijo con un susurro—. Cada uno de estos títulos tiene su propia historia. Algo que no recoge la signatura, ni siquiera aparece en el catálogo. Algunos han sido leídos por hombres célebres, otros aún conservan el olor del perfume de sus antiguos dueños. Cosas intangibles, pero las mismas que nos diferencian a unos de otros. Quizá si me cuenta la historia de su libro pueda decirle si es la historia de uno de mis libros.

Revel ya había conocido a hombres como aquél. «Viejos Camaleones» les llamaba, porque no sólo se mimetizaban con el fondo dorado de su biblioteca, sino que trataban a cada libro como a un ente independiente, y eran capaz de ver todas las diferencias que existen entre dos libros idénticos. Cada página, cada letra impresa, narraba su propia historia, muy diferente de la que contaba la forma de sus caracteres. Este tipo de hombres eran capaces de comprender que dos volúmenes idénticos de la *Ilíada* contaban dos historias tan diferentes como el amor y la muerte.

Revel le narró una versión muy resumida y exenta de detalles de lo que les contara Klára Florescu. Mientras hablaba, el bibliotecario subía y bajaba las cejas como si se trataran de dos batutas que marcaban el ritmo de la acción y que se volvían más frenéticas dependiendo del viso de credibilidad de lo narrado. Cuando terminó, el bibliotecario permaneció un buen rato en silencio, como si estuviera digiriendo aquella leyenda fantástica.

—Reconozco que es una historia increíble —dijo Sibila ante el mutismo del anciano—, pero uno de los libros a los que se refiere estamos seguros de que existe; ha sido robado hace apenas unos meses en Londres. Eso nos hace pensar que el otro volumen también es una realidad y que puede estar aquí.

El hombre se puso de pie con lentitud, apoyándose en la mesa. Debía de ser muy mayor. Revel había hecho cálculos a partir de las fechas que había dado, y no podía tener menos de ochenta años. ¿Cómo era que aún no se había jubilado?

—Es hermosa la historia de su libro —dijo en el susurro en que había convertido su voz a fuerza de respeto por aquellos viejos papeles—. Hermosa y trágica. Aquí hay más de cien mil volúmenes. Es la segunda biblioteca más importante de la República. Cerca de mil manuscritos y más de quinientos incunables. En latín están escritos el cuarenta por ciento de todos estos títulos y el resto en alemán y en checo. Aunque lo he intentado, no les puedo decir que los conozca todos en profundidad. Con algunos mantengo una estrecha relación. Con otros apenas somos viejos conocidos. Para llegar al grado de intimidad que me gustaría serían necesarias varias vidas que no tengo, ni me apetece vivir. Pero sí sé qué hay en cada una de estas estanterías, en cada balda, y les puedo decir con tristeza que no existe un libro tan hermoso como el que ustedes me acaban de describir. Si así fuera ya nos conoceríamos.

A pesar del hablar cadencioso del anciano que lograba el efecto de un baño relajante, la decepción se materializó en el rostro de Sibila. Ella sólo veía el agujero negro de otra puerta que se cerraba.

—Quizá una búsqueda exhaustiva... —intentó decir Revel.

—Háganlo si quieren. Pero será perder el tiempo. Aquí no encontrarán lo que buscan. Deben ustedes comprender las palabras. Hablar con las palabras.

Ambos se miraron sin saber qué pensar.

—Esa leyenda, la que me han contado —continuó el anciano—, se desarrolla a finales del siglo XII.

—Así es —dijo el profesor.

—El monasterio donde nos encontramos fue fundado en 1193, justo en aquella época. Siglos después fue devastado por el fuego y entonces se construyó este edificio para atesorar la biblioteca que gracias a Dios pudo salvarse.

Volvió a callarse, como si con aquellas pocas palabras sus visitantes tuvieran que comprender algo evidente.

—Pero esta colección —continuó sin esperar una reacción a sus palabras— no estaba completa. Había sido saqueada muchos años antes. Saqueada por las hordas del monarca Segismundo, el emperador de Hungría. Fue un desastre. Sus libros más valiosos fueron expoliados. Quizá el libro que buscan sea uno de aquéllos. ¿No creen?

Los ojos de Sibila brillaban de nuevo. Poco más podían hacer allí. Se despidieron con susurros y dejaron a aquel anciano en el silencio de la biblioteca. Revel aún se volvió antes de salir, pero ya había desaparecido, tragado por una balda o por la historia amorosa de alguno de aquellos libros.

—¿Se encuentra usted bien? —le preguntó a Sibila una vez fuera y guarecidos de la espesa lluvia bajo el paraguas.

—Segismundo de Hungría—dijo ella—. Ese monarca fue el creador de la Orden del Dragón. ¿Recuerda que Klára Florescu nos contó que este mismo rey intentó resucitar por medio de la Magia Póstuma a su difunta esposa? Parece que su nombre insiste en salir cada vez que movemos una pieza.

Permanecieron en silencio hasta llegar al aparcamiento. La lluvia arreciaba y el frío traspasaba la ropa y arrancaba tributos de escalofríos.

—Se me ocurre —dijo el profesor mientras abría la puerta del vehículo—, que todo esto cambia completamente nuestro punto de vista

—Y tanto, profesor —contestó ella cerrando el paraguas—, porque al menos yo no tengo dudas de que fue Segismundo quien robó el Libro Blanco.

Capítulo
16

Y la vampiro le dijo: «Si te persiguen como afirmas, pide contra tu enemigo la ayuda de Alah, y Él te librará de sus maleficios y de los maleficios de aquellos de quienes tienes miedo».

Las mil y una noches,
Historia del príncipe y la vampiro.

Sibila abrió los ojos y sólo vio oscuridad.

Permaneció muy quieta, atenta a aquel sonido.

Poco a poco sus ojos se fueron habituando a la negra penumbra que lo inundaba todo. El techo fue tomando forma como una macha blanca de límites difusos, como una Vía Láctea demasiado concurrida.

Pasaron los segundos y no sucedía nada. Entonces se atrevió a girar la cabeza hacia la derecha. Aquella infinidad oscura debían ser las cortinas que corrían de testero a testero para no dejar pasar la luz del exterior. Estaba partida en medio por una suave franja blanquecina en el lugar donde debían unirse las dos piezas de tela. Más allá distinguió la forma robusta de un mueble que...

¡Lo había oído de nuevo!

Ahora sí estaba segura. No era un sonido concreto, más bien se trataba de la unión de múltiples ecos que se confabulaban para emitir un acorde único, como el rugido del mar o el trino de un millón de pájaros quedos en la distancia. Tenía la forma de un susurro, de un suave susurro pronunciado detrás de una sólida muralla.

Se incorporó en la cama. Tenía todos los sentidos alertas, como una presa acechada por un enorme felino. ¿De dónde procedía? Tenía un origen incierto, como si formara parte del edificio y emanara de las paredes. Podía haber estado siempre ahí, como todos esos ecos que nuestra mente selectiva se empeña en despreciar. Sin embargo, cualquier otro sonido de la noche había pasado a un segundo plano, como si aquel leve susurro tuviera la potencia necesaria para eclipsarlos.

Miró a su izquierda. La mesa del televisor era ya visible, pues sus pupilas se habían dilatado para captar los más solitarios fotones de luz. Allí también estaba la puerta de su habitación y la única fuente lumínica, en forma de estrecho resquicio, donde ésta se unía con el suelo de madera.

Se levantó intentando no hacer ruido y avanzó hacia allí. El entarimado emitió un leve quejido que la hizo detenerse. Esperó. Esperó con el absurdo temor de que algo terrible pudiera pasar, pero nada sucedió. Extremando el cuidado recorrió la escasa distancia que la separaba de la puerta. Una vez allí pegó su oído a la fría madera. No estaba segura, pero podía afirmar que el sonido era más intenso, como el bombeo de sangre de un corazón acelerado.

Pero ¿qué estaba haciendo? Ella jamás se había dejado llevar por las sombras de la noche, ni aún de niña había sentido aprensión por la oscuridad y las formas difusas que esconde la penumbra. Sacudió la cabeza para despejarse. Aquel tenue sonido podía ser cualquier cosa; el ruido de los lejanos ascensores, el volumen demasiado alto de un televisor en cualquiera de aquellas habitaciones, una fiesta bulliciosa en alguna otra planta...

Pero no. Había algo en aquel monótono palpitar que le impedía ser cualquiera de aquellas cosas, y era la cadencia hipnótica con que se repetía, como un diapasón marcando un *la* muy grave que era golpeado con una medida frecuencia.

¿Qué hora sería? ¿Las tres? ¿Las cuatro de la madrugada? Revel dormía en otra planta del hotel, muy lejos de allí. Pensó por un momento en llamarlo, sabía el número de su habitación, pero desterró la idea al instante; no quería darle más motivos para que dudara de su cordura. También pensó en salir al pasillo y buscar el origen de aquel sonido, pero no pudo. Sólo de pensarlo un pánico irracional paralizó sus miembros hasta dejarla allí clavada, perdida en aquel hotel a las afueras de Praga, junto a la puerta de su habitación.

Jamás había sentido nada así. ¿De dónde procedía aquel terror? No era una mujer que se amedrantara con facilidad. Había vivido experiencias a lo largo de su vida suficientemente dramáticas como para que su corazón se hubiera convertido en una coraza contra el dolor y el miedo. También en su búsqueda del vampiro había llegado a conocer historias reales que helaban la sangre, y nada de ello la había detenido, ni siquiera había flaqueado. Pero todas aquellas vivencias habían sido entre humanos. Humanos más o menos cuerdos que creían tener vínculos en otras dimensiones.

Todo esto era distinto. Era la misma sensación que había vivido en el viejo hotel de Budapest, y en su casa hacía unos meses. El mismo calor y el mismo frío que empezaba a filtrarse a través de la puerta, de las paredes, acompañado por el eco inaudible de un corazón que palpitaba.

Con cuidado de no hacer ruido volvió a la cama, se cubrió con las mantas e intentó dormir, a pesar de que no era capaz de apartar los ojos asustados de aquella puerta. El murmullo continuó martilleando su cabeza como el sonido acompasado de una taladradora cientos de metros por debajo de sus pies, hasta la llegada del alba. Sólo entonces, cuando el ruido cesó, se quedó dormida.

Pero en ese mismo momento, en el momento mismo en que el bombeo acompasado dejó de oírse, también comprendió que le faltaba algo, no sabía qué, pero estaba segura de que lo que acababa de desaparecer le era necesario para seguir viviendo.

* * *

—Va contra toda lógica —dijo Mario. Tenía la frente crispada y los ojos puestos en la inmensa pizarra blanca que de nuevo estaba repleta de fichas de cartulina profusamente anotadas.

—Sí, pero ésos son los hechos —replicó Heviu sin dejar de teclear en su portátil.

Desde que llegara no había parado de traspasar información a la base de datos, tenía los dedos entumecidos y la vista cansada.

Durante todo el día, su padre y ella habían estado encerrados en los luminosos archivos de New Scotland Yard en busca de información. Luminosos porque el nuevo edificio era una moderna y funcional torre de acero y cristal, pero nada más. En aquellos documentos digitalizados se encerraba la forma corpórea de la maldad desmenuzada al detalle por eficientes agentes que habían recogido la esencia del crimen en sus informes. Quizá lo más espeluznante era el tono monótono e higiénico con que eran descritos los más abyectos asesinatos imaginables.

Y eso es lo que había circulado durante todo el día por la pantalla del ordenador; los microfilmes más oscuros del pasado siglo envueltos en la brumosa atmósfera de la época victoriana. Había un poco de todo lo que la mente humana es capaz de expeler quizá llevada por la locura; violaciones, asesinatos en masa, abusos de todo tipo.

Cuando las oficinas cerraron Cecyl y Heviu habían logrado recopilar nuevos casos que encajaban a la perfección en el perfil de lo que andaban buscando. Con toda esta información sí podían asegurar que la misma pauta de comportamiento llegaba al menos hasta el año 1874, que era la fecha hasta la que habían podido retroceder en los archivos policiales. Heviu estaba convencida de que si encontraban fuentes más antiguas aún encontrarían más casos; más y más casos hasta Dios sabía cuándo.

—La pauta es clara —intervino Cecyl, que fumaba un fino cigarrillo recostado en un sillón—. No podemos considerar que lo que aquí vemos sea fruto de la casualidad.

Y era cierto, algunos de los sucesos más antiguos se repetían con monstruosa similitud en los últimos años. Había un caso en concreto que había espeluznado a Cecyl cuando lo encontró. Era de los más antiguos. De la década de los ochenta del siglo XIX. La víctima era una niña que quizá no llegara a los diez años y que se prostituía por las calles de los barrios más oscuros de Londres a cambio de unas monedas. Habían sido sus hermanos quienes denunciaron la desaparición un 12 de marzo. El cuerpo no fue encontrado hasta dos meses después, en un bosque a muchos kilómetros de la ciudad. Según el informe técnico, que intentaba ser aséptico sin conseguirlo, la niña había sido atacada por algún animal salvaje, quizá un lobo, pues presentaba dentelladas en brazos, piernas y cuello. Lo terrible del caso es que muchas de aquellas heridas habían cicatrizado y otras estaban en vías de hacerlo. Cecyl sintió un escalofrío sólo de imaginarlo. Aquel pasaje sólo podía entenderse como que la pequeña fue atacada repetidas veces a lo largo de esos dos meses. Como si alguien esperara pacientemente a que la niña se recuperara del ataque para volver a infligirle desgarros y mordeduras. Pero las conclusiones a las que llegaba el inspector que se había encargado del caso eran más victorianas. Aducía que la pequeña pudo ser llevada al bosque por algún cliente que la abandonó allí después de recibir el servicio y que la niña pudo perderse en la oscuridad. Sobre los diferentes estadios de las cicatrices el policía suponía que pudieron producirse durante una constante huida de una manada de lobos que la llevaron a adentrarse cada vez más y más en la espesura del bosque hasta que al final acabaron con su vida. A Cecyl aquella argumentación le pareció ridícula; si la había perseguido una jauría de perros o de lobos, ¿por qué no la devoraron una vez que lograron cazarla? Él había visto cacerías de lobos y podía aceptar que la pequeña escapara en una ocasión, pero dudaba que hubiera escapado más de una vez, como mostraban las señales. Y una vez cazada. ¿No se la comieron? Por supuesto, en la venas de la niña no había una sola gota de sangre.

El caso fue archivado y los lobos fueron acusados. Todo terminó con una batida de alimañas en el bosque que lo esquilmó de zorros, pues no encontraron un solo lobezno.

Cuando contó este caso a su hija, Heviu lo relacionó inmediatamente con otros dos que ella había investigado; uno de 1902 que había encontrado en aquellos mismos archivos, y otro de 1956. Eran casi idénticos salvo en el perfil de las víctimas. En uno era un varón de poco más de treinta años y en el otro un anciano con Alzheimer que se había extraviado al salir de casa. A partir de aquí empezaron a buscar similitudes, y el resultado fue sorprendente.

Era evidente que se repetían algunas pautas a lo largo del tiempo, como si cada tipología de asesinado volviera a ser recreado años después, con pequeñas variaciones que lo hacían único. Las tipologías más comunes, como los degollamientos o los suicidios por sangrado, abundaban a lo largo de los años, de las décadas, marcando una cadencia lívida y espeluznante. Pero había otros más retorcidos, más macabros, cuya proyección en el tiempo no podía deberse a la casualidad.

Eso es lo que mostraba ahora la pizarra, una profusión de puntos de colores, donde cada tono identificaba casos gemelos separados algunos por más de seis décadas. Y eso era lo que Mario se negaba a creer.

—Tiene que haber una explicación coherente —dijo el muchacho, que no podía evitar la evidencia de aquellos datos—. Obviamente esto no puede ser obra de una sola persona. Quizá podríamos explicar esta frecuencia, esta repetición de tipologías, mediante la actuación de alguna secta a lo largo del tiempo. A finales del XIX proliferaron en Inglaterra todo tipo de agrupaciones ocultistas.

—Podría ser —contestó Cecyl—. Pero la respuesta más lógica es...

—Un vampiro —Mario no le dejó terminar—. Por Dios, Cecyl. Eres un hombre cabal. Un profesor universitario. No puedo creer que a estas alturas sigas prestando atención a esas patrañas.

—Sólo afirmo lo que dicta mi lógica —contestó el anciano—, esa lógica a la que tanto apelas cuando te conviene. Lógica que sólo funciona si aparto de mí cualquier tipo de prejuicio. Cosa, que al parecer, tú no has hecho.

El rostro de Mario se tiñó de un incómodo rubor, aun así no estaba dispuesto a darse por vencido.

—Pero si un ser así existiera —insistió— ¿Cómo ha podido pasar desapercibido durante doscientos años? La misma secuencia de los hechos hace que estos caigan por su propio peso.

Heviu tuvo que reconocer que su compañero tenía razón. De hecho llevaba unos días dándole vueltas a ese asunto; era otra de las muchas piezas de aquel puzle que no encajaban

—Se te olvida un detalle importante —dijo de nuevo Cecyl—. Los vampiros son inmortales.

—Si vamos a continuar manejando teorías absurdas...

—Por favor —cortó Heviu lo que tenía pinta de ser una discusión sin ningún final práctico—, no discutamos de nuevo. Será mejor que no adelantemos teorías. Analicemos los hechos. Sólo los hechos. ¿De acuerdo?

Los dos asintieron.

—Veamos —dejó el portátil sobre la mesa, se levantó del sofá y avanzó hasta la pizarra—. La primera muerte que hemos podido constatar es de 1874. Esto no significa que sea la primera víctima, aunque el archivo se abrió en 1829, los primeros casos documentados son del 74. Sería una casualidad más que improbable que todo hubiera empezado en esa fecha.

—De ser así —intervino su padre—, podemos estar ante el mayor asesino en serie de la historia.

—Has dicho que no adelantaríamos teorías —Mario no iba a permitir que la absurda idea del vampirismo llegara a solidificar en el grupo—, y con esa afirmación das a entender que es obra de una sola persona.

—También podemos deducir —continuó Heviu levantando el tono de voz, para acallar las protestas de su compañero—, que la única zona donde no ha habido ataques está muy al norte de la ciudad, por lo que es posible, y digo posible, que sea ese el punto donde habite esa supuesta secta o esa supuesta persona causante de las muertes, o quizá sea un punto referencial que por algún motivo que desconocemos impide que haya muertes allí.

—Te olvidas de una cosa —dijo Mario—. Todo puede ser fruto de la casualidad. Todas estas muertes pueden estar desconectadas y somos nosotros quienes nos empeñamos en relacionarlas.

—Como bien dices —le contestó Cecyl—, eso sería altamente casual, y la casualidad no existe, muchacho.

Heviu había decidido no intervenir más en sus discusiones, si no sería imposible avanzar. Era consciente de que todas las teorías que rondaban su cabeza no podía verbalizarlas fuera de esas cuatro paredes, si no quería que la tomaran por una enajenada.

—Por último —continuó—, habría que decir que aún teniendo delimitada una zona tan clara como puede ser el norte de Londres, es demasiado extensa para ni siquiera intentar investigar sin saber qué es lo que buscamos.

—Por lo que estamos como al principio —la voz de Mario era de auténtica frustración.

Y volvió el silencio que los había acompañado a ratos durante estos últimos días. Los tres tenían la mirada puesta en la pizarra, en la consecución de fichas y líneas que ocupaban todo el testero de la habitación. Sí, allí había algo, aquella pared garabateada intentaba decirles algo, pero era tan difícil de verlo que les obligaba a toparse una y otra vez contra un muro invisible en forma de frustración.

—Debemos llegar más lejos —dijo Cecyl al cabo de un rato.

Se levantó y avanzó hasta la pizarra hasta ponerse junto a Heviu, que permanecía de pie, repasando una vez más todas las fichas, como venía haciendo durante las últimas horas de insomnio. Buscando algo que hubiera podido pasársele por alto.

—No te entiendo —dijo volviéndose hacia su padre.

—En el tiempo. Debemos llegar más lejos en el tiempo. 1874 no es suficiente. Debe haber un punto en el que empezaron a sucederse estas muertes. Un momento exacto. Tenemos que encontrar ese punto cero.

Un punto cero. ¿Serían capaces de identificar ese instante preciso? No pudo evitar pensar Heviu.

—¿Y qué conseguiremos con eso? —Mario estaba realmente desilusionado.

—Salir de dudas. Si existe un momento en la historia de esta ciudad donde dejan de sucederse todos esos asesinatos, significaría que hay un principio.

Mario lo miró perplejo.

—Me he perdido.

—Un principio. Un momento en el que empezaron las muertes. Si ese momento existe es que existe un asesino, ya sea un vampiro, una secta o lo que tú prefieras.

—Todas estas fichas tomarían sentido —comprendió Heviu—. Validaríamos la cadena de muertes.

—Y no sólo eso —el brillo en los ojos de Cecyl le era conocido, aparecía cuando el mundo de las ideas se materializaba en hechos concretos—, sabríamos por dónde empezó. La primera víctima no puede ser casual. La primera víctima podría ser una clave.

Podría ser. Pensó Heviu. Una fecha y una víctima. Mucho más de lo que tenían hasta el momento.

—Pero ¿dónde vamos a localizar esa información? —Mario seguía sin ver la salida—. Scotland Yard es el archivo policial más antiguo de Londres.

—En la hemeroteca —respondió Cecyl.

El muchacho lo miró con los ojos muy abiertos.

—¿Sabes lo que estás diciendo? ¿Cuántos diarios y hojas volanderas había en aquella época en la ciudad? ¿Diez? ¿Veinte? La mayoría con dos ediciones al día, la matutina y la vespertina. ¿Sabes de cuánto material estás hablando?

—Nos encontramos en un callejón sin salida —intervino Heviu—. No se me ocurre una idea mejor. Se lo comunicaré a Revel por e-mail.

Cecyl estuvo de acuerdo.

—Entonces adelante. Nos dividiremos los diarios. Con que repasemos las secciones de sucesos será suficiente. No estamos investigando para un doctorado, sino para aclarar una serie de crímenes sin explicación. No será necesario hacer un escrutinio a fondo.

—Pero...

—Mario —dijo Heviu—, cuanto antes empecemos será mejor.

El muchacho parpadeó varias veces, sin estar muy seguro aún de lo que tenía que hacer.

—¿Y eso cuándo es? —preguntó al fin.

—Eso *es* en este mismo instante —le aclaró Cecyl.

* * *

Revel pidió un segundo café cargado, aunque estaba seguro de que una vez se lo tomara habría sacrificado sus próximas horas de sueño. Había sido un día largo, de agujas inmóviles. Si no insuflaba a su cerebro una buena dosis de cafeína iba a ser incapaz de ordenar toda la información que llevaba anotada en su apretada libreta.

Ante una taza igual de aguada que el que ahora le servían, Sibila le había contado horas antes la extraña sensación que le asaltó durante la noche; algo irracional que encajaba mal en el duro carácter que poco a poco iba reconociendo en aquella mujer. Sin embargo, parecía tan alterada cuando habló de aquel extraño sonido acompasado, que tuvo que calmarla, y después convencerse de que, al menos, ella creía haberlo oído.

Revel no había percibido nada a pesar de haberse acostado tarde. Antes de dormir despachó un buen rato con Heviu a través de la plataforma de comunicación de la empresa, que contenía no sólo el correo electrónico, sino mensajería a tiempo real.

Heviu le había puesto al tanto de las tareas de investigación que estaba llevando a cabo el equipo de Londres y, al parecer, según aumentaba la información más difícil les estaba resultando dar una explicación a aquel maremágnum de datos.

Revel estuvo de acuerdo en que era una buena idea sumergirse en la hemeroteca; siempre había visto las largas columnas de sucesos como los hilos sueltos de una madeja donde, si se tiraba con tino, se podría encontrar un camino inexplorado. También era cierto que el resultado podía ser un gran nudo gordiano y muchos quebraderos de cabeza. Era de las hemerotecas de donde a veces había sacado información que le había llevado a encontrar algunos de sus mejores hallazgos. Su agudo olfato de investigador y bibliófilo era capaz de percibir la existencia de un manuscrito raro detrás de una noticia sobre mafias rusas o sobre tráfico de influencias.

Arrugó la nariz instintivamente cuando dio un sorbo de la taza; no sólo estaba aguado, sino que portaba una gran dosis de azúcar. El camarero ya había desaparecido, así que prefirió dejarlo estar y esperar pacientemente la llegada de la señorita Mondragón.

Esa mañana, después de que Sibila durante el desayuno le contara aquella extraña experiencia nocturna, se habían dirigido a la mayor biblioteca pública que habían encontrado en el listín telefónico de la ciudad de Praga. Revel lo dudó antes de decidirse; ¿era mejor quedarse en la ciudad o volver a Budapest?, pero Sibila estaba agotada después de tantas horas sin apenas dormir, y al fin y al cabo la información que necesitaban era igual de accesible en un lugar que en otro. Si fuera necesario regresar a la ciudad del Danubio sería con parte del trabajo acabado y con su acompañante al menos un poco más recuperada.

Se habían repartido las tareas en el taxi, que tardó apenas cinco minutos en llevarles del hotel a aquel moderno edificio de ladrillos rotulado como Biblioteca Pública. A Revel casi le resultaba extraño entrar en un lugar así; para él las bibliotecas estaban llenas de infolios escritos a mano y no de manuales informáticos arropados en portadas coloristas. Tras acreditarse, tomaron el camino que les había marcado la recepcionista, atravesando largos pasillos compuestos por libros perfectamente apilados. Al final de una galería entraron en la sala de lectura. Sabían lo que tenían que buscar, así que sin apenas intercambiar comentarios cada uno ocupó una de las grandes mesas vacías que se ubicaban bajo dos altos ventanales. El profesor Colina se encargaría de localizar información sobre el rey Segismundo de Hungría. Sibila Mondragón lo haría sobre la Orden del Dragón; sabía que a esta comunidad se la había relacionado con el vampirismo a lo largo de los años, posiblemente no eran más que mitos, pero quería estar segura de ello.

Allí habían pasado todo el día. Revel compró a media mañana un par de sándwiches en una cafetería, que tomaron en la misma sala de lecturas, y ahora que la biblioteca estaba a punto de cerrar, acordaron encontrarse en aquella misma cafetería de enfrente cuando los dos terminaran su investigación.

El profesor había sido el primero en llegar y aún repasaba sus notas cuando apareció Sibila, arrastrando cada paso como si sus pies estuvieran atados a una bola de acero.

—¿Se encuentra bien? —el profesor se puso en pie, sin saber si ayudarla o esperar una indicación por parte de la mujer. Pero ella obvió la pregunta y sonrió en cuanto estuvo sentada a su lado.

—¿Qué tal le ha ido? —volvió a preguntar Revel retomando su silla.

No había sido una buena idea permitir que le acompañara. Debía haberse quedado en el hotel descansando. Ahora se la veía aún más agotada, con marcadas ojeras que sombreaban sus ojos con un tono enfermizo. Incluso su piel tostada era más cetrina, más transparente, como si con el paso de los días, de las horas, algo se fuera apagando en su interior.

—Creo que me ha ido bien —Sibila no quiso prestar atención a la cara de preocupación del profesor, y pidió también un café cargado. Si esta noche volvía a oír aquel sonido quería estar a pleno rendimiento—. Aunque hay varias cosas que quisiera contrastar con usted.

—Por supuesto —dijo sin demasiada convicción— ¿Seguro que se encuentra bien?

—Perfectamente —Sibila sonrió, aunque sólo lo hicieron sus labios—. ¿Ha encontrado algo interesante?

El profesor Colina prefirió dejar de insistir.

—No estoy muy seguro —respondió al fin—, pero Segismundo me ha parecido un personaje más que interesante.

Sibila volvió a sonreír, aunque sus ojos destilaban más amargura que otra cosa. Estaba tan cansada que apenas le quedaban fuerzas para hablar, y el dolor le había asaltado de nuevo como un maldito forajido traicionero, a oleadas, durante todo el día, dejándola exhausta.

—Cuénteme lo que ha descubierto sobre el rey —dijo ella intentando olvidar una nueva crisis dolorosa que empezaba a escalar por su espalda— y yo le hablaré de la Orden del Dragón. También ha sido para mí una jornada instructiva.

Revel asintió. Estaba convencido de que algo no marchaba bien para la señorita Mondragón, pero no quería inmiscuirse demasiado, no quería traspasar ciertas fronteras que siempre (estaba seguro) debían estar levantadas entre un proveedor y su cliente. Al fin decidió volver a abrir su agenda, donde había recogido toda la información en varias hojas con letra muy apretada.

La camarera llegó con un nuevo café aguado y Sibila notó cómo el líquido caliente la hacía revivir a cada sorbo y alejaba poco a poco el espectro del dolor.

—Segismundo debía ser un tipo muy especial —empezó a contar el profesor Colina—. No creo que se tratara del prototípico monarca de su tiempo. Pero empecemos con los datos oficiales; era alemán de nacimiento y tuvo una vida larga para aquella época. Sesenta y nueve años, de los cuales fue emperador del Sacro Imperio Romano Germánico los últimos veintisiete. Fue también rey de Hungría y de Bohemia, aunque eso ya lo sabíamos, y se convirtió en el último monarca de la dinastía Luxemburgo —volvió a su café, que empezaba a enfriarse—. Hoy diríamos que era un hombre bien posicionado.

Ella estuvo de acuerdo, aunque estaba ansiosa por escuchar su lado oscuro.

—¿En qué año murió? —preguntó con curiosidad. Había un par de datos que no terminaban de cuadrarle y ambos tenían relación con la muerte.

—En... —Revel buscó la cifra en la libreta—, en 1437, y aunque en esta época aún no había nacido siquiera Maquiavelo, sin embargo, Segismundo ya era un personaje solapado, que justificaba sin miramiento el fin de sus acciones.

—¿Por qué lo dice?

—Porque tengo la impresión de que este monarca siempre actuó llevado por dobles intenciones; por ejemplo —volvió a consultar su agenta—, sucedió a su padre en el marquesado de Brandeburgo, pero sólo por espacio de diez años. Pasado este tiempo renunció a él a favor de su primo Jobst de Moravia. Esto podría ser normal, formar parte de un acuerdo o de su generosidad personal, pero es que tras la muerte de su primo Jobst en 1411, volvió a recuperar el título, de nuevo sólo por unos años, tres o cuatro. Con el marquesado otra vez en su poder decidió regalarlo a Federico I de Núremberg, dando lugar a que la familia de los Hohenzollern pasase a ser la más importante de Alemania.

—Quizá sólo fueran acuerdos políticos a cambio de otras prebendas, como el apoyo para su nombramiento como emperador.

—Lo fueron —apenas sonrió—. Gracias a su matrimonio con María de Hungría, ya había ocupado el trono húngaro en 1386. Mi teoría y la de varios investigadores a quienes he leído hoy es que utilizó el marquesado como moneda de cambio para cubrir los favores que necesitaba. Creo que esto nos muestra un perfil muy claro del emperador; era un tipo listo y sin escrúpulos, que no se detenía ante nada con tal de lograr sus objetivos.

Sibila había tenido esa misma impresión mientras escuchaba hablar al profesor. En su búsqueda de información los datos no eran tan concretos, no era lo mismo una orden medieval de cortísima vida que todo un emperador, pero en su caso los investigadores se habían arriesgado a lanzar más teorías a falta de hechos sólidos sobre los que trabajar.

—Según nos contó Klára Florescu —dijo ella intentando recordar las palabras exactas de la anciana—, su esposa fue Barbara de Celje. Sin embargo, usted me acaba de confirmar que con quien se casó fue con María de Hungría.

Revel asintió. Había tenido que contrastar esa información, porque a él también le había sorprendido este dato.

—La respuesta es tan fácil como que se casó dos veces —dijo con una sonrisa— y las segundas nupcias fueron mucho después de la muerte de María. No contrajo este último matrimonio hasta 1406. Entonces tenía ya treinta y ocho años. Un hombre maduro para su época, desgastado por guerras constantes. No olvidemos que Segismundo era un guerrero, un gran guerrero que hizo frente a los turcos que habían tratado de atacar el sur de Hungría. Y no siempre tuvo suerte; sus fuerzas fueron derrotadas en Bulgaria donde él mismo estuvo a punto de ser capturado.

Según iba contando el profesor, las preguntas iban agolpándose en la cabeza de Sibila, como cigalas atrapadas en una red.

—¿Ha podido saber si gobernó sobre el territorio actual de Celákovice?

—Por supuesto —contestó él—. Fue rey de Bohemia desde 1419, pero no un rey muy querido. Estuvo enfrentado con los husitas* durante quince años, y no fue reconocido por la mayor parte de las facciones checas hasta el año 1437, el mismo de su muerte.

¿Sería este el monarca de la leyenda que había contado Klára?, pensó Sibila. Cronológicamente era imposible; Segismundo vivió trescientos años después de la fecha que barajaban, sin embargo, en los demás aspectos encajaba bien en el perfil. Podría haber habido un salto de fechas, un error en la transcripción del monje que recogió la leyenda. Decidió comentárselo al profesor.

—¿Podría ser este monarca...? —no se atrevió a terminar.

* Se refiere a los grupos que pertenecían a un movimiento reformador y revolucionario surgido en Bohemia en el siglo xv. El nombre procede del teólogo bohemio Jan Hus.

—Ya lo he barajado —respondió Revel al instante— pero no lo creo. El reinado del emperador está profusamente documentado. Dudo que una información así hubiera pasado inadvertida. Incluso una leyenda así es difícil que no llevara su nombre. Creo quc Segismundo tuvo relación con el Libro mucho tiempo después, y quizá a causa de su segunda esposa.

Reconoció que tenía razón. El heroico Segismundo no terminaba de ser un buen candidato como para protagonizar aquella antigua leyenda.

—¿Y ha podido recabar más información sobre Barbara de Celje? —dijo Sibila apartando aquella línea argumental de su cabeza.

Revel había pasado horas tras la pista de aquella dama, pero en la biblioteca no había nada sobre ella.

—Poco más de lo que ya le he contado. Quizá pueda interesarle saber que tuvieron una hija en común, llamada Isabel, y que años después se casó con el emperador Alberto II. Esta muchacha fue la llave que le permitió suceder a su suegro en los tronos de Hungría y Bohemia.

Poco más. Revel tenía una ligera impresión de fracaso en todas aquellas horas que había dedicado a recorrer los pasillos de la biblioteca. Decidió preguntarle a Sibila. Quizá ella había tenido más suerte.

—¿Qué ha descubierto usted?

Sibila volvió a su hoja de notas, a las pocas anotaciones que el dolor de las articulaciones le había permitido tomar. Además, había sido un enorme esfuerzo hacerse entender por el bibliotecario, que apenas hablaba inglés. Podía haber pedido ayuda al profesor, que al parecer se había desenvuelto a las mil maravillas en alemán, pero no quería ser para él una carga aún más pesada.

Antes de que Sibila empezara a hablar el profesor le propuso pedir algo de comer. Cuando el camarero tomó la comanda, Sibila volvió a sus notas.

—He leído muchas cosas que desconocía, y eso que creía estar bien informada sobre la historia de la Orden del Dragón.

—¿Por ejemplo? —le preguntó Revel.

—Por ejemplo que fue creada a imitación de la mítica Orden de San Jorge.

Revel sonrió.

—De ahí el dragón.

—Exacto —Sibila volvió a consultar sus datos; necesitaba contrastar algunos—. Su fecha de fundación es de 1408. ¿Qué hacía Segismundo por esa época?

El profesor Colina se había configurado una tabla cronológica donde se plasmaba la vida del rey. La tendió sobre la mesa y señaló un punto con el dedo.

—Pues aún no era emperador, pero sí rey de Hungría y de Bohemia desde hacía tiempo. En esa época ya llevaba dos años casado con Barbara.

Los sándwiches que la camarera puso sobre la mesa le hicieron darse cuenta del hambre que tenía.

—Terminamos haciendo cercanos a los personajes que investigamos, ¿no le parece, profesor?

—¿Por qué lo dice?

Ella sonrió con aquellos ojos tristes y apagados.

—Ha llamado usted Barbara a esta antigua reina de Hungría. Yo suelo llamar Vlad al conde Drácula.

Revel reconoció que tenía razón. A fuerza de investigar sobre cualquier personaje histórico, se terminaba por conocerlo tan bien que a veces era como si formara parte de su propia familia.

—Hablaba usted de la Orden del Dragón —respondió ruborizándose ligeramente. No le gustaba tratar asuntos personales—. Recuerdo que me habló de ella en nuestra primera entrevista, pero reconozco que soy profano en la materia. ¿Con qué objetivo se creó?

Sibila había leído un extracto de las reglas de su fundación, un documento formal, al estilo de la época, que recogía las obligaciones y parabienes de sus miembros.

—Se creó para proteger a la familia real, aunque también requería a sus iniciados defender la cruz y organizar batalla contra sus enemigos, que en aquellos momentos eran casi siempre los turcos.

—Parece que no había nada extraño ni misterioso en ella. ¿Ha podido saber algo de sus miembros?

—Le podría decir algunos nombres bastante sonoros —le sacó de dudas—. Originalmente estuvo compuesta por veinticuatro caballeros de la nobleza europea, incluyendo a figuras tan importantes de aquel siglo como el rey Alfonso de Aragón, y el rey de Serbia. El que más nos puede interesar, como no, es Vlad, el padre de nuestro Drácula, que en aquellos momentos era demandante al trono vacante del principado de Valaquia*. Vlad padre servía por aquel entonces como comandante de la frontera montañosa que guarda el paso a Transilvania de las incursiones enemigas.

Sibila abrió su manoseada carpeta, que no había abandonado en ningún momento desde que comenzara el viaje, y rebuscó uno de los recortes que contenía. Se trataba de la reproducción de un cuadro decimonónico, impresa en colores vivos sobre papel brillante.

—Éste podría ser el aspecto de uno cualquiera de sus caballeros —dijo tendiéndole el documento a Revel—. La orden adoptó como símbolo la imagen de un dragón circular, con su

* Parte de la actual Rumanía.

cola alrededor del cuello. En su parte posterior, como ve aquí —señaló un detalle en la lámina— se puede ver la cruz roja de San Jorge sobre un campo de plata. Años más tarde, con la ampliación de la orden, hubo otros símbolos que fueron adoptando todas las variaciones posibles sobre el tema del dragón y la cruz hasta hacerlos irreconocibles.

Aquel caballero del dibujo se mostraba altivo montado en un caballo negro que se alzaba sobre sus patas traseras. Todo en él demostraba arrogancia; la forma como sostenía la espada, la manera de mantenerse erguido sobre un caballo encabritado, y sobre todo la mirada insolente que lanzaba al espectador.

—Pertenecer a la orden —dijo el profesor después de mirar largamente aquella imagen— debía ser un motivo de orgullo.

—Por supuesto —ni lo dudó Sibila—. Vlad estaba tan orgulloso de este logro que incorporó el emblema del dragón a las monedas que acuñó, e incluso a su escudo personal.

Sacó otro dibujo de su carpeta, donde se veía el envés de una vieja moneda con la forma confusa de aquel ser mitológico enroscado sobre una cruz.

—¿Qué representaba para ellos el dragón? —preguntó el profesor contemplando aquel emblema.

Había tantas respuestas para aquella simple pregunta. Esa figura mítica era otra constante en muchas culturas antiguas y casi siempre compartía el mismo significado.

—En la mayoría de los casos el dragón fue ideado para transportar una imagen favorable, no tanto de él mismo como de su sumisión a Dios. En la iconografía medieval el dragón representa a la bestia de la revelación, Satán, que es exterminada por las fuerzas del bien. Pero hablamos siempre de una imagen que no podemos disociar de sus elementos parejos, como la cruz o el caballero.

—Dragón, Drácula —susurró Revel.

—Y así es. El padre de Vlad el Empalador ya adoptó el apodo «Dracul» para hacer patente su pertenencia a la orden. Su hijo acuñó el sobrenombre «Drácula» que no significa otra cosa que «hijo de Dracul» o «hijo del que es miembro de la Orden del Dragón». Incluso firmó documentos usando ese sobrenombre.

—La explicación es bastante menos turbulenta de lo que imaginaba —no pudo evitar comentar Revel con sarcasmo.

—Sí, pero tras las grandes matanzas de turcos por parte de Vlad «Drácula», el apodo adquirió un segundo significado. Pasó a ser sinónimo de «Diablo», y a partir de entonces sería aplicado a todos los miembros de la familia de Drácula por parte de sus enemigos y posiblemente también por los campesinos supersticiosos —Sibila se detuvo de nuevo y sonrió. Quizá lo hizo porque la oleada de dolor había desaparecido de nuevo, quizá porque estaban manteniendo por primera vez una conversación como viejos conocidos—. Es evidente que esta acepción del apellido fue la que llamó la atención de Bram Stoker.

—¿Bram Stoker? —preguntó él sorprendido—. Estará de acuerdo conmigo en que lo que hizo este autor fue atribuir cualidades fantásticas a un personaje histórico, ¿verdad?

—Por supuesto. Gracias a él se popularizó la Orden del Dragón y también la figura de Drácula. Sin su obra quizá ambos serían recuerdos de la historiografía valaca.

—¿Se tiene constancia de dónde encontró al personaje? —preguntó de nuevo el profesor.

Ella asintió.

—Se topó en la biblioteca municipal de Whitby con un informe escrito en la segunda década de 1800 por William Wilkinson. Trataba sobre los principados de Valaquia y Moldavia, y fue allí donde se encontró por primera y única vez la palabra *Drácula* en su significado de «Diablo». Eso hizo que a última hora el escritor cambiara el nombre de su personaje principal, que iba a llamarse Conde Wampyr.

A Revel le resultó curiosa la noticia.

—Desde luego fue un acierto —dijo detrás de una leve sonrisa—. Así que Stoker conocía la existencia de la Orden del Dragón.

Ella chasqueó la lengua antes de contestar.

—No hay evidencia de que así fuera. No me atrevería ni a afirmarlo ni a negarlo.

Revel conocía poco de la vida de este escritor británico. Se preguntaba hasta dónde llegaba su intuición y dónde empezaban sus conocimientos. Era un secreto a voces que este autor, como otros muchos de su época, era un iniciado en ciencias ocultas. La noche pasada Heviu le había hablado de una teoría con la que estaban trabajando; la posible existencia de una secta ocultista que practicara asesinatos rituales. Una idea absurda fue tomando forma en su cabeza.

—Señorita Mondragón, ¿ha podido datar el tiempo en que estuvo en funcionamiento la orden?

Era difícil responder a una pregunta así, ya que las órdenes de caballería, como las sociedades secretas, no funcionaban con las mismas fórmulas de las sociedades mercantiles, que deben tener un acta de fundación y otra de disolución.

—No he sido capaz de encontrar una fecha sólida en la que podamos decir que la orden fue extinta —respondió—. Hay casos famosos, como el de los templarios, donde tenemos una fecha clara porque fue disuelta por mandato papal, pero en este caso podríamos decir que poco a poco se volatilizó.

Se atrevió a materializar su pregunta, aunque no quería alentar la imaginación de su clienta.

—¿Y es posible..., cree que es posible que aún hoy en día siga en funcionamiento?

Ella lo miró con ojos entornados.

—No lo creo. Si está usted pensando en los asesinatos, la existencia de una organización de este tipo no es la mejor explicación, y lo sabe —sus palabras no tenían la menor acritud, eran suaves como cuando se está cansado de repetir siempre lo mismo—. Después de la muerte de Segismundo en 1437, la Orden del Dragón perdió casi todo su poder —dio un nuevo vistazo a sus notas antes de continuar—. Pero he encontrado una historia realmente interesante.

—Estoy deseando oírla —el profesor Colina también había aprendido en estos pocos días de trabajo codo con codo, que su compañera de viaje tenía buen olfato para los «cabos sueltos».

—Me ha llamado la atención —dijo Sibila midiendo las palabras— porque cita a alguien de quien también le hablé en nuestra primera entrevista; Abramelin el Mago.

Él apartó la vista del fondo de su taza de café y la miró con las cejas levantadas.

—¿El sabio egipcio relacionado de alguna manera con el secreto de la Magia Póstuma?

—El mismo.

Volvían a moverse en el terreno de lo mitológico. Los datos que hasta ahora habían recogido tenían una base histórica. La existencia de este personaje no era un dato contrastado, por lo que corrían el peligro de construir una teoría con pies de barro. Aun así prefirió dejarla hablar.

—¿Dónde ha encontrado esa información?

Ella titubeó un instante antes de responder

—En una colección de cuentos para adolescentes.

La cosa se ponía aún más resbaladiza.

—Por lo que veo ha sido usted exhaustiva en la búsqueda —dijo midiendo las palabras para que no se sintiera ofendida—. ¿Qué credibilidad tiene un cuento así?

—Me dejo llevar por mi intuición —recordaba haber oído esa frase de labios del profesor—. Se trata de una recopilación de antiguas leyendas adaptadas al formato juvenil.

—De acuerdo, de acuerdo... y qué dice el cuento.

Había fotocopiado varias hojas de un libro en inglés, donde aparecían subrayadas las frases más importantes.

—De quien habla es de un discípulo del mago Abramelin del que ni siquiera cita el nombre. Al principio cuenta una historia que ya conocemos, la del judío Abraham y de cómo trajo de oriente los conocimientos mágicos del maestro. Después nos habla de uno de sus discípulos, que se aposentó en Hungría, donde se hizo consejero del rey Segismundo y lo inició en las prácticas mágicas aprendidas directamente de Abramelin el egipcio.

Revel se rascó la barbilla con un gesto involuntario. Si Heviu hubiera estado allí lo habría interpretado como que empezaba a sentirse incómodo.

—No sé hasta qué punto debemos darle credibilidad —dijo después de chasquear la lengua.

Sibila le entregó una nueva fotocopia. Se trataba de la hoja de legales de un libro.

—Éstas son las credenciales de la editorial y el nombre del autor —dijo señalando el papel—. Podemos ponernos en contacto con él y preguntarle de dónde ha recabado la leyenda sobre la que basa el cuento. Es muy posible que no sólo se trate de un mito local, sino de un recuerdo ancestral, que tenga una base histórica.

Revel asintió, dobló el papel y lo guardó en su agenda. Lo primero que había que hacer era comprobar la solvencia de la fuente.

—Se lo haré llegar a Heviu. Ella podrá constatarlo. ¿Dice algo más el cuento que pueda ayudarnos? Hasta ahora sólo ha conseguido desasosegarme.

Sibila sonrió.

—Sí, y lo que cuenta es muy interesante. Nos da otra versión de la creación de la Orden del Dragón. Al parecer, el rey conoció a través del discípulo la existencia de otra realidad muy distinta a la tangible y se volvió un apasionado de la magia. Fue a través de esta fascinación como se le ocurrió fundar la Orden del Dragón Invertido —se detuvo para que el profesor asimilara sus palabras—. Como ve, aquí la orden aparece como una sociedad iniciática en vez de caballeresca, y sus objetivos ya no son tan nobles.

El profesor asintió.

—¿Qué significa eso del Dragón Invertido?¿Qué quiere decir?

—Lo ignoro —aunque había buscado otras referencias no pudo encontrar nada al respecto—, pero en el cuento vuelve a aparecer el padre de Drácula como un iniciado en esta orden, y después su hijo. El cuento incluso habla de la historia del rey con la joven Barbara.

Revel la miró perplejo.

—¿La historia amorosa de Segismundo y Bárbara de Celje? ¿En un cuento para adolescentes?

—Así es —afirmó ella—. Cuenta algo que ya conocemos. Por aquel entonces, Segismundo amaba a Barbara, pero añade que ella murió de una extraña enfermedad y Segismundo, tras enterrar a su amada en el castillo de Varazdin, convocó un hechizo póstumo para devolverla a la vida. ¿Le suena?

—Es la misma historia que nos contó Klára —Revel empezaba a estar sorprendido.

Ese dato insignificante podría indicar que la leyenda no había surgido de la fantasía de aquel autor. Pero... volvió a consultar sus notas. Si no recordaba mal... allí estaba.

—Hay un error en esa leyenda —dijo sin poder evitar cierto alivio— según mis notas, y están contrastadas, Barbara falleció en 1451, catorce años después que su marido. Este dato convierte la historia de ese cuento para adolescentes en leyenda.

Sibila le lanzó una mirada enigmática.

—¿Está seguro, profesor? Puede ser un error del autor... o la prueba de que el hechizo funcionó.

El profesor Colina no contestó. Tenía que hacer un esfuerzo titánico para procesar aquella información más allá de sus prejuicios.

—Pero aún hay más —continuó Sibila—. El autor de ese libro relaciona la adoración ancestral del Dragón Invertido con los antiguos habitantes de la región y el culto al dios Zalmoxis.

Revel lo supo al instante. El círculo se acababa de cerrar.

Ya no era cuestión de saber si había documentos que apoyaran aquellas afirmaciones. Revel Colina había trabajado en muchas ocasiones sobre supuestos tan imposibles como aquéllos, pero realmente comprendía que había encontrado la pista adecuada cuando todas las piezas empezaban a encajar en el tablero, como ahora. En esos momentos lo imposible empezaba a ser posible.

—Nos queda mucho por hacer. Será mejor que descansemos —dijo con apenas un susurro.

Capítulo 17

El demonio revitaliza y energiza estos cuerpos muertos que preserva durante mucho tiempo en su totalidad; se aparece con el rostro y la apariencia del muerto, acechando fuera de las casas, yendo y viniendo por la calle, recorriendo los caminos y los campos.

Des falses revenants ó Relation de ce qui s'est passé a Sant-Erini Isle de l'Archipel, Padre François Richard (1657).

Heviu sólo se percató de que la seguían cuando, al mirar hacia atrás para cruzar la carretera, le pareció ver que una sombra oscura parapetada en una esquina desaparecía de pronto en dirección a una de las calles adyacentes.

Al principio creyó que eran imaginaciones suyas, pero al atravesar Bayswater para entrar en Hyde Park por Marlborough Gate estuvo segura de que la misma figura negra salía de las sombras y caminaba en su misma dirección.

Se volvió, pero nada misterioso había allí; la cercana boca de metro estaba tan concurrida como siempre, la misma calle podría considerarse especialmente animada para aquella hora, y en las paradas de autobús había un nutrido grupo de viajeros parapetados bajo las marquesinas.

El parque en cambio, al otro lado de la valla se veía solitario, quizá por el día grisáceo que anunciaba lluvia de un momento a otro. Se sorprendió al darse cuenta de que dudaba si entrar en el recinto o dirigirse de nuevo a la estación de metro, a la protección de la marea humana que se apiñaba para llegar a todos los puntos cardinales de la ciudad.

Con un movimiento de su mano, como si apartara un molesta mosca, optó por lo primero; no iba a dejar de acudir a una cita por un simple presentimiento propiciado por los horrores que había leído todos estos días, por algo que le había parecido ver pero de lo que no estaba segura..., por supuesto que no. Sería prudente y tendría cuidado de no salirse de la avenida principal, pero no iba a volver sobre sus pasos. Eso era como aceptar la existencia de los chupasangres, o cualquier patraña por el estilo.

Cuando atravesó la gran cancela de hierro que marcaba la entrada a los Jardines Italianos, le asaltó de nuevo la idea de que quizá debería de haber regresado a la estación de metro; la arboleda, de repente, había atrapado el sonido del tráfico hasta hacerlo desaparecer y los límites de la avenida se difuminaron por efecto de la bruma, dando la impresión de que en verdad acababa de adentrarse en una nube.

Fue sólo un instante, pero tuvo la desagradable sensación de estar paralizada, como si sus piernas no le respondieran y su cuerpo hubiera dejado de pertenecerle. Fue tan breve, tan fugaz, que de inmediato estuvo segura de que sólo había sido una impresión causada por el cansancio y el desasosiego de la investigación.

Anduvo unos metros hacia el interior del jardín. Seguía con esa desagradable sensación de no saber qué hacer, si salir de nuevo a la carretera o seguir hasta el lugar de la cita. Decidió no pensarlo más y aceleró el paso. La niebla era densa y calaba los huesos, pero lo peor era la sensación de soledad. Ni siquiera oía el trino de los pájaros. ¿Dónde se habrían metido? Continuó un rato más, en línea recta, sin pensar en nada que no fuera lo que daría en ese instante por una taza de té caliente, pero de nuevo la asaltó aquella desazón. Era extraño, como si tuviera la certeza de que tras la bruma había un gran felino agazapado, a la espera de precipitarse sobre ella. Un escalofrío le recorrió la espalda. Aceleró aún más el paso.

Desde fuera, antes de que se formara toda aquella bruma, le había parecido ver a un grupo de personas a unos cien metros de la entrada, haciendo deporte. Si llegaba hasta ellos estaría segura y si de verdad la seguían incluso tendría la oportunidad de indagar quién era. También podría esperar hasta que abandonaran el parque y entonces salir de allí acompañando al grupo si fuera necesario. Con suerte tomaría el metro, y si no, siempre podía coger taxis, a esa hora no sería difícil...

¡Otra vez! De nuevo pensó en lo estúpida que era. ¿Cómo podía haberle afectado tanto la investigación? Nunca había sido una mujer asustadiza, y mucho menos por ese tipo de cosas. Este razonamiento hizo que se relajara un poco; había creído ver una sombra oscura que la seguía y con eso había creado toda una fábula que terminaba con ella desangrada bajo un árbol de Hyde Park. Eso era todo. Era la fábula de la lechera en su versión sangrienta. Soltó una carcajada que la hizo sentir aún más estúpida.

Relajó el paso y tranquilamente miró hacia atrás.

Como las púas de un puercoespín los vellos de su nuca de dispararon al instante y un escalofrío la atravesó igual que un rayo.

A pocos metros, envuelto por girones borrosos de bruma, se había detenido también una figura vestida de negro que permanecía muy quieta, mecida apenas por las ráfagas de viento.

Comprendió en ese instante el significado del pánico. La adrenalina empezó a circular por sus venas aguzando cada uno de sus sentidos, dando nuevas fuerzas a sus miembros, preparándola para la huida. Heviu apenas lo había mirado un instante, apenas pudo distinguir nada; un rostro tapado bajo un sombrero y el contorno de un cuerpo, irreconocible por la forma confusa de un amplio abrigo. Nada más, pero fue suficiente para percibir todo el peligro que encerraba aquella figura inmóvil, al acecho.

Sus piernas, apenas sin esfuerzo, comenzaron a correr, para llegar cuanto antes junto a aquel grupo de gente que creía haber visto más adelante. Si llegaba hasta ellos, si lograba alcanzarlos...

Estuvo segura de que aquella forma también se movía detrás de ella, más rápida, pisando apenas el suelo con un sonido sordo, amortiguado.

Por su mente pasaron todas aquellas imágenes que pendían de su pizarra magnética en forma de fichas; muertes terribles disipadas por una elegante coartada, muertes cruentas que intentaban ocultar el desangramiento, la marca de un asesino. Si era él... ¿Qué haría con ella? ¿Parecería la víctima de un tratante de órganos o una suicida temeraria? Pensó en la niña de diez años atacada por los lobos y una nueva oleada de terror le recorrió el cuerpo.

Los pasos cada vez estaban más cerca. Más cerca. Apretó la marcha tanto como pudo, hasta la extenuación, pero no conseguía marcar distancia. ¿Dónde estarían los deportistas? ¿Dónde habría alguien? Quien fuera.

Sentía cómo la respiración se le aceleraba y el corazón latía con más fuerza. En esos momentos todos sus mecanismos de supervivencia estaban en alerta, preparando su cuerpo para un ataque y su mente para buscar una salida.

Continuó corriendo sin saber muy bien hacia dónde, en línea recta, sin percatarse si aún estaba dentro o fuera de la avenida principal. Sin saber si de pronto llegaría al gran estanque o chocaría con uno de los enormes árboles del jardín. Ni siquiera sabía cuánto tiempo llevaba escapando, marcando el paso con el eco de las suaves pisadas que sonaban detrás de ella, más cerca, cada vez más cerca, incluso tanto que estaba segura de que con sólo estirar una mano su perseguidor podría tocarla, asirla por el cabello, y...

Quería gritar. Su garganta quería gritar y pedir ayuda. ¿Dónde estaba la gente? ¿Quién podía ayudarla? ¿Así terminaría todo?

De pronto le pareció que se materializaba una forma al frente, que se movía, varios metros en la dirección hacia la que corría. Difusa. Como un pájaro blanco en un campo nevado.

Si conseguía llegar antes de que la alcanzara. Si lograba correr un poco más. Un poco más.

Aquella forma difusa se iba volviendo corpórea, como la materialización de un aparecido. Ya estaba cerca. Muy cerca.

Fue en ese instante cuando se atrevió a mirar hacia atrás para descubrir que no había nadie.

—¿Heviu? —preguntó con voz de mujer la silueta que acababa de aparecer por delante de ella, surgida de la niebla.

* * *

Salieron del kiosco con dos vasos de papel hasta el borde de té muy caliente. A pesar del frío prefirieron las mesas al aire libre que el claustrofóbico salón interior. La terraza estaba acondicionada con estufa de gas, y muchas de las mesas estaban ocupadas por gente tranquila que disfrutaba de un día de parque.

A pesar de que Heviu se había citado a regañadientes con Dinah para tomar algo juntas esa mañana, debía reconocer que pocas veces en su vida se había alegrado tanto de ver a alguien como cuando ésta apareció hacía un rato de entre la niebla. A pesar del esfuerzo que acababa de hacer para explicar su carrera de hacía un momento. Por supuesto Dinah no debió creer nada de lo que le dijo, pero Heviu estaba segura de que si los conocía a Revel y a ella como creía, terminaría por aceptar que ésta era otra de sus excéntricas manías de buscadores de libros raros.

La sombra oscura que la perseguía había desaparecido sin dejar señales, tal y como apareció. Incluso por un momento pensó que podía haber sido fruto de su imaginación tormentosa. Pero estaba segura de haber visto a alguien allí parado, observándola atentamente bajo el ala caída de un sombrero negro, midiendo las posibilidades que tenía de abalanzarse sobre ella.

Un nuevo escalofrío le recorrió la espalda.

—¿Qué me traes hoy? —preguntó Dinah—, creo que es la primera vez que hacemos tratos juntas. Revel estará de viaje, ¿no?

Heviu no le contestó, y le entregó el folio impreso que la noche anterior le había enviado Colina por fax desde Praga. Se trataba de la copia de la hoja de legales de un libro de cuentos para adolescentes. El libro que había encontrado la señorita Mondragón, le había dicho Revel. Allí aparecían todos los datos de la publicación, de la editorial y el nombre del autor.

Dinah lo tomó con la mano libre y enguantada y lo leyó con detenimiento. Aquella mujer rubia y menuda se dedicaba a lo mismo que ellos, pero trabajaba con libros actuales. Mientras el equipo del profesor Colina recorría el mundo en busca de algún manuscrito antiguo, Dinah se paseaba por las salas de subastas comprando para sus exclusivos clientes primeras ediciones de autores célebres del siglo XX. Al contrario de lo que se pensaba, podía llegar a ser más costosa una buena primera edición dedicada de puño y letra por Scott Fitzgerald, que un manuscrito del siglo XVIII, y todo dependía del capricho en pagarlo que pusiera el cliente. Así que mientras que al profesor Colina no se le escapaba un autor antiguo, Dinah lo sabía todo del más recóndito escritor europeo o norteamericano de los siglos XX y XXI. Por eso colaboraban de forma habitual desde hacía años; incluso había surgido una amistad sospechosa entre ella y el profesor que Heviu no terminaba de comprender.

—Se trata de un autor checo —dijo Dinah cuando hubo leído el papel un par de veces—. Tengo un par de libros suyos.

—Que es checo ya lo he podido encontrar en Internet —contestó Heviu alzando una ceja.

Dinah soltó una carcajada. Lo hacía siempre que no sabía qué decir, y más en esta ocasión, con la no muy sociable de Heviu delante de ella.

—¿Qué es lo que necesitas saber? Algo concreto. Con las legales de un libro poco te puedo ayudar.

Heviu dio un largo sorbo de su vaso antes de contestar. Tenía el cuerpo aún aterido, y no precisamente de frío.

—Revel quiere saber quién es este tipo y dónde le puede encontrar.

Dinah le lanzó una sonrisa plastificada.

—Porque eso no aparece en Internet, ¿verdad querida?

Heviu no contestó, y volvió a dar un largo sorbo a su té. No soportaba a aquella mujer y no comprendía cómo podía existir una amistad entre aquella muñeca superficial y su rígido jefe.

La sonrisa de Dinah se fue diluyendo poco a poco, hasta convertirse en una línea recta bajo dos ojos sorprendidos.

—Karel Hrabal —se decidió a decir ante el mutismo de Heviu—, no es exactamente un autor. Yo les llamo *falsos ensayistas,* porque se dedican a recoger cuentos populares y a reconstruirlos en forma de historias, como los hermanos Grimm.

Como los hermanos Grimm, pensó Heviu. ¿Qué diablos vería Revel en aquella mujer?, aparte de lo evidentemente claro, porque debía reconocer que era atractiva. Pero conocía a su jefe y dudaba que fuera eso lo que le atrajera de Dinah. Si tuviera tiempo y pudiera soportarla no estaría mal empezar a conocerla, quizá descubriera a una buena amiga. Pero sólo de pensarlo le entraron arcadas.

—Éste es su segundo libro —continuó la bibliófila—. Tuvo bastante éxito y se tradujo a varios idiomas. Al parecer su editor dudó en publicarlo, pues se trata de un texto demasiado violento, demasiado sangriento para el público adolescente. Pero yo estoy segura de que ésa es la clave de su éxito.

—¿Lo consideras un autor solvente?

Dinah volvió a soltar una de sus carcajadas. Dos ya eran demasiadas para Heviu.

—¡Qué extraña pregunta! Pues claro que es solvente. Ha vendido más de veinte mil ejemplares de este libro.

—Me refiero a si sus fuentes son fiables.

Dinah lo pensó antes de contestar.

—Supongo que sí. No sabría decirte. Si no lo fuera, con las historias tan extrañas que cuenta, mezcla de folclore y ciencia ficción, habría alguna voz disonante, ¿no?... aunque tal vez ésa sea otra de las claves de su éxito... —se quedó pensativa.

Heviu se dio cuenta de que poco más iba a sacar de Dinah. Normalmente era Revel quien trataba con ella. Hoy era un caso puntual, extremadamente puntual, porque temía que de un momento a otro quisiera hablar de esmalte de uñas.

—Una última cosa —dijo Heviu antes de levantarse—, ¿Podrías localizarme una dirección o un teléfono para hablar con este... Karel Hrabal?

—¿En Internet no...?

—No.

Dinah asintió. Le encantaba ser útil a Revel, y tampoco le caía mal Heviu, a pesar de lo rarita que era. Eran colegas y debían intimar. Alguno de aquellos días la invitaría a salir de compras para hablar de cosas de chicas.

—Dame de plazo un par de horas —respondió Dinah envuelta en sonrisas—. Tengo que ver a unos amigos y creo que podré conseguirte sus datos personales.

Heviu le dio las gracias y se puso en pie.

—Te invito a un buen desayuno —le dijo Dinah entusiasmada, mientras la acompañaba hasta la avenida principal, donde el cielo se estaba empezando a despejar y los londinenses se desperezaban bajo el calor de un sol tenue e intermitente.

—No.

Capítulo 18

Aquellos que se han interesado por los ritos fúnebres y los misterios de la muerte no han olvidado informar de cómo, en toda época, se han hallado cadáveres que aparentaban haber devorado su sudario provocando sonidos semejantes a gruñidos.

Dissertatio Histórica-Philosophica de Masticatione Moruorum, Philip Rohr (1679).

Revel le tendió la mano. El apretón era fuerte y saludable, como el de un vendedor de automóviles.

—Gracias por recibirnos.

Karel Hrabal no se parecía en nada a como habían imaginado que debía ser un autor folclórico checo. Sibila apostaría en ese mismo instante que aquel muchacho no había cumplido los treinta, incluso si la apuraban, los veinte. Llevaba puesta una camiseta de los *Ramones* y unos pantalones vaqueros suficientemente caídos como para que sobresalieran dos cuartas de calzoncillos a cuadros. Por lo demás tenía la tez rubicunda, con señales de acné mal curado, y el pelo ralo y liso sujeto en una coleta grasienta en la nuca.

Revel le había llamado en cuanto recibió el SMS de Heviu con su número de teléfono. Y al muchacho no le había extrañado lo más mínimo que dos desconocidos quisieran hablar con él. Ni siquiera preguntó de qué. Sólo les dijo que vinieran a su casa pero que de camino le trajeran una hamburguesa de McDonald's. Así que allí estaban ellos, en un barrio no muy seguro a las afueras de Praga y con una sudorosa bolsa de papel en las manos.

—Os podéis sentar aquí.

De un manotazo Karel dejó dos sillas libres de revistas y paquetes de dulces vacíos.

Sibila estuvo tentada de sacar un pañuelo y limpiar el asiento lleno de manchas irreconocibles, pero no sería un buen comienzo. Así que esbozó su mejor sonrisa y se sentó en el filo de la silla, haciendo malabares para no caerse.

El apartamento era más bien un estudio de una sola habitación, con cocina, dormitorio y salón en la misma estancia. Prefirió no saber cuál sería el estado del baño, en vista del aspecto de la sala. Si allí mismo, sentado ante un ordenador, no estuviera su dueño, hubiera pensado que una banda de maleantes había desvalijado el apartamento esparciéndolo todo por el suelo. Lo único que permanecía impoluto eran los dos equipos informáticos que ocupaban todo el testero que había frente a las ventanas, entre impresoras, escáner, CPU y algún que otro trasto que no pudieron reconocer. Si, como les había dicho Heviu, aquel tipo cobraba unos buenos derechos por la venta de sus libros, el dinero debía de estar invertido en aquellas máquinas.

Paseó la mirada por la única estantería que había en la habitación. Estaba repleta de cómic y de manuales informáticos, aparte de figuritas de *Star Wars* organizadas como en una batalla. Haciendo de soporte a una maceta vacía le pareció ver el libro de cuentos que les había llevado hasta allí. Siempre había sabido que las primeras impresiones eran unas mentirosas, porque aquel muchacho parecía más un desarrollador de juegos de rol que un autor de cuentos tradicionales.

—¿Gustáis? —les ofreció Karel cuando ya había empezado a saborear su hamburguesa.

Ambos negaron con la cabeza, así que el chico siguió dando cuentas de su almuerzo, mientras un pegote de kétchup y dos rodajas de pepinillo terminaban en el suelo.

Sibila no pudo evitar arrugar la nariz.

—Quizá esté un poco fría —la habían comprado hacía más de una hora, justo antes de perderse entre calles con nombres impronunciables buscando aquella dirección.

—Está bien —dijo el muchacho mientras se limpiaba la boca con la manga de la sudadera justo después de engullir el último bocado—. Hay veces que me olvido de comer. ¿Qué os trae por aquí? ¿Sois ingleses?

—Yo soy española. El profesor...

—Podríamos decir que británico —intervino Revel—. Aunque sería largo de explicar. Quería agradecerle que nos haya recibido tan pronto.

—Bueno, tenía hambre y vosotros podíais traerme una hamburguesa. Era un buen trato. ¿No crees?

Revel sonrió levemente.

—Ayer tuvimos acceso a una obra suya —empezó a explicarle el profesor—. Concretamente a aquélla —señaló el libro que servía de macetero—, y nos hemos preguntado si usted nos la podría ampliar.

Karel miró en aquella dirección y pareció tardar un poco en reconocer su propio trabajo.

—¿Os gusta la literatura juvenil? —preguntó.

—Nos interesa la historia que cuenta —intervino Sibila—. La historia de los dos libros y los supuestos vampiros.

El muchacho asintió con la cabeza.

—El enigma de los libros —comentó mientras movía la cabeza de arriba abajo—. A mí también es un tema que me interesó hace años. No hay demasiada información publicada. ¿Os ha gustado?

Sibila no pudo evitar intervenir con un *sí* rotundo, aunque habían pactado hacía un rato que las preguntas las haría el profesional, no la cliente.

—Nos preguntábamos si usted podría darnos más información sobre esos dos libros míticos —dijo Revel.

El chico hizo un gesto con las manos, que igual podía significar que *sí* como que *no*.

—He tomado un poco de todos lados. Supongo que sé lo mismo que vosotros; aquello de la sacerdotisa de Zalmoxis que crea los dos hechizos y los encierra en dos libros y toda esa mierda.

Revel no pudo evitar mirar fugazmente a Sibila. Aquel muchacho acaba de ubicar a la sacerdotisa de la leyenda como a una seguidora del antiguo culto dacio.

—Después de leer su libro nos gustaría oír la leyenda sobre la que se basa —insistió el profesor.

Karel lo miró con ojos entornados y cabeza ladeada.

—¿He hecho algo malo?

Colina lo negó sin poder evitar una sonrisa.

—Somos simples investigadores, bibliófilos. Si usted ha cometido algún delito a nosotros no tiene que darnos cuenta.

—No seréis de alguna secta rara, ¿verdad? Por aquí vienen los tipos más extraños en busca de información.

Fue ahora Sibila quien intervino.

—Te aseguro que no somos nada de eso. Sólo dos curiosos que buscamos el origen de esa leyenda. ¿Nos la cuentas?

Lo pensó un momento antes de contestar.

—Claro —le caía bien aquella mujer—, pero hay poco que contar; los antiguos habitantes de mi país tenían una religión propia, llena de ritos y creencias. Con la llegada del cristianismo estas costumbres paganas fueron prohibidas y el pueblo empezó a olvidarlas, aunque pervivieron durante muchos años camufladas como costumbres locales. En las épocas de catástrofes, de plagas, de malas cosechas, cuando la fe cristiana no daba soluciones, se volvía a estas antiguas costumbres. Es como si ahora, después de ser católico practicante durante toda tu vida, acudes a un curandero porque tienes gonorrea.

Revel estuvo de acuerdo en que el ejemplo, aunque no muy ortodoxo, sí era clarificador.

—Y poco más que eso os puedo contar —dio por concluido su relato el chico.

—Pero ¿y la historia de la sacerdotisa de Zalmoxis de la que hablas en tu libro? —le preguntó Sibila.

—Bueno, es más de lo mismo. En el siglo XII, en una de estas épocas de desastres, una sacerdotisa de los antiguos ritos hizo dos conjuros que debían ser bien extensos porque tuvo para dos libros; con uno de esos hechizos se atraía el mal sobre el enemigo, y con el otro se detenía. Es un poco la historia de Fausto, ¿sabes?

—¿Fausto? —Sibila no terminaba de ver la identificación.

—Ya sabes. El demonio y todo ese rollo. Vender el alma y arrepentirse después para tener una vida del carajo sin ir al infierno.

Revel prefirió no darle pie.

—Hablaba usted sobre los dos libros.

—Sí, los libros —volvió a retomar el tema Karel—, con el paso de los años se perdieron. Nada más.

A Sibila le pareció una forma bonita de contarlo, sin el aura dorada de las leyendas. Con las palabras cotidianas de alguien de su edad. Aquel muchacho acababa de despojar la historia de toda su armadura de fábula, reduciéndola a una serie de hechos simples y a la vez posibles.

—Karel, ¿crees que esos libros existieron? —preguntó con cautela.

—Pues claro —los miró con cara de asombro—. ¿Vosotros no?

—Por supuesto que sí —dijo ella convencida—, pero ¿tienes alguna pista de dónde pudieron ir a parar?

El chico se rascó la cabeza como si le costara trabajo entender la pregunta.

—Pues claro —dijo de nuevo—. Incluso sé donde están.

Seguía mirándolos a ambos como si hablara con dos extraterrestres. Estaba seguro de que cualquiera que hubiera conocido la leyenda habría llegado a su misma conclusión; la historia estaba en todas partes, aunque con distintos nombres y protagonista. Sólo había que saber encontrarla.

Revel puso una mano sobre el brazo de Sibila en señal de cautela.

—¿Y por qué, si cree usted saber dónde están, no los tiene en su poder? —preguntó intentando no parecer un fiscal del estado.

—¡Ah! —contestó con un bufido—, porque no es posible.

La conversación se estaba convirtiendo en un galimatías y el profesor Colina empezaba a dudar del raciocinio de aquel muchacho. Años de ejercicio mental le habían servido para no dejarse llevar por las primeras impresiones, a pesar de que en este caso el esfuerzo había sido considerable, sin embargo, ahora no estaba seguro de qué pensar.

—Veréis —aclaró al fin el Karel—, el Libro Blanco, que es como se conoce al hechizo antídoto, fue escondido por uno de los aldeanos en el monasterio de Teplá, a muchos kilómetros de aquí.

Sibila ahora sí que le lanzó una ligera sonrisa al profesor; aquel chico sabía de lo que hablaba.

—Y las tropas del rey Segismundo —continuó— lo trajeron a Praga cuando saquearon el monasterio. Aquí permaneció durante años, pero al cabo de mucho más tiempo, aun en vida del rey, un extranjero se presentó en la corte. Portaba el Libro Negro, el libro del maleficio, y venía con la idea de embaucar al rey para intentar apropiarse del otro volumen. Eso le habría dado un poder inmenso. Pero Segismundo, que al principio se dejó engañar por los supuestos poderes mágicos de aquel hombre, no era un estúpido y nunca le reveló el lugar donde estaba escondido su tesoro. Es más, antes de morir comprendió la verdadera naturaleza de aquel individuo y se deshizo del libro que obraba en su poder, el libro bueno, el blanco.

—¿Y cómo se deshizo de él? —preguntó Revel, que a su pesar estaba empezando a creer lo que decía el chico.

—De la manera más discreta. Lo regaló a un emisario de la Sublime Puerta.

—Los turcos —dijo Sibila con voz queda.

—Así es —continuó Karel—. Cuando el extranjero se dio cuenta de la estratagema de Segismundo, desapareció tal y como había llegado, como la neblina, arrastrando con él plagas y destrucción. La leyenda dice que se puede descubrir por dónde anduvo aquel malvado siguiendo la ruta de las epidemias de la época, pero eso sí que son sólo leyendas.

—¿Y ese extranjero maligno no fue a buscarlo a Turquía? —preguntó Revel.

—Bueno, yo estoy convencido de que lo intentó. Estoy seguro de que estuvo allí acompañando a su nuevo pupilo.

Sibila comprendió al instante lo que Karel estaba queriendo decir.

—Pero..., pero eso es imposible. Las fechas no concuerdan.

El chico asintió.

—El personaje del que yo hablo no tiene problemas de tiempo.

Revel se lo preguntó directamente a Sibila.

—¿De qué diablos estáis hablando?

Sibila parecía anonadada, era como si todas sus teorías, recogidas en forma de recortes en una carpeta desgastada, se acabaran de deshacer al contacto con la luz. La nueva realidad que le acababa de revelar aquel muchacho era mucho más limpia y lógica que todas las historias que había leído hasta el momento.

—Habla del verdadero vampiro —le contestó con apenas un susurro—, del verdadero Drácula.

* * *

—Me tendrá que decir qué ha sucedido allí arriba —murmuró Revel bajando las escaleras detrás de Sibila.

—No quería dar demasiadas explicaciones delante de Karel —lanzó una mirada hacia atrás, para asegurarse de que el chico ya había entrado en el apartamento—. Lo que ese muchacho nos acaba de contar cambia por completo la percepción que tenía hasta ahora de todo este asunto. Se abren nuevos caminos y también nuevas esperanzas.

Revel no estaba tan seguro, pero no quería hacer un juicio antes de que Sibila le explicara aquello del «verdadero vampiro».

Salieron a la calle. El día seguía igual de frío y gris, y el carácter demacrado de aquel suburbio a las afueras de Praga lo hacía aún más triste.

Habían dejado el coche de alquiler a varias manzanas. Recorrieron el trayecto en silencio, apretados dentro de sus abrigos. Bajo los soportales, algunos indigentes se parapetaban con cartones para huir de la humedad y el frío. Allí no había nada de la deslumbrante ciudad de los turistas.

—Ésta es la cara verdadera de las ciudades... —Sibila no sabía cómo, pero sus viajes siempre terminaban en lugares como aquél, donde la vida valía menos y la desesperanza era un valor al alza.

Revel, a su lado, le lanzó una sonrisa triste, de las que se esbozan cuando no se sabe qué hacer.

—Creo que es el rostro verdadero del ser humano —dijo el profesor—. Para que unos tengan, otros deben dejar de tener.

—Y de *ser*. Para que otros tengan muchos deben dejar de ser. Como esta pobre gente.

El profesor Colina meditó aquellas palabras. Eran ciertas. No hablaban de una cuestión de poseer, sino de existir.

—¿Sabe que esta reflexión tiene mucho que ver con el asunto que traemos entre manos? —dijo con un ligero tono de humanidad que Sibila desconocía.

Hasta ese momento el señor Colina había sido un amable y frío compañero que evitaba cualquier implicación personal que fuera más allá de la cortesía.

—¿Se refiere a los vampiros? —preguntó ella.

—Sí, porque lo realmente terrible de ese mito es que nos priva de lo que somos, nos convierte en otros, en alguien distinto, en una simple sombra.

—A menos...

—¿A menos?

—A menos que se sea como él.

—Como el vampiro que buscamos —dijo Revel—. ¿Cree que si existiera sería diferente? ¿Cree que pudo elegir?

Ella anduvo unos pasos en silencio antes de contestar.

—Tengo que creerlo. Si no este viaje no tendría sentido.

Llegaron al coche sin intercambiar más palabras. El asiento estaba tan helado como el exterior. Pusieron la calefacción y se frotaron las manos, esperando a que el aire caliente empezara a circular.

—Quizá me debería contar a qué conclusión ha llegado tras hablar con el joven Karel —dijo Revel.

Poco a poco la calefacción empezaba a caldear el habitáculo, llenando el vehículo de un desagradable olor a goma quemada.

—Este chico..., Karel, nos acaba de aportar una nueva perspectiva sobre el paradero de los libros —aún recordaba sus palabras, lanzadas sin ningún misterio, de la misma forma que siempre se manifestaban las cosas ocultas.

—Supongo que se está refiriendo a esa teoría turca, al supuesto viaje de un discípulo —en verdad no estaba muy seguro de qué había querido decir el muchacho. La nueva variable que tomaba la historia no significaba nada para él; había trabajado en todas aquellas leyendas de vampiros, había estudiado sobre los territorios y mitos de Centroeuropa, había leído sobre las supuestas fórmulas milagrosas de la Magia Póstuma, pero no se le había ocurrido repasar sus conocimientos sobre el Imperio Otomano.

Ella le lanzó una sonrisa condescendiente; se notaba excitada y contenta. Era la primera pista realmente sólida que encontraban desde que empezaron con la búsqueda.

—La historia de Karel es bastante lógica, no hay nada de misterioso en ella —intentó explicarle—, sabemos que uno de los libros, el que hasta ahora conocemos como Blanco, fue robado del monasterio de Teplá por los hombres de Segismundo. Karel ha añadido a este rompecabezas un nuevo dato; que un desconocido, portador del Libro Negro, el que suponemos que es el *Cruoris Liber*, llegó a la corte con la intención de obtenerlo. Es posible que lo hubiera conseguido, pero quizá infravaloró al astuto Segismundo; antes de que aquel individuo pudiera hacerse con el Libro Blanco se deshizo de él, lo hizo desaparecer mandándolo a Turquía.

—¿Y por qué no lo destruyó?

—¿Y por qué no mandó arrestar, exiliar, ejecutar, al ladrón en ciernes? —contraatacó ella—. Hubiera sido mucho más fácil.

Tenía razón, y sólo había una respuesta; Segismundo temía tanto a uno como a otro. Haciendo desaparecer el libro ni se enfrentaría a la ira del discípulo, ni traería sobre él el supuesto maleficio de aquel libro de hechizos.

—Si aceptamos esa teoría... —el profesor lo meditó antes de continuar—. A eso se refería cuando decía que teníamos una nueva pista por donde continuar la búsqueda.

—Sí. A eso me refería cuando hablaba de nuevas esperanzas, de un nuevo camino —Sibila hizo una pausa para acentuar la importancia de lo que quería decir—. Y también significa que al menos ya sabemos el destino de uno de los libros. A partir de ahí Karel nos ha planteado una tesis muy interesante; el discípulo prosiguió con la búsqueda del Libro Blanco. Pero por alguna razón supo que no sería tan fácil acercarse a él como le había resultado con Segismundo, así que tuvo que urdir una forma de llegar hasta él.

Se detuvo, y miró fijamente al profesor, como si a partir de aquí Revel tuviera que conocer el resto.

—Ignoro cuál es esa estrategia —dijo muy serio.

—Lo que Karel nos ha dicho es que accedió a la Sublime Puerta como rehén, pero los turcos sólo querían a aquellos que pudieran utilizar, ya fuera para intercambiarlos por un botín, o para presionar a un tercero. Así que la primera oportunidad de entrar en Turquía en los años posteriores y estar cerca del sultán era junto a los hijos de los mandatarios valacos. ¿Y sabes quién era uno de ellos?

Y ahora Revel comprendió lo que Sibila intentaba decirle desde hacía un rato.

—Vlad Tepes

—Exacto, el mismísimo Drácula —dijo ella—. La teoría que nos ha planteado Karel es que este discípulo, este vampiro, tuvo que estar cerca de Vlad para conseguir el Libro Blanco; y al parecer el joven Drácula aprendió mucho de su maestro. ¿Consiguió el libro? ¿Cuánto tiempo estuvo cerca de Vlad? A esas preguntas dudo que encontremos respuesta. Ningún personaje que pudiéramos identificar como este vampiro aparece recogido en las crónicas que narran la vida de Vlad el Empalador. Podría haberse hecho pasar por un criado, por un consejero, cualquiera sabe.

En la cabeza de Revel empezaban a construirse nuevas derivadas, caminos que se abrían y cerraban a velocidad de vértigo.

—Lo que significa —dijo al fin— que no podemos estar seguros del paradero del Libro Blanco, porque no sabemos si ese... *vampiro*... logró encontrarlo.

—Así es.

—Pero el chico ha dicho algo más —continuó el profesor, que empezaba a ver viable esa nueva teoría—. Ha comentado que se podía saber dónde había estado ese ser siguiendo las plagas de vampirismo que asolaron Europa, ¿no es cierto?

Sibila sonrió

—Eso es. Y aquí mismo —señaló su carpeta— tengo el listado de todas ellas, por lo que podremos hacer un recorrido y tener una estimación de hasta donde pudo llegar nuestro vampiro.

Revel comprendió en ese instante por qué estaba tan contenta.

* * *

Poco a poco el habitáculo se había caldeado y los cristales volvían a ser transparentes. El coche seguía detenido en la misma calle de las afueras de Praga, resguardándolos de la fuerte lluvia que diluía los contornos a su alrededor. Revel se había quitado el gabán y ajustado la calefacción para que el coche no se convirtiera en un horno. Por su parte, Sibila había empezado a ordenar la información dentro de su milagrosa carpeta. Veinte minutos después tenía en sus manos una buena colección de documentos fotocopiados con las grandes plagas de vampirismo que, reales o no, habían asolado Europa en siglos pasados, encabezaba por una apresurada lista, hecha a mano en aquel momento, con las fechas ordenadas desde los casos más antiguos a los más recientes.

—Creo que ya está —dijo Sibila mientras se desperezaba discretamente. Notaba cómo los músculos se le habían entumecido dentro del vehículo—. Debemos desestimar las plagas de vampirismo anteriores a 1400, ya que los personajes principales de nuestra historia aún no habían empezado a actuar. ¿Le parece?

El profesor asintió.

—Vlad Tepes muere durante una batalla en 1476 —continuó Sibila—. No tenemos información para deducir hasta cuándo estuvo el vampiro cerca de él, pero desde luego no después de 1476. Yo buscaría a partir de ahí.

Revel de nuevo estuvo de acuerdo.

—¿Qué plagas aparecen en su lista cercanas a esa fecha? —preguntó

Sibila recorrió con el dedo índice el apresurado papel que acababa de escribir hasta encontrarla.

—Las hay datadas desde el siglo XII. Algunas de ellas se produjeron en zonas cercanas a Celákovice, pero si queremos ser ortodoxos, yo empezaría por los sucesos de la isla de Chios*, en Grecia, en los albores de 1600. Quizá sea la primera plaga que fue recogida en documentos de la época. Al menos hubo un testigo que la transcribió, por lo que no podemos dudar de su existencia.

—De la existencia de muertos por desangramiento, no de vampiros, ¿de acuerdo? —apuntilló Revel. Prefería conducir la investigación a través de datos exactos antes de buscar una explicación global. Ya llegaría el momento de lanzar teorías.

—Como prefiera —dijo ella sin inmutarse, y volvió a sus papeles—. Leone Allaci recoge en esta isla un caso de vampirismo que la asoló durante una larga temporada.

—Quizá sea un caso demasiado aislado —el profesor la escuchaba con la mirada perdida más allá de los cristales, en las gotas de lluvia que se volvían humo tenue cuando impactaban contra el capó.

—Es posible, aunque se puede hacer un recorrido siguiendo casos importantes en Silesia, en Breslau, en París. Pero es cierto que las auténticas plagas de vampiros empiezan en torno al 1700.

---

* Se refiere al caso que Leone Allaci recoge en 1645 en su obra *De quorundam Graecorum Opinationibus*. El autor está considerado el primer upirólogo, o experto en vampiros.

Revel la oía, pensativo, haciendo un esfuerzo por concentrarse en las palabras que articulaba su compañera de viaje. Le habían pasado muchas cosas extrañas a lo largo de su vida, y había vivido situaciones que serían difíciles de hacer creer, pero de pronto se descubría allí, en un lugar perdido de la suntuosa Praga, con el carácter anónimo que tienen los barrios marginales de cualquier lugar del mundo; Manchester, Madrid, Chicago. Dentro de un coche acosado por la lluvia, y con una mujer a la que hacía una semana no conocía, y que le había embarcado tras la pista de un supuesto vampiro centenario.

Apartó aquellos pensamientos de su cabeza y decidió no pensar más en ellos, si lo hacía podría tomar mañana mismo la decisión de coger un avión a Londres y olvidarse de todo. Pero también era consciente de que siempre había elegido el camino de las dificultades, de lo inverosímil. Lo imposible, lo extraordinario. Caminos extraños que también llevaban a la verdad, aunque enmascararan su sendero.

—En 1700 —seguía diciendo Sibila a su lado, ajena a sus pensamientos—, se desató otra plaga en Grecia, esta vez en Mikonos y ocho años después en Ouíos*. Dos años más tarde, en 1710, aparece una epidemia de vampiros en Prusia, que se repite en 1721. La primera de estas dos fue tan grave que los científicos de la época tuvieron que intervenir, investigando a fondo muchos de estos casos. Incluso se llegaron a exhumar todos los cuerpos de un cementerio para estudiar los cadáveres.

—¿Se llegó a alguna conclusión relevante? —preguntó el profesor.

Ella chasqueó la lengua.

---

* Está recogida en el libro de Joseph Pitton *A voyage into levant.* En España, el padre Feijoo, se hizo eco de este caso.

—A las de siempre por aquellos años; que no había una explicación racional y que no tenía por qué ser perjudicial practicar los ritos de liberación sobre el difunto.

—¿Ritos de liberación? ¿Se refiere a clavarles una estaca? —no estaba muy seguro si ésa era la forma correcta de acabar con un vampiro. En las películas, al menos, así funcionaba.

—No sólo se liberan al traspasarles el corazón con una estaca de madera. Hay otros ritos, como cortarles la cabeza o arrancarles las piernas y ponerlas cruzadas sobre el pecho del supuesto vampiro. Pero ya en esta época había voces disonantes entre médicos y filósofos, e incluso dentro de la propia iglesia, que promulgaban el camino de la razón y pedían que se desterraran estas supersticiones.

Era el Siglo de las Luces, pensó Revel, *era lógico que los ilustrados del momento sólo creyeran aquello que fuera empíricamente demostrable. Incluso dentro de la iglesia.*

—Los sacerdotes, los obispos... —preguntó—. ¿Cómo llevaban estas supersticiones?

—De forma heterogénea, como ahora —dijo ella—. El bajo clero, que era rural y poco instruido, creía firmemente en la existencia de los vampiros. La jerarquía eclesiástica, en cambio, sólo lo veía como supercherías. Incluso persiguió a estos religiosos y promulgó continuos edictos prohibiendo los ritos. Pero yo tengo una opinión particular sobre esto.

Revel apartó su mirada de las gotas de lluvia para encontrarse con la cara sonriente de Sibila.

—¿Y cuál es? —preguntó Revel con otra sonrisa casi inapreciable.

—Que esos curas incultos tenían la razón. Eran los que estaban en contacto directo con los casos de vampirismo. Eran los que abrían las tumbas y rezaban los salmos mientras ejecutaban al vampiro. Los que presenciaban cómo el difunto gritaba cuando era atravesado por una estaca, cómo sangraba a pesar de llevar días o semanas enterrado. Los que se horrorizaban al ver los cadáveres lustrosos, con labios encarnados por haber estado bebiendo la sangre de sus víctimas. En cambio, los obispos y abades sólo conocían estos sucesos por referencias. Desde este punto de vista. ¿Quién cree usted que tenía la razón?

Revel prefirió no contestar a la pregunta.

—¿Siguen las plagas a partir de 1721? —dijo volviendo a las gotas humosas de lluvia.

—En 1725 —Sibila tuvo que volver a la lista y encontrar el punto donde la había dejado— la plaga asoló Hungría, donde se repetiría en 1730 y 1732*. La Serbia austriaca es devastada entre 1725 y 1732. De 1750 datan varias muertes por vampirismo otra vez en Prusia y cinco años después en Silesia. En 1756 la afectada es Valaquia, y Rusia en 1772. Aquí hay un gran salto, y las muertes inexplicables vuelven a repetirse en 1825. Reaparecen en Serbia. En 1832 de nuevo en Hungría y en 1855 en Danzing, entre Alemania y Polonia.

—Sorprendente —tuvo que decir Revel, que había hecho un recorrido mental por las frías regiones por donde supuestamente había deambulado el vampiro.

—Lo es —dijo ella. Recopilar toda aquella información le había llevado años de trabajo—. Y fueron tantos y tan sonados los casos de ataques de vampiros en cualquier punto de Europa, que el mismo Luis XV de Francia se interesó por ellos en 1744**, en la época más virulenta, y ordenó al por entonces embajador en Viena, el duque de Richelieu, descubrir la verdad de todas aquellas noticias sobre vampiros que llegaban desde Hungría.

---

* De esta plaga procede el caso del campesino Pedro Plogojowitz, quizá el más famoso de todos los estudiados.

** Así parece ser que el marqués de Ypres se lo contó a Dom Augustin Calmet (1672-1757), el mayor divulgador del vampirismo en Europa.

Revel levantó una ceja que Heviu habría interpretado como señal de incredulidad.

—El duque de Richelieu no pasó a la historia por sus dotes de investigador precisamente —dijo—. Sino más bien por ser un individuo frívolo y disoluto.

—Tiene razón, pero tampoco era un encargo complicado; sólo tenía que prestar atención a los rumores y hacer las preguntas adecuadas —dijo ella—. El duque, al parecer, indagó y preguntó sobre los sucesos húngaros y mandó una carta al rey asegurando que todo era cierto. Pero ésta ocasionó tal escándalo que Richelieu tuvo que desdecirse en otra misiva. A partir de este suceso los ilustrados blanden la espada de la razón para argumentar la inexistencia de los vampiros y si hacemos caso a la ubicación de las plagas, nuestro personaje, nuestro vampiro, emigra en esas fechas al Nuevo Mundo.

—América —a Revel le vino a la cabeza una película sobre vampiros en Nueva Orleans que había visto años atrás.

—¿Recuerda que había un gran salto entre las plagas de 1772 en Rusia y la siguiente en 1825, en Serbia? —Sibila estaba localizando ambas fechas en su larga lista.

—Sí. Más de cincuenta años sin muertes extrañas ni exhumaciones.

—Cincuenta y tres para ser exactos. Pues bien, en 1790 se produce la primera plaga de vampirismo en Estados Unidos, en Rhode Island*, que se repite en 1793 y en 1806.

—Las plagas se trasladan al continente americano.

—Así es —afirmó ella—. Nuestro vampiro cruzó el Atlántico. A partir de aquí empieza toda una tradición de vampiros americanos. El caso más famoso es el de Mercy Brown,

* De esta plaga es el caso de Sarah Tillinghast, de los más famosos de USA.

a la que aún hoy en día dicen ver merodeando alrededor de su tumba. A partir de 1825 los casos se dan con la misma asiduidad en el viejo continente y en el Nuevo Mundo.

—¿Y qué explicación tiene usted para ese hecho doble?

Ella lo meditó un instante antes de contestar.

—Es posible que el vampiro aún tuviera el Libro Negro en su poder, o que hubiera encontrado la forma de transmitir su don. De ser así, pudo convertir a una de sus víctimas en un *no muerto*. Eso explicaría la duplicidad.

Revel asintió, aunque sin apartar la vista de la lluvia.

—A finales del XIX —prosiguió ella— empieza a decaer el furor por los vampiros hasta convertirse en algo anecdótico. Ésa es la época en que nuestro amigo aprende a pasar desapercibido. A lograr que sus víctimas no lo parezcan.

Revel recordó todos aquellos casos que Sibila Mondragón había arrojado sobre la mesa de su despacho el día que se conocieron. Todos y cada uno de ellos podían ser debidos a la intervención de un vampiro, pero también podían ser simples casualidades.

—De acuerdo —dijo el profesor soltando el aire que inconscientemente había retenido mientras ella hablaba—. Supongamos que todas estas elucubraciones son ciertas. ¿Adónde nos llevarían?

Ella no lo dudó.

—Nos llevan a Londres, a su ciudad. El mismo lugar donde reposaba y fue robado el *Cruoris Liber* —dijo mientras cerraba la carpeta y aseguraba su contenido con aquella gastada goma negra.

El profesor volvió a guardar silencio. Fuera la tormenta arreciaba negra como una noche. Las farolas acababan de encenderse y pequeños puntos luminosos comenzaban a brillar tras las ventanas de las casas.

—Ésa es mi teoría, profesor —insistió Sibila—. El discípulo, el vampiro que merodeó alrededor de Vlad el Empalador, hace años que se cansó de ser perseguido. Ahora permanece oculto en Londres, alimentándose con discreción.

Siguieron varios minutos en los que sólo se oía el repiqueteo de las gotas de lluvia sobre la superficie metalizada del vehículo; un sonido cadencioso que parecía estar conjurando la oscuridad de la noche.

—Y aquel ser depositó el libro en la casa de Langley para mantenerlo seguro —la voz del profesor Colina sonó distante, con un suave tono gutural, como la materialización de un pensamiento.

Sibila lo miró sorprendida. ¿Esas palabras afirmaban la existencia del vampiro? Hasta el momento el profesor no lo había negado con rotundidad, pero tampoco había dejado pasar la oportunidad de hacerle ver que todo eran conjeturas sin más base científica que las opiniones de unos supuestos testigos encerradas en antiguos documentos de dudosa procedencia.

—¿Qué cree que debemos hacer ahora? —fue lo único que se atrevió a preguntar.

El profesor permaneció aún un rato más sumido en sus pensamientos. Después chasqueó la lengua y giró la llave del contacto hasta que el suave ronquido del motor puso el coche en marcha.

—Antes que nada debo contarle todo esto a Heviu y a mis compañeros —dijo Revel tomando la dirección de la autopista—. Al menos ya sabemos qué es lo que tienen que buscar.

A pesar de que el limpiaparabrisas funcionaba a toda marcha era incapaz de despejar la luna delantera de aquel torrente de agua de lluvia, haciendo que los vehículos que circulaban en dirección contraria fueran sólo manchas luminosas de formas distorsionadas.

—¿Y nosotros qué haremos? —volvió a preguntar Sibila—. ¿Regresar a Londres?

Revel la miró un momento antes de volver a prestar su atención al tráfico abundante que ahora serpenteaba por la carretera.

—Si hemos de luchar contra un vampiro centenario —dijo—, necesitaremos un arma poderosa. Así que usted y yo iremos a Estambul, tras la pista del Libro Blanco.

Capítulo 19

Hace alrededor de cinco años que un determinado sirviente llamado Arnold Paule, viniendo de Medreiga, fue aplastado por la rueda de un carro de heno. Treinta días después de su muerte, cuatro personas murieron repentinamente y de la manera que mueren, según la tradición del país, los que son atacados por vampiros.

Lettres Juives, 6 vols., Jean-Baptiste de Boyer,
marqués d'Argens, (1704-1771),
(También narrado en el *Visum et Repertum).*

«Buenas noches, jefe.»

Revel leyó el mensaje en la pantalla de su portátil.

«¿Aún trabajas para nosotros?», escribió de buen humor. Heviu contestó al instante.

«Al menos hasta que termine este caso. ¿Tienes alguna novedad?»

Revel tecleó la respuesta.

«Sí. Sabemos qué debemos buscar en Londres, aunque no tenemos ni idea de dónde se encuentra.»

«Y qué buscamos», apareció en la pantalla.

Se dio cuenta de que dudaba unos segundos antes de volver a teclear. Escribió letra a letra, demorándose en la *o* final, y aún un poco más antes de pulsar el *enter*.

«Un vampiro.»

La pantalla permaneció en blanco durante un rato, quizá un par de minutos, donde sólo palpitaba el cursor intermitente en el lugar en el que debía aparecer la respuesta de Heviu.

«A Mario esto no le va a gustar», se dibujó al fin.

Revel se percató de que había contenido la respiración mientras esperaba la respuesta.

«¿Y a ti?»

Esta vez la contestación fue inmediata.

«Sabes que siempre me fío de tus intuiciones, aunque sean tan absurdas como ésta.»

Revel sonrió. Era cierto y siempre lo había sido, desde que empezaran a trabajar juntos, hacía ya años, cuando ella era una muchacha asustadiza que necesitaba unas libras para sacar adelante a un niño sin padre. Años de trabajo codo con codo, de buenas rachas y se peligros constantes. Y nunca había salido de sus labios una palabra que no fuera su absoluto apoyo. Y ahora Cecyl quería que su pequeña empezara una tardía carrera como profesora adjunta en la universidad, «por seguridad». Lo sabía desde hacía dos meses. Ella había entrado en su despacho con las cejas fruncidas y los labios prietos. Sólo había dicho: «Me voy». Nada más. Y él había contestado: «De acuerdo». Ni una palabra más. Con el paso de los días, de las semanas, se fue enterando de lo demás. Mario no lo comprendía, le había recriminado que no intentara detenerla, embaucarla con algún regalo sustancioso que le obligara a quedarse. Pero las cosas entre

Heviu y él no funcionaban así, se basaban en el respeto mutuo; si ella lo había decidido él no podía interferir, no debía, a pesar de estar convencido de que se equivocaba con aquella decisión. Sabía cómo disfrutaba Heviu buscando sus libros perdidos, cómo pasaba las horas anonadada en su laboratorio tras la pista de un pergamino o analizando el contenido de un compuesto. Ese brillo en los ojos era único. Lo reconocería en cualquier lugar, y perderlo era una gran desgracia. Sí. Se arrepentiría cuando quizá fuera tarde para volver, para empezar de nuevo.

«¿Hay alguna novedad en Londres que debamos comentar?», escribió Revel alejando aquellos pensamientos de su cabeza.

De nuevo tardó más tiempo del habitual en aparecer una respuesta sobre el fondo blanco lechoso.

«Creo que esta mañana alguien me ha seguido. No estoy segura. Incluso hay momentos en los que me convenzo de que sólo fue un espejismo, pero quizá sea importante. ¿Cómo lo ves?»

A Revel aquello le preocupó, y eso sí que no tenía nada que ver con los vampiros; no podía perder de vista que iban tras dos libros que podían alcanzar precios astronómicos en el mercado negro. Conocía a unos cuantos tipos que no dudarían en deshacerse de cualquier obstáculo con tal de lograr unos buenos miles de libras. Pero también le preocupaba por otra cuestión; unos libros como aquéllos podían atraer a otro tipo de gente mucho más oscura; sectas, iluminados, desequilibrados.

«Sed precavidos», escribió golpeando las teclas. «Intentad no moveros estos días por sitios solitarios, y menos sin compañía.»

Heviu comprendió su alarma. Conocía a su jefe tan bien como para saber qué podía estar pensando en ese momento.

«Ok. ¿Algo más?»

Revel esbozó una sonrisa antes de escribir.

«Dile a tu padre que no espere cobrar por este trabajo. Nadie le ha llamado.»

* * *

Llevaban un buen rato callejeando, siguiendo las indicaciones del plano.

Sibila en todo momento se había encontrado perdida; las calles le parecían unas iguales a otras, estrechas y concurridas, como si estuviera dentro de un hormiguero excavado en una piedra de arenisca dorada. Incluso los puestos de mercado, que se multiplicaban como peces bíblicos, era todos iguales, atendidos por hombres similares y con mercancías que brillaban al sol con los mismos colores. En esos momentos atravesaban otra de aquellas calles abarrotadas donde se vendía de todo, y todo eran carteles publicitarios si se levantaba la vista al cielo.

En esa parte de Estambul no había demasiados turistas, pero nadie parecía prestar atención a aquella curiosa pareja. Revel, con el cabello rubio y corto, casi blanco, vestido con un traje impecable de un gris oscuro, ceca del negro, que ni las inclemencias del viaje y la continua humedad habían conseguido arrugar. Y Sibila tan pequeña, como aglutinada, arrastrando un bolso inmenso y una carpeta enorme, trastabillando tras él. Ella lo miraba todo con una mezcla de admiración y sorpresa, muy abiertos sus grandes ojos marrones, absorbiendo la esencia de la mítica ciudad a través de los rayos de luz.

Habían llegado a media mañana. Como las otras veces el profesor ya tenía comprados los billetes de avión y reservado un hotel a través de Internet. Era pequeño y agradable, y estaba ubicado en Kumkapi, un barrio cercano al mar, al lado de un mercado de pescado que parecía muy animado.

Sibila había empezado a preocuparse, pues todos los gastos seguían corriendo por cuenta de Revel. Hasta el momento no le había aceptado una sola libra, a pesar de su insistencia. Ella terminó por suponer que cuando encontraran el libro por el que lo había contratado, todas aquellas facturas irían incluidas en la minuta final. Pero tras un ligero cálculo mental Sibila se había llenado de desazón. En una semana acababan de recorrer una buena parte de Centroeuropa; habían cogido aviones, alquilado coches, se habían hospedado en hoteles buenos aunque no ostentosos. Todo eso sin contar con las comidas, propinas, y las minutas del profesor y del equipo completo que estaba trabajando en Londres. ¿Cuánto le costaría aquello? O lo que de verdad le preocupaba. ¿Podría pagarlo con sus escasos ahorros? Incluso había barajado la posibilidad de pedir un préstamo al banco por una cuantía elevada; si todo terminaba como esperaba el profesor cobraría sus servicios y el banco podría recuperarse de la deuda con el cuantioso seguro que le harían firmar para garantizarse la devolución de la deuda.

Durante el vuelo a Estambul había estado tentada en sacar aquel asunto a colación, pero en el último momento se quedó callada; no sabía si era prudente hablar de aquello con el profesor cuando éste nunca lo había tratado. Seguramente un hombre tan ocupado como él no conocería aquellos temas mundanos, y habría un administrativo con quien negociar los problemas contables. Anotó mentalmente que en cuanto volvieran a Londres debía aclarar aquello antes de que llegara el fin, si no nunca se quedaría tranquila.

Revel Colina giró a la derecha, hacia una calle más angosta si cabe, y ella estuvo a punto de perderse entre el gentío. Por un instante dejó de verlo y se preguntó si habría metido en el bolso la tarjeta del hotel por si terminaba despistándose. Pero al volver la esquina vio al profesor detenido delante del escaparate de una librería, esperándola.

—Es aquí —dijo cuando ella llegó a su lado.

La única información que tenía Sibila era que en Estambul visitarían a un viejo conocido de Ányos. A esa conclusión había llegado porque de refilón había oído cómo el profesor hablaba durante un rato por teléfono con el húngaro. Aunque la conversación la había mantenido delante de ella, en ningún momento le había dicho cuáles eran sus planes; Revel seguía siendo igual de hermético y taciturno que al principio cuando tomaba decisiones.

El escaparate ante el que se habían detenido era el de una librería de viejo, en el que rezaba su especialidad en literatura árabe, turca, inglesa y francesa en un gran letrero dorado, estampado sobre la marquesina.

Sibila atisbó el interior a través del cristal. El local era pequeño. Le recordaba más a las antiguas tiendas de discos, donde los vinilos reposaban ordenados en cajas de madera elevadas sobre un pie en el centro del espacio, que a una librería actual. En esas cajas los libros estaban expuestos por el lomo y catalogados alfabéticamente según el título, de manera que los cajones más cercanos contenían los que empezaban por la A, y los del final debían de ser los de la Z. ¿Cómo localizarían un volumen del que el cliente sólo conociera el nombre del autor? Las paredes también estaban repletas de libros, en estanterías que iban del suelo al techo y cuyo sistema de catalogación fue incapaz de adivinar.

El profesor le cedió el paso y entró detrás de ella. Olía a pachuli mezclado con el aroma empolvado de los libros. Al traspasar la puerta una pequeña campanita tintineó en el aire, como si fuera la señal para que comenzara una ceremonia religiosa que tuviera como protagonistas aquellos volúmenes perfectamente apilados. El sonido vibrante tuvo el efecto de hacer danzar una tenue cortinilla de cuentas marrones, y a través de ella se materializó el librero. Llevaba varios libros sujetos contra el pecho, que se apresuró a dejar sobre un pulcro mostrador, teniendo cuidado de que formaran una torre perfecta, donde ninguno sobresaliera de los otros.

—¿Ingleses? —dijo el hombre con una sonrisa, acercándose hasta ellos.

Revel le tendió la mano.

—Usted debe ser Rachid.

Entonces el librero amplió más su sonrisa y le estrechó la mano.

—No me he equivocado —dijo en un inglés de sílabas alargadas—. Es usted el amigo británico de Ányos. ¿Acaban de llegar, profesor Colina?

—Hace apenas una hora. Permítame que le presente a mi cliente. La señorita Mondragón. Ella es española.

Sibila también le tendió la mano, aunque en esta ocasión apenas recibió un ligero apretón apresurado.

—Espero que haya tenido una buena impresión de nuestra ciudad —le dijo el hombre inclinando levemente la cabeza—. Esta época del año es fría y hay menos turistas, pero el Bósforo está quizá más bello que nunca.

El hotel que Revel había elegido estaba muy cerca del mar. Sibila lo había buscado nada más llegar a la habitación. Para ello tuvo que sacar medio cuerpo fuera de la ventana y mirar hacia el sur, pero había merecido la pena; el trozo de mar que desde allí se veía era espectacular, de un verde profundo que se mezclaba con destellos de azul oscuro y con el subrayado blanquísimo de las olas rompiendo en la superficie.

Tras intercambiar más palabras de cortesía, Rachid les pidió que le acompañaran a la habitación de atrás, donde podrían charlar con tranquilidad. Un muchacho, que debía ser su hijo, salió cuando ellos entraron para hacerse cargo de la librería. La otra habitación era amplia y repleta de libros apilados sobre el suelo en perfectas columnas equidistantes. Había varios pufs sobre una tarima y una mesa baja de latón en la que habían preparado varios vasos con unas hojas de hierbabuena. La habitación estaba caldeada con una estufa de carbón sobre la que descansaba una doble tetera.

Se acomodaron con dificultad; ella girando las piernas, arrepintiéndose de haberse puesto la única falda con la que podía alternar el único pantalón que traía de equipaje, y el profesor con los pies cruzados y extendidos. Sibila ya sabía que para hacer el fuerte té negro que gustaba a los turcos se necesitaban dos teteras de diferente tamaño que se ubicaban una sobre la otra. Una más grande que solía ser de metal, como aquélla, y otra más pequeña que en este caso era de porcelana blanca.

El recipiente grande debía contener el agua que el calor de la estufa haría hervir, y el pequeño sólo el té apenas humedecido. Rachid, antes de sentarse, vertió el agua hirviendo sobre la tetera pequeña y casi inmediatamente empezó a servirles la bebida.

El líquido caliente cayó desde lo alto sobre la planta aromática para ser devuelto a la tetera y servido de nuevo, lanzando al aire con cada vuelco el aroma fresco de la hierba.

—Ányos me ha comentado que son viejos conocidos —comentó el librero mientras tendía el primer vaso al profesor.

—Y también buenos amigos —respondió Revel—. Nos conocemos hace demasiados años.

Rachid volvió a verter el caldo caliente en otro vaso y lo tendió a Sibila.

—Por supuesto les ruego que me consideren su guía en la ciudad —Rachid acompañaba cada afirmación con una sonrisa de dientes blanquísimos y un modo particular de inclinar la cabeza, levemente y hacia la derecha, como cuando se presta atención—. Los amigos de Ányos son mis hermanos.

El profesor se lo agradeció. Degustó su té en silencio, notando el calor de la estufa que iba desentumeciendo poco a poco sus músculos. Había decidido que no debía andarse con rodeos, así que preguntó directamente sobre el asunto que les había llevado allí.

—Rachid, no sé si Ányos se lo ha comentado, pero estamos buscando un libro muy antiguo y tenemos razones para pensar que quizá se encuentre aquí, en Turquía.

El hombre asintió.

—Algo me adelantó, aunque no me dio detalles —dijo—, esperaba que ustedes pudieran ampliarme esa información. En lo que pueda ayudarles estaré a su disposición. Estambul es una ciudad de viejas librerías llenas de tesoros, y también llena de hombres que aman los libros.

El que nosotros buscamos me temo que no es de ese tipo de obras, pensó Sibila.

—El que intentamos encontrar es posible que no esté ni en Estambul ni en una librería —intervino el profesor—. Más bien me inclino a pensar que forme parte de la *Milli Kütüphane.*

Ella lo miró con curiosidad, con las cejas levemente fruncidas.

—La Biblioteca Nacional de Turquía —aclaró Revel sin dirigirse a nadie en particular, aunque Sibila se dio cuenta de que su gesto no le había pasado desapercibido.

Rachid mantenía su inmutable sonrisa, aunque sus ojos brillantes se habían oscurecido levemente. Tomó un largo sorbo de té y procedió a llenar de nuevo los vasos de sus invitados.

—La Biblioteca Nacional —dijo— tiene buenas medidas de seguridad. No será fácil conseguir el libro pero...

Sibila abrió mucho los ojos y el profesor levantó la mano.

—No. Creo que no me ha comprendido. No pretendemos *conseguir* el libro —recalcó la palabra para que entendiera el significado que le estaba dando—, sólo queremos cerciorarnos de que existe, de que está allí, y hacer una copia.

El hombre asintió con la cabeza, aunque no había terminado de comprender lo que necesitaban de él. El catálogo de la *Milli Kütüphane* era público y el acceso a sus joyas bibliográficas no era difícil para un investigador como el famoso profesor Colina. Entre las modernas paredes de la biblioteca se encontraban desde el mítico *Masnawi,* una preciosa biblia iluminada del siglo XVIII, hasta el fabuloso *Marifet-name,* la espléndida enciclopedia que recogía los saberes de la época.

—El libro que buscamos —aclaró el profesor ante el gesto de incomprensión de Rachid—, no es seguro que se encuentre allí. Puede estar en cualquier colección de libros que provenga del reinado de Murat II o de sus sucesores inmediatos. Tampoco sabemos su nombre ni el de su autor, por lo que no podemos buscarlo de la forma habitual. ¿Me entiende?

La sonrisa volvió a aparecer en los ojos del librero. Estaba claro que no lo entendía.

—¿Conoce usted la historia de Drácula, señor Rachid? —Sibila lo preguntó bajando ligeramente la voz para captar la atención del librero. Después se concentró en su taza y en el líquido caliente y aromático que contenía.

Revel la miró un instante con sus ojos fríos y severos, al tiempo que su frente se arrugaba en un gesto de disgusto, pero al ver las gotas de sudor que empañaban el rostro de Sibila, su mirada se tornó preocupada. Estos dos últimos días la había visto empeorar sensiblemente. Cuando pensaba que él no la miraba no podía contener el gesto de dolor y cada vez eran más evidentes e irrefrenables los temblores. No podía ocultar que tenía prisa, prisa y quizá temor a un corto futuro.

A pesar de los prejuicios de Revel para tratar aquellos temas de forma tan directa, el librero encajó la pregunta se Sibila con total naturalidad.

—Por supuesto que conozco la historia de Drácula, aunque sólo de refilón —dijo Rachid—. Suponía que por eso les había puesto Ányos en contacto conmigo. Tengo dos estudios publicados sobre el reinado de Murat II, el sultán que retuvo en Turquía a Vlad Tepes. ¿Qué información necesitarían?

Eso en concreto era lo que le había comentado Ányos, pensó Revel; nada de que el viejo librero fuera aficionado a los vampiros. También le dijo que Rachid sabría ponerlos en contacto con las personas adecuadas si no sabía contestar a sus preguntas.

—Para empezar sería interesante tener la máxima información apócrifa sobre la presencia de Vlad Drácula en el antiguo Imperio Otomano —dijo Revel, más relajado, al constatar que el librero no empezaba a tratarlos como a una pareja de desquiciados—. Es posible que el libro llegara a la corte de Edirne en aquella época y tuviera alguna vinculación con Vlad el Empalador.

El librero volvió a asentir.

—Si me dan más detalles de lo que buscan, quizá...

—Nos gustaría conocer detalles sobre la vida de Vlad en Turquía; cómo llegó, con quién, qué tipo de vida llevó aquí. En verdad un poco de todo —se adelantó Sibila.

Rachid volvió a llenar los vasos. Revel notaba cómo la teína empezaba a hacer efecto en las pulsaciones de su corazón.

—Quizá no les vaya a ser de mucha ayuda, pero puedo concertarles una entrevista con personas que saben mucho más que yo sobre estos asuntos. Aunque no mucha, pero sí hay información detallada de la época en la que Vlad Tepes estuvo presente en Turquía. Sobre él quizá sea más complicado; tengan en cuenta que era un personaje sin importancia, poco más que el heredero de un pequeño principado en difícil equilibrio que llegó a nuestras tierras en 1444 como rehén, con el objeto de garantizar la fidelidad de su padre. Ese mismo año, el sultán Murat II perdió la Batalla de Jalowaz y fue obligado a abdicar por los jenízaros. Esos sí eran datos de los que debían ocuparse los cronistas, y no de la llegada de otro príncipe europeo que muy posiblemente moriría de hambre en las mazmorras.

—¿Tan cruel era el tratamiento de sus carceleros? —preguntó Sibila.

—Los carceleros de la época, en cualquier lugar del Mediterráneo, no eran precisamente unos buenos anfitriones. Además, la llegada de Vlad Tepes coincidió con dos años de inestabilidad política en los que la vida del joven príncipe, que apenas tenía trece años, y del resto de cautivos, estuvo en constante peligro.

La libreta de Sibila ya no tenía capacidad para contener más anotaciones, sin embargo, utilizó el interior de las cubiertas de cartón para seguir borroneando.

—Vlad llegó a Turquía acompañado de su hermano Radu —preguntó ella sin parar de escribir—. ¿Sabe usted si lo acompañaron también algunos sirvientes?

Rachid se encogió de hombros.

—Como les decía, soy experto en el reinado de Murat, no en la vida de Vlad Tepes, pero si he de darles una opinión, les diría que no. Por supuesto no era habitual consignar en las crónicas el nombre de los criados, y hay que tener en cuenta que sus primeros años en Turquía los pasó en una celda, por lo que dudo que le permitieran tener a nadie a su servicio.

—¿Tampoco les acompañó algún otro personaje? —preguntó ahora el profesor—. Algún caballero, un noble, alguien que velara por la integridad de los príncipes.

—Pertenecientes a la *familia,* en el concepto de señores y vasallos, no. Las crónicas no recogen nada de eso.

Sibila ya suponía esa respuesta; se preciaba de ser una buena conocedora de la biografía del príncipe valaco, y nunca había encontrado referencias a otros compañeros de cautiverio que no fueran cautivos de otras naciones coaccionadas por los otomanos. Si el discípulo llegó a Edirne junto a Vlad, ¿en concepto de qué lo hizo?

—Cuando los hijos del príncipe de Valaquia, Vlad y Radu Dracul, llegaron a Turquía —continuó Rachid—, primero fueron conducidos hasta Anatolia. Si en aquella época Vlad era un adolescente, su hermano era aún un niño de apenas diez años. Fueron separados de sus padres y cuidadores y conducidos a una zona árida y segura, donde pudieran estar aislados.

—¿A qué zona de Anatolia los llevaron? —preguntó el profesor.

—Casi recorrieron la península según iban desarrollándose los conflictos internos. En 1446 el sultán Murat II recuperó el trono y dos años más tarde los rehenes fueron trasladados a la fortaleza de Egrigoz, un enclave inexpugnable muy al sur de Estambul. Tengan en cuenta, aunque seguro que lo saben, que por aquel entonces la ciudad aún estaba en manos de los bizantinos.

—Tengo entendido que sus carceleros fueron especialmente crueles con estos dos muchachos —volvió a preguntar

Sibila—, que el carácter violento de Drácula se forjó durante este periodo de cautiverio.

Rachid hizo un gesto negativo con la cabeza; podía ser cierto que el joven Vlad aprendiera el refinamiento en las torturas de manos de los verdugos otomanos, pero en cualquier plaza de la Europa de aquel momento se atormentaba igualmente a los pobres desgraciados que caían en manos de la justicia por los mismos asuntos políticos o religiosos. Aun así no podía dejar de reconocer que el tratamiento de los rehenes no fue ejemplar en un principio.

—Es cierto que no lo trataron muy bien —reconoció al fin—. El mismo Vlad Dracul contaría que fue encerrado en una mazmorra bajo tierra y en lo único que pensaba cada día era en que en cualquier momento aparecería el verdugo para castigarles. Y no era un pensamiento infundado; todo el mundo sabía que hacía apenas tres años que los hijos del déspota de Serbia habían sido cegados con hierros al rojo vivo porque los carceleros sospechaban que tenían planeado fugarse. Y eso a pesar de que una de sus hermanas era esposa del sultán. ¿Qué no harían con los dos miserables vástagos de un pretendiente a un diminuto principado europeo? Los otomanos tenían cuidado con la seguridad del estado, eso se lo aseguro.

Era difícil, desde su perspectiva moderna, hacer una traslación a aquella época donde las culturas de Mediterráneo salían del oscuro periodo medieval para lanzarse a las luces y sombras del Renacimiento, de las guerras de religión, de los fines justificados y de la consolidación de los imperios. Una época donde la vida de un hombre valía tan poco como el capricho de sus señores o el éxito en la batalla de sus enemigos.

—Señor Rachid —volvió a preguntar Sibila, apartando a un lado su vaso de té, que notaba cómo empezaba a alterarla—,

¿permanecieron los cautivos en la fortaleza de Egrigoz hasta su liberación?

El librero negó con la cabeza antes de contestar.

—No, aún tendrían una nueva prisión antes de ser puestos en libertad —contestó éste—. En esa ocasión quizá más lujosa pero no menos segura, pues entraron directamente a formar parte de la corte imperial de Edirne. Hay que tener en cuenta que Constantinopla, la actual Estambul, no sería conquistada por los otomanos hasta 1453, por lo que las funciones de capitalidad imperial estaban en ese momento centralizadas en Edirne.

Y con la caída de Constantinopla empezaría una nueva época, una forma distinta de ver el mundo que ya se venía fraguando desde muchas décadas atrás, y que era un fiel reflejo del periodo convulso en el que vivieron los cautivos.

—Al menos se conocen muchos datos sobre su estancia en la corte, ¿no es así? —Sibila había recopilado una amplia información sobre el periodo otomano de Drácula, que ahora guardaba en su manoseada carpeta de trabajo. La había repasado una y otra vez, pero estaba segura de que Rachid podría darle nuevos datos.

—Cierto —corroboró Rachid—. En la corte intentaron adaptarlos a las refinadas usanzas imperiales; los acercaron a la cultura y a las letras árabes, y también aprendieron prácticas propias de caballeros, como la esgrima, o el tiro con arco. Pero mientras que su hermano Radu se adaptaba con facilidad a las nuevas costumbres, Drácula tenía un carácter tan violento y altivo que atemorizaba a quienes le atendían; para intentar corregir esta actitud recibía azotes constantes que intentaban aplacar su ímpetu y crueldad. Con el paso del tiempo, Radu se convirtió al islam y poco después fue el favorito, en casi todos los aspectos, del sultán. En 1447 murió el padre de los dos cautivos. Fue apaleado, y a su hermano Mircea le quemaron los ojos con un hierro al rojo vivo antes de enterrarlo aún con vida. Estos dos hechos fueron ordenados por la aristocracia local valaca, los boyardos, a los que Vlad tuvo desde entonces un odio visceral. Más tarde, el mismo sultán que lo había mantenido cautivo durante años, lo apoyó con sus tropas hasta convertirlo en el nuevo gobernante de Valaquia. Esto ocurrió en 1448. A partir de ahí empieza la leyenda.

La historia de Drácula, a grandes rasgos, era conocida por todos, y en especial por Sibila. A partir de esa fecha el recién estrenado y flamante príncipe valaco, una vez de nuevo en sus tierras, empezaría su andadura en la historia.

Su primer gobierno duró poco, pues la levantisca nobleza húngara lo consideraba un personaje incómodo. El encargado de destronarlo fue un antiguo amigo de su padre, János Hunyadi, que llegaría a ser regente de Hungría y padre del rey Matías Corvino.

Comienza entonces una larga época de exilio para Vlad que duró ocho años. Tiempo en el que tuvo que mendigar alianzas sin éxito para recuperar el poder valaco. Sólo cuando supo que los húngaros habían rechazado a los ejércitos otomanos, se decidió a actuar; el nuevo príncipe de Valaquia, antiguo protegido de los turcos, quedaba ahora indefenso, y era la ocasión perfecta para atacar sus antiguas tierras. No tuvo dificultades para alcanzar la victoria y el voivoda* fue ejecutado en la plaza pública, delante de su pueblo. En ese momento se produce un hecho que daría legitimidad a sus pretensiones; los reyes cristianos aceptan su derecho al principado de Valaquia, con lo que Vlad Dracul se convierte en el martillo de los turcos.

* Palabra eslava que designaba en un principio al comandante de una fuerza militar y que más tarde tomó el significado de gobernador de una provincia.

Es durante este periodo cuando se forja su leyenda como gobernante despiadado, no sólo con el enemigo, sino con sus propios súbditos a los que aterrorizó y masacró. Las ciudades que no ratificaron su mandato fueron pasadas por las armas sin contemplaciones. Su forma de someter a los rebeldes era atroz; sometía a hombres, mujeres y niños al suplicio del empalamiento, una tortura cruel que practicó con la mayor creatividad. El reo era forzado a sentarse sobre un largo palo afilado, de manera que éste se introducía por el ano, en el caso de los hombres, y por la vagina cuando se trataba de mujeres. Soportando un dolor horrible, el madero era alzado, y el cuerpo del reo se deslizaba por la madera hasta que la punta terminaba de salir por un hombro, por la garanta o incluso por la boca. Si el verdugo era especialmente cruel, la punta de la estaca se limaba hasta dejarla roma, con lo que el suplicio aún era más lento y doloroso. Si por el contrario quería probar su generosidad, sólo tenía que embadurnar la estaca con grasa de caballo y el cuerpo quedaba ensartado en pocos minutos, reduciendo la agonía. A las mujeres que tenían niños de pecho gustaba ensartarlas en la misma estaca junto con el bebé, de manera que la punta que atravesaba a la madre después traspasaba al pequeño.

Practicó ejecuciones de este tipo en las ciudades de Kronstadt y Hermannstadt, habitadas por colonos alemanes. ¿El motivo? Que algunos de sus miembros no querían comerciar con él o no querían pagarle tributo.

Las masacres llegaron al máximo de su paroxismo entre 1456 y 1462, donde en sólo seis años, llegó a ejecutar a más de cien mil personas. Fue esta sanguinaria represión de donde le vino un sobrenombre aún más sangriento que el demoniaco Drácula; el de *Tepes,* que no significa otra cosa que «Empalador».

Con su poder reconocido por los gobernantes cristianos y con el pueblo obediente y asustado, llegó la hora de emprender una venganza que hacía tiempo que quería saborear: el desagravio de los boyardos, aquellos nobles valacos que asesinaron a su padre y enterraron aún con vida a su hermano mayor. La excusa que buscó no fue casual, eligió la celebración de la Pascua, fecha dedicada al sacrificio, para organizar una gran comida de gala donde poder invitar a la nobleza. La fiesta se desenvolvió con brillantez; el príncipe fue amable en todo momento e incluso los que estaban temerosos de encontrarse allí terminaron por pensar que la magnanimidad de Vlad había olvidado las viejas rencillas. Pero cuando los nobles estaban satisfechos y el vino endulzado había empezado a hacer efecto, llegó la hora de los postres, y para terminar la velada, Vlad ordenó empalar a los más ancianos sobre largas lanzas poco afiladas. A los más jóvenes les dejó vivir, pero no por generosidad; los convirtió en la mano de obra con la que levantó su castillo de Târgoviste, todo un símbolo de lo que debía ser el gobierno que instauraba. Allí permanecieron cautivos durante años, mientras los más débiles iban muriendo de cansancio, frío y hambre.

Su pasión por los empalamientos se refinó. Le gustaba organizarlos de forma multitudinaria, incluso recreando figuras geométricas. Su preferido era el esquema de varios anillos concéntricos de empalados alrededor de las ciudades sitiadas. Según la importancia del ajusticiado así era de alto el madero, un dudable honor. Los cuerpos solían permanecer sobre la estaca pudriéndose por espacio de meses, mientras se iban deslizando poco a poco hasta llegar al suelo.

Se contaba que uno de los ejércitos otomanos estuvo a las puertas de Valaquia, dispuesto a conquistar de una vez por todas aquellas tierras, pero al ver un extenso valle lleno de cuerpos empalados los soldados fueron presa de un profundo terror y huyeron despavoridos seguidos por sus generales.

Tampoco eran del agrado de Drácula los pobres, los leprosos y los tullidos, por lo que urdió un plan para solucionar su enojosa presencia. Anunció el precepto evangélico de dar de comer al necesitado, y para pregonar con el ejemplo invitó a todos aquellos que él consideraba suficientemente miserables como para ser sus súbditos a una gran comida en una casa solitaria y cercana a la capital. Cuando todos estuvieron dentro, servidos y satisfechos quizá por primera vez en sus vidas, Drácula tuvo el cinismo de preguntar si deseaban disfrutar de una vida aún más perfecta, en la que no hubiera privaciones ni preocupaciones ni miserias de ningún tipo. Aquella pobre gente estuvo de acuerdo y ya empezaban a darle gracias a Dios por haberlos recompensado con un soberano que sabía escuchar sus problemas cuando Vlad y sus guerreros prendieron fuego a la casa teniendo cuidado de rematar a aquellas figuras andrajosas y agonizantes que lograban escapar de las llamas. Siempre siguiendo la misma máxima; aquel que se le oponía lo pagaba con su vida. Cuando se le opuso la pobreza la derrotó acabando con los pobres. Esta acción la repetiría hasta la saciedad a lo largo de todo su principado. Algunos llegan a cifrar en más de tres mil seiscientos los mendigos y enfermos que exterminó por medio de este método.

Otro grupo al que aborrecía eran los gitanos. Con ellos su crueldad también alcanzó su cima. En una de sus acciones correctivas contra sus propios súbditos alcanzó a un campamento gitano. Sin dar explicaciones separó a sus líderes y los asó a fuego lento delante de sus familias. Después obligó al resto a que se los comieran, aunque con los hombres fue magnánimo; como se resistían, les dio la opción de alistarse en el frente turco, donde encontrarían una muerte segura en manos de los jenízaros. Todos ellos prefirieron esta negra opción antes que comerse a sus propios familiares.

Quizá la hazaña más sonada de Vlad Tepes fue cuando aplastó la rebelión de Brasov, en el día de San Bartolomé de 1459. Cuando ya era dueño de la plaza, decidió hacer una acción ejemplarizante. Hizo empalar a la mayoría de sus habitantes mientras ordenaba que le prepararan una mesa en el centro de aquel sangriento campo de exterminio. Y allí cenó, en medio de un bosque de empalados que aullaban mientras las estacas iban entrando poco a poco en sus cuerpos, desgarrando músculos y órganos vitales los más afortunados, y sin tocar parte alguna que les causara la muerte los que tuvieron la desdicha de caer en manos de los verdugos más expertos. Frente a su bien nutrida mesa, donde no faltaban las mejores viandas y los más refinados vinos, alzó una tarima. Allí, otro verdugo, descuartizaba lentamente a los cabecillas de la sublevación y a toda su familia antes de que las estacas atravesaran sus cuerpos. El festín duró hasta el anochecer, momentos en que los restos de la ciudad fueron incendiados como última estampa para la vista de los treinta mil empalados que alcanzaron la muerte después de que su ciudad fuera reducida a cenizas. Fue un trabajo agotador. Como no daban abasto para tanto empalamiento, agrupó a los que aún no habían sido ensartados y sus soldados los fueron ejecutando como pudieron, a sablazos, machetazos o clavándoles las picas. Esto mismo lo repetiría en otras ciudades rebeldes, muchas de las cuales quedaron desiertas y tardaron años, incluso un siglo, en recuperar sus poblaciones diezmadas.

Un tiempo después, en 1461, el gran sultán Mehmed II, el gran conquistador de Constantinopla, y que también tenía una reputada fama de sanguinario, retornó a la ciudad del Bósforo aún afectado ante la terrible visión de una inmensa explanada llena de estacas donde los cuerpos aún con vida de los ajusticiados pedían clemencia a sus soldados para que les asestaran un golpe mortal y terminaran con aquel sufrimiento. Vlad Tepes había ordenado talar un bosque entero y afilar las ramas de los árboles hasta formar picas; allí había empalado a más de veintitrés mil prisioneros, entre turcos, húngaros, rumanos, búlgaros y colonos alemanes. Este hecho terrible fue descrito por el mismo Drácula en una carta que aterrorizó al rey de los húngaros, Matías I Corvinus.

Su vida tocó a su fin tras una emboscada en la que tanto él como la mayoría de su guardia personal perecieron. Tuvo la suerte de morir de forma rápida y casi sin dolor, una gracia por la que le había suplicado durante años sus víctimas. Del cadáver sólo se llevaron la cabeza como prueba de que el monstruo había sido exterminado. Ésta fue empalada y ubicada como un triunfo en el centro de Estambul.

Ante todo aquel horror, Sibila se preguntaba qué papel había jugado el discípulo, el vampiro. ¿Sería uno de los espectadores de las masacres o quizá su instigador?

—Rachid —Revel continuaba pensativo—. Sé que las relaciones entre el reino de Hungría y el Imperio Otomano eran muy difíciles en aquel momento. ¿Cree posible un intercambio de embajadores entre el rey Segismundo y Murat II?

El librero negó con la cabeza.

—De mensajeros puntuales para negociar acuerdos entre los dos ejércitos en guerra, quizá —dijo—. Pero no hubo una embajada abierta entre los dos reinos. Hay que tener en cuenta que el Imperio Otomano ya pretendía las tierras de Hungría en esta época. Aunque hasta 1541, cien años después de la muerte de Segismundo, no entrarían en Buda y conquistarían buena parte del país.

—Rachid —intervino ahora Sibila—, creemos que el rey Segismundo pudo entregar un presente al sultán. Ese presente es el libro que buscamos.

El librero sonrió ampliamente, como venía haciendo desde que le conocieran; era como si las incógnitas tuvieran para él la claridad de la risa.

—Ya sé lo que quieren —dijo poniéndose en pie—, y también quién puede ayudarles.

Capítulo

20

Examinemos los hechos que se alegan como prueba de vampirismo. Rosina Iolackim, muerta el 22 de diciembre de 1754 fue desenterrada el 19 de enero de 1755, y declarada vampiro y merecedora de la hoguera porque la habían encontrado intacta en su tumba.

Informe médico sobre los vampiros (1755),
Gerard van Swieten, médico de la emperatriz
María Teresa de Austria.

1834! —casi gritó Heviu—. ¡Ésa es la fecha, 1834!

—Shhhh —siseó su padre desde lejos—. Querida, estamos en una hemeroteca.

Cecyl miró a ambos lados para cerciorarse de que los pocos usuarios no los estaban mirando como a un grupo de herejes en una celebración religiosa. Después se levantó y fue hacia la mesa de Heviu, donde miró lo que ella le indicaba en la pantalla del ordenador.

Habían trabajado duro los últimos días. Quizá la peor parte se la había llevado el propio Cecyl, ya que su escasez de conocimientos informáticos le había impedido dedicarse a trabajar en la base de datos, lo que significaba ofrecer el cien por cien de su tiempo a dejarse los ojos en los manoseados microfilmes que desfilaban delante de la pantalla.

Desde el principio se habían repartido el trabajo en tres partes. Mario se había encargado de los periódicos más antiguos, empezando en 1800. Heviu abarcó el periodo comprendido entre 1833 y 1866, y Cecyl había tenido la doble tarea de buscar información en el último tercio del siglo XIX y contrastarla con la que habían obtenido de los archivos de Scotland Yard. Tres veces al día, a media mañana, a media tarde y antes de que cerraran la hemeroteca, Mario y Heviu, por turnos, se encargaban de volcar la información en la nutrida base de datos, según los mismos parámetros que habían seguido con el resto de casos. Esto les estaba permitiendo tener una visión integral de los acontecimientos más oscuros del siglo y peinarlo todo a la vez.

Seguían buscando lo mismo; cualquier suceso que hablara de muertes con desangramiento y en el que el líquido vital no hubiera permanecido en el escenario del crimen.

Desde que empezaron a trabajar en la hemeroteca les había llamado la atención que los sucesos más antiguos sí hablaran de vampiros, aunque lo hacían en un tono tan novelesco que se asemejaba más a una aventura de Conan Doyle que a una crónica periodística. Pronto lo anotaron más como una anécdota que como un dato relevante, ya que el tratamiento de estas noticias rayaba el panfleteo.

Quizá de los primeros casos que atrajo la mirada de Heviu fuera uno de 1837. En él se hablaba de un deshollinador que no había vuelto a casa a pesar del crudo invierno. Su esposa pensó que dos días era tiempo suficiente para empezar a preocuparse, así que denunció su desaparición y empezó la búsqueda. El hombre no tenía enemigos ni dinero, las dos razones habituales para justificar una desaparición. Tampoco era agraciado ni fogoso como para haberse fugado por un mal de amores, la tercera de las razones por las que un hombre no volvía a casa en varias noches. Tras dos semanas de búsqueda se dio por desaparecido, y no fue hasta varios meses después, cuando un nuevo deshollinador se estableció en su ruta, que se lo encontró muerto escondido bajo el alero de un tejado. El pobre desgraciado, que se había conservado casi intacto a causa del frío, tenía el cuello roto y una gran herida en un brazo que, junto con la pendiente de la techumbre, había podido ser la causa de su desangramiento. El periodista que recogía este suceso con todo detalle, al final del artículo, lanzaba al aire una inquietante pregunta. ¿Quién podría haberle atacado a tal altura sino un vampiro? Pero el tono era tan dramático que más parecía un cuento gótico que una crónica de sucesos.

Con este sistema de organización de búsqueda que habían ideado estaban consiguiendo obtener información a la vez de todo el siglo XIX, lo que les estaba permitiendo tener una visión panorámica de los acontecimientos.

Al final del primer día Heviu ya creyó percibir la fecha de 1834 como la que andaban buscando; y empezó a darse cuenta porque mientras Cecyl le había entregado un total de doce casos, muchos de ellos ya recogidos en los informes de la policía, Mario no había conseguido encontrar ninguno. Incluso ella misma había logrado recopilar seis sucesos en el espacio temporal que le había tocado investigar.

El hecho de que Mario fuera incapaz de encontrar un solo caso no era normal; aparte de cascarrabias, era meticuloso y tenía buen olfato. Aun así no quiso descartar la posibilidad de que no estuviera haciendo la búsqueda de forma correcta, por lo que durante un par de horas le pidió que intercambiaran sus montones de microfilmes. Al poco de hacerlo el muchacho localizó dos casos y Heviu ninguno.

El segundo día seguían sin aparecer datos del primer tercio del siglo XIX por lo que Heviu tuvo cada vez más claro que el *vampiro,* como dijo Revel, aún no estaba en Inglaterra en aquellas fechas. Cuando la tarde empezaba a caer ya estaba segura de que no iban a encontrar nada anterior a 1833, el primer año que le había tocado buscar a ella.

Justo antes de gritar aquello de «1834» y de que su padre la reprendiera, tuvo la certeza de que había encontrado el caso más antiguo de cuantos tenían. Lo supo en cuando lo leyó en uno de los diarios. Casi le entraron ganas de reír al principio. Después lo releyó lentamente, pasando el dedo por cada línea para estar segura de que no olvidaba nada, y entonces sintió un escalofrío que le recorrió la espalda como un flagelo.

No podía ser. Era demasiado casual.

Su memoria empezó a trabajar y las imágenes surgieron como fotografías antiguas encontradas en una caja perdida.

Allí estaba. Ése era el primer caso del vampiro en Londres. Estaba segura. Tan segura que si fuera creyente y tuviera que jurarlo sobre una Biblia no lo dudaría.

Aun así leyó de nuevo la noticia. Y una cuarta vez. De cabo a rabo. Buscó en todos los periódicos de aquel día y de los sucesivos, por si también la habían recogido. En efecto, aparecía en todos, aunque apenas sin matices diferentes que pudieran añadir más detalles al hecho principal.

La víctima era un hombre. No se describía ni su edad ni su aspecto. Lo encontraron, según todos los diarios, atado de manos, una sobre otra, con tanta fuerza que la soga había infligido cortes en sus muñecas. El periodista hacía hincapié en que había forcejeado para escapar, de ahí los cortes que le había causado la cuerda. También apuntaba que en una de sus manos llevaba fuertemente apretado un crucifijo de madera muy simple, hecho de manera apresurada con dos trozos arrancados de algún mueble y atados con un hilo de cobre. En la otra portaba un rosario que el *rigor mortis* había mantenido bien sujeto. Decía el cronista que las cuentas habían sido apretadas con tanta desesperación que casi habían penetrado en la piel.

El artículo no explicaba la causa de la muerte, pero sí reseñaba que el cadáver estaba desangrado.

En su bolsillo había sido encontrada una botella, cuidadosamente tapada con un corcho y vacía, salvo por un pequeño rollo de papel. Lanzaba la hipótesis de que aquella hoja amarilla podía ser el apéndice del diario de bitácora. No había investigado nada más, ni aportaba información fehaciente sobre su contenido.

El reportero apuntaba un dato más, escrito casi con desgana, ya que decía poco que enriqueciera su crónica sangrienta. Sin embargo, ese dato escrito con premura, a vuelapluma, era el que había sacudido una descarga eléctrica sobre la columna vertebral de Heviu.

Sí, porque el primer caso de desangramiento injustificado acaecido en Londres era el de un marinero. Un pobre marinero que acababa de llegar a puerto y que fue encontrado atado al timón de su embarcación. La dirección del nudo y la dificultad con que fue trazado daba a entender que él mismo se había inmovilizado. Apuntaba el periodista que para evitar caer por la borda durante una tempestad, y mantener firme el timón.

Pero Heviu sabía que no era así, porque esa misma descripción ya la había leído antes, poco antes, justo la semana en que la señorita Mondragón había venido a visitarlos. Y la había leído en la novela de Bram Stoker.

Esa escena, sin apenas variaciones, la había recogido el escritor de *Drácula* cuando narraba la llegada del vampiro a Gran Bretaña. La novela contaba cómo la bestia se había ido alimentando de los tripulantes de la nave hasta llegar a tierras británicas, dejando en el puerto un barco lleno de cadáveres y desolación. El capitán, contaba Stoker, se había atado al timón para hacer frente al vampiro, armado con un crucifijo y un viejo rosario, pero poca protección le habían procurado.

En lo único que no coincidían el periodista y el escritor era en las fechas. El autor de la novela situaba estos sucesos mucho después de que hubieran sucedido, ¿un recurso estilístico o falta de información? Nunca lo sabrían.

Había otro dato coincidente, y es que como en la novela, la goleta era rusa, aunque en esta ocasión no se llamaba *Demetrio,* sino *Zarina*.

Fue entonces cuando Heviu comprendió que la idea del vampiro no sólo era aceptable, sino probable, y que cobraba solvencia de forma aterradora.

De lo que no se percató, mientras celebraba con su padre y con un incrédulo Mario el descubrimiento, era de la oscura figura vestida de negro que, desde un ángulo apartado de la hemeroteca tenía clavada la mirada en ella; una mirada que ya antes habían cruzado.

* * *

Taksim era sin duda el centro más moderno de la ciudad. Se trataba de una zona de la bulliciosa Estambul ubicada en la orilla europea, en uno de los márgenes del Cuerno de Oro. Al anochecer, las calles peatonales que lo atravesaban, repletas de hoteles, bares y restaurantes, solían llenarse de jóvenes con camisetas serigrafiadas con nombres de grupos de rock americanos y tejanos ajustados, dispuestos a disfrutar de las delicias de la noche mientras de fondo se seguía oyendo la llamada a la oración del muecín. Lo más característico de Taksim eran los locales en azoteas habilitadas para los clientes, y en uno de ellos era donde habían quedado.

Cuando llegaron su cita ya estaba allí. El profesor Colina había supuesto que, con tantos títulos académicos y cargos institucionales, iban a encontrarse con una persona de avanzada edad, lo que no había imaginado era que se tratara de una mujer turca.

Nurgül Orhon estaba sentada junto a una de las ventanas que daba a la terraza, clausurada en esta época del año a causa del frío de la noche. Había estado ocupada delante de su diminuto ordenador portátil mientras les esperaba, trabajando como casi siempre, adelantando artículos, corrigiendo tesis, hilvanando nuevas estrategias de investigación. Era imposible calcularle la edad, aunque el paso del tiempo se reflejaba en las arrugas que surcaban su rostro y se desdecía en su cabello teñido de negro profundo, suelto y desparramado por la espalda. Llevaba un sencillo caftán de un azul tan oscuro que parecía la noche, adornado con diminutos trozos tallados de cristal en el escote y las bocamangas. Si no fuera por su vestuario, podría tratarse de una académica de cualquier otro lugar de Europa; la pila de carpetas que descansaban a su lado, un par de libros, uno en inglés y otro en alemán, las gafas de pasta negra a punto de resbalar de la punta de su nariz y el ordenador portátil. Todo mostraba a una mujer de hoy, lejos de los prejuicios que suelen existir sobre la edad, la feminidad y la cultura islámica.

Nurgül Orhon era profesora de Historia en la Universidad de Estambul y autora de una decena de libros, todos centrados en los aspectos económicos y sociales del periodo de auge del antiguo Imperio Otomano. Tenía fama de ser una mujer de carácter, según les había dicho Rachid, y de ser muy estricta con sus alumnos, que sentían por ella casi un temor reverencial. Su relación con el librero se asentaba en muchos años de tratos; Nurgül era una apasionada bibliófila, coleccionista de antiguos manuscritos otomanos y sobre todo de caligrafías árabes, y era Rachid quien la proveía de gran parte de ese material.

El librero se acercó a ella con familiaridad y también con un enorme respeto. La mujer se levantó para hablar con él, intercambiaron unas palabras en turco y entonces Rachid le presentó al profesor Colina y a Sibila Mondragón. Nurgül hablaba un inglés impecable, incluso con menos acento que Sibila, y tenía un trato exquisito. Les invitó a sentarse alrededor de aquella mesa baja y a tomar un aperitivo. Ella había pedido un *gin tonic,* muy frío y con unas gotas de limón exprimido. En la mesa había olivas para picar. La mujer cerró su ordenador, apiló las carpetas en la mullida alfombra que aislaba el suelo y se preparó para atender cortésmente a aquellos extranjeros de los que le había hablado Rachid por teléfono.

—¿Es la primera vez que vienen a la ciudad?

Y la pregunta fue como un detonante alquímico que encauzó una agradable velada. Nurgül les contó la historia de Estambul, de la ciudad moderna y de la ciudad vieja. Les contó historias y leyendas, que desfilaban por delante de sus ojos con el movimiento de sus manos en el aire, que de pronto eran una basílica para transformase después en una mezquita. Les habló con una voz que sonaba a campanillas y que podía tornarse en estruendo de cañones cuando narraba los asedios de su ciudad. Una hora después el ambiente era tan distendido y la música suave de aires egipcios tan agradable que Sibila pensó que daría lo que fuera porque aquel instante no terminara; se había olvidado de su enfermedad, de sus dolores, e incluso de los vampiros.

Cenaron platos turcos, muy aderezados, regados por una botella de Turasan, un vino de la zona que sólo Rachid no probó. Cuando retiraron la comida, el profesor Colina le contó a Nurgül la razón de su visita y la historia de los libros. Tuvo cuidado de descartar cualquier alusión a los elementos mágicos y vampíricos, intentando marcarle un carácter científico que sabía que era difícil de sostener.

Ella lo escuchó con atención, asintiendo con la cabeza en algunas partes del relato y frunciendo el entrecejo en otras. También suspiraba; era como si con cada suspiro la información fuera asimilada y digerida. Al final tenía una idea bastante clara de lo que buscaban, o en todo caso así se lo hizo ver.

—Desde luego es una teoría cuanto menos original la de que alguien pudiera venir desde Hungría o desde Valaquia con Vlad Tepes en busca de un libro que el emperador Segismundo habría regalado al sultán —dijo mientras cargaba de azúcar su café con cardamomo—. Me gustan las ideas arriesgadas, pero lamento decirles que hay muchos errores en lo que usted me acaba de contar.

El profesor Colina dejó sobre la mesa su libreta de notas, que había estado buscando dentro de la mochila, y prestó toda su atención. De forma inconsciente se había hecho una imagen mental de aquella extraordinaria mujer, y estaba seguro de que por mucho cuidado que tuviera al contarle la leyenda, ella no le daría crédito. Pero lo que nunca imaginó es que ella detectara *errores*. Eso sólo significaba una cosa; que otras partes de la historia eran sólidas.

—¿A qué se refiere? —preguntó realmente interesado.

—A que el rey de Hungría —contestó ella tomándose su tiempo para dar pequeños sorbos a su taza de café— jamás hizo un regalo de ese tipo al sultán Murat II.

Lo expresó con tanta claridad que ninguno de los dos tuvo dudas de que decía la verdad.

—O quizá ese gesto no fuera recogido en las crónicas —intervino Sibila—. Si el regalo no era algo excepcional, como emolumentos o caballos o lingotes de oro, quizá pasara desapercibido a los cronistas.

Nurgül esbozó una sonrisa muy suave, que tenía el poder de calmar su desazón.

—No me ha entendido —dijo tras sus dientes blanquísimos—. No hizo ese regalo al sultán porque a quien se lo entregó fue al gobernante del imperio bizantino, Juan VIII Paleólogo.

Revel abrió la boca sin darse cuenta. No le era un personaje extraño. Hacía años que intentó encontrar unas supuestas cartas de una de sus hijas narrando los problemas de sucesión en su reinado. De aquella época sólo le había quedado la desilusión de no haberlas encontrado y el conocimiento de que aquel antiguo emperador había sido un hombre prudente y astuto.

—¿Hay datos sobre ese presente que confirmen lo que usted dice? —antes de terminar la pregunta se dio cuenta de que había sido demasiado brusco, e intentó arreglarlo con una sonrisa que pasó desapercibida a Nurgül.

—Tantos como los que componen la historia que usted me ha contado —lo dijo sin acritud—. Estoy segura de que usted y yo sabemos que muchas veces la historia real no es la de los documentos. De esto que hablamos sólo hay indicios, pero he llegado a mi cátedra andando sobre esos indicios, que es como caminar sobre piedras candentes. Si no nos arriesgamos, ¿adónde podemos llegar que sea realmente interesante para nuestro mundo?

Revel sólo esbozó una sonrisa. Subrayaba cada una de las palabras de aquella mujer; estaba convencido de que incluso en las situaciones más cotidianas de la vida había que esgrimir una actitud aventurera, enfrentarse a ellas con un *por qué no*, antes que con la desidia.

—Manuel II —continuó Nurgül—, el emperador bizantino al que sucedió Juan VIII, ya había estado en tratos con el húngaro Segismundo para solicitar su ayuda contra los otomanos. La situación bajo el reinado de Juan fue aún más asfixiante pues el sultán Murat estaba decidido a conquistar sus ciudades y anexionarse el Imperio Bizantino como puerta de entrada a Europa. Juan llegó a tal estado de desesperación que tuvo que visitar al Papa y aceptar la unión de las iglesias griega y romana, en una comunión que fracasaría más tarde. Como no podía ser de otra manera. De todas formas Juan VIII supo mantener una política de equilibrio ante los turcos y esto le permitió conservar por unos años Constantinopla y hasta resistir un asedio del sultán en 1432. Pero lo que a ustedes les interesa es que yo les confirme que tuvo tratos con Segismundo. Y así es. De aquella época es la historia del Libro de Oro.

Nada más escuchar la última frase todos los sentidos de Sibila se pusieron en alerta, como si fueran una alarma sensible a las palabras.

—¿Qué historia es ésa? —preguntó inclinándose sobre la mesa.

Nurgül se volvió hacia ella y puso una mano sobre la suya.

—Por eso me ha parecido interesante lo que me han contado ustedes —le dijo con una gran sonrisa. Parecía que en Estambul todo el mundo quería agradar, incluso una mujer tan firme como Nurgül—. La historia la recogen varios autores de la época. Nos cuentan que primero en la corte de Murat II y después en la del gran sultán Mehmed el Conquistador, existió un consejero que decía tener conocimiento de la existencia de un libro guardado en la más oculta de las bibliotecas de Constantinopla. Un libro que estaba construido en oro puro. Este consejero desconocido, que se cita siempre por apodos, les intentó convencer de que aparte de su valor, que estoy segura de que era simbólico, el libro tenía el poder de destruir los maleficios, entuertos o cualquier otra maldad perpetrada por un hechicero.

—Un antídoto —murmuró Sibila en voz baja.

Como siempre, Revel estaba más interesado en los datos cuantificables que después pudieran ser contrastados.

—¿Recuerda usted con qué tipo de apodos citan a ese consejero? —preguntó mientras abría su libreta por el final.

Nurgül sólo tuvo que pensarlo un instante; hacía poco que había leído uno de aquellos cuentos.

—Suelen llamarlo *karanlik*, *kötü* y también *esmer*. Las tres palabras se podrían traducir al inglés como *oscuro*, incluso en su significado de *misterioso*.

—Un libro de oro cuya existencia sólo conoce un personaje misterioso —Sibila seguía hilvanado aquellos datos fantásticos para dar forma a los hechos.

—Sí —prosiguió Nurgül—. Es una narración curiosa, muy al estilo de las recogidas en *Las mil y una noches*. Hay que tener en cuenta que la historia principal sobre Scheherezada parece haber sido agregada en el siglo XIV, no muy lejos de estas fechas.

—¿Y usted cree en la veracidad de esta... leyenda? —intervino el profesor.

Nurgül dejó con cuidado la taza sobre la mesa y lo miró por encima de sus negras gafas de pasta que parecían querer precipitarse desde la punta de su nariz.

—Creo que no hay que desdeñar las leyendas. Siempre tienen algo de verdad, ¿no cree?

Revel no contestó, aunque él también había construido su carrera profesional sobre cosas tan intangibles y arriesgadas como aquélla. Ese mismo argumento era el que había usado Klára Florescu cuando les contó la leyenda de los libros.

—Estos escritores cuentan que la insistencia del consejero *kötü* —continuó Nurgül— fue tanta que una vez conquistada la ciudad de Constantinopla en 1453, la primera acción de Mehmed fue intentar localizar el Libro de Oro. Pero no, no fue encontrado.

—Quizá porque no existiera —aseguró Revel.

—Bueno, al igual que usted yo también estoy segura de que era simplemente una leyenda —le aclaró la mujer—. Pero dígame una cosa —lo miró largamente con sus grandes ojos negros—. Aun así... ¿No podría ser este el libro que buscan?

Sibila tragó saliva y el profesor cambió de postura, incómodo.

—Otras versiones —continuó Nurgül— aseguran que el libro no fue encontrado porque los venecianos, que huyeron justo antes de la caída de Constantinopla, lo llevaron consigo. Junto con el libro portaban la voluntad personal del último rey, Constantino XI, de guardarlo en un lugar donde nunca pudiera ser localizado.

Sibila había terminado de construir la historia. Desde la perdida aldea Moldava a través de Centroeuropa hasta las inexpugnables murallas de Constantinopla; ése había sido el peregrinar del libro mágico, y quizá ahora...

—A partir de aquí comienza la historia negra de Venecia y sus relaciones con el ocultismo de la que estoy segura de que sabrán más ustedes que yo —dijo Nurgül.

* * *

El hombre apenas la saludó; una inclinación tan leve de cabeza que pasó desapercibida a aquella mujer vestida de negro que acababa de aparecer por la puerta de llegadas del aeropuerto.

Ella no le dirigió la palabra. Le tendió su equipaje y comenzó a andar hacia la salida.

—Lo saben —dijo el hombre mientras recogía la sobria maleta de la viajera y la seguía en dirección al aparcamiento—. Ya saben desde cuándo está aquí.

La mujer caminaba unos pasos por delante de él, esquivando a los apresurados viajeros que serpenteaban por el hall mientras intentaban sobrellevar el tiempo de espera antes de chequear. Cuando habló, su voz sonó desabrida.

—¿Tienen pruebas de su existencia?

Según se alejaban de la puerta de salida el aeropuerto se volvía menos concurrido; aun así sus voces eran quedas, dos susurros emitidos con cuidado de no ser escuchados.

—Si ya conocen la fecha en que llegó —dijo el hombre—, es que han cerrado el círculo. Esperemos que no sea así.

—No es eso lo que te he preguntado —la voz oscura de aquella mujer no admitía réplicas.

—Hasta el momento sólo tienen fechas —respondió el hombre sin amilanarse—. Fechas y datos. Nada sólido, pero han llegado demasiado lejos. Más lejos que ninguno. En cualquier momento pueden darse cuenta de lo que tienen entre manos.

Ella asintió sin detener la marcha, repiqueteando sobre el suelo de cemento con el paso militar de sus sobrios zapatos de tacón.

—¿Hay indicios de que Él los haya presentido? —su voz flaqueó un instante al preguntar. Si fuera así, todo se habría echado a perder.

—Esperemos que no.

Esperemos que no, repitió ella mentalmente, suplicó.

Continuaron caminando sin apenas cruzar palabras.

—¿Y los otros dos? —volvió a preguntar la mujer. Eran los que más la preocupaban— ¿Qué sabemos de ellos?

—Continúan su viaje. En estos momentos —miró su reloj—, deben estar aún en Estambul, aunque no descartamos que hagan pronto otro traslado. Quizá a Venecia.

Ella se detuvo. Cuando se volvió lo hizo tan lentamente como si el tiempo se hubiera dilatado y se proyectara plano a plano.

—Si van a Venecia... —miró fijamente a aquel hombre con sus intensos ojos oscuros—. ¿Seguro que no conocen la verdad?

—Sólo la intuyen —aclaró aquél—. Sobre todo la mujer. Pero dudo que aún sean conscientes de ello.

La mujer volvió a enmudecer y continuaron en silencio hasta llegar al aparcamiento. Estaba oscuro y hacía un frío horrible. Sin embargo, parecía que no les afectaba a ninguno de los dos. También estaba repleto de coches, aunque no se veía a nadie a pesar de todos aquellos vehículos que parecían más abandonados que aparcados. Al fondo, en un rincón apartado del abarrotado estacionamiento, les esperaba un gran vehículo negro con las lunas tintadas. Ningún otro coche había aparcado a ninguno de sus lados, como si algo desagradable impidiera a los conductores dejar su máquina tan cerca de allí.

Él guardó la maleta y le abrió una de las puertas de atrás.

—Es el momento de que nos dejemos ver —dijo la mujer antes de entrar en el coche —. Encárgate de ello. Mañana mismo.

Capítulo 21

No se oyó hablar más que de vampiros desde 1730 hasta 1735; se les acechó, se les arrancó el corazón, y se les quemó: se asemejaban a los antiguos mártires; cuantos más se quemaban, más se encontraban.

Dictionnaire Philosophique,
François Marie Arouet,
más conocido como Voltaire (1694-1778).

—Han vuelto a seguiros a alguno de los tres? —preguntó Revel a tres mil kilómetros de distancia.

En la oficina de Londres, su imagen era proyectada por un cañón de luz sobre una pantalla en la pared. Cecyl, Heviu y Mario habían detenido un instante sus pesquisas para atender la videoconferencia del jefe.

—Te aseguro que hemos tenido cuidado —contestó Cecyl—, y casi podría prometerte que no ha sucedido nada extraordinario en los últimos días. A no ser la extraña visión de mi hija.

—¿A qué se refiere tu padre? —preguntó Revel a la vez que su frente se partía en dos en un fruncido de preocupación.

Cecyl sólo había vocalizado lo que Heviu le dijo haber visto en la hemeroteca. Había sido en un instante, mientras giraba la cabeza para coger una carpeta llena de fotocopias. Y lo había visto por el rabillo del ojo, en una de las mesas del fondo. Fue un momento, sólo un momento, pero estaba segura de que allí estaba aquel personaje que la siguió en el parque. Su espalda se envaró como azotada por una ráfaga de viento helado. Pero cuando giró la cabeza, no había nadie.

—Más que una visión, fue un presentimiento —dijo ella—. Sé que es raro de entender, pero no tengo otra forma de explicarlo.

—Aumentad al máximo las precauciones —Revel recordaba las extrañas experiencias de Sibila y no podía dejar de pensar que algo de verdad podían esconder—. No os dejéis coger desprevenidos, ¿entendido?

Todos asintieron, más para que el profesor no insistiera que porque en verdad quisieran temer algo. Según avanzaban en la investigación del caso, éste se volvía más impredecible, más oscuro, amenazando con arrastrarlos hasta los acantilados de una novela gótica. Y ellos sólo sabían exorcizar los peligros, armados con estacas en forma de potentes bases de datos, y sahumerios que tenían la apariencia de una pizarra garabateada y atestada de fichas escupidas por la impresora.

—¿Qué te ha parecido lo de la fecha? Lo de 1834 —preguntó Cecyl para cambiar de tema.

Desde la experiencia de Heviu en el parque ninguno de los tres hablaba de aquello. Lo que sí hacían era llamarse. Cuando llegaba a casa después de un duro día de trabajo Mario había empezado a telefonear a Heviu, aunque siempre con una excusa diferente; trabajo atrasado, un olvido, un recado. Cecyl hacía un tanto de lo mismo, pero él lo arreglaba con un «he llegado bien», y después colgaba. Heviu por su parte se estaba acostumbrando a telefonear a ambos. El timbre sonaba dos veces y después colgaba. Con este doble timbrazo los dos se daban por enterados de que estaba bien y no debían temer por ella.

—Es asombroso —respondió el profesor—. Sobre todo la similitud con el libro de Bram Stoker. Debo preguntarle a Sibila... a la señorita Mondragón, cuáles fueron las fuentes que utilizó el escritor. Si todos estos asesinatos comenzaron en esa fecha y han continuado hasta la actualidad... ¿Qué piensas tú, Mario?

El muchacho se rascó la cabeza, incómodo.

—Reconozco que no sé qué pensar, jefe.

—No hay duda. Es obra de Drácula —bromeó Cecyl.

—Hemos podido hacer un recorrido de las primeras andanzas del asesino —Heviu no usó la palabra *vampiro* por respeto a Mario—. Y hemos descubierto cosas interesantes. Si el primer asesinato sucedió en el muelle, el segundo es el único caso que hemos podido localizar, en un periodo de tiempo de ciento setenta y cuatro años, en la zona norte de la ciudad. Más concretamente en el punto ciego que habíamos trazado en el mapa, donde el asesino nunca había actuado.

—Y hay algo más —dijo Cecyl poniéndose de pie y acercándose al mapa que permanecía clavado sobre la pizarra—. ¿Ves esto?

La cámara web estaba justo encima de la pantalla de proyección, frente a la pizarra, por lo que Revel, desde su hotel de Estambul, tenía una visión perfecta no sólo de la habitación, sino de la atestada pizarra.

—Pues el segundo asesinato del vampiro —continuó Cecyl sin importarle la mueca de disgusto que acababa de aparecer en la cara de Mario—, se produjo exactamente aquí.

Señaló una gran cruz con rotulador indeleble sobre el plano, tan gruesa, que Revel no tuvo dificultades para reconocerla en la pantalla de su portátil.

—Exactamente a tres manzanas de la casa de Lord Langley —sentenció Cecyl con su voz altisonante.

—Eso nos permite esbozar algunas teorías —dijo ahora Heviu—. Por ejemplo, ¿sería descabellado pensar que el asesino pudo llegar a Londres portando el Libro Negro, el *Cruoris Liber*, para esconderlo en la biblioteca de la mansión? Según su propio dueño, era un edificio muy poco frecuentado en aquella época, un lugar perfecto para pasar desapercibido.

—No me parece una mala idea —aplaudió Revel—. ¿Se te ha ocurrido entonces alguna explicación que esclarezca el robo del libro de casa de Langley?

Mario levantó la mano para bajarla de nuevo.

—Suponiendo que todo esto tuviera un mínimo de consistencia —aclaró incómodo—, podríamos explicarlo de varias formas.

Aún seguía ruborizándose cuando el profesor Colina le miraba con los ojos entornados, evaluando el significado de cada una de sus palabras. Tenía la misma sensación que cuando hacía los exámenes orales de latín en el seminario. Tragó saliva y continuó con su reflexión.

—La primera explicación podría ser que el libro fue robado por el mismo que lo ocultó, ya sea un vampiro o una secta centenaria, da igual, pues todo el mundo sabía que la biblioteca estaba siendo catalogada y antes o después el libro podría ser descubierto. La segunda explicación es quizá más racional. Hammer pudo filtrar la información del descubrimiento del *Cruoris Liber* y propiciar, sin quererlo, el robo y su terrible asesinato.

Revel asintió desde la pantalla.

—Las dos me parecen acertadas.

—¿Y qué tal te ha ido a ti en Turquía? —preguntó Cecyl, encendiendo uno de sus apestosos puros.

El profesor Colina pareció sonreír, aunque también podía tratarse de una distorsión de la señal de video, que había deformado ligeramente la imagen sobre la pantalla.

—A estas alturas no puedo asegurar nada, pero creo que nuestra investigación puede dar resultados. O no.

Heviu apartó una voluta de humo de tabaco antes de preguntar.

—¿Permanecerás por más tiempo en Turquía?

La conexión empezaba a fallar, en forma de grandes líneas blancas que se desplazaban horizontalmente sobre la pantalla.

—Mañana estaremos en Venecia —les pareció oír— y después quién sabe dónde. Si encontráramos el Libro Blanco estaríamos seguros de la existencia del *Cruoris Liber*.

—Esperemos que así sea —dijo Cecyl, pero el profesor ya no le escuchó. La conexión se había cortado y sobre la pizarra sólo se proyectaba una suave luz azul, como un abismo abisal.

* * *

Sibila había vuelto a pasar una noche terrible, aunque ahora casi estaba segura de que todo estaba sólo en su cabeza, como un recuerdo inerte de antiguas lecturas, de sueños y de deseos que se estaban materializando en forma de percepciones.

Se había acostado con temor. Al contrario de lo que esperaba, de lo que esperaba de sí misma, cuanto más cerca estaba de alcanzar al fin su objetivo, más temor sentía. Quizá porque hasta ahora latía debajo de todo aquel entusiasmo la razón final de mantenerse ocupada, de pensar que podía vencer a aquella enfermedad que había diezmado a su familia hasta donde le abarcaban los recuerdos. Sin embargo, era ahora, cuando los indicios señalaban a la posible existencia de los libros, cuando más insegura se sentía.

También se había agravado la leve constancia de la enfermedad. La atacaba sobre todo de noche, con una pequeña punzada que empezaba en algún lugar que era incapaz de localizar y que pronto se extendía por todo su cuerpo, como si fuera agua de lluvia. Y después estaban los temblores, que estaba segura de que no habían pasado desapercibidos al profesor Colina, aunque había sido lo suficientemente discreto como para no comentarlo. Notaba cómo la miraba cuando creía que ella estaba distraída, sobre todo cuanto cogía algún cubierto a la hora de las comidas, o cuando tomaba su bolígrafo para anotar en el cuaderno. La enfermedad estaba evolucionando a una velocidad desconocida por ella, como si el hecho de poder acercarse a su cura le hubiera dado prisa en desencadenar el final.

Después de aguantar el dolor, la dosis doble de antiinflamatorios había logrado dejarla dormida. El médico le había aconsejado que no abusara de estos medicamentos. Algo del sistema nervioso central y de toxicidad hepática, pero le daba igual. Estaba tan cerca, tan cerca, que lo único importante era llegar, no importaba cómo.

La despertó el murmullo prudente que ya había oído otras veces. Era un susurro de voces apagadas que impedía distinguir las palabras. Tampoco tenían un origen definido; como si cada ladrillo de la pared resonara aquel rumor y lo lanzara directamente a su deteriorado cerebro.

Abrió los ojos y se incorporó en la cama. Otra habitación de hotel igual a las anteriores; espaciosa, sencilla y agradable, envuelta en la penumbra de la noche y dejando entrever apenas los contornos de sus pocos muebles minimalistas pegados a las paredes.

Pero en esta ocasión había una diferencia. La ventana estaba abierta de par en par.

Sibila estaba segura de que estaba cerrada cuando se había acostado; habían llegado de la calle en una noche helada de Estambul y la habitación permanecía caldeada. Sí, caldeada y acogedora. Se habría percatado inmediatamente de algo así. Pero el hecho de verla ahora abierta, sin explicación, no fue lo que la asustó, sino la niebla. No era normal, no parecía la nube inconsistente a la que estaba acostumbrada, que sólo se deja ver a unos centímetros de distancia, como si uno mismo fuera siempre el epicentro de su formación. Esta neblina espesa estaba penetrando en la habitación como si fuera un chorro lechoso y sólido que rebosara desde fuera hacia el interior. Parecía la espuma de una lavadora demasiado cargada de detergente, menos en la tendencia anómala de ir tomando forma. Sí, porque al chocar contra el suelo la niebla no se expandía, sino que se iba amontonando como una pila de harina translúcida y tambaleante.

Sibila quiso levantarse y quiso salir de allí. Sintió una necesidad urgente de buscar al profesor y juntos encontrar una explicación razonable a aquello, que les hiciera reír para volver a hacerlo al contarlo durante el desayuno. Pero le fue imposible moverse. El dolor volvió de pronto y todos sus miembros quedaron petrificados como una estatua de sal. Igual que su madre, igual que su abuela. De pronto fue consciente de que se trataba de un ataque agudo, de su primer ataque de inmovilidad. ¿Cuánto quedaba para que fuera permanente? ¿Para que nunca más pudiera moverse hasta que dejaran de expirar sus pulmones y de latir su corazón? Por la velocidad desconocida a la que la enfermedad estaba evolucionando temió que muy poco.

El dolor dio paso a un miedo profundo y desconocido cuando la bruma espesa empezó a oscurecerse. Era como si una luz interior que la iluminaba para hacerla reconocible y fantasmagórica se hubiera apagado. También aumentaba su consistencia; más sólida, menos etérea.

La forma de pira iba dejando paso a una silueta, como una columna de niebla negra que se estaba materializando a unos metros de su cama.

Entonces intentó gritar. Gritar con todas sus fuerzas, y sus ojos se cerraron. Cuando se volvieron a abrir, ningún sonido había salido de su boca. La ventana estaba cerrada. La niebla no existía, y Sibila estuvo segura de que desde la primera vez todo era fruto de su enfermedad, que empezaba a devorar su cerebro.

* * *

El profesor Colina le tendió la mano para que saltara a la lancha, pero Sibila se sujetó a una de las maderas del embarcadero y bajó por sí misma.

Acomodaron la maleta y la mochila en la parte cubierta del barco de alquiler y emprendieron camino al grupo de islas que conforman Venecia.

Revel era quien conducía. Tenía una pequeña embarcación en Londres que usaba cada vez que tenía tiempo libre. Navegar por la laguna de Venecia no era tan fácil como hacerlo por el Támesis. Para empezar, la bruma era tan intensa que apenas se veía a unos metros de distancia. En Londres, desde que se prohibiera el uso del carbón, ya no había vuelto a haber nieblas como las de la época de Jack el Destripador. Después estaban aquellas carreteras acuáticas, perfectamente señalizadas por pilones de madera; incluso tenían diferentes profundidades, y placas que señalaban la velocidad a la que se podía conducir. Había que tener cuidado para no encallar.

—He pasado la noche buscando información sobre la ciudad —dijo Revel, al que no había pasado desapercibido el cambio producido en su compañera de viaje.

Parecía más delgada, algo que era imposible que hubiera pasado en unas horas, y su piel tostada tenía un acusado tono ceniciento. También estaba lo de las ojeras, negras y profundas, cobijadas debajo de sus grandes ojos negros que ahora parecían aún más enormes. Durante el vuelo le había preguntado cómo había pasado la noche. Se estaba refiriendo a si había tenido una nueva experiencia perceptiva, pero ella le respondió con un sucinto «bien».

—¿Ha encontrado algo interesante? —preguntó Sibila, que se sujetaba con fuerzas para mantenerse erguida.

—Esta ciudad tiene muchas leyendas relacionadas con demonios, vampiros y demás cohorte oscura —redujo la velocidad atendiendo a una placa acuática que la marcaba a poco más de quince nudos—. Existe un Palacio llamado Angelo, donde los venecianos aseguran que ha morado el diablo.

Ella lo miró entre curiosa y divertida, a pesar del cansancio que embotaba cada uno de sus músculos.

—¿Y cómo es eso?

Revel apartó un instante la mirada del verde pantanoso de la laguna para mirarla. Le había parecido verla sonreír, eso le dejó más tranquilo.

—Los venecianos dicen que tenía el aspecto de un animal terrible, medio bestia y medio humano, que llegó incluso a relacionarse con algunos ciudadanos. Aterrorizados, los vecinos pidieron a un sacerdote que practicara un exorcismo y así se hizo. Tras conjurar a la trinidad, el demonio huyó a través de la pared, dejando un agujero en el muro exterior que existe aún hoy día.

—No —dijo ella con sorna.

—Sí —contestó él con un amago de sonrisa—. Y para impedir que el diablo volviera por el mismo camino que había usado para marcharse, colocaron una estatua de un ángel vigilando el orificio, que aún permanece allí, atento, alerta ante una nueva venida del demonio.

Ella no pudo evitar soltar una carcajada, apagada, que se difuminó con la niebla, más por el tono con que el profesor había contado la historia que por el contenido.

—Todas las ciudades antiguas atesoran historias de fantasmas —dijo teniendo cuidado de no caer cuando la motora aceleró—, incluso algunas de vampiros, como usted dice.

—Y supongo que suele usted hacerles caso, ¿no?

Ella miraba al frente, intentando ver aparecer la silueta oscura de la ciudad a través de la niebla de la laguna.

—Mi postura nunca es la de negarlas por el simple hecho de que sean irracionales. Si me interesan, las investigo. Muchas veces, detrás de un mito absurdo, puede existir una historia sólida que haya dado pie a la leyenda.

Revel volvió a aminorar la marcha. Una embarcación más grande navegaba en dirección contraria justo en una zona de poca profundidad.

—¿Y qué historia cree usted que ha podido originar esta aventura del diablo? —la otra lancha pasó muy cerca de ellos, haciendo que se balancearan peligrosamente de babor a estribor.

Ella volvió a sonreír, aunque tuvo que sujetarse con fuerza para no salir lanzada por la borda.

—¿Recuerda usted al *hombre elefante*? —dijo Sibila, mientras de nuevo surcaban la laguna si dificultad—. Fue un caso real que sucedió en su ciudad, en Londres, a finales del xix. Pues alguien así podía haber sido ese diablo; cualquiera que tuviera alguna diferencia acusada, una enfermedad, o una deformidad. El agujero de la pared podía deberse a una bala de cañón. Hay muchas explicaciones racionales. Cuando no las hay, entonces es cuando empiezo a pensar en lo extraordinario. Pero sólo entonces. Tenemos una asombrosa tendencia a pensar que los antiguos habitantes de nuestro planeta eran unos lerdos.

Habían llegado a la parte más ancha de la laguna. El profesor volvió a acelerar, cortando el agua y la niebla con la proa de la lancha.

—Y supongo que eso es lo que le sucedió a usted con el vampirismo, ¿no es cierto? —le preguntó mientras dirigía la embarcación hacia la nada—. ¿Sopesó la posibilidad de que se tratara de alguna de las muchas plagas que arrasaron el mundo antiguo?

Ella ya había oído ese argumento muchas veces antes; no encontrar una explicación racional para algo totalmente irracional era una desgracia para muchos. Siempre le había sorprendido que se creyera sin fisuras en la existencia de los átomos, o de la infinitud por el simple hecho de que se diga que es así. Al igual que antes se aseguraba que la Tierra era plana y el faraón un dios, y el hombre seguía creyéndolo sin pedir pruebas tangibles.

—Por supuesto —dijo Sibila aguzando la mirada; parecía que ya se divisaban formas oscuras al frente, era como si la neblina se hubiera ensuciado, vuelto más tupida—. A la vista de la moderna medicina científica se han achacado las plagas de vampirismo a tres enfermedades muy reales; la porfiria, la peste y la rabia.

Él la miró, pero sólo un instante. En cualquier momento llegarían a la ciudad y no quería tener problemas con otra embarcación.

—¿Y no cree usted que esas enfermedades pueden dar respuesta a...?

—En absoluto —no lo dejó terminar—. La porfiria puede dar al enfermo el aspecto que tradicionalmente se achaca a los vampiros; pero es una enfermedad tan rara que incluso hoy en día, cuando la población ha crecido exponencialmente muchas veces desde la antigüedad, hay apenas unos cientos de casos registrados en todo el mundo. Es imposible que una enfermedad tan poco frecuente haya sido la causante de un mito tan extendido y con tantos casos datados a lo largo de siglos y siglos. Los que defienden que el vampirismo no fue otra cosa que la repulsión hacia los enfermos aquejados de la peste, tampoco tienen argumentos sólidos. ¿Y por qué no la lepra, o la viruela, o el escorbuto? Quizá la que más explicaciones pueda aportar sea la enfermedad de la rabia.

—Pero a usted tampoco le convence —afirmó él.

—Por supuesto que no. Es cierto que los enfermos de rabia, en su primera fase, tienen tendencia a vagar de un lado para otro, sobre todo de noche, lo que podría haber dado origen al mito del vampiro errante, que pasea en solitario por caminos apartados. También son ciertos sus accesos de furia, la hidrofobia, la repulsión a la luz y a los estímulos olorosos como el ajo, la aversión hacia los espejos, incluso la hipersexualidad; todos símbolos asociados con el vampiro, pero ninguna de estas enfermedades explica otras muchas facetas achacadas a los *nosferatu*, como el hecho de que los cuerpos permanezcan incorruptos mucho tiempo después de la muerte, o que sean vistos a los pocos días de haberlos enterrado.

Revel asintió. Aunque las explicaciones de Sibila le parecían coherentes, eran muchos los estudiosos que no estarían de acuerdo.

—Le podría citar —dijo mientras reducía la velocidad de la nave, ¿dónde estaría la ciudad?—... le podría citar a más de un autor que he leído últimamente que puede dar una explicación científica para el estado de conservación de los difuntos una vez enterrados, como es el caso de los vampiros que nos ocupan.

Ella lanzó una carcajada que sonó amortiguada en el silencio brumoso de la mañana. No era de diversión, sino de un escepticismo consolidado a base de oír argumentaciones ilógicas infundadas en conclusiones científicas.

—Yo misma se las puedo citar si quiere —terminó por decir Sibila—. Para explicar la incorruptibilidad de un cuerpo muchos médicos alegan el frío conservador del subsuelo o el bajo contenido en agua de los difuntos. También lo argumentan basándose en la momificación e incluso la saponización de las grasas. Con esto quedaría contestada la pregunta de por qué los vampiros permanecen incorruptos después de fallecer. Pero sigamos. La respuesta que alegan los científicos al hecho documentado de que los vampiros gritan al ser atravesados por estacas, también es fácil; se debe a que al ser ensartado el difunto expulsa los gases resultantes de la putrefacción, lo que provoca un sonido parecido al de un globo cuando se pincha o se desinfla poco a poco, ¿le convence?

Revel no contestó.

—Pero hay más —continuó ella—. Si lo que intentan explicar es el color sonrosado del difunto, como se recoge en muchas crónicas, dicen que es a causa del frío, o a que el difunto ha muerto por asfixia. Pero hay explicaciones aún más peregrinas. ¿Sabe usted qué argumentan para racionalizar la sangre que suele manar de los orificios bucal y nasal de los vampiros cuando las tumbas son abiertas?, pues dan por hecho que se trata de la sangre que es expulsada por la presión también de los gases. Como ve los gases tienen un papel muy importante en estas explicaciones acreditadas. El crecimiento de pelo, barba y uñas dicen que es porque el cuerpo se deshidrata y cambia el grosor de la piel, ¿le parecen respuestas posibles?

—Entiendo que lo son, pero sé que usted me dará los argumentos en contra.

—Así es —dijo ella—. Todas respuestas lógicas, pero con un pequeño matiz; es imposible que se produzcan todos estos hechos científicos a la vez, porque un cadáver no puede estar hinchado de líquidos y a la vez deshidratado, sin embargo, un vampiro permanece incorrupto y a la vez grita cuando es atravesado por una estaca. Pero sobre todo hay que tener en cuenta que hay otros fenómenos que no se han podido explicar al día de hoy y a la luz de la ciencia, como el hecho de mudar la piel y las uñas, que es una constante habitual en las dataciones de tumbas vampíricas.

Parecía que aquella charla había animado a su compañera de viaje. Sus ojos habían perdido el reflejo opaco que arrastraban desde la mañana, volvían a estar vivos y brillantes.

—Antes de que le agobiara con todos estos datos —dijo Sibila de buen humor— me estaba usted contando que había descubierto muchos casos relacionados con las fuerzas ocultas aquí, en Venecia.

El profesor señaló su mochila, dentro estaba su ajada libreta donde había anotado todos los pormenores.

—Hay más historias. Algunas curiosas —dijo con la mirada puesta al frente—. Cuentan que por la zona del Campo de San Barnabá, se pasea algunas noches una tenebrosa góndola donde viaja un personaje extraño; unos dicen, de nuevo, que es el demonio, otros que un espíritu atormentado. Todos están de acuerdo en que quien tiene la desdicha de cruzarse con esta presencia muere al poco tiempo.

—En el norte de España hay historias parecidas.

De la niebla apareció una lancha en sentido contrario. Si Revel no hubiera estado atento podían haber colisionado. La esquivó sin dificultad y aminoró aún más la velocidad.

—También he localizado una leyenda relacionada con el vampirismo. Quería comentarla con usted.

Ella se volvió hacia él con cara de sorpresa.

—Lo desconocía. Pensaba que tenía recogidas todas las historias de vampiros del continente. Llevo diez años haciéndolo.

—Cuenta —empezó el profesor— que en las inmediaciones de Campo de Santa Margherita, tenía refugio una secta que practicaba la Magia Póstuma.

—Además trata sobre Magia Póstuma —comentó ella— ¿Dónde la ha encontrado?

Él se sonrojó ligeramente.

—No es mío el mérito. Mi compañera Heviu ha ido mandándome la documentación que ha creído que podía interesarnos. Esta leyenda está incluida en una historia de la ciudad de Venecia de hace varios años.

Ella asintió.

—Una secta vampírica. Jamás había oído hablar de algo así.

Revel tampoco. De hecho desconocía todas aquellas leyendas vinculadas con la ciudad, no así su fama de ciudad mistérica, que arrastraba desde tiempo inmemorial.

—Esta organización —prosiguió el profesor— era tan activa que durante un tiempo fue habitual encontrar en los canales cadáveres desangrados, arrojados a las aguas sin ningún miramiento. Muchos decían que las centenarias prácticas de la secta eran las responsables del mal olor que desprendía desde hace siglos aquella plaza, olor a *muerto,* subrayaban las crónicas, y por eso era reseñada en la vieja historia de la ciudad que encontró Heviu.

Ella lo miraba de forma extraña, con un atisbo de incredulidad.

—¿Y ese manual no acompañaba la leyenda con una explicación racional?

Revel no pudo evitar reír. Sibila estuvo segura de que era la primera vez que oía una carcajada de labios del profesor.

—Tiene usted razón. Dos páginas más adelante el autor explica que había cerca una escuela de curtidores. Si ha estado en alguna sabrá a qué se refiere.

Iba a darle la razón cuando de pronto la silueta de la ciudad de Venecia apareció ante ellos, como un dragón dormido en el corazón de la laguna.

Era espectacular el ocre dorado de los edificios que iluminaban la niebla como antorchas de piedra, impregnándola de vida. Sibila quedó subyugada por la imagen mítica de la vieja ciudad. La tranquilidad de la laguna se había convertido de pronto en un incesante trajín de embarcaciones que intentaban entrar en los canales, de gente aún diminuta andando por las estrechas calles que los bordeaban, de vida a raudales amparada por la espesura de la niebla.

Sin prestar demasiada atención, Revel condujo la lancha hasta la entrada más cercana, un canal angosto en una zona de la ciudad especialmente degradada por la climatología y la humedad de la laguna. A pesar de que a esa hora no había demasiado tráfico de barcazas, lanchas y góndolas, Revel sabía que era sólo un espejismo. En cuanto se adentrara un poco más por la complicada estructura de canales empezarían los atascos. Callejeó a poca velocidad, tuvo que dar marcha atrás un par de veces y buscar otro camino para evitar quedar atrapado entre góndolas cargadas de turistas ateridos. Al cabo de un rato supo orientarse y logró conducir hasta el Gran Canal.

Sibila lo observaba todo con hambre de ver. Aquella ciudad era un hecho insólito, no por su ubicación, sino por su anhelante belleza que se desmoronaba a ojos vista a los embistes del agua. La salida al Gran Canal la conmovió; los espectaculares palacios venecianos reflejados en el gris verdoso de la laguna, las góndolas amarradas en los embarcaderos meciéndose al vaivén del paso de los barcos, el tránsito constante del *vaporetto* que, a pesar de su aspecto trasnochado, era lo único que conectaba aquella ciudad con el presente. La vida en definitiva, la vida antigua y atrapada que se desparramaba como un ser resucitado en aquella gran arteria que atravesaba la ciudad.

—¿A qué lugar nos dirigimos? —preguntó cuando se acostumbró al color, al olor, y a la luz difusa.

—A la isla de San Lázaro de los Armenios —contestó Revel—. Está muy cerca de la costa de Lido, la mayor de las islas de la laguna. Atravesar Venecia es el camino más corto —la miró de reojo—. También he pensado que le gustaría disfrutar de un pequeño paseo por el Gran Canal.

Ella sonrió. La belleza de Venecia le había hecho olvidar por unos instantes su enfermedad y su misión.

—San Lázaro —mientras hablaba seguía diseccionando los palacios recubiertos de mármol que soportaban las orillas—, siempre me ha parecido una advocación oscura. ¿Y por qué vamos allí?

—Es una isla con una historia especial.

A su izquierda Revel le señaló la Catedral de San Marcos y el palacio Ducal. A Sibila se le abrieron aún más los ojos, como si quisiera abarcarlos con ellos.

—Desde el siglo XII —prosiguió el profesor— fue una especie de asilo donde sólo iban a descansar en paz aquellos ancianos que creían cercana la muerte. Después se transformó en una leprosería, de ahí su nombre; parece como si la expiración estuviera estrechamente relacionada con la isla, ¿no cree?

Sibila no contestó. A través de la bruma se iban divisando los perfiles de otras islas, más edificios parecidos a árboles que se asomaban a las fangosas aguas de la laguna.

—Pero lo que nos hace ir a San Lázaro —Revel giró el timón en dirección a la isla de Lido—, es un dato que Heviu me ha hecho ver esta mañana. A principios del siglo XVIII, en 1717, llegó a la República de Venecia un monje armenio que huía de las masacres que los turcos estaban infligiendo en su tierra. Buscaba un sitio de paz y recogimiento donde poder dedicarse a la oración, y lo encontró en la pequeña isla.

—Armenia tiene una gran tradición vampírica —dijo Sibila.

—No lo sabía —el profesor la miró con curiosidad—. El caso es que este monje levantó allí un monasterio, donde por supuesto no faltaba una gran biblioteca. Por eso Heviu lo había recordado.

Aunque había aprendido a confiar en el buen juicio de Revel Colina, no pudo evitar sentir cierta decepción.

—Profesor, debe haber muchas otras bibliotecas en Venecia, y más importantes que ésta, ¿no cree?

—Por supuesto —afirmó Revel—, pero ésta tiene una particularidad que no vamos a encontrar en las otras.

Estaban dejando atrás la isla de la Giudecca, enfilando la parte más abierta del pantano, que se abría hasta llegar a la muralla que representaba el Lido. De nuevo todo era bruma, bruma y los perfiles oscuros de las grandes construcciones.

—¿Y esa particularidad es...?

Revel estaba concentrado, mirando al frente, con la cabeza levantada al cielo. No le iba a ser fácil orientarse con aquella niebla.

—Siempre se ha dicho —dijo al fin— que la biblioteca de San Lázaro encierra la mayor colección de libros de magia negra de todo el mundo. Si este rumor bibliófilo es cierto, cosa que nunca he comprobado, es muy posible que nuestro libro se encuentre allí.

Capítulo

22

Guárdate sólo de comer la sangre, porque la sangre es la vida, y no debes comer la vida junto con la carne.

Deuteronomio, 12-23.

Heviu abrió de pronto los ojos y se incorporó en la cama.

¿Cómo he podido ser tan estúpida, tan rematadamente estúpida?

Se había perdido durante días en los detalles más evidentes y había dejado pasar los más fútiles. ¿Cómo había permitido que sucediera? Todos sus años de experiencia profesional le dictaban que la verdad raramente se encuentra en lo indiscutible, sino que se siente más cómoda en lo cuestionable.

Salió de la cama, se calzó las zapatillas y fue directa a la cocina. Su hijo dormía plácidamente dos puertas más allá, seguramente soñando con Beyoncé, porque lo de los *angelitos* quedaba ya muy lejos.

La casa estaba silenciosa y en penumbra, iluminada por el tenue reflejo azulado de las farolas que entraba por las ventanas. Del frigorífico tomó una manzana y se sirvió un vaso de zumo de tomate. Le ayudaban a pensar. A oscuras, fue hasta el salón. Encendió una pequeña lámpara de pie, que emitía una suave luz difusa y amarillenta, y se sentó en el sofá.

La idea le había asaltado en sueños, como si en una habitación a oscuras se encendiera una linterna. ¿No decían que dormir ayudaba a ordenar los pensamientos? Ahora tenía que encontrar las piezas que encajaran en el patrón que le habían revelado sus sueños.

Conectó el portátil y abrió el navegador. Una hora y media después le temblaban las manos cuando llamó por teléfono.

—¿Sí? —sonó una voz soñolienta al otro lado.

—Papá, tenemos que vernos. Ahora.

Cecyl tanteó sobre la mesita de noche hasta encontrar sus gafas. Después palpó hasta localizar el interruptor de la luz para poder mirar la hora.

—Pero... ¿Sabes la hora que es? —dijo con la boca pastosa. Pero inmediatamente empezó a asustarse— ¿Te ha sucedido algo? ¿Johnny está bien?

—Tranquilo papá. Johnny está durmiendo aquí al lado y a mí no me ha pasado nada —respiró para intentar controlar la respiración, desde hacía un rato la sentía acelerada—. Tenemos que vernos ahora mismo. He estado trabajando y hay varias cosas de las que tenemos que hablar.

Al otro lado del teléfono se oyó mascullar.

—Querida, son las cuatro de la mañana. ¿No puedes esperar hasta las siete?

—Es posible que todos estemos en peligro, papá —su voz no admitía réplica.

Cecyl casi saltó de la cama y unos minutos más tarde estaba avisando a Mario. Con él no fue tan fácil. Tardó un buen rato en reaccionar y al final el profesor tuvo que recogerlo en su casa.

Cuando Heviu llegó a la oficina, los otros ya estaban allí, Cecyl impecablemente vestido, como siempre, y Mario con la camisa mal abrochada y el cabello alborotado.

—Como no sea algo importante te juro que te asesino —le dijo el chico nada más verla entrar, como saludo de bienvenida.

Heviu ni siquiera contestó. Se quitó el abrigo y fue directamente a su despacho, donde estaba la gran pizarra blanca.

—Esta noche me he despertado con una idea rondándome la cabeza, ¿no teníais la impresión de que algo evidente se nos estaba pasando por alto?

Los otros dos la miraron sin saber qué contestar.

—Después de casi ciento setenta y cinco años apareciendo cadáveres desangrados por todo Londres —continuó ella—, ¿cómo es que a nadie se le ha ocurrido lanzar la hipótesis de la existencia de un vampiro? No digo que la prensa seria lo afirmara como algo incuestionable, pero hace unas horas me he despertado preguntándome... ¿Por qué si en Perú aparece una cabra medio devorada, la prensa especializada habla de chupacabras, y en Londres, habiendo tantas víctimas, a nadie se le haya ocurrido relacionarlo con el vampirismo?

Cecyl y Mario la habían seguido hasta el despacho. Su padre estaba cómodamente sentado en la butaca que se apropió al primer día de trabajar juntos, y el muchacho estaba casi tumbado en el sofá.

—Es evidente, querida, que en estos tiempos modernos se abusa de las respuestas científicas antes de echar mano a los mitos clásicos. ¿No crees? —dijo Cecyl prendiendo un cigarro.

—Además —Mario levantó la mano para hablar. Le costaba trabajo mantener los ojos abiertos—, los asesinatos se han ido produciendo en diferentes distritos de la ciudad. Seguramente habrán sido investigados por equipos policiales distintos. Eso sin contar con que ninguno ha aparecido con los dientes clavados en el cuello. Nadie piensa hoy en día en los vampiros, Heviu. A mí no se me ocurriría nunca esa explicación. Soy un científico.

—Estoy de acuerdo —dijo Heviu—. De hecho estoy tan de acuerdo que eso era lo mismo que pensaba hasta hace unas horas. Ni siquiera lo hemos comentado. Los tres lo hemos dado por hecho. ¡Qué locura hablar de vampiros en el siglo XXI!

Los otros dos asintieron, aunque la veían un poco eufórica seguían preguntándose por qué estaban ellos allí cuando aún no eran las cinco de la mañana.

—Pero hay otros profesionales que no trabajan por distritos —continuó ella—, sino que en su campo de acción entra toda la ciudad de Londres, todo Reino Unido, ¿no os resulta extraño, que ni un solo periodista, ni siquiera de la más recalcitrante prensa amarilla, haya lanzado en todos estos años el supuesto del vampiro? Hubiera vendido muchos periódicos aunque fuese mentira, y tenían argumentos de sobra para montar una teoría conspiratoria.

Sus compañeros de nuevo no supieron qué decir. Cecyl trataba a diario a muchos profesionales de los medios y sabía del olfato que tenían algunos de ellos para encontrar noticias más allá de la noticia. En verdad que podía ser extraño que no se hubieran percatado de estas coincidencias, sí.

—Pues con esa idea he abierto los ojos esta madrugada y se me ha ocurrido pensar que si la prensa los ha reseñado como accidentes o sucesos, la información la ha debido de sacar de algún lugar, ¿no creéis?

—Por supuesto —respondió Cecyl—, se supone que cada diario tiene a sus redactores divididos por secciones. Estas crónicas las han debido cubrir los encargados de los sucesos.

—Eso también lo he supuesto yo, papá —dijo Heviu, yendo hacia una de las carpetas de recortes que había sobre la mesa.

De allí sacó varios artículos, que recogían algunos de los casos que habían estudiado.

—Pero no es así —continuó—. En la ciudad hay dos grandes agencias especializadas en sucesos. Son tan buenas que, quitando los casos más espectaculares, cubren la información en toda la ciudad.

Heviu repartió varios recortes a sus compañeros.

—El noventa por ciento de los casos, remontándonos hasta 1996, han sido cubiertos por estas dos agencias. Si vamos más atrás, hasta 1991 sólo actuaba una de ellas, la otra sería creada años después.

—Heviu —dijo Mario incómodo, incorporándose en el sofá—, ¿adónde quieres llegar con todo este batiburrillo de datos? Esto está empezando a tener pinta de esa teoría conspiratoria de la que hablabas antes.

Ella no le prestó atención. Prefería que ellos mismos sacaran sus propias conclusiones.

—También sabéis que los datos de las empresas mercantiles son públicos y se pueden descargar desde Internet por unas pocas libras —ellos volvieron a asentir—. Pues bien, las dos agencias pertenecen a un mismo grupo empresarial fundado en 1984. Un grupo que se dedica a muchas otras cosas, como la construcción, las inversiones en bolsa o las agencias de viaje. ¿Sabéis quién se encargaba de informar sobre sucesos locales a la mayoría de los medios antes de la creación de cualquiera de estas dos agencias? Es más, ¿sabéis a qué grupo de empresas pertenecía?

Mario terminó de incorporarse en el sofá y el sueño se le fue de un plumazo. Cecyl se inclinó en la silla, atento a cada palabra de su hija.

—Es demasiada casualidad —dijo el muchacho.

—Demasiada, porque siempre hablamos del mismo grupo empresarial. Y antes de 1984 otra de las empresas de ese grupo era una agencia que hacía el mismo trabajo, y con anterioridad era otra bien distinta. Siempre con socios diferentes, lo que también me ha resultado extraño; es como si pretendieran ocultar la fuente que hay detrás de todo este capital.

—¿Hasta dónde has llegado? —preguntó Cecyl, que se mostraba lívido y había apagado el cigarro nada más encenderlo.

—He podido investigar en Internet sólo hasta los años veinte del siglo pasado, pero podría aventurar que un porcentaje alto de la información sobre los sucesos que hemos estudiado provienen directamente de una misma y única fuente.

El silencio se hizo presente en la sala. Dudas, nuevas dudas se abrían camino entre ellos, aunque mucho más cercanas a una respuesta.

—He hecho algo más —dijo Heviu tomando un recorte de prensa que había estado buscando y también una ficha policial—. He comparado lo que aparecía en la prensa con lo que recogía la policía sobre el mismo caso. A ver qué os parece.

Entregó un documento a cada uno. Cuando terminaron de leerlo lo intercambió para que los dos tuvieran la misma información.

La noticia tenía varios años y era una crónica de un diario muy conocido. Contaba cómo había sido hallado el cuerpo de un hombre en el alcantarillado público. Al parecer lo habían asesinado en la calle, en una buena zona de Londres. El asesino le pegó un tiro en una pierna y después le destrozó la cabeza con la tapa de una alcantarilla. Para eso había que tener una fuerza considerable, aunque el periodista no lo reseñaba. El cuerpo lo habían arrojado por el sumidero. El informador afirmaba que debía tratarse de un robo, ya que el cadáver había sido desvalijado. La sangre del cuerpo se había disuelto entre las aguas fecales, aunque esto se contaba como una anécdota curiosa.

El informe policial era similar, pero ahondaba en aspectos que no recogía el periodista. El forense había encontrado incisiones en las muñecas y en el cuello causadas por arma blanca. En grupos de dos, para ser exactos. Apuntaba a que podía tratarse de un crimen pasional, por el ensañamiento con el cuerpo, y que éstas eran las causas del desangramiento. También mostraba su extrañeza por la ubicación del cuerpo; después de ser arrojado a la alcantarilla, su asaltante había tenido que descender hasta allá abajo para arrastrar el cuerpo hasta el canal de agua, un canal tan poco caudaloso que apenas había desplazado el cadáver. ¿Para qué tanto esfuerzo?

—Estos datos no estuvieron protegidos por secreto de sumario —dijo Heviu cuando los dos hubieron terminado—. ¿Conocéis a algún periodista al que una información tan truculenta no le hubiera parecido apetecible?, no es difícil identificar un caso así con el ataque de un vampiro, ¿no os parece?

Cecyl se puso de pie. Se había llevado la mano a la boca, como cuando estaba preocupado, y paseaba de un lado para otro intentando ordenar sus pensamientos.

—La información ha sido tamizada durante años. Ha existido una campaña orquestada de desinformación —terminó Heviu—. Y esto no es obra de una sola persona.

Mario estaba ahora completamente despierto, sentado apenas en el filo del sofá, prestando toda su atención a lo que decía su compañera.

—Entonces... —dijo el chico en un susurro— ¿De qué estamos hablando? ¿De un vampiro suelto por Londres o de una manada de locos sanguinarios?

Heviu sacó su portátil del maletín y pulsó el botón de encendido. Aún tenía mucha información que recopilar, y cuanto antes terminaran, mejor.

—Debemos revisar los casos uno por uno —dijo—. Comparar los archivos policiales con las noticias aparecidas en prensa. Necesitamos conocer a este grupo de empresas, cualquier cosa, quiénes son, de dónde proceden, hasta su cuenta de pérdidas y ganancias...

Se quedó mirando la pantalla de su ordenador. Algo le ocurría. Estaba parpadeando antes de encenderse. Hizo dos intentos más antes de recobrar la normalidad, pero el gestor de correo electrónico se estaba abriendo solo, sin que ella lo activara.

—¿Qué sucede? —preguntó su padre ante la mirada de extrañeza que tenía Heviu.

Estaban los tres con la vista puesta en la pantalla cuanto el correo que acababa de entrar en la bandeja se abrió para mostrar su contenido.

Sant James Park. Hoy. 15.30.

Permaneció en la pantalla durante unos segundos, lo justo para que lo vieran con claridad y se percataran de que no había remitente. Después desapareció sin dejar rastro.

* * *

La lancha apenas rozó la sólida pared de ladrillo rojo cuando Revel ya la ataba con la soga a uno de los pilones de madera clavados en el cieno de la marisma, que salían a la superficie como largos dedos blancos.

Ayudó a Sibila a descender, y él la siguió por la estrecha escalera de mármol hasta la explanada de césped que ocupaba el contorno de la isla.

Cuando aún atravesaban la laguna ya se habían percatado de que era apenas un islote, realmente pequeño. Un cuadrado de color esmeralda en medio de aquel trozo cautivo de mar, muy cerca de Lido, bordeado en todo su perímetro por un murete de ladrillo rojo que alternaba con una elegante balaustrada de mármol blanco. Justo en el centro de la isla estaba el monasterio, que destacaba por una alta torre, blanca, alzándose al cielo, el único relieve de aquella tranquila ínsula plana y *rojiverde*, como un sapo gigante descansando en una charca.

Anduvieron por el muelle hasta un estrecho camino que llegaba a una plaza circular, justo frente a la entrada principal del monasterio. A aquellas horas no había nadie a la vista; el único *vaporetto* que llegaba a San Lázaro de los Armenios lo hacía dos veces al día, y siempre por la tarde; en esos momentos y durante toda la mañana, la isla estaría desierta de turistas.

Si alguno de los dos había imaginado un vetusto monasterio medieval, estaba equivocado. Ante ellos lo que se alzaba era un aristocrático edificio dieciochesco de dos plantas, pintado en un cálido color siena en el que sólo resaltaban las ventanas enmarcadas en mármol blanco y cerradas por persianas verdes.

Como si esperaran su visita, desde el edificio central apareció un religioso armenio de hábito negro y larga barba entrecana.

—¿Problemas? —le susurró Sibila al profesor cuando el sacerdote se encaminó hacia allí con paso firme y el entrecejo fruncido.

—Eso siempre —le contestó Revel—. Forma parte de la profesión.

Cuando llegó a donde ellos estaban, el monje se dirigió en italiano y el profesor le respondió en inglés. Tras un rato de galimatías y al ver que no había entendimiento, Sibila intercambió con él unas palabras en español. El hombre no parecía muy contento de haberles encontrado a las puertas del monasterio, asintió varias veces, negó otras tantas y al final, tras una larga perorata, les pidió que le siguieran.

—¿Qué ha dicho? —preguntó Revel mientras caminaban detrás, sin saber adónde les llevaba.

—Que no es horario de visitas —susurró ella—. Pero ha accedido a dejarnos ver al bibliotecario.

Entraron en el monasterio por el pabellón central, e inmediatamente se encontraron sumergidos en el ambiente recogido de la congregación. La luminosidad del exterior contrastaba aquí con la penumbra sobria de las estancias, con techos de maderas oscuras y paredes blanqueadas, sólo adornadas por algún cuadro religioso o por el escaso mobiliario. Al fondo se veía el patio central alrededor del cual se articulaban las habitaciones. Debía de ser el centro de la congregación y a aquellas horas la comunidad era posible que estuviera allí reunida. Sin embargo, el hermano les alejó de allí. Atravesaron varias salas más hasta llegar al refectorio, donde un monje estaba preparando la larga mesa para la colación del día. Después giraron a derecha e izquierda, y bordeando la iglesia, hasta llegar a la biblioteca.

En comparación con la grandiosa biblioteca celestial del monasterio de Teplá, ésta resultaba bastante modesta. Estaba compuesta de varios salones de techo bajo, forrados con vitrinas de hermosa madera dorada. Había algunos cuadros, y estanterías con objetos curiosos, como abanicos y estatuas chinas. Lo más destacado era un sarcófago egipcio de un azul intenso dentro de una urna de cristal. Los libros estaban guardados tras los cristales de las vitrinas, reservados del polvo y la humedad de la laguna. Allí había pocos ejemplares, aunque podrían abarcar todas las épocas; desde delicados manuscritos miniados hasta libros de bolsillo en polaco amontonados encima de una mesa. Sobre el marco de una puerta había un retrato de Lord Byron. Revel recordó que el poeta inglés había estado en la isla disfrutando de su biblioteca y quizá compartiendo sus secretos. Incluso juraría que la fama de la colección provenía de aquella aristocrática visita.

Justo a la entrada, sentado tras una mesa de melanina, había un hombre joven, también con el hábito religioso, trasteando delante de una pantalla de ordenador. La mesa y el PC quedaban fuera de lugar en aquel ambiente encapsulado del monasterio. Parecía que un viajero en el tiempo los había dejado olvidados allí desde un futuro remoto.

El religioso que los había recibido intercambió unas palabras en armenio con el bibliotecario. Después se marchó sin dirigirles la palabra. El joven monje se levantó despacio, como sucedían todas las cosas en aquella isla, y les ofreció una sonrisa muy tímida.

—Como el padre Mequitar les ha comentado, hoy no recibimos visitas —lo dijo en un inglés demasiado académico, de los que usan los guías que tienen muy aprendido el itinerario—, pero ya que están aquí y sólo son dos, pueden echar una ojeada.

Le dieron las gracias y Sibila se acercó a una de las vitrinas. No podía leer nada de lo que estaba escrito en los lomos de aquellos libros, pero percibía que podía haber algo casi místico en ellos; quizá sólo eran sus años de supervivencia como contenedores de conocimiento, años que pasaban incluso por encima de la vida de sus autores; quizá el saber que aquellos libros eran los depositarios de una cultura casi extinta como era la armenia.

El bibliotecario se acercó a ella con sus pasos quedos, como de gato, y con una pequeña llave abrió la vitrina. Con sumo cuidado tomó uno de aquellos libros y lo depositó en las manos de Sibila. Lo hizo con tanta dulzura como si se tratara de un bebé muy frágil.

—Esta obra es un Evangelio escrito en el año 902 —dijo con voz susurrante. Sibila se preguntó si los bibliotecarios eran elegidos por su voz, o ésta se transformaba con el paso de los años—. Fue encargado por la reina Melk'é de Vaspouraka. Como ve, presenta una clara influencia alejandrina. Las obras de este tipo suelen ser heterodoxas, nutridas de fuentes populares, pero están cargadas de nobleza. Son muy características de la época feudal.

Lo decía como si se tratara de un mercader que relataba las magníficas cualidades de su mercancía.

Revel se había aproximado a ellos, atraído por el olor de los libros encerrados, que con su aroma breve a cultura antigua habían inundado la biblioteca al abrir la vitrina. El bibliotecario tomó otro volumen, comprobó el nombre que aparecía en el lomo y lo puso en manos del profesor.

—Este otro también es muy interesante —dijo mientras Revel abría sus páginas con reverencia—, se titula *Kalendar*. Está escrito por un matemático armenio que vivió en el siglo VII. Era un gran viajero, visitó la mayor parte del Imperio griego y estudió en Trebizonda. Fundó una escuela de la que salieron notables discípulos. Ese volumen es el segundo de cuatro. Todos atesorados aquí.

Revel volteó el libro para ver el lomo

—Pensé que ya no existía ningún ejemplar de esta obra —había leído referencias sobre el mítico *Kalendar*, pero siempre había pensado que se había perdido entre las sombras de la historia.

El religioso lo miró con curiosidad. Era la primera vez que un turista mostraba tener conocimiento sobre alguno de aquellos libros escritos en lengua armenia. Incluso interés más allá de la anécdota repetitiva que siempre contaba de los mismos volúmenes.

—Los tesoros de San Lázaro son poco conocidos —intentó estar a la altura de la argumentación del visitante—. Aquí atesoramos libros que han cambiado la percepción que teníamos de la antigüedad, que han ayudado a construir la historia tal y como hoy la conocemos.

Con su paso felino fue hasta una de las vitrinas que había al frente. La abrió con la misma llave diminuta y sacó un nuevo libro que les mostró en sus manos.

—En 1878 —dijo mientras pasaba las páginas—, con gran sorpresa de los sabios occidentales, nosotros, los mequitaristas de San Lázaro, publicamos una traducción de este manuscrito del siglo X. Es un solo fragmento en armenio de una apología titulada *Al emperador Adriano César de parte del filósofo ateniense Arístides*. Era la primera vez que salía a la luz una traducción armenia de la apología de Arístides.

—¿La mencionada por Eusebio? —preguntó el profesor realmente interesado.

—La misma —el bibliotecario estaba sorprendido—. Hasta entonces era sólo una cita, un libro que pudo existir pero del que no había quedado nada. Se confirmó unos años después, en 1889, cuando se descubrió en el monasterio de Santa Catalina del Monte Sinaí una traducción completa en sirio de la obra. Les cuento esta historia para que se hagan una idea de lo que guardamos aquí.

Y se la hacían, de hecho por eso estaban ellos allí. ¿Era ya el momento de tocar el tema de la colección de magia negra que debían esconder en algún recóndito lugar de aquel edificio?

—Tengo entendido —dijo el profesor con cautela—, que también existen en San Lázaro las veinticuatro homilías sobre *El libro de Job,* en una versión armenia del *Codex* 339.

—Del siglo XIII, así es —confesó el fraile—. Parece que la obra original cubría todo *El libro de Job* y que el traductor armenio, en los siglos VI o VII, se detuvo en el capítulo veinte. Del resto del libro han sobrevivido algunos fragmentos. Todos guardados en estas vitrinas. Ese volumen no es posible verlo, lo siento.

El bibliotecario, despacio, volvió a tomar los dos libros que les había entregado y los colocó con cuidado en el espacio vacío que habían dejado en sus anaqueles. Después cerró de nuevo las vitrinas y dio una vuelta a la llave.

—El monasterio —se volvió hacia ellos y permaneció muy quieto, mano con mano— no sólo fue famoso por su extraordinaria biblioteca, sino que hasta 1993 también tuvimos una activísima imprenta capaz de publicar textos en treinta y seis idiomas. Fue aquí donde se hizo la primera traducción de la Biblia en armenio, que incluía una guía de gramática y un diccionario de armenio clásico. Esta biblioteca alberga la historia de Armenia. Para que se hagan una idea de su magnitud, en el mundo se conservan aproximadamente veinticinco mil manuscritos armenios completos que abarcan desde el siglo IV al XVIII. Sólo esta biblioteca reúne cinco mil de ellos.

Revel asintió, mantenía la mirada clavada en el religioso, buscando el momento de contarle por qué estaban allí. Sibila había cedido el dolor de sus músculos por la amarga decadencia de aquella biblioteca. Seguía observando los perfiles de los libros encerrados tras los cristales, escritos algunos en lenguas ya muertas, como fantasmas literarios de civilizaciones perdidas.

El monje mantuvo la mirada fría de Revel Colina.

—Evidentemente ustedes no son turistas —dijo con su voz susurro.

El profesor prefería no dar explicaciones; no siempre daban buen resultado.

—Buscamos un libro —dio por respuesta—. Quizá pueda usted ayudarnos.

La tímida curiosidad del bibliotecario se empezó a tornar en alarma. Sin quererlo había dado un paso hacia detrás, y sus manos se habían separado, parapetándose en su costado. La mayoría de aquellos monasterios apartados sabían lo que eran los traficantes de libros antiguos; gente sin escrúpulos que no dudaban en usar cualquier artimaña para hacerse con alguno de sus volúmenes de valor incalculable. Ellos, ahora, debían demostrar que no lo eran.

—¿De qué clase de libro se trata? —los miraba alternativamente a uno y a otra, intentando localizar más indicios que le informaran sobre quienes eran aquellos dos desconocidos—. Nuestro catálogo es finito, y la mayoría de las obras que aquí atesoramos no son accesibles, están guardadas en un lugar seguro, como comprenderá.

Revel sabía que estaban entrando en la parte más difícil de la negociación. Acceder a libros antiguos era complicado. Incluso para investigadores. Tener entre sus manos un volumen como el que ellos buscaban, único, anónimo, descatalogado, era casi imposible.

La práctica le decía que en estos casos lo mejor era decir la verdad, o una imagen de ella, por absurda que pareciera.

—Es un antiguo libro de magia. Siglo XII. Escrito posiblemente en latín. Procede de Bohemia.

—Esto es un monasterio, señor. Aquí no hay libros de magia.

Y claro que los había. Revel lo supo al instante, al ver cómo se le dilataban las pupilas. Así que la leyenda de San Lázaro de los Armenios era cierta; la mayor biblioteca de libros de magia...

—Por supuesto que no —dijo para calmarlo—, pero todos los indicios nos dicen que puede estar escondido aquí.

Sus palabras no habían logrado eliminar la sospecha que ahora era evidente en el bibliotecario; ladrones. Estaba apoyado sobre su mesa, y seguía observándolos alternativamente a uno y a otra, como una inacabada partida de ping-pong. Sibila parecía no darse cuenta de lo que pasaba a su alrededor. Por la palidez de su rostro Revel estuvo seguro de que estaba empezando con otra de sus cada vez más frecuentes crisis de dolor.

—Insisto en saber para qué quieren ustedes ver uno de nuestros libros —la voz del monje se había afilado y cortaba como una navaja.

Revel, con cuidado de no alarmar más al religioso, buscó en su pantalón hasta sacar del bolsillo la credencial que lo acreditaba como investigador. Se la entregó junto con el pasaporte.

—Puede comprobar mis datos.

El religioso los tomó con el mismo cuidado con que trataba a los viejos legajos y leyó detenidamente. Después pidió también la documentación de Sibila.

—Ella no es investigadora —repuso el profesor sin mirarla—. Es mi ayudante.

Pareció convencerse de que así era y descolgó el teléfono que había sobre la mesa. Hizo una llamada marcando un solo número, por lo que Revel dedujo que era una comunicación interior. Habló durante un rato, en armenio, y después se dirigió a ellos de nuevo.

—Disculpen esta desconfianza, pero los manuscritos que se guardan aquí son muy valiosos. Más aún los del tipo y antigüedad del que usted me está hablando —el profesor se preguntó qué significaría aquello de *el tipo*—. Cuando vienen investigadores debemos comprobar su solvencia y comunicarlo a la policía. En el pasado ya hemos sufrido algún robo. Algo muy desagradable. Créanme.

Revel le transmitió en pocas palabras que lo comprendía y estaba de acuerdo con la medida. No era una práctica rara en las bibliotecas con fondos tan valiosos como aquélla. De hecho lo normal es que en ese momento estuvieran grabándolos con alguna cámara. Buscó disimuladamente y le pareció ver el oscuro objetivo de una entre el tallado que coronaba una de las vitrinas.

—Si me indica qué libro buscan... —dijo el bibliotecario más calmado, sentándose delante de su ordenador.

—No tenemos ni nombre ni autor. Sabemos que es un volumen sin iluminar, del siglo XII. Llegó a Venecia procedente de Constantinopla inmediatamente después de la caída de la ciudad, en el siglo XV. Posiblemente con los venecianos que huyeron del sitio.

El monje introdujo los datos en el ordenador. Antes de que éste respondiera indicando los resultados de la búsqueda, ya había pasado una idea por su cabeza de dónde podía estar un libro como aquél, si es que existía.

—Podría pertenecer a la colección de Minotto —le dijo a Revel—. Era el jefe de la colonia veneciana en Constantinopla antes de la caída de la ciudad. Murió tras la batalla pero se pudieron repatriar algunas de sus posesiones. Algunos de sus libros fueron depositados aquí a mediados del siglo XVIII, cuando ya no quedaban familiares para cuidar del legado.

El profesor no estaba muy seguro de que ésa fuera la causa de que el libro hubiera ido a parar allí, justo en la centuria en que Europa era arrasada por supuestas plagas de vampiros. ¿Qué mejor lugar para pasar desapercibido que en un perdido monasterio ubicado en una diminuta ínsula de una laguna impracticable?

El monje introdujo algunos datos en el ordenador y en la pantalla apareció un listado de títulos con una signatura al lado de cada uno. El bibliotecario hizo de nuevo una breve llamada por teléfono y después imprimió la lista. A los pocos minutos un corpulento monje de mediana edad aparecía por la puerta y sin mediar palabra tomó el sitio libre del ordenador cuando el otro se levantó.

—Es por seguridad —dijo el bibliotecario.

Revel inclinó la cabeza en señal de comprensión, y el monje se dirigió hacia el interior de la biblioteca. En el silencio absoluto del edificio, pudo oír sus pasos felinos avanzando hacia el corazón de aquella colección de incunables, después el tintineo de un manojo de llaves y el crujido de una cerradura que se resistía, los goznes de una puerta y nada. Silencio.

—¿Se encuentra bien? —le preguntó a su compañera, que continuaba a su lado, mortalmente pálida.

—No es nada —dijo ella con una sonrisa que no llegó a dibujarse—. Ya está pasando.

Sibila cerró los ojos e intentó alejar aquel dolor. Algunas veces, si su cabeza inventaba historias y era capaz de creerlas, casi desaparecía. En aquel lugar podía imaginar cuentos relacionados con aquellos libros, con lenguas muertas y sarcófagos egipcios.

Pasó un buen rato que no supieron calcular. Revel se entretuvo revisando el contenido de las vitrinas, aunque no perdía de vista a Sibila, callada y muy quieta sentada a su lado. Poco a poco parecía encontrarse mejor, el temblor de sus manos de hacía un momento había ido desapareciendo y su rostro empezaba a mostrar algo de color.

El mismo sonido de bisagras, llaves y pasos silenciosos precedieron a la aparición del bibliotecario. Portaba un objeto en la mano.

Aún viéndolo venir desde lejos, Sibila sintió un ligero escozor en la base de la nuca, acompañado por una sensación de vértigo muy parecida a la que sienten los corredores cuando están muy cerca de la línea de meta. No. Estaba segura de que aquello no tenía nada que ver con su enfermedad. Le había pasado otras veces antes, cuando algo importante estaba a punto de suceder.

Cuando llegó hasta ellos, el monje depositó con cuidado un libro sobre la mesa.

—Sólo podría ser éste —dijo con su voz de prudencia—. Está datado a finales del siglo XII y es de procedencia centroeuropea, ignoro si de Bohemia o no. Tampoco figura el autor ni tiene título alguno. Llegó a Venecia en 1453, junto con otras pertenencias de Girolamo Minotto. Está con nosotros desde 1734. Siempre ha sido un misterio cómo llegó hasta aquí. En principio no está incluido en la relación de objetos que se donó al monasterio. Tampoco se catalogó su entrada. Sin embargo, allí estaba cuando se abrieron las cajas y se empezaron a consignar los volúmenes.

Revel sólo tuvo que lanzar una breve mirada al libro para saber que aquél era el que buscaban.

De pequeño formato, poco más de una cuarta, estaba encuadernado en piel blanqueada, que el paso del tiempo había teñido de un profundo color amarillo. La cubierta estaba bastante ajada, cortada en el lomo por las grietas que imprime el tiempo y despuntada en las esquinas deshidratadas. No era un volumen muy grueso, apenas tenía el grosor de un lapicero. Parecía más bien un cuaderno que un antiguo libro medieval; sin adornos de ningún tipo, sin letras en lomo ni portada, sin nada que lo identificara en la cubierta. Era la perfecta expresión del anonimato. Todo en él estaba concebido para pasar desapercibido y diluirse ligeramente entre los tesoros de una biblioteca como aquélla o como cualquier otra.

—Es... delicado —advirtió el monje, tendiéndole unos guantes blancos antes de que Revel pudiera tocarlo—. Extreme el cuidado.

El profesor asintió, se los puso, y después lo abrió despacio, sopesando con aquel ligero movimiento la resistencia de la encuadernación. Estaba cosido con un hilo grueso, seguramente un tendón de ternera, y aún resistía que sus hojas permanecieran unidas. Al abrirlo les llegó un aroma suave; olía a polvo y a moho, al polvo de los viajes que desde su creación había tenido que emprender para huir de sus perseguidores, y al moho que primero se había asentado entre sus hojas de las azules aguas del Bósforo, y después de la verdosa laguna veneciana. La primera página era de cortesía. Estaba en blanco, con manchas que tenían la forma que dejan las olas en la arena cuando se alejan de la orilla. Revel la pasó despacio hasta que en la segunda encontró la escritura. Sibila, a su lado, se acercó para mirarlo, pero se volvió a apartar, como si algo en el libro creara una barrera invisible. La escritura apenas se leía; estaba marcada a trazos grandes, sin florituras, ni ningún cuidado, en una columna estrecha que se centraba en el blanco sucio de la página. La tinta, que en su momento tuvo que ser negra, era ahora de un color pardo muy claro, incluso difícil de distinguir en algunas zonas.

Pasó página a página, entreteniéndose en cada una de ellas, leyendo el texto en latín, acariciándolas antes de volverlas. Aquellas hojas sucintas, apresuradas, como las que guardan los mejores secretos. Había un total de cuarenta y seis. Las últimas veinte estaban en blanco.

Todo este proceso duró tanto tiempo, que cuando terminó se dio cuenta de que tenía un hambre atroz y de que la luz que se filtraba por la ventana había cambiado de tonalidad. Miró a su compañera para ver en sus ojos un gesto de angustia que no conocía de antes. Estaba más apagada, consumida como la cera de una vela. La enfermedad la estaba fulminando a ojos vista, como si sospechara que pronto podía ser vencida y lanzara a la carga a toda su caballería. Después se volvió de nuevo hacia el libro y lo cerró. Aún acarició un momento la cubierta antes de apartar su mano con un gesto reverencial.

—Éste es —le dijo al bibliotecario sin mirarlo, devolviéndole los guantes—. Guárdelo bien.

Sin más salió de la biblioteca, atravesó despacio el convento, sin fijarse en los monjes que se disponían ya a comer en una comitiva silenciosa que le saludaban con una inclinación de cabeza al pasar, hasta llegar al embarcadero. Se sentía extrañamente turbado, como si el peso de las nubes que se movían inquietas en el cielo, cargara sobre su espalda.

Estaba seguro. Aquél era el libro que buscaban. Lo había leído en el texto. Un texto en latín que hablaba de sangre, de muerte, de destrucción, e invocaba a dioses antiguos para detener un maleficio. Era sin duda el Libro Blanco.

—Lo has dejado allí —oyó la voz de Sibila a su lado.

No había sonado a reproche, sino que tenía el tono de quien hace un comentario sobre el tiempo. Ella no parecía la misma, estaba derrotada, como un guerrero después de la euforia de la batalla. Un guerrero que ha perdido y sólo espera a que el enemigo venga a cobrar su recompensa.

—Aquí estará seguro —dijo Revel sin mirarla, perdidos los ojos en las negras aguas de la laguna—. Quizá más seguro que nosotros.

Ella no contestó.

—¿Sabrá guiar la lancha hasta el hotel? —le preguntó a Sibila—. Necesito estar aquí un rato a solas. Después volveré en el *vaporetto*.

Capítulo 23

Si hay en el mundo una historia bien documentada es la de los vampiros. No falta nada: testimonios orales, relatos de personas respetables, de cirujanos, sacerdotes y magistrados.

Carta al Arzobispo de París,
Jean-Jacques Rousseau (1712 -1778).

Hacía... ¿Cuánto? ¿Veinticinco años que no iba de la mano de su padre? Quizá desde que era una niña pequeña a la que aún no le había entrado el deseo de independencia. Sin embargo, hoy, cuando Cecyl la tomó de la mano al entrar en St. James Park, se sintió reconfortada y segura.

Avanzaron por The Mall, la avenida principal del parque, que llevaba desde Trafalgar hasta el palacio de Buckingham.

—Bien, ¿y ahora qué? —dijo Cecyl ya bastante adentrados en la floresta del parque.

Caía una lluvia suave y hacía frío. Aun así se cruzaron con varios grupos de turistas acorazados en sus brillantes chubasqueros, indemnes a las inclemencias del tiempo en pro de una cámara fotográfica bien cargada de imágenes.

—El mensaje no especificaba ningún lugar en concreto —respondió su hija— y el parque es muy grande. Supongo que nos encontrará él a nosotros.

—¿Él?

—Bueno, quien sea que quiera vernos.

Heviu miró alrededor. Ni rastro de la sombra oscura que la siguió días atrás. Cada vez que la recordaba sentía una aprensión extraña, irracional. Desde aquel día no la había abandonado la sensación de que la seguían. Era como una mancha sombría que se cruza y que al intentar enfocarla desaparecía.

Siguieron avanzando por el camino.

—Papá —advirtió Heviu.

De frente a ellos venía un hombre solitario que cubría su rostro con un paraguas negro. No pudieron evitar ponerse en alerta. Cecyl apretó con fuerza la mano de su hija y espaciaron el paso. El hombre caminaba apresurado, intentando resguardarse de la lluvia. Se cruzó con ellos sin apenas mirarlos y se alejó avenida abajo.

Heviu soltó el aire que, inconscientemente, había contenido en los pulmones.

—Será mejor que nos relajemos. Si ha decidido quedar en un lugar público no debemos temer nada, ¿verdad?

Su padre asintió y le lanzó una sonrisa.

—Vayamos por allí —dijo señalando una frondosa vereda que llevaba hasta el estanque—, quizá esté esperando a que lleguemos a un lugar más tranquilo para hacerse visible.

Heviu estuvo de acuerdo, aunque le recorrió la espalda un azote de frío cuando abandonaron el camino principal para dirigirse a una zona más alejada del parque, donde la maleza era más espesa y el tránsito de viandantes menor.

Sabían que Mario les estaba vigilando desde algún lugar del inmenso jardín, aunque no querían buscarlo con la mirada para no descubrir su posición. Habían acordado esa mañana que dos de ellos acudirían a la cita y el tercero les cubriría la espalda, preparado para intervenir a la primera señal de que algo anormal estaba sucediendo.

En ese momento la senda que habían tomado estaba casi desierta, a no ser por dos figuras, la de un hombre y una mujer, que avanzaban hacia ellos cobijados bajo un paraguas común.

Heviu y su padre intercambiaron una mirada. Ella estudió la zona donde estaban, buscando una vía de fuga por si las intenciones de sus interlocutores no fueran las mejores. Eso es lo que habían hablado, pero a ninguno de los dos se le había ocurrido pensar que en un lugar como aquél sólo se podía correr y correr hasta encontrar a alguien que quisiera ayudarles, nada más.

—Ponte detrás mía —le susurró su padre al oído. Pero ella no estaba dispuesta a hacerlo. Él era un hombre mayor y achacoso, a pesar de su corpulencia. Ella en cambio estaba bien entrenada y una de sus patadas podía hacer mucho daño.

Los segundos pasaban y la pareja se iba aproximando, paso a paso, hasta que estuvieron muy cerca. En ese momento el hombre sacó un mapa de su bolsillo y les preguntó por una dirección. Heviu parpadeó varias veces antes de entender qué le decía; estaba más concentrada en partirle la cara que en ser una amable cicerone, sin embargo, le contestó con una sonrisa nerviosa, aprovechando para mirar a ambos lados mientras le indicaba hacia dónde debían ir.

Cecyl en cambio no bajó la guardia, y no lo hizo incluso cuando se habían marchado. En aquel parque, junto a él, estaba el cincuenta por ciento de lo que más le importaba de este mundo y no iba a dejar que le pasara nada. El otro cincuenta por ciento era el hijo de Heviu que debía estar refunfuñando en aquel mismo momento sin saber por qué su madre lo estaba mandando a casa de unos amigos de Edimburgo.

Llegaron a la orilla del lago. Lo habitual era que en aquella zona hubiera bastante gente haciendo deporte, niños jugando y parejas enamoradas asomadas a las aguas negras del estanque. Pero hoy sólo había un par de mujeres que habían decidido traer allí a sus pequeños pese a la lluvia, una anciana que se parapetaba bajo un paraguas de colores eléctricos y un par de deportistas que hacían ejercicios después de correr varias millas.

Cecyl y Heviu se detuvieron a la orilla del lago. Ya habían pasado diez minutos de la hora acordada y no había señales de su interlocutor.

—¿Crees que vendrá? —preguntó ella.

—Espero que sí.

Permanecieron allí un rato más. El frío calaba los huesos y la fina lluvia estaba empezando a convertirse en una impertinente tormenta. Estaban a punto de desistir cuando se les acercó un corredor enfundado en un chubasquero.

—¿Es usted la señora Heviu Ancel? —le preguntó al llegar a su altura.

Ella lo observó antes de contestar; no debía pasar de los veinte años, tenía aspecto de deportista y una cara pecosa que le acercaba más a un personaje de televisión que a un sediento vampiro. Sin embargo, su padre ya se había colocado entre ella y el corredor.

—Sí —dijo por ella.

—Les esperan en el Café de la Cripta, en St. Martin-in-the-Fields —dijo el chico sin más.

Cecyl lo cogió por el chubasquero; a pesar de la diferencia de edad, seguía siendo un hombre corpulento.

—¿De qué va esto?

El chico se revolvió hasta soltarse.

—Eh, viejo, que yo no tengo nada que ver con esta mierda —le dijo poniéndose a salvo de sus manos—. El tipo aquel me ha dado diez libras para que le entregue el mensaje. A mí no me metan en sus líos.

Miraron en la dirección que señalaba, pero no había nadie.

—Estaba ahí hace un momento —dijo el muchacho—. Era un tipo con cara de flipado y voz de anginas.

Heviu buscó alrededor, pero no había nadie más que los que ya estaban cuando llegaron.

—Te creo —y era cierto, la sensación de angustia se había acusado desde que llegara al parque. Quizá fuera porque intuía su presencia—, pero necesito que nos lo describas.

Sacó veinte libras de su bolsillo que el chico miró con ojos brillantes; la carrera le iba salir beneficiosa hoy.

—Sólo lo he visto un segundo. Era un tipo vestido de negro, alto, con el cabello largo. No me he fijado en nada más. Se cubría de la lluvia con un sombrero, y un abrigo largo.

Cecyl miró a su hija; ella asintió, aunque su rostro ya le había dicho que la descripción encajaba con la persona que la había seguido a través del parque.

—¿Quién nos espera en St. Martin? —ya estaba harto de dar vueltas bajo la lluvia.

—Ni idea. Sólo me ha dicho eso. Bueno y que...

—¿Te ha dado algún otro recado? —le apremió Cecyl.

—Sí —terminó el chico—, que hablará con ustedes una mujer. Ella les reconocerá.

* * *

Volvieron sobre sus pasos por la abarrotada Trafalgar Square, hasta la esquina donde se encuentra la iglesia de St. Martin, frente a la National Gallery.

Heviu no pudo evitar que sus labios formaran una gélida sonrisa antes de entrar en el Café de la Cripta. Había cierto sarcasmo en el hecho de haber elegido un lugar como aquél para la cita. Con la última restauración de la iglesia, se había habilitado la cripta como lugar de ocio. El arquitecto había conseguido una buena combinación entre lo familiar y lo macabro; se habían mantenido las lápidas de las tumbas como parte integral del enlosado del local y sobre ellas se disponían las mesas, las vitrinas de pasteles y las latas de bebidas isotónicas de rabiosos colores eléctricos. Por muchas veces que se visitara siempre terminaba por resultar extraño el hecho de tomar un trozo de tarta de fresas sobre la tumba centenaria y gastada de un diácono de la Iglesia de Inglaterra.

Descendieron por las empinadas escaleras por las que se accedía desde la calle al salón. El espacio, amplio y abovedado, estaba iluminado con velas y discretos focos que lograban mantener la penumbra. Había una barra donde los ajetreados camareros tomaban nota de las comandas, y un cuarteto de música clásica afinando instrumentos para empezar su interpretación. Se decía que en St. Martin se podían escuchar a los mejores intérpretes por el precio de un café, y todos los días. Había bastante gente. Turistas en su mayoría, y grupos de niños con calcos reproduciendo las imágenes de las tumbas; una de las actividades infantiles que más éxito tenía últimamente en la cripta.

Permanecieron en medio del salón, mirando a todos lados, como un par de niños perdidos, a la espera de encontrar una señal de qué hacer.

El chico les había dicho que *una mujer* los reconocería, y así fue. Desde una de las mesas más apartadas vieron como una señora les hacía una breve señal con una mano. Fue un gesto casi inapreciable, resguardado bajo unas tupidas e innecesarias gafas de sol.

—Es ella —dijo Heviu encaminándose hacia la mesa. Pero antes de que pudiera dar el primer paso, su padre la detuvo con una mano.

—Espera... ¿Estás segura de que quieres hablar con esa mujer?

Ella lo miró sin entender qué quería decir.

—Hemos venido aquí para eso, ¿no?

—Sí. Por supuesto. Pero entonces...

Se pasó la mano por la mejilla, perfectamente rasurada. En treinta y cinco años impartiendo clase ninguno de sus alumnos podía decir que su profesor de lengua hebrea se hubiera olvidado de afeitarse. Ahora que estaban allí tenía miedo de que esa conversación les llevara a un punto sin retorno, demasiado lejos como para poder optar a olvidarlo todo. El olvido era tan terrible como la falta de él. Que su mente se empeñara en mostrarle las miserias de la vida, de su vida, era una condena que se le había olvidado al pobre de Dante.

—Tienes razón —dijo sin más, ante la mirada perpleja de su hija—. Son sólo aprensiones de viejo.

Cecyl se aseguró de que no había peligro; a primera vista no había rastros del tipo que Heviu y el chico del parque habían descrito. Allí todo eran turistas que degustaban su aperitivo comentando lo que aún les quedaba por visitar, a la espera de un concierto. De todas formas se acercaron con cautela, incluso dudando si de verdad habían visto el gesto de la mano de aquella mujer.

A pesar de la gabardina negra que aún llevaba puesta, se percibía que era extremadamente delgada. Llevaba el cabello blanco recogido en un pequeño moño sujeto con horquillas y el rostro surcado por profundas arrugas. Cuando acercaba a sus labios la taza de porcelana lo hacía con una mezcla de delicadeza y decisión que contrastaba con el aspecto de fragilidad que podía transmitir su apariencia. Se había quitado las gafas y no había vuelto a mirarles después de aquel leve gesto. Era como si estuviera segura de que con su presencia ellos no podían dudar de quién era.

Llegaron hasta ella y no se levantó, simplemente indicó con una mirada las dos sillas vacías.

—El tiempo en Londres siempre es desagradable. Lamento este chaparrón innecesario —los bajos de los pantalones de ambos estaban chorreando—, pero teníamos que asegurarnos de que venían solos, de que no han cometido la estupidez de llamar a la policía. También debíamos saber qué estaba haciendo el tercer miembro de su equipo. Mario se llama, ¿verdad?

Su voz sonaba a mármol desbastado, a noches de frío y niebla.

—¿No le habrá...? —Heviu sintió pánico sólo de pensar que Mario pudiera haber sido atacado.

—Está bien. Aunque en este momento debe estar preguntándose dónde se han metido ustedes.

Lo había dicho mientras removía el azúcar de una nueva taza de té, sin mirarlos siquiera. Tenía los ojos azules, atravesados por capilares rojizos, de una profundidad inusual; era como si al levantar la vista y clavar en ellos su mirada se fueran a petrificar como atacados por una gorgona.

—¿Quién es usted? —preguntó Cecyl, menos subyugado que su hija por la enigmática presencia de la anciana.

—Eso no importa. Sólo les he citado para hacerles una advertencia.

Levantó sus ojos hacia él, pero no sucedió nada, aunque parecían tener el poder de indagar en el alma.

—Están recorriendo un sendero peligroso —continuó—, mucho más peligroso de lo que creen. Deben dejar de indagar.

—¿Y qué se supone que estamos indagando para que lo vea usted tan arriesgado? —preguntó Cecyl, que no se había dejado atrapar por aquellos ojos magnéticos.

Ella levantó una ceja, y con ese gesto pequeño su rostro se transformó en una verdadera amenaza.

—No me trate como a una estúpida, señor Ancel. Le aseguro que no lo soy. Si les hemos dejado llegar hasta aquí, ha sido porque nos han sido útiles. No vamos a permitir que sigan adelante. Y sí, esto es una amenaza.

Heviu luchó por apartarse del magnetismo de aquella mirada azul. Parecía que la mujer sabía de todos sus pasos. Quizá los habían estado, no sólo siguiendo, sino también investigando.

—¿Si nos apartamos del caso —se atrevió a preguntar—, estaremos seguros?

La mujer se giró hacia ella con un gesto de curiosidad, quizá de desdén.

—Ustedes han sido quienes se han metido en esto. Si Él ha percibido lo que han estado haciendo puede usted empezar a rezar, si es que cree en algo. Nada podrá salvarles. Nada ni nadie.

Sin ninguna dificultad se puso en pie y arrojó un billete de veinte libras sobre la mesa.

—Pero si no dejan de indagar, no sólo tendrán que vérselas con Él. También con nosotros.

Y con paso enérgico, más propio de una veinteañera que de una mujer de su edad, abandonó el café.

* * *

Revel arrojó el equipaje sobre el sofá y fue directo a servirse una copa de coñac que le calentara la sangre después de cuatro horas de vuelo y un chaparrón que le había calado hasta los huesos.

—Esperaba otro recibimiento —dijo con sarcasmo.

A pesar de que ni Heviu ni Mario, y mucho menos Cecyl, eran muy dados a expresar sus sentimientos en público, le constaba que se alegraban de su vuelta. Sin embargo, al verle aparecer con Sibila en brazos habían quedado demudados.

Durante el vuelo había sufrido una nueva crisis de su extraña enfermedad, esta vez mucho más aguda.

A pesar de que ella no quería, Revel le había pedido a la azafata que buscara un médico entre el pasaje. Al cabo de un rato le comunicó que no había encontrado a ninguno a bordo y que el piloto haría lo posible por llegar a tierra cuanto antes. Puso el botiquín de la aeronave a su disposición, pero allí no había nada que consiguiera paliar el dolor.

Había sucedido en medio de una conversación. Estaban hablando de algo trivial, cuando calló de pronto a mitad de una frase. Revel la miró y lo que vio fue el miedo en sus ojos. El miedo a la muerte, a sufrir, a perder el dominio de sí misma, a terminar como las demás mujeres de su familia.

Dos días antes, mientras atravesaban Estambul en un taxi, le había contado lo de los suicidios. En su familia eran incontables y se recogían en las esquelas con un «Tuvo un final heroico». Muchas de ellas, todas mujeres, no soportaron el dolor. A otras les aterraba la inmovilidad. Su madre no fue de las heroicas; ella sólo se liberó con el último aliento de vida.

Cuando Sibila enmudeció en medio de una frase, su piel se tornó gris como una nube de lluvia, y sus ojos tan brillantes se volvieron del color de la madera desgastada. Tuvo que inclinarse para intentar contener el sufrimiento, como si encogiéndose sobre sí misma fuera a doblegarlo. De sobra sabía que no sería así. Lo peor de todo, lo que hizo que Revel llamara a la azafata, fue que por espacio de unos minutos también quedó paralizada, caída sobre el regazo del profesor. Aquella mujer llena de vida era de pronto un amasijo de carne y huesos con los ojos muy abiertos, inmóvil, con la vida escapando a través de aquella mirada penetrante que lo envolvía todo. Los pasajeros se alarmaron, miraban hacia atrás, algunos se levantaban a investigar.

Poco a poco la crisis pasó, y Sibila volvió a recuperar el control de su cuerpo. Cuando pudo incorporarse, quedarse sentada sin ayuda de nadie, lloró. Lo hizo en silencio, sin molestar a nadie, tragando lágrimas y mocos, hasta que el avión empezó a descender y todo el mundo empezó a preocuparse por sus equipajes, por quién le esperaría y por cuánto tardarían en llegar a la ciudad. La pasajera enferma había pasado a ser una anécdota del viaje.

—¿Mejor? —había dicho el profesor.

Ella sólo asintió.

Revel Colina intentó convencerla de que fueran a un hospital cuando llegaran a tierra; quizá en Londres..., pero sólo recibió una promesa a medias. Ahora, como le había sucedido en las demás ocasiones, estaba agotada y ojerosa, y por eso, cuando Revel la sacó del taxi en brazos para depositarla sobre un sofá del despacho, sus compañeros quedaron asombrados ante la transformación que se había experimentado en aquella mujer tan llena de vida.

—¿Le apetece dormir un poco? —fue lo único que pudo articular Heviu—. Arriba tenemos una habitación disponible. Es cómoda.

No sabía lo de las crisis, Revel no le había dicho nada a pesar de que habían hablado todos los días, pero el aspecto de Sibila Mondragón era tan distinto y alarmante que no se parecía en nada a la chica bonita y saludable que había acudido a aquella misma oficina a contratar sus servicios hacía apenas dos semanas.

—No —dijo Sibila con apenas un hilo de voz—. Sólo necesito sentarme un rato. Se me pasará enseguida. Siempre se pasa.

Con mucho esfuerzo logró sentarse en el sofá y empequeñeció aún más entre los mullidos almohadones.

Cecyl y Mario seguían sin reaccionar. ¿Cómo había podido transformarse así en tan poco tiempo? Tenía los ojos hundidos en las cuencas, rojizos y vidriosos. Toda ojeras. Nada quedaba de aquella mirada viva que les sorprendió en la primera reunión. También había perdido peso. Sus muñecas eran ahora dos engranajes envueltos en una funda finísima de piel. Y la piel saludable y morena tenía el aspecto macilento de algo viejo, ajado, como si hubiera viajado por un túnel del tiempo y vuelto muchos años después.

Revel estaba disgustado. Disgustado e incómodo. Sibila debía de estar en un hospital, no allí, no intentando permanecer sentada para demostrar que no pasaba nada, que todo iba bien y era sólo un mal momentáneo. A su equipo les lanzó una mirada de preocupación que captaron enseguida; no quería que Sibila se alarmara aún más. Al fin todos recompusieron su compostura y empezaron a comportarse con aparente normalidad.

—Señorita Mondragón —dijo Revel sentándose a su lado; después de todos aquellos viajes no había logrado sobrepasar la barrera de la cortesía, aunque hacía sólo una hora aquella mujer tiritaba en su regazo presa del dolor—, conste que a mi pesar acepto lo de no ir a un hospital, pero me prometió que llamaríamos al médico una vez llegáramos al despacho.

Ella intentó sonreír.

—Le aseguro que me encuentro mejor. Es cuestión de unos minutos de descanso —aquellas palabras no terminaban de convencer al profesor, que estaba realmente alarmado—. Con una enfermedad como la mía, pasaré horas haciéndome pruebas sofisticadas para que al final me digan que no saben lo que tengo y que tome unos calmantes. Ya me ha sucedido demasiadas veces. Prefiero descansar. Es lo correcto, se lo aseguro.

Revel no estaba de acuerdo, pero no quería obligarla a ir a un sitio al que ella se negaba. Al menos por ahora. Si la atacaba otra crisis, ya pudiera patalear que él mismo la llevaría a urgencias.

Decidió centrarse en el trabajo.

Antes de subir al avión Heviu le había contado por teléfono la entrevista que habían mantenido con aquella enigmática señora. También le contó de la amenaza, directa y clara, como servida en su punto. Con todos aquellos frentes abiertos aún se sentía más inquieto.

—Por supuesto desoímos sus intimidaciones y hemos seguido investigando —dijo su compañera con cautela, esperando una reacción en su jefe en forma de entrecejo arrugado, pero ésta no se produjo.

Les había dejado claro desde el aeropuerto que no hicieran nada hasta que él llegara, que se limitaran sólo a esperarle. Pero de sobra sabía Revel que ni Heviu ni Mario, y mucho menos acompañados de Cecyl, iban a tener las manos quietas.

—¿Y?

Cecyl le entregó una hoja impresa.

—Hay un final de la cadena —dijo—. Tras todas esas empresas que han manipulado la información sobre casos de vampirismo en Londres en los últimos años, hay una única compañía. Es una empresa de inversiones. Ésa es su dirección actual. Suelen mudarse con frecuencia.

Revel leyó el contenido del papel. Era una dirección del centro, aunque lejos de la *city*, que era el área donde solían ubicarse las empresas de inversiones, cerca de la Bolsa.

—¿Conoce la zona? —murmuró Sibila a su lado, leyendo también la hoja por encima de su hombro.

—Es una parte elegante —contestó Mario por él—, residencial. También hay algunos abogados y médicos de prestigio. Vivir allí cuesta una pasta.

Revel seguía sopesando la información de la que disponía en aquel momento. Si seguían el consejo de la *tenebrosa mujer de la cripta*, como la había llamado Heviu por teléfono, allí había acabado todo. Podrían dar el caso por cerrado, se despediría de su cliente, archivarían todos los documentos y borrarían de sus cabezas que alguna vez corrieron tras la pista de un vampiro. Si lo desoían, no podría dejar de pensar que les habían dejado claro que sus vidas correrían un serio peligro.

Como siempre le sucedía cuando trabajaba bajo presión, supo al momento qué era lo que tenía que hacer.

—Iré yo a este lugar —dijo poniéndose en pie mientras golpeaba la hoja de papel—. Es necesario hablar con ellos, saber qué pretenden.

Por un instante nadie dijo nada; hasta que Heviu saltó verdaderamente molesta.

—¿Cómo que *irás*? —tenía la actitud de manos en las caderas que antecedía a una buena pelea— Iremos los dos. Siempre lo hemos hecho así.

—No. En esta ocasión no —su voz no admitía réplicas—. Ni tú ni Mario me acompañareis. No voy a poneros en peligro a ninguno de los dos. Además, sólo levantaríais sospechas y entorpeceríais el trabajo.

Mario también se levantó, aunque de inmediato volvió a sentarse, con la cara arrebolada y las manos hechas un manojo de nervios.

—Y nosotros no vamos a dejar que te metas allí sin ayuda, jefe —dijo a trompicones.

No era sólo porque si le sucedía algo no podrían quitárselo nunca de la cabeza, sino porque siempre habían sido un equipo, para lo bueno y para lo malo. Ahora también.

—Nadie me acompañará —los miró a una y a otro con ojos helados, con esos que ambos sabían que no admitían réplica—. Vosotros dos os vais a quedar aquí. Os encargareis de que la señorita Mondragón esté bien en todo momento y vigilareis mi regreso. Si le asaltara otra crisis debéis llevarla de inmediato al hospital.

Sibila intentó ponerse de pie y protestar, pero apenas pudo inclinarse un poco.

—De ninguna manera permaneceré aquí mientras usted se expone para encontrar ese maldito libro —su voz era frágil, casi rota—. Es mi problema, mi asunto, e iré con usted.

La paciencia de Revel tenía un límite y éste había llegado; no iba a poner en peligro la vida de ninguno de ellos por simples cabezonerías.

—Sibila, hasta ahora he sido paciente con usted —masticó cada palabra como si fueran de tabaco amargo—. Incluso le he permitido que me acompañe en la búsqueda, cosa que, créame, muy pocas veces he hecho. Hoy se quedará aquí, y si intenta moverse de ese sillón seré yo mismo quien la ate a él.

Era la primera vez que Heviu lo veía tan enfurecido, a pesar de que apenas había salido de su habitual hieratismo. Revel jamás perdía los estribos, siempre frío y reflexivo, sin embargo, ahora hacía un verdadero esfuerzo por controlarse, lo notaba en la forma en que arrugaba y desarrugaba la frente. Ella prefirió no añadir una palabra más. Ya estaba decidido.

Cecyl se levantó entonces del sillón donde había permanecido sentado, sin abrir la boca, degustando una larga copa de coñac y atento a todo lo que había sucedido desde la llegada de su amigo.

—Como yo no trabajo para ti —dijo poniéndose su gabardina—, sí voy a acompañarte.

El aludido lo miró con la frente fruncida.

—Viejo amigo, ni lo sueñes.

—Conmigo no valen tus amenazas —dijo con su voz tranquila de profesor universitario—, y lo sabes.

Lo sabía; antes que amigo había sido su maestro, y sabía que si Cecyl Ancel se empeñaba en algo, terminaba por conseguirlo.

O convertía aquello en una discusión inacabable o aceptaba su compañía; ya se le ocurriría cómo quitárselo de encima.

—De acuerdo, me acompañarás hasta el edifico —aceptó—, pero permanecerás fuera. No te quiero cerca.

Cecyl asintió, y terminó de ponerse un pañuelo al cuello.

—Llévate el localizador GPS —dijo Heviu, que seguía molesta aunque intentaba que no se le notara—. Al menos sabremos dónde estás en cada momento.

Se dirigió a su padre.

—Y tú cuídate. No quiero recibir mi herencia con antelación, aunque no me vendría mal.

Revel guardó el localizador en un bolsillo de su chaqueta. Cecyl le dio un ligero beso a su hija en la frente. Odiaba los dramatismos.

—Si no volvemos en una hora —dijo Revel al resto de los presentes—, llamad a la policía.

—O a un cura —terminó Cecyl.

Capítulo 24

El señor William Rose desenterró el cuerpo de su hija y quemó el corazón de su hija, porque estaba bebiéndose la energía de otros miembros de su familia.

Noticia aparecida en el *Providencial Journal*, Rhode Island (1874).

El taxista les dejó a sólo una manzana. Era una buena distancia para inspeccionar el entorno antes de decidirse a entrar.

Permanecieron un momento parados en la acera, cerca de la pared, al abrigo del viento que les proporcionaba el alero de un edificio. Revel aprovechó para echar una ojeada alrededor. La zona era perfecta si se quería pasar desapercibido; lejos del bullicio de la *city*, en el distrito residencial de Marylebone. La mayoría de los portales circundantes estaban tachonados de placas doradas que anunciaban la existencia de algún bufete de abogados, un médico prestigioso o un profesor de terapia alternativa. La calle tampoco era muy transitada; una de esas zonas elegantes donde sólo van quienes tienen necesidad de hacerlo. Ni siquiera había tráfico por allí.

El edificio que buscaban se hallaba unos metros más adelante. No tenía nada que lo diferenciara de los de alrededor; paredes de ladrillo color ámbar, ventanas de madera blancas y varias placas doradas en el portal. Nada más. No había nada de sospechoso ni de siniestro. Incluso el bloque de viviendas tenía cierto encanto.

—Te quedarás aquí —le dijo a Cecyl—. No te dejes ver. Si tardo en bajar más de media hora avisa a los demás. Heviu sabrá qué hacer.

El anciano echó a andar a su lado.

—De eso ni hablar. Voy contigo.

Revel se detuvo en seco. Ya se había imaginado que aquel viejo cascarrabias querría acompañarle. Por supuesto le preocupaba que metiera la pata, pero sobre todo que se expusiera a un peligro incierto que ni él mismo conocía.

—Cecyl. Esto no es un juego y te aseguro que es bastante más arriesgado que dar clases en tu universidad —su voz era firme y fría, como siempre—. Tampoco le ponen una condecoración al más valiente. No sabemos qué nos podemos encontrar ahí. Necesito que esperes fuera. Me serás más útil aquí.

Pero Cecyl no era fácil de convencer.

—No intentes engañarme. Aquí no te serviré de nada. Si en media hora no aparecemos serán los chicos quienes llamen a la policía. Insisto en acompañarte, Revel. Iré contigo, y no quiero discutirlo ni un minuto más.

Colina supo que poco más podía hacer, y que era cierto que la otra alternativa era discutir con él cualquiera sabía durante cuánto tiempo, en plena calle, hasta que llegara la noche, así que avanzó hacia el edificio, codo con codo con un buen humorado Cecyl Ancel.

En el portal había varias placas de latón con las letras resaltadas en negro. Una de ellas era la de la compañía que buscaban. Estaban alojados en la tercera planta del inmueble, ocupando todo un piso.

A pesar de ser un edificio elegante no tenía portero, a diferencia de los circundantes. Por suerte la puerta de la calle estaba abierta. No se imaginaba llamando al portero automático y diciendo que quería mantener una larga charla sobre vampiros centenarios.

Había dos ascensores a la derecha, pero Revel prefirió subir por las escaleras. El ascensor era como una pequeña trampa de uno por uno; se abría la puerta y nunca se sabía quien esperaba al otro lado. El paso del profesor Colina era ágil, saltando los escalones de dos en dos. Cecyl tenía que detenerse cada dos por tres, para continuar subiendo y resoplando.

—Un momento. Deja que me reponga —dijo cuando llegaron a la tercera planta. Estaba colorado, y respiraba con dificultad.

Allí sólo había dos puertas. Una debía de ser la de servicio, más discreta y con el llamador desgastado. La que buscaban sería la de la izquierda, que se distinguía por una enorme aldaba de latón bruñido. Quitando ese pequeño detalle, todo seguía siendo de lo más convencional; Revel no podía ocultar que en lo más profundo había esperado una guarida de vampiros con cierto aire gótico. Sin embargo, estaba ante una casa burguesa que podría estar ubicada en cualquiera de las ciudades europeas más occidentales.

Revel accionó el timbre y esperó. No mucho, a los pocos instantes se oyó el sonido de unos tacones repiqueteando sobre el suelo de madera y la puerta se abrió. En el hueco apareció una mujer joven que los miró con curiosidad.

Tampoco había nada amenazante en aquella mujer; podría ser igual una secretaria que una abogada. Rubia, elegante, bonita, agradable sonrisa. Tras ella se veía un vestíbulo anodino, de los que tiene cualquier procurador o contable, con muebles oscuros y suelo barnizado.

—Me esperan —dijo el profesor ante la mirada de sorpresa de la joven.

La chica pareció no entenderle. Parpadeó varias veces y esbozó una sonrisa de disculpa.

—Hoy es viernes —terminó por responder, perpleja—. No teníamos concertada ninguna cita

Cecyl se había colocado a su lado. Tener el cuerpo grande y robusto de su viejo amigo a tan pocos centímetros le dio una agradable sensación de seguridad.

—Revel Colina. Anúncieme. Verá cómo me esperan.

La muchacha no les hizo pasar, tampoco contestó. Simplemente les volvió a lanzar una sonrisa incómoda y cerró la puerta tras de sí. Los dos hombres se miraron pero no dijeron nada. Pasaron un par de minutos, quizá algo más, y estaban a punto de llamar de nuevo cuando la puerta se volvió a abrir.

—Efectivamente, señor Colina —dijo la muchacha apartándose del hueco para dejarles pasar—, le esperábamos.

Sin perder un ápice de su amabilidad, les tomó las prendas de abrigo para guardarlas en un pequeño ropero. Revel tuvo cuidado de traspasar el localizador GPS al bolsillo de sus pantalones. Después les ofreció una taza de té que ellos rechazaron, y por último les acompañó hasta el interior del inmueble, sin decir nada, caminando delante de ellos.

El piso era más grande de lo que daba la impresión desde fuera. Había dos partes; una exterior, bastante convencional, y otra a la que se accedía tras una puerta cerrada con llave. En esta segunda zona la decoración de despacho anónimo cambiaba por completo. Las paredes estaban tapizadas en tela de color avellana, con plintos pintados en crema hasta media altura. La moqueta era tejida a mano, formando dibujos orientales en discretos tonos terrosos. Todo en aquella parte del piso hablaba de buen gusto y de dinero. De mucho dinero. Pasaron por varios despachos cerrados, atravesaron un nuevo pasillo y llegaron hasta una doble puerta de madera.

La chica se volvió entonces, les lanzó una última mirada acompañada de radiante sonrisa, como la que regala la ayudante de un prestidigitador antes de entrar en el escenario de un truco que la hará desaparecer, y descorrió la doble hoja.

Revel parpadeó, perplejo.

* * *

—Profesor Colina, imaginaba que antes o después nos volveríamos a encontrar —dijo la mujer del cabello blanco.

Revel no había conseguido vencer el estupor; aquella voz acampanada, los ojos azules y magnéticos. La mujer que acababa de hablarle con la misma decisión que en un encuentro anterior era Klára Florescu. Le miraba desde detrás de una mesa de escritorio, recostada sobre una elegante silla giratoria. A su izquierda, sentada en un sillón de piel oscura, había otra mujer que también lo miraba de forma inquisitiva. Destacaba en ella su largo caftán negro, que formaba un haz de nubes tormentosas alrededor al arrastrar por el suelo. Revel también la conocía. Había cenado con ella en Estambul hacía sólo unos días. Era Nurgül Orhon.

Aún había alguien más en la estancia. Un hombre vestido de negro, robusto y de cabello largo. Estaba de pie, con las manos cruzadas en la espalda, a una discreta distancia de las dos mujeres. Había clavado sus pupilas en ellos, primero en uno y después en el otro, analizando sus movimientos, sus reacciones, como un depredador que está punto de darse un buen festín. Revel supo que debía tratarse de la sombra que había seguido a Heviu en el parque, la misma que entregó la nota al corredor.

El despacho era una gran sala oval, con grandes cristaleras cubiertas por tenues visillos blancos que se asomaban a un jardín privado. Detrás de Klára había una pintura que Cecyl estuvo seguro de que era de Boucher, aunque jamás la había visto antes. Representaba a dos mujeres que miraban al espectador divertidas, cogidas de la mano.

El profesor Colina seguía sin reaccionar, abrumado; durante aquellos días de intensos viajes había trazado decenas de conjeturas, teorías posibles de qué explicación podía haber detrás de todo aquello, pero esas dos mujeres nunca habían formado parte de ellas.

Las miraba a una y a otra, perplejo. En aquel momento el hombre de oscuro ya no le preocupaba, a pesar de su aspecto amenazante; había pasado a un segundo plano. Lo que de verdad le impactaba era la sólida presencia de aquellas dos damas, misteriosas y quizá también peligrosas. Se sentía como un objeto pasado de mano en mano al son de dos expertas jugadoras.

—Veo que no han seguido mis recomendaciones —la voz de Klára volvía a sonar nítida y expectante, con aquel tono autoritario con que se había dirigido a ellos en el castillo de Moravia—. Por su expresión veo que siguen sin entender nada.

Revel dio un paso hacia delante que no agradó al hombre de oscuro; descruzó las manos y también avanzó un único paso, como dejando claro que debía medir sus movimientos.

—Quizá va siendo hora de que ustedes nos los expliquen, ¿no cree? —dijo el profesor. Se estaba recuperando de la turbación inicial.

A su lado, Cecyl permanecía callado, atento a lo que se estaba desarrollando en la sala, concentrado en los movimientos de cada uno, intentado prever qué sucedería a continuación. Se estaba haciendo una vaga idea de quiénes eran aquellas dos ancianas por las conversaciones que había mantenido con su hija.

—Veo que sigue sin ver lo evidente, profesor —en las palabras de Klára no había trazo de amenaza, sino una profunda tristeza—. No es de nosotros de quienes deben tener miedo. Es de Él de quien deben guardarse, aunque quizá ya sea demasiado tarde.

—Es posible que nosotros tengamos algo de responsabilidad, Klára —intervino Nurgül, aunque se estaba dirigiendo directamente al profesor—. Al principio creímos que usted podría ayudarnos, hasta que nos dimos cuenta de que no sería posible.

Quizá fuera cierto, quizá ellas mismas habían precipitado los acontecimientos.

—No lo entiendo —Revel intentaba leer más allá de las palabras, pero le fue imposible. ¿Había sido orquestado por aquellas dos mujeres sin darse cuenta?—. Les aseguro que no entiendo nada.

Y era cierto. Ellas cruzaron una mirada muy breve, pero cargada de significado. Nurgül asintió.

—Dimos por perdida la búsqueda del Libro Blanco hace años —parecía una deidad antigua envuelta en sus negros ropajes tachonados de azabache—. Pero recientemente supimos que la mujer se estaba acercando. Estaba muy cerca. Eso nos hizo albergar nuevas esperanzas. Quizá alguien ajeno, alguien como ella..., decidimos prestarle toda nuestra ayuda, aunque actuando en las sombras.

—¿Se refieren a Sibila?

Nurgül asintió.

—Así es.

—Pero cómo...

—La señorita Mondragón ya lo había intentado antes. Buscar el libro. En aquella ocasión tampoco tuvo éxito. Cuando supimos que había contactado con usted, el famoso investigador de lo extraño, no fue difícil llevarles hacia nosotros.

Revel empezó a recordar; la llamada telefónica de su viejo amigo justo antes de partir hacia Budapest, la cena, su amabilidad...

—Ányos.

Creyó percibir una ligera sonrisa en los labios hieráticos de Nurgül.

—Nadie es invulnerable al dinero. Ésa es una lección antigua que ya debería conocer, profesor.

Se habría jugado la vida por aquel hombre, uno de los pocos a los que se había atrevido a llamar amigo, sin embargo, él no había dudado en venderlo quizá por unas pocas monedas. Si detestaba algo era la traición, el continuo ciclo de la traición, que había germinado en la esencia del hombre con sólidas raíces difíciles de arrancar.

Ahora no sabía si ellos eran los perseguidores o los perseguidos. Las palabras de aquellas dos mujeres seguían siendo oscuras, difíciles de interpretar. Necesitaba saber más. Y así lo preguntó.

—¿Qué tienen ustedes que ver con todo esto?

Lo dijo con voz cansada, como si pidiera su última colación un reo de muerte. Nurgül volvió a sonreír entre aquellos labios que apenas se movían.

—Ésa es una historia vieja. Muy vieja.

—Me gustaría oírla —insistió Revel.

Klára, desde su asiento privilegiado, se inclinó levemente hacia su compañera.

—Cuéntasela —le dijo—. Si Él ya sabe que existen posiblemente termine con ellos antes de que amanezca un nuevo día.

Nurgül estuvo de acuerdo. Si había conseguido captar su presencia, sus intenciones, ya nada se podría hacer por ellos. Estaban condenados. Ni siquiera se molestaría en jugar con sus presas, algo que sabían que le gustaba. Tampoco les visitaría por la noche en forma de niebla para beberles la sangre y enfermarles poco a poco. Sin que se dieran cuenta serían cadáveres desangrados, arrojados sin miramiento a cualquier alcantarilla.

Antes de comenzar, Nurgül los miró fijamente, primero a Cecyl, después a Revel, quería asegurarse de que era un público adecuado para escuchar su historia. Hacía muchos años que no la verbalizaba, aunque de niña era el cuento nocturno que oía de sus mayores, preparándola desde la cuna para la batalla.

—A pesar del tiempo y de las profundas reflexiones no sabemos cuándo empezó todo —su voz tenía la cadencia de un viejo poema épico—, pero fue hace cientos, miles de años. Hoy diríamos que se trató de un error genético. Otros enarbolarían la teoría de los espermatozoides azules*, o de un retrovirus, da igual. El caso es que por alguna razón algo sucedió en el momento de ser concebido, algo quizá minúsculo e insignificante, pero que dio paso a un nuevo tipo de ser. Dio paso al nacimiento de la Bestia.

Nurgül rememoró la historia, contada de boca en boca, de mujer a mujer, atravesando el tiempo, las generaciones, hasta

* El astrofísico Fred Hoyle proponía que diferentes formas de vida podían estar contenidas en algunos meteoritos que surcaban el firmamento, como grandes espermatozoides azules, y que inseminarían a los planetas donde caían como si fueran óvulos. Eso explicaría el origen de la vida en la Tierra.

llegar hasta ellas como un legado que debían guardar y transmitir desde la cuna hasta el sepulcro.

—El ser fue concebido por una joven sacerdotisa de Sekhmet. En un templo remoto entre las arenas del desierto. Cuando quedó encinta sus hermanas la protegieron de la deshonra, pues había jurado ante la Señora del Oeste* que no había sido profanada por varón —continuó—. Para mantenerla a salvo se la ocultó de la luz del sol, de Ra, el que todo lo ve. Así también se protegía a la comunidad pues estaban obligadas a denunciar la profanación. La joven mantenía que ningún hombre la había tocado, que se mantenía pura. Y al parecer así era.

Nurgül había aprendido esta historia cuando aún no era capaz de juntar las palabras para hablar. Era su legado, un legado y una misión.

—Durante el periodo de gestación —siguió con su voz de cuerno de oro—, inusualmente largo, aquella alimaña se alimentó de la sangre de su madre, debilitándola día a día, hasta el momento del parto. En el instante en que fue alumbrado terminó de saciarse con su propia madre y no había salido aún a la luz de las antorchas cuando ella ya estaba muerta. El resto de las sacerdotisas del templo, sabiéndose maldecidas por la furiosa Sekhmet a causa de la terrible profanación de su templo, creyeron encontrar la esencia divina en aquel ser. Era un milagro. La encarnación de un nuevo dios. Protegidas por las arenas del desierto renegaron de la gran diosa, la Dama de las montañas de poniente, y se entregaron a la veneración de la Bestia. Lo protegieron y alimentaron con su propia sangre y juraron defenderlo con sus propias vidas. Nunca habían sido más dichosas de servir a los dioses. La infancia de la Bestia fue como la de cualquier otro, travieso y alocado, con el oscuro aliciente

* Uno de los títulos de la diosa Sekhmet.

de que tenía que abrir una vía sangrienta en el pecho de sus nodrizas para alimentarse. Pasaron los años y se produjo la metamorfosis. Un día cualquiera, que las sacerdotisas anotaron en sus anales como el de la Transmutación, la luz del sol empezó a serle fatal y a partir de ese único día dejó de envejecer; la vejez y la muerte lo habían borrado de su larga lista de espera. Quizá una venganza de la belicosa Sekhmet para desgracia de la humanidad. En aquella época, la oscuridad de los sótanos del templo aún era un hogar placentero para Él, seguro bajo la tutela de las sacerdotisas, que le protegían y alimentaban, que cubrían todas sus necesidades con sólo desearlo. Al cuidado de las hermanas sólo tenía que pedir, pues no había nada que no pudieran satisfacerse al instante, y sus gustos se fueron haciendo más refinados.

Por la mente de Nurgül pasaron muchas historias de aquellos años, en los que el ser aprendía. Historias terribles que hablaban de su perenne sed de sangre y de cómo las hermanas tenían que arrancar a los niños de los brazos de sus madres para alimentar a la deidad.

Hubo revueltas. Los aldeanos se alejaron de las inmediaciones del templo. Denuncias. Hasta que los rumores llegaron a oídos del faraón.

—Las sacerdotisas también aprendieron con los años —continuó la mujer—. Descubrieron las debilidades del dios; aquello que lo irritaba y aquello que lo calmaba, lo que podía llegar a matarlo y lo que podía aumentar aún más su sorprendente fuerza. Esta sangrienta monotonía, de muerte y destrucción, hubiera seguido así por mucho tiempo, introduciendo aún más en la oscuridad a las renegadas de Sekhmet, si el faraón no hubiera enviado a sus huestes a vengar la afrenta a la diosa. Llegaron al amanecer, con las espadas desenvainadas y con órdenes de expiar la herejía. Las sacerdotisas defendieron la vida de la Bestia ofreciendo sus cuerpos a las flechas enemigas, esperando que el sol se ocultara en poniente para que Él pudiera huir. Fue una masacre. Y sólo cuando se hizo la oscuridad, dos de las más devotas hermanas treparon por la pila de cadáveres y pudieron sacarlo del templo, al amparo de la noche, al amparo de la oscuridad y bajo una lluvia de flechas.

Nurgül se detuvo para clavar sus ojos de un negro abrasador en los fríos glaciares del profesor.

—Fue el gran error —dijo con voz lúgubre—, porque entonces Él descubrió la libertad.

¿Cuántas veces había oído Nurgül aquella historia? Cientos. Pero aún le aterraba imaginar cómo aquella Bestia tuvo conciencia de su poder en el mismo instante que las sacerdotisas ofrecían su vida por salvarlo.

—El mundo era mucho más excitante que las negras paredes del templo —la voz de la mujer se había tornado más oscura, casi negra—, y todo estaba a su disposición con sólo extender la mano. Éramos sus juguetes, el mundo le pertenecía. Hemos leído durante generaciones su paso por la tierra en forma de plagas negras de muerte y sangre. Devastó aldeas, su sed siempre era insaciable y la piedad no existía en su corazón. Fue entonces cuando aquellas dos fieles sacerdotisas renegaron de la Bestia. Habían presenciado su regocijo al aniquilar a familias enteras. Al obligar a una madre a dar muerte a sus hijos por su mera diversión. Habían visto el pánico en los ojos de sus víctimas, la agonía. Los empalamientos. El corazón de aquellas dos mujeres escapó al embrujo de la Bestia para entender la realidad, para comprobar qué tipo de monstruo habían estado alimentando y cuidando como si se tratara de un dios vivo. El dolor que sintieron fue terrible. Eran las responsables de todas aquellas muertes y de las venideras, así lo vivieron, así lo sufrieron.

De nuevo hizo una pausa. Era como si necesitara descansar de tanto horror y destrucción.

—Fue entonces cuando decidieron darle caza —continuó—. Pero también supieron al instante que no iba a ser una tarea fácil. Él conocía la noche como ningún otro ser, podía desplazarse a gran velocidad, y esconderse en cualquier resquicio, esperando la llegada de la oscuridad. Durante el resto de sus vidas se dedicaron a darle captura y a protegerse. Siguiendo sus pasos, acechándolo, haciendo guardia cada noche para evitar ser devoradas. Pero las hermanas envejecieron y antes de su muerte prepararon a sus seguidoras. Dos niñas encontradas al azar que perpetuaran su misión. Y así ha sucedido una y otra vez, mientras la caza se hacía más intensa y la Bestia más esquiva. Aquellos primeros años la Bestia se sintió en peligro y huyó durante generaciones. Más tarde descubriría que podía transmitir su don. No era fácil, era un proceso que casi se debía a la casualidad; un tipo de hombre o de mujer en concreto, un tipo de sangre, un punto justo antes de que le sobreviniera la muerte, una temperatura ambiental, una combinación de estrellas en el cielo. Algo extremadamente difícil que no podía controlar. Fue entonces cuando aparecieron otros como Él. Muchos de ellos ya ni siquiera existen, nos hemos encargado de cazarlos a lo largo de los años. Otros están desaparecidos y algunos más llevamos años tras su pista. Ustedes les llaman vampiros. Nosotras, bestias. Pero el que siempre nos ha preocupado ha sido Él, el primero, el germen primigenio. Con el paso de los años ha desarrollado otras capacidades asombrosas, como la de leer la mente a distancia, la bilocación o la de volatilizarse. Es escurridizo y esquivo, y sobre todo es muy peligroso.

Revel escuchó la historia recogiendo cada palabra y ahondando en su significado.

—¿Él es...? —se atrevió a preguntar.

—Da igual el nombre —*le habían puesto tantos a lo largo de los siglos,* pensó Nurgül—. Pero sí, en esa época a la que creo que se refiere, en la época de Vlad Tepes, estuvimos muy cerca de cazarlo. Había estado huyendo durante siglos, hasta que se refugió en las lóbregas e inaccesibles montañas de Valaquia. Fueron unos años en los que se atrevió a salir al amparo de la oscuridad y mezclarse con los seres humanos, con los reyes en su propia corte; se creía infalible y todopoderoso, pero nosotras seguíamos vigilantes. Muchas de nuestras hermanas murieron en sus manos, a pesar de que habíamos aprendido a protegernos. El monstruo viajó por Europa, sembrando la muerte y el terror. Hasta que años después comprendió que su peor enemigo era el avance que se estaba produciendo en la sociedad humana, y se volvió cauto. De nuevo quiso pasar desapercibido. Las cosas ya no eran tan fáciles. El escepticismo era un peligro que podía hacer que una muchedumbre intentara destruirlo en su momento de más indefensión, a la luz del día. Empezó a disimular sus crímenes. Las víctimas enfermaban. Después morían y Él se divertía inventando nuevas formas de pasar desapercibido.

Revel no lo entendía. Si aquello que contaban era cierto, qué explicación tenía que ellas mismas, sus perseguidoras, hubieran velado porque la existencia de la Bestia no fuera conocida.

—Pero han sido ustedes quienes han impedido que se esclarezcan esas muertes —les dijo mirándolas a una y a otra.

—No podíamos dejar que esta realidad saliera a la luz —intervino Klára—. No ahora, no en los últimos cien años, cuando sabemos dónde se encuentra. Durante ese tiempo hemos estado acercándonos sin que él lo perciba. Nosotros también hemos aprendido, como le ha dicho Nurgül. Por eso vuestra imprudencia no ha pasado desapercibida y nos ha puesto en peligro. Si sospecha que estamos tan cerca volverá a desaparecer y tardaremos quizá otros cientos de años en volver a encontrarle. No podemos perder esta oportunidad.

—¿Tienen ustedes algo que ver con que hayan registrado nuestros equipajes?

Nurgül asintió.

—Gente de nuestra confianza —dijo Klára—. Queríamos saber qué había en la carpeta de la señorita Mondragón. Cómo de cerca estaban de los libros.

Había llegado el momento de preguntarlo.

—¿Y ustedes son..?

Nurgül se incorporó un poco en su asiento, susurrando una respuesta que le llegó colgando de una ráfaga de viento.

—Las responsables de reparar el daño que en el pasado causaron aquellas devotas sacerdotisas de Sekhmet. Nuestra misión se ha perpetuado con el paso de los años con el único objetivo de librarnos de la Bestia. Generación tras generación, antes de que nos alcance la muerte, preparamos a nuestras sucesoras para continuar con la caza. Sería demasiado delicado darle más explicaciones. Con eso es suficiente.

Revel miró al hombre vestido de oscuro, que había permanecido inmutable mientras la mujer narraba la historia.

—Ariel es alguien de nuestra entera confianza —dijo Klára siguiendo la mirada del profesor—. Él tuvo contacto con una de las bestias, pero pudimos llegar a tiempo. Son muchos los que han estado a nuestro lado a lo largo de los siglos, muchos los que aún nos ayudan a lo largo y ancho del planeta. Durante generaciones hemos ido creando alianzas, si no, nuestra misión sería una tarea imposible.

Las respuestas sólo hacían que plantear nuevas preguntas.

—¿Y qué hay de cierto en la historia de los dos libros? —lo preguntó directamente a Klára, la que había sugerido, precisamente, su existencia.

—El Libro Negro, el *Cruoris Liber*, lo escribió Él de su puño y letra y con su propia sangre. Es la única prueba tangible de su existencia. No hay ninguna otra. Lo hizo en la época en la que buscaba su perpetuación por medio de la creación de otros seres como él, y para ello recurrió a las artes oscuras, ya que le era difícil controlarlo de otra manera. El Libro Blanco contiene el maleficio que rompe su hechizo, y fue desarrollado por una de nuestras hermanas. La asesinó antes de que pudiera desvelarlo a su compañera, pero ella ya había puesto el documento a salvo. Siempre hemos sabido dónde se encontraba el libro, y también que Él quería conseguirlo por todos los medios. Por eso hemos permitido que pasara de mano en mano, entre manos seguras, sin acercarnos; si lo hubiéramos hecho Él lo habría sabido y no habría tardado en destruir la única arma que sabemos infalible. Estuvimos cerca cuando reposó por largos años en el monasterio de Teplá, y corrimos a la corte de Segismundo cuando éste lo tuvo en su poder. Fue un momento terrible, pensamos que el rey lo entregaría a la Bestia, sin embargo, pudimos convencerlo del mal que encerraba y accedió a ponerlo de nuevo a salvo. En Constantinopla siempre estuvo localizado, y nos encargamos de que viajara bien protegido hasta Venecia cuando cayó la ciudad. Nunca nos acercábamos lo suficiente, nunca lo vimos de cerca, nunca pensábamos en el libro; la Bestia nos conoce y sabe leer nuestras mentes, el libro debía permanecer vigilado, a salvo, pero lejos de nosotras hasta el momento en que pudiéramos lanzar el hechizo y practicar el rito oportuno delante de la Bestia. Sólo en ese momento debíamos poseerlo. Y ese momento al fin había llegado.

Klára chasqueó la lengua. No todo había salido bien con el paso de los años. Nurgül tomó el relevo.

—El Libro Blanco desapareció en Venecia —dijo con su voz cansada—. Un día ya no estaba donde debía. Ni nosotras fuimos capaces de percibirlo. No sabemos qué sucedió. Desde entonces no lo hemos vuelto a presentir; es difícil encontrar algo cuando ni puedes acercarte ni puedes siquiera pensar en ello. Por eso les guiamos a usted y a la señorita Mondragón hasta Venecia, donde habían fallado todos nuestros colaboradores durante generaciones, para probar si eran capaces de seguir el rastro donde nosotras no pudimos. Pero veo que no ha sido así. Por eso le decía que hemos sido imprudentes con ustedes, llevadas por la desesperación. Seguramente Él ya sabe que existen y lo que pretenden. No tardará en buscarles, y siempre encuentra a sus presas —tomó aire, que sonó como un pitido quedo cuando entró en sus desgastados pulmones—. No podemos protegerles. Nosotras hemos nacido para esto. Ése es nuestro destino. Somos sus cazadoras.

* * *

Heviu miró el reloj. Revel y su padre se habían marchado hacía cerca de una hora.

Desde entonces no había dejado de dar vueltas por la habitación, mirando una y otra vez el punto inmóvil del marcador GPS de Revel en la pantalla del ordenador, como si la señal luminosa pudiera calmarla de algún modo cuando sólo la exasperaba.

Sibila Mondragón se había quedado dormida cuando se marcharon los dos y Mario se intentó entretener repasando de nuevo los casos que tapizaban la pared.

Hacía un rato que la señorita Mondragón se había despertado. Había mirado la hora en el reloj de pared y les había preguntado si había noticias. Cuando le dijeron que no, Heviu observó cómo sus ojos se volvían opacos. La siesta no le había servido de mucho. Seguía igual de mustia y ojerosa, y su mano derecha temblaba sobre su regazo. Era un espectáculo triste y lamentable, sobre todo después de haberla visto llena de vida y energía hacía sólo unas semanas.

Con enorme dificultad, como si cada paso le costara un gran esfuerzo, Sibila había salido para ir al aseo. Heviu se había ofrecido a ayudarla, pero ella se negó. De eso ya habían pasado cerca de diez minutos y no había regresado.

Absorta en el punto inmóvil de la pantalla de su ordenador, Heviu no le había prestado atención, pero de pronto un presentimiento pasó por su cabeza.

Salió del despacho dando un portazo ante la sorpresa de su compañero y se dirigió al cuarto de baño de la planta baja. Estaba vacío. Quizá estuviera en el de arriba, aunque en su estado era improbable que hubiera podido subir la escalera. De una carrera estaba arriba, buscó también allí. Tampoco estaba.

—¿Qué sucede? ¿Te has vuelto loca? —le preguntó Mario apareciendo a su lado.

—Se ha marchado.

—Cómo que se ha marchado.

Era imposible, aquella mujer estaba impedida. Apenas podía mantenerse en pie.

—La señorita Mondragón. Ha desaparecido.

El pulso se le estaba acelerando por momentos, porque sabía adónde había ido y para qué.

* * *

—¿Desde cuándo está en Londres? —Revel se refería al vampiro, de quien aquellas mujeres hablaban como *Él* o como *la Bestia*—. Hemos datado casos en toda Europa en los últimos años.

—Ha desarrollado el don de la bilocación; puede estar en cualquier lugar con sólo desearlo, pero le deja tan agotado que sigue actuando casi siempre en un único coto de caza. Sus poderes crecen con los años. Desconocemos hasta dónde pueden llegar. La última vez que lo tuvimos cerca fue en 1833, en San Petersburgo. Las hermanas habían conseguido acercarse sin que las percibiera. Aquella noche, cuando creían que podrían atravesar su pecho con una estaca de plata, la Bestia despertó y acabó con ellas. Jugó con sus cuerpos antes de dejarlas morir. Fue terrible. Permitidme que me ahorre los detalles. Después desapareció. Fue un momento difícil, sus sucesoras apenas estaban preparadas, y Él aprovecho ese tiempo para desaparecer. Sabía que para hacerse invisible debía cambiar de hábitos, y así lo hizo. Pasaron muchos años sin que supiéramos nada de su paradero. Creció una generación de hermanas, murió, y les sucedió otra, hasta que en 1895 volvimos a tener referencias que nos hicieron pensar que lo habíamos localizado. Un vampiro había sido visto por varios testigos en los alrededores del cementerio de Highgate, en Londres*. Entonces miramos los antiguos registros portuarios, y comprendimos que había zarpado desde San Petersburgo a bordo de un buque de carga, en un ataúd relleno con tierra del Nilo.

—En ese cementerio es donde Bram Stoker sitúa la tumba de Lucy Westenra** —dijo Cecyl, hablando por primera vez, aún asombrado por lo que acababa de oír.

—Stoker fue un personaje muy incómodo para nosotras. Hizo público el secreto. Él conocía bien el caso de un extraño

* Este hecho lo recogen varios cronistas de la época. El caso volvió a hacerse famoso a principios de los setenta del siglo xx, provocando peregrinaciones en busca del vampiro.

** En la novela *Drácula*, su autor ubica en Highgate la tumba de la joven Lucy, amiga y confidente de Mina Murray.

hombre de negro, que merodeaba por aquel cementerio por las noches, era algo famoso en su época y él lo tomó de ahí para convertirlo en un mito inmortal. Lo que habíamos intentado mantener oculto durante siglos de pronto era leído por miles de personas antes de acostarse. Pero era cierto, la Bestia estaba en Londres.

—Cien años y aún no lo han atrapado —murmuró el profesor.

—Miles de años, señor Colina —dijo Klára—, y seguimos intentando atraparlo. Hemos estado muy cerca varias veces, pero acabar con Él mediante armas convencionales es extremadamente difícil. Sólo el hechizo contenido en el Libro Blanco nos garantiza el poder de destruirlo, cualquier otra arma quizá sea hoy inútil con su actual poder. Un hechizo que hemos intentado rehacer durante generaciones, pero que no lo hemos logrado. La hermana que lo creó ha sido la única de todas nosotras que tuvo acceso al *Cruoris Liber* y supo conjurar cada frase, cada hechizo con un contrahechizo. En el momento que Él sospeche que estamos cerca desaparecerá, por eso seguimos siendo cautas, hasta que estemos seguras de que podemos destruirlo.

Creía lo que acababan de contarles aquellas dos ancianas. Podía ser absurdo, ridículo, inconsistente, pero creía firmemente en que era la verdad.

Entonces Revel sacó algo de su bolsillo, y lo arrojó sobre la mesa. Era un papel doblado y arrugado, escrito con letra apresurada, a grandes rasgos.

Klára lo tomó y empezó a leer en latín. Lo miró varias veces antes de continuar leyendo, palabra a palabra, frase a frase.

—Esto es... —sus ojos estaban muy abiertos, como su boca, llenos de asombro.

—La primera página del Libro Blanco —confirmó el profesor.

Nurgül se levantó con una agilidad insospechada, y acudió junto a su compañera, leyendo el transcurrir de las líneas de texto sobre el papel.

—Lo ha encontrado —susurró admirada—. ¿Dónde...?

—No se lo puedo decir. El original está a salvo, yo sólo lo he copiado. La copia íntegra. Será suya si me dejan acompañarlas en la caza.

—Revel... —intentó intervenir Cecyl, pero el profesor levantó una mano para que no continuara.

Las mujeres, como si hubiera accionado un solo resorte del que dependían ambas, lo miraron a la vez, pero Klára, que parecía ser la que tomaba las decisiones de peso, ya lo había decidido.

—Si ha sido usted capaz de localizar el hechizo —habló con su voz firme de luchadora—, será capaz de ayudarnos.

A Revel aún le quedaba una pregunta.

—¿Cuándo estaremos preparados para ir a cazarlo?

—Nunca —respondió sin la más mínima muestra de cinismo—. Pero lo haremos hoy mismo, antes de que oscurezca. Si este texto está en Londres, Él lo percibirá muy pronto y entonces no tendremos nada que hacer.

* * *

—Se encuentran bien —dijo Heviu colgando el teléfono.

—¿Sólo te ha dicho eso?

—No ha sido muy explícito. Que están bien y que no nos preocupemos. Nada más.

Mario se frotó las manos, incómodo.

—¿Le has dicho que la señorita Mondragón ha desaparecido?

Ella negó con la cabeza. Era la primera vez que ocultaba algo a Revel.

—No, ni pienso decírselo. Tenemos que encontrarla antes de que les localice.

—¿Les localice?

—Estoy segura de que ha ido detrás de Revel. Lo mismo que teníamos que haber hecho nosotros desde el principio.

* * *

—¿Con qué nos encontraremos?

Estaban preparándose para salir. Revel había deseado preguntarlo desde el principio, pero no estaba muy seguro de querer conocer la respuesta.

—¿Quiere saber cómo es Él?

Tardó unos instantes en contestar.

—Sí.

De nuevo le pareció ver una ligera sonrisa en los labios de Nurgül, labios que no se movían, como tallados en la fría piedra de una estatua.

—Hace siglos que ninguna de nosotras lo ha visto —dijo la mujer—. De hecho, las que se han encontrado cara a cara con la Bestia han muerto entre sus manos antes de poder describirlo.

—Leerá su mente en cuanto perciba que está cerca —intervino Klára, que había empezado a entrar en un extraño mutismo tras conocer la existencia de Libro Blanco—, y en ese mismo instante será capaz de dominarla. Es rápido, muy rápido, y su fuerza es descomunal. Si se siente en peligro desaparecerá; podrá transformarse en una nube, o en un viento helado.

—Nosotras hemos aprendido a percibirlo —volvió a hablar Nurgül—, pero no le podríamos decir qué aspecto tendrá en este momento. Antes era un ser hermoso, así lo recogen las crónicas. De lo que sí estamos seguras es que habrá intentado pasar desapercibido todos estos años. No creo que sea muy diferente de cualquiera con quien pueda cruzarse por la calle sin que le llame la atención. Así lo imaginamos nosotras.

Subieron al coche y continuaron en silencio, atravesando la ciudad. Quedaba poco para el anochecer. El vehículo era suficientemente espacioso como para transportarlos a todos con comodidad. En el asiento trasero iban Klára, que había caído en un mutismo ceremonial nada más entrar, con los ojos cerrados y los labios moviéndose al ritmo de una sorda melopea. Junto a ella estaban sentados Nurgül y Revel. Al volante conducía aquel extraño hombre de negro, Ariel, del que Nurgül le había contado que había sido mordido por un vampiro en el pasado. Había sobrevivido, pero arrastraba secuelas que no quiso describir. Y en el asiento del copiloto, debido a su corpulencia, se sentaba Cecyl.

Habían dejado atrás la moderna zona de los Docklands, y ahora transitaban por un área de fábricas y naves abandonadas. Recorrían calles desiertas, flanqueadas por las paredes lisas y apenas agujereadas por ventanas de los edificios industriales. Tétricas estructuras de hormigón y ladrillo que parecían las ruinas de una ciudad abandonada tras un bombardeo.

—Klára está bloqueando su percepción —le dijo Nurgül tras mirar su reloj—. Mientras siga pronunciando el hechizo Él no debe saber que nos acercamos. Tenemos que llegar antes de que despierte.

—Y..., y es efectivo..., el hechizo —Cecyl empezaba a sentirse incómodo.

La mujer le sonrió a través del espejo retrovisor.

—No lo sé. Jamás lo habíamos hecho antes.

La zona estaba desierta, y sólo se oía el suave rugido del motor de aquel inmenso coche negro, que contrastaba con el rojo sangre del primer cielo nocturno y sin nubes que cubría Londres desde hacía semanas.

Doblaron una esquina y llegaron a una especie de plaza entre grandes edificaciones en chaflán. Debía de hacer años que aquellas construcciones estaban abandonadas. No había cristales en las ventanas y la pintura de las fachadas estaba negra de humo.

—Aquí es —dijo Nurgül.

El coche se detuvo delante de uno de los edificios en ruinas. Era una antigua fábrica de ladrillos, que ahora se alzaba descarnada a orillas del Támesis. Descendieron del vehículo, evitando hacer cualquier ruido. Klára seguía ensimismada, con la mirada perdida y moviendo los labios con una letanía ininteligible que apenas susurraba.

Permanecieron por unos instantes allí parados, delante del edificio, mirando la estructura oscura que se recortaba contra un cielo que pronto sería negro y salpicado de estrellas. La puerta estaba cerrada con una vieja cancela de hierro, atada con un candado oxidado. Ariel buscó en el maletero del coche. La cadena no ofreció resistencia a las tenazas; se cortó como un trozo de mantequilla con la ayuda de Cecyl, que tuvo cuidado de que no cayera al suelo. El silencio era absoluto, como si se encontraran en el interior de una tumba perdida.

La cancela se abrió, y ante ellos quedó la tétrica boca de la fábrica, que permanecía a oscuras como la garganta de un muerto.

Klára seguía recitando la melopea, ahora en un tono más alto, que se desplazaba por el aire quieto, inmóvil, y lo saturaba de extrañas ondas opacas.

Nurgül volvió a sonreír y apenas miró Revel.

—¿Adelante?

—Adelante —dijo él.

* * *

Cerró los ojos con fuerza, intentando alejar el dolor.

—¿Se encuentra bien, señora? —le preguntó el taxista.

Ella respiró hondo, quizá el aire frío del exterior pudiera serenar sus pulmones.

—Déjeme aquí —dijo con la voz entrecortada.

El taxista detuvo el vehículo detrás del gran coche negro que habían estado siguiendo, y la miró con aprensión.

—¿Seguro que no quiere que la espere? Esta zona no es segura y enseguida será de noche.

Sibila negó con la cabeza; su cuerpo no le respondía y poco más era capaz de hacer. Lo único que quería era pagarle y que se marchara. Que se marchara. No podía aguantar el dolor ni un instante más.

El vehículo arrancó, después de que el taxista volviera a lanzarle una mirada llena de aprensión, y cuando se perdió de vista Sibila pudo tirarse al suelo. Se encogió como un ovillo, apretándose el vientre, aunque sabía que el dolor no provenía de ahí, sino de cada nervio que atravesaba su cuerpo como si fueran hilos incendiados. Le aterraba el dolor, pero lo que de verdad temía era que volviera la parálisis, que quedara indefensa justo cuando más lo necesitaba.

Poco a poco aquel terrible ataque fue pasando, hasta que sólo se convirtió en un dolor punzante que sabía que no la abandonaría nunca más. Así había sido con su madre; las crisis esporádicas, un día cualquiera, se habían convertido en una maldición perenne.

Con paso vacilante avanzó hasta la puerta. Antes de entrar miró hacia arriba, hacia la macilenta forma de aquella inmensa fábrica abandonada, hacia el cielo bermejo que pronto se teñiría con la oscuridad de la noche.

Después entró y se perdió en la negrura, en la negrura de muerte que era la guarida del vampiro.

* * *

—Gira a la derecha en la próxima.

Mario obedeció, y dio un volantazo adentrándose aún más en aquella zona tétrica y abandonada. Allí no había alumbrado público. En cuanto se hiciera de noche estarían perdidos en un intrincado de calles todas iguales y sin rotular.

La luz roja seguía parpadeando en la pantalla del portátil de Heviu. Era un tintineo constante que le indicaba dónde se encontraban Revel y su padre en ese momento, o al menos dónde estaba su localizador GPS.

—De nuevo a la derecha.

Cuando giró tuvo que pisar el freno para no colisionar, pues a pocos metros había aparcado un gran vehículo negro.

—Es justo ahí. Allí enfrente.

Heviu estaba señalando una fábrica abandonada. Según el GPS, Revel Colina debía estar allí dentro y rogaba porque su padre también.

—Esperemos que tengas razón —dijo el chico— y que donde esté Revel se encuentre también Sibila Mondragón.

Sin decir más, abandonaron el vehículo y entraron en el edificio.

* * *

Sólo se oía la voz monocorde de Klára recitando su extraña letanía.

Ya apenas había luz. Habían atravesado la fábrica guiados por Nurgül. Aunque decía que jamás antes había estado allí, tomó una dirección concreta. Descendió dos niveles por estrechas escaleras de hierro que crujieron a su paso, avanzando lentamente, con cuidado de que el suelo soportara su presencia. Una triste linterna les servía de guía, en cada recodo la mujer se detenía un instante, parecía husmear el aire frío y fétido, y continuaba sin dilación. Ahora se encontraban en el sótano.

—Anochecerá en unos minutos —le susurró Cecyl en el oído—, ya casi no queda luz.

El sótano estaba en penumbras, apenas iluminado por una desvencijada claraboya que daba al primer piso y al patio central; una consecución de suelos de pavés que pretendía ahorrar en coste energético. Cuando el sol estaba en su cénit no sería necesaria ningún tipo de lámpara, pero con el sol ocultándose en occidente lo que les llegaba era una difusa luminiscencia agrisada.

La estancia era inmensa y estaba llena de grandes cajas de madera podridas y seguramente vacías; unas apiladas sobre las paredes, otras salpicadas aquí y allá. Si lo que buscaban estaba dentro de una de aquéllas, tardarían varias horas en destaparlas todas y sólo tenían algunos minutos antes de que el sótano se sumiera en la oscuridad.

Nurgül se situó en el centro de la nave y cerró los ojos. Parecía una imagen salida de un paisaje remoto, con su negro caftán bordado en azabache y las manos extendidas, orando a una deidad antigua y extinta.

El tiempo pasaba y no sucedía nada. La luz era cada vez más tenue. Más tenue cada vez, apagándose como la llama de una vela sofocada dentro de un cristal.

—Está allí —dijo la mujer señalando una más de las cajas.

No había la más mínima diferencia entre aquélla y las demás; grande, oblonga y con letras impresas con tinta negra referenciando a una marca de suministros eléctricos. Aun así parecía ser que la mujer estaba completamente segura.

—Ha llegado el momento —dijo con su voz suave—. Hemos de actuar antes de que despierte. Debemos encender las velas.

Ariel sabía lo que hacer. Sacó de su bolsa varios cabos de cera que colocó con cuidado alrededor de la caja. La miraba con respeto y reverencia, evitando acercarse demasiado, como si tuviera la certeza de que con sólo tocarla algo terrible le pudiera suceder. Después los encendió uno a uno, protegiendo la llama con la mano para evitar el chasquido de rasgar otra cerilla. Cuando todas las velas estuvieron encendidas, las dos ancianas se tomaron de la mano, y avanzaron hacia donde estaba la gran urna de madera oscura. Se detuvieron a un metro de distancia. Firmes y serenas, dispuestas a cumplir la misión que había marcado sus vidas desde el nacimiento.

Quedaba muy poco tiempo de luz, quizá unos segundos y ya no habría rayos de sol que los salvaran de la Bestia.

Del bolsillo de su caftán Nurgül sacó varias hojas de papel garabateadas por Revel; era el texto integro contenido en el Libro Blanco, el texto del conjuro que tenían que lanzar ante el monstruo para intentar destruirlo. ¿Sería efectivo? Nunca antes había sido probado, y si aquellas palabras mágicas no funcionaban...

La melopea monocorde que cantaba Klára en una extraña lengua incomprensible había tomado un tono embriagador, recitada en voz alta, casi a gritos, chocando con las paredes y volviendo a ellos en forma de eco.

Revel y Cecyl intentaron avanzar, estar cerca de las dos ancianas por si necesitaran de su ayuda. Sólo de pensarlo les entraron ganas de reír... si lo que contenía esa caja era lo que habían estado persiguiendo los últimos días, ¿de qué servirían unas palabras contenidas en un arrugado papel?... pero el hombre de negro los retuvo.

—Esto tienen que hacerlo ellas solas —les dijo con voz firme.

Sentían la adrenalina corriendo por sus venas, impulsando el miedo a cada rincón de sus cuerpos, pero decidieron hacerle caso. Ellos eran sólo buscadores de libros, ahora atrapados en una aventura demasiado peligrosa. Aquellas dos mujeres eran cazadoras, sacerdotisas de un culto milenario forjado para destruir a la criatura que posiblemente descansara a pocos metros.

De pronto Klára calló y se hizo el silencio, y el último rayo de luz incidió sobre la pared más al este, para diluirse hasta convertirse en nada.

* * *

Sucedió todo a la vez, como el estallido de una bombilla, o al menos así lo recordaría Cecyl.

Justo cuando la sacerdotisa terminó su melopea y se extinguió el último rayo de luz. Justo en ese momento, la tapa de la caja saltó por los aires y se destrozó contra el techo de cristal.

El vampiro, al finalizar el ensalmo de Klára, los había percibido de pronto como una terrible amenaza justo alrededor de su tumba.

También fue en ese preciso instante cuando las dos ancianas, cogidas de la mano, empezaron a recitar los oscuros hechizos del Libro Blanco, con voz alta y firme, como si con cada palabra lanzaran un millar de flechas venenosas directas al corazón de la Bestia.

Y sí. Fue entonces cuando creyeron ver al vampiro.

Lo percibieron como a retazos, como iluminado por una consecución de flashes en la oscuridad, quizá provocado por el parpadeo de las velas.

Se había incorporado con un movimiento tan rápido que el ojo no había sido capaz de captarlo. Parecía tratarse de un hombre joven, muy alto, con la piel tan pálida que las venas se transparentaban como líneas oscuras y serpenteantes que lo envolvía como una tela de araña. Tenía el cabello negro y muy corto y sus rasgos eran de una belleza sensual, atrayente, incluso atormentada. Nurgül tenía razón. Había intentado adaptar su apariencia para pasar desapercibido, a pesar de su belleza. Podría haberse confundido con cualquier hombre joven de los que deambulan por los arrabales de la ciudad, vestido con un traje oscuro sobre una camisa blanca muy estrecha que se abría para mostrar un pecho aún más blanco.

Sin embargo, sus ojos...

Sus ojos no se parecían a nada que antes hubieran visto; eran azules, de un azul tan tenue que casi podían ser blancos, surcados de capilares encendidos. Pero lo que de verdad aterraba, lo que paralizaba y helaba la sangre en las venas era lo que transmitían aquellos enormes ojos glaucos. Siglos de dolor, de sangre y de muerte, y una absoluta complacencia. Eran los ojos que velaban por el dolor del mundo.

Esta visión fue tan fugaz, que Cecyl luego dudaría si de verdad la había presenciado. Apenas fue un instante, un momento durante el cual la Bestia permaneció paralizada, inmóvil como una estatua de sal que luchaba por moverse, atrapada por el potente hechizo que estaban conjurando las dos sacerdotisas.

Pero entonces sucedió.

Todos ellos mantenían sus sentidos alertados en el monstruo, subyugados, por lo que habían descuidado la retaguardia.

La sombra apareció como un rayo de luz pasajero, y cuando se dieron cuenta ya era demasiado tarde.

Sibila Mondragón corrió sin fuerzas desde algún punto perdido en la oscuridad y fue entonces cuando todos la vieron.

No era la misma chica de unas horas atrás. Casi no parecía ya nada. Su pelo le caía ralo sobre la frente y sus ojos estaban inyectados en sangre, oscuros y velados. Con un movimiento rápido e inesperado entró en escena y arrancó las frágiles hojas de papel de manos de las sacerdotisas. Fue todo tan veloz, tan fugaz...

Ellas la miraron un instante, sin comprender, paralizadas, incrédulas. Habían meditado tanto sobre aquel instante, se habían preparado tan a fondo para cuando llegara el momento de enfrentarse a la Bestia..., y entonces el monstruo quedó liberado.

Klára y Nurgül lo comprendieron antes incluso de que Él actuara, aterradas por primera vez ante lo que les esperaba. Ya sólo quedaba la muerte. La muerte de todos ellos y el fracaso de tantos años, siglos de lucha.

Durante un segundo la Bestia pareció dudarlo. Un segundo que pudiera ser tan breve como un parpadeo. Después su boca se abrió, roja, sedienta, y se precipitó sobre Sibila.

A partir de ese momento a Cecyl le fue imposible ordenar los acontecimientos. Todo se desarrolló como a cámara lenta, plano a plano, drama a drama. El único que parecía moverse a tiempo real era el vampiro, que permanecía sobre su presa, con su boca pegada a la garganta. Sujetándola sin miramientos del cabello para hacerla adoptar una postura imposible, rota. Ella tenía los ojos velados, fijos en el techo. Su boca era lo único que se movía, intentando atrapar una bocanada de aire, o quizá pronunciando alguna palabra.

Cecyl no lo pensó. Si lo hubiera hecho habría salido de allí, de aquel festín de sangre, a la velocidad del rayo. Sin embargo, algo desconocido lo estaba impulsando. Más tarde meditó sobre su forma de actuar y no encontró ninguna explicación. Nunca había sido un hombre valiente. Sin saber cómo, corrió en dirección a la Bestia, hacia la muerte segura que le esperaba entre sus fauces. Y al monstruo, aquel ataque absurdo, ridículo, le cogió desprevenido. Estaba acostumbrado, después de tantos siglos, a que huyeran de él con una sola mirada. Hacía décadas que nadie intentaba enfrentársele. Él era invulnerable. Nunca podría dañarle un anciano miserable como aquél.

Y de pronto todo cambió.

El voluminoso cuerpo de Cecyl había impactado contra el vampiro. Fue como si intentara detener a una locomotora que marchaba a toda velocidad. Sintió cómo sus huesos se rompían, cómo la sangre manaba de sus oídos, de su boca. A pesar del enorme impacto, sólo consiguió que la bestia trastabillara un momento y cayera al suelo. Nada más. Pero al menos ahora se había apartado de su prensa, de Sibila, que estaba desmadejada, con la cabeza en una posición inverosímil y las piernas dobladas y muertas. Cecyl aún intentó incorporarse; si ahora le tocaba a él al menos se defendería hasta que le quedara una gota de sangre en las venas.

Revel también había reaccionado y corría hacia allí para auxiliarlo, al igual que Ariel, que había quedado paralizado ante la visión del monstruo.

Por el ángulo opuesto de la habitación acababan de aparecer Mario y Heviu, aunque nadie les prestó atención. El sótano se llenó de voces, de gritos que se movían en la oscuridad que sólo alumbraba el tenue resplandor titilante de las velas.

Quizá el vampiro podría haber acabado con todos ellos con un solo movimiento. Tenía el poder para hacerlo. Pero cometió un error, quizá el único error en sus miles de años de existencia. Intentó huir. Desaparecer.

Y en ese momento algo hizo que todos estuvieran conectados, pensando como una sola mente, como un único ser. Revel lo achacaría a la situación desesperada en la que se encontraban; sólo les quedaba la muerte.

Revel corrió a socorrer a Sibila. Heviu y Mario se reunieron para proteger a Cecyl, y el callado hombre de negro recuperó las hojas arrugadas que aún conservaba la muchacha entre sus manos para entregarlas de nuevo a las sacerdotisas. Fue tan rápido, un solo instante...

Cecyl contaría después que justo en ese momento creyó leer en los ojos de la Bestia la confirmación del error que acababa de cometer.

Las dos mujeres no perdieron el tiempo. Se tomaron de nuevo de la mano, y cuando empezaron otra vez con su melopea, el vampiro volvió a quedar inmóvil, petrificado. Atrapado por la fuerza de un hechizo que debió ser conjurado hacía siglos.

Después algo pasó, como si una llama interna hubiera encontrado las venas de su rostro para escapar de su cuerpo, causando terribles estragos. No fue nada espectacular. Fue igual de rápido, como un suspiro quedo, apenas el soplido que emite el viento cuando hincha una vela, y aquel ser se volatilizó en millones de partículas grises que poco a poco se fueron depositando sobre el pavimento. Nada más.

¿Había sido destruido?, aún sin saberlo, las sacerdotisas siguieron recitando el triste encantamiento durante tanto tiempo que les parecieron horas. Una y otra vez, traspasando las paredes y el espacio. Debía ser recitado hasta el final para asegurarse de que la Bestia no volvería.

Cuando todo pasó, se miraron unos a otros, para comprobar si estaban a salvo. Cecyl estaba destrozado, con los huesos rotos y los músculos contusionados, pero mantenía la conciencia.

Sólo Revel continuaba en el suelo, intentando insuflar un soplo de aliento al cuerpo desmadejado de Sibila, que hacía ya un rato que sólo era un cadáver enfriándose sobre el suelo sucio del sótano.

Epílogo

En la prensa rezó que Sibila Mondragón había muerto a causa de un paro cardiorespiratorio.

Su cuerpo presentaba heridas de mordeduras en el cuello. Se dijo que había sido atacada por alguna alimaña, quizá un zorro hambriento o algún perro vagabundo. Ninguno lo desmintió.

Dos días después del fallecimiento, en una fría mañana de invierno, le habían dado sepultura. Fue un funeral discreto. Sabían que no tenía familia y no pudieron localizar a ningún amigo. Pocos oraron sobre su tumba; Heviu y su padre, Cecyl aún convaleciente y en silla de ruedas, que la tomó de la mano durante la ceremonia; Revel y Mario; y las dos ancianas, que lloraron mientras el sacerdote recitaba sus oraciones. No fue nadie más. La misma enfermedad que ella padecía se había ocupado de sus seres queridos hacía ya tiempo.

Quizá era la muerte, tan cercana, la que había sumido en un estado muy próximo a la tristeza a Revel Colina. La muerte de alguien con la que había compartido unas semanas tan intensas. Había llegado a ellos llena de vida, con ojos espantados que se iluminaban ante la sorpresa, y ahora era apenas un amasijo de restos desangrados, sepultado bajo toneladas de tierra negra.

Pero Heviu sabía que había algo más. Él nunca lo reconocería, pero el paso de tantos años trabajando juntos, codo con codo, había hecho que aprendiera a leer en sus ojos.

Tras los funerales de Sibila la vida siguió su curso con la incansable monotonía con que suele presentarse.

Heviu no volvería a la universidad. Ni siquiera había tenido que decírselo a su padre; hay cosas que se intuyen, como el amor y la muerte.

Cecyl había desistido de crear una familia estereotipada, abanderada por una madre perfecta y un abuelo entrañable. Así estaba bien, no había que recurrir a los cuentos de hadas.

Tampoco sabían qué había sido del vampiro, ni siquiera si lo que habían visto era cierto o una mera ilusión surgida de la oscuridad de aquel sótano. Aún hoy en día lo dudaban. Lo habían hablado hasta la saciedad en los días sucesivos, y cada uno tenía una percepción diferente. Habían quedado en tablas, aunque Heviu insistía en que el vampiro existió.

Klára y Nurgül se marcharon tras el funeral. No habían vuelto a comentar nada de aquella noche; con la salida del sol eran de nuevo una vieja investigadora y una achacosa profesora de universidad. Tampoco supieron nada más de aquella organización de cazadoras de vampiros. Si es verdad que había más seres como aquél, ahora tenían el texto contenido en el Libro Blanco y sabían cómo usarlo.

Del Libro Negro, el *Cruoris Liber,* no encontraron nada, a pesar de haber registrado el viejo sótano a fondo antes de que llegara la policía. Podía estar en cualquier parte, al alcance de la mano de un inocente o tan profundamente oculto que jamás volvería a ver la luz.

Dos meses después de enterrar a Sibila, Revel le contó a Heviu lo del sueño.

Lo había tenido dos días después de que le dieran sepultura.

Le contó que aquella noche estaba en la cama, intentando quedarse dormido, intentando olvidarla, cosa que no conseguía desde hacía días. Le contó que abrió los ojos en la oscuridad para ver cómo se estaba filtrando por la ventana una espesa columna de niebla, blanca y translúcida. Le contó que no podía moverse, que tampoco estaba seguro de si dormía o de si estaba despierto. Revel le contó cómo la silueta evanescente fue tomando forma, estirándose hasta adoptar el aspecto de un ser humano, el aspecto de Sibila. Ella sólo lo miró, un instante que duró toda la noche, y volvió a convertirse en nube. Entonces él pudo volver a moverse o a despertarse. No lo sabía.

Revel le contó a Heviu cómo esa misma noche, bajo el azote de un fuerte temporal, corrió hasta el cementerio, hasta la tumba de Sibila.

La alfombra de césped que el sepulturero había plantado sobre la sepultura había sido arrancada y la tierra, la tierra, estaba removida.

Nota del autor

La historia del vampiro es la historia del mito, con todo el trasfondo de verdad y leyenda que siempre encierran las tradiciones milenarias y multiculturales.

Cuanto más he investigado sobre ella para poder dar forma a esta novela, más lejos me he encontrado de cualquier postura a favor o en contra de la existencia del vampiro.

Antes de empezar con esta novela tardaba una fracción de segundo en contestar a la pregunta: *¿Existen los vampiros?* Ahora me veo dando largas explicaciones, aportando argumentos en pro y en contra durante cuarenta minutos, para dejar a mi interlocutor como al principio.

Quizá por eso *Vampiro* bebe de todas las fuentes; historias documentadas, leyendas arcanas y nuevos mitos que circulan por la Red en forma de bits.

Bibliografía

Aracil, Miguel G., *Vampiros, sangre, muerte y pasión,* Bastet, Barcelona 2007. 978-84-930394-4-9 (ebook)

Arries, Javier. *Vampiros, bestiario de ultratumba,* Zenith 2007, 978-84-08-06355-1

Bourre, Jean-Paul, *La sangre, la muerte y el diablo,* EDAF, Madrid, 1990, 978-84-7640-389-1

Buson, Matthew, *The Vampire Encyclopedia,* Gramercy. Año 2000. 978-051716206-4

Calmet, Agustín, *El tratado sobre los vampiros,* Mondadori, Barcelona 1991. 978-84-397-1810-9

Díaz Maroto, Carlos, *Cine de vampiros: una aproximación,* Recerca Editorial, 2000, 978-84-607-0375-4

Gómez-Alonso, Juan, *Los vampiros a la luz de la medicina,* Neuropress, Vigo 1995. 978-84-605-2916-3

Gordon, Ángel, *El gran libro de los vampiros: tratado de upirología.* Morales i Torres, Barcelona 2005. 978-84-96106-49-9

Indurain, Noelia y Urbiola, Óscar, *Vampiros, el mito de los no muertos,* Círculo de Lectores, Barcelona 2007. 978-84-672-1827-5

Olivares Merino, Julio Ángel, *Evolución del mito vampírico en la literatura en lengua inglesa: de Drácula a Salem's Lot,* Universidad de Jaén. Servicio de Publicaciones e Intercambio Científico, 1999, 978-84-89869-85-1

Penrose, Valentine, *La condesa sangrienta,* Ediciones Siruela, 2006, 978-84-7844-326-0

Voltaire, *Diccionario filosófico,* Ediciones Temas de Hoy, S.A., 978-84-8460-025-1

Walker, Martin, *El misterio de los vampiros,* Edicomunicación, Barcelona 1993. 978-84-7672-498-9

Trow, Meirion James, *Vlad el Empalador: en busca del auténtico Drácula.* Jaguar, Madrid, 2004. 978-84-95537-96-6

Stoker, Bram, *Drácula,* Ediciones Brontes, S.L., 2007, 978-84-936030-4-5

http://www.ceev.net/, *Sociedad Española de Estudios sobre Vampiros.*

Este libro ha sido impreso en los talleres
de Novoprint S.A.
C/ Energía, 53 Sant Andreu de la Barca
(Barcelona)